◆ 비밀의 화원 ◆
The Secret Garden

Dear. _____

◆ 비밀의 화원 ◆

걸 클래식 컬렉션 II

비밀의 화원

프랜시스 호지슨 버넷

키다리 아저씨

진 웹스터

이상한 나라의 앨리스

루이스 캐럴

메리 포핀스

패멀라 린던 트래버스

◆ 비밀의 화원 ◆

The Secret Garden

프랜시스 호지슨 버넷 지음 | 이경아 옮김

윌북

The Secret Garden by Frances Hodgson Burnett

◆ 차례 ◆

추천의 글
∞∞∞∞∞∞∞∞∞
사랑이 없는 곳에 사랑의 빛을 선물하다 | 정여울 ◇ 7

비밀의 화원

아무도 남지 않았다 ◇ 21

고집불통 메리 아가씨 ◇ 31

황무지를 건너서 ◇ 45

마사 ◇ 53

복도에서 들리는 울음소리 ◇ 80

"누군가 울고 있었어, 저기에서!" ◇ 91

정원 열쇠 ◇ 102

울새가 알려준 길 ◇ 113

지금까지 본 가장 이상한 집 ◇ 126

디콘 ◇ 142

붉은가슴울새의 둥지 ◇ 162

"땅을 조금 가질 수 있을까요?" ◇ 176

"난 콜린이야" ◇ 191

어린 라자 ◇ 213

둥지 만들기 ◇ 234

"안 올 거야!" ◇ 254

짜증이 폭발하다 ◇ 266

"낭비헐 시간이 없어요" ◇ 278

"드디어 왔어!" ◇ 290

"나는 죽지 않고 영원히 오래오래 살 거야!" ◇ 309

벤 웨더스태프 ◇ 323

해가 질 때 ◇ 340

마법 ◇ 350

"실컷 웃게 내버려 두세요." ◇ 371

가리개 ◇ 392

"어머니여요!" ◇ 404

비밀 정원에서 ◇ 421

사랑이 없는 곳에
사랑의 빛을 선물하다

◆

정여울(작가, 문학평론가)

사랑 따윈 전혀 관심 없는 메마른 사람, 혹은 사랑을 경험해 볼 기회조차 없었던 지독히 외로운 사람에게 사랑의 소중함을 알려주는 이야기야말로 불패의 신화다. 그런 이야기들은 오랜 세월이 흘러도 변함없이 깊은 감동과 싱그러운 깨달음을 준다. 오직 농장의 규칙적인 일상을 유지하는 것 외에는 타인에 대한 어떤 관심도 없었던 마릴라에게 진정한 사랑의 의미를 가르쳐주는 『빨강 머리 앤』, 사랑을 받아본 적도 해본 적도 없는 고아 주디가 키다리 아저씨의 조건 없는 사랑을 통해 자신이 결코 혼자가 아님을 깨닫게 되는 『키다리 아저씨』를 생각해보자. 하지만 『비밀의 화원』의 외톨이 메리처럼 사랑을 원천적으로 받아보지 못한 아이에게 사랑을 가르친다는 것은 너무 어려운 일이다. 게다가 고집불통 메리는 '가르침' 따위는 좋아하지 않으니, 메리가 눈치채지 못하도록 쥐도 새도 모르게 사랑을 가르치고, 사랑을 준다는 것은 또 얼마나 어려운 일일까. 메리에게 자연스럽게 사랑을 가르친다는 것은 마치 밑그림이나 계획 없이 거대한 하얀 캔버스를 빼곡하게 채우는 일처럼 어려운 일이다.

하지만 그 어려운 일, 사랑에 관심조차 없는 존재에게 사랑의 빛을 실어나르는 것이야말로 문학의 힘이다.『비밀의 화원』은 바로 그 아름다운 문학의 힘을 보여준다. 인도에 살던 부모가 콜레라의 창궐로 모두 죽게 되자, 어린 메리 레녹스는 으리으리한 대저택에 홀로 남게 된다. 하지만 '아무도 나를 사랑하지 않는다'는 메리의 믿음은 이미 오래전부터 생겨난 것이었다. 콜레라가 창궐하기 전부터, 아니 메리가 태어나기 전부터 부모는 메리를 원하지 않았기 때문이다. 원치 않는 딸이 태어나자마자 딸 메리를 유모 '아야'에게 맡긴 부모는 메리를 다정하게 한 번 안아주지도 않은 채 그렇게 세상을 떠나버리고 만다. 메리는 유모조차 자신을 사랑하지 않았다는 것을 알고 있으며, 솔직히 말해 사랑이 무엇인지를 아예 모른다. 사랑받지 못했기에 사랑하는 법도 몰랐던 메리는 법적 후견인 고모부가 살고 있는 영국으로 오게 된다. 고모부 크레이븐의 집에는 무려 10년간 아무도 들어가지 못하게 막아놓은 비밀 정원이 있었고, 다시 한번 낯선 집에 혼자 남겨진 메리는 그 비밀 정원에 대한 무한한 호기심을 키우게 된다. 『비밀의 화원』에서 외롭고, 버릇없으며, 예의조차 없는 메리를 아름다운 꽃들의 세계로 이끄는 것은 바로 하인 마사다.

"누가 함께 나가?" 메리가 물었다.

마사가 빤히 바라보았다.

"혼자 가셔요." 마사가 대답했다. "형제자매 없는 애들이 노는 법 배우듯이 아가씨두 배우셔요. 우리 디콘은 황무지루 가서 혼자 몇 시간이구 놀아요. 그러다 보니깐 그 조랑말이랑두 친구가 되었죠. 디콘은 황무지에 친구 양두 있어요. 그 양두 디콘을 잘 알구요. 새들이 날아와서 디콘 손에 있는 모일 받아먹어요. 집에 아무리 먹을 거 없어두 디콘은 노상 제 몫 빵을 조금 남겨 동물 친구들 나누어주어요."

메리는 비밀 정원과 '디콘'이라는 사랑스러운 아이에게 금세 마음을 빼앗긴다. 마사가 들려주는 이야기는 온통 새롭고 낯선 것이었고, 동시에 씩씩하고 건강하게 자신의 삶을 가꿀 줄 아는 보통 사람들의 이야기이기도 했다. 옷을 한 번도 혼자 입어본 적도 없고, 배고픔도 모르며, 타인이 가엾다는 생각도 해본 적 없는 이 신기하고도 어처구니없는 메리에게 마사는 솔직하게 자신의 의견을 말한다. "아가씨는 아무래두 머리가 나쁜 모양이여요." 장갑도 혼자 손에 끼우지 못해 마사가 장갑을 끼워줄 때까지 가만히 서 있는 메리를 보며, 마사는 자신의 동생들은 메리보다 훨씬 어리고 교육을 받지 못했는데도 무엇이든 혼자 척척 잘해낸다는 이야기를 들려준다. "우리 수전 앤은 겨우 네 살인데두 아가씨 두 배는 총명하다구요. 가끔 아가씨는 너무 멍청해 보이셔요." 메리는 이 이야기를 듣고 화가 잔뜩 나지만, 비로소 자신에게 문제가 있다는 것을 처음으로 깨닫게 된다. 왜 나는 밥도 혼자 먹지 못하고, 옷도 혼자 입지 못하고, 산책도 혼자 나가지 못하는 것일까. 메리는 바로 그런 질문을 통해 진정으로 독립적인 아이, 자신을 보살필 수 있는 아이로 거듭나게 된다. 메리는 그동안 자신의 명령에 복종만 하는 하인들과 함께 살았지만, 이제는 그럴 수 없음을 깨닫는다. 메리는 자신에게 솔직하고 당당하게 의견을 말하는 마사를 보면서 오히려 매력을 느낀다. 아, 내가 옷을 혼자 못 입는 것은 부끄러운 일이구나. 그러면서 무엇이든 혼자 해낼 수 있는 아이, 디콘을 비롯한 마사의 동생들이 멋져 보이기 시작한다.

『비밀의 화원』에서 온갖 파란만장한 사연을 거쳐 결국 절친한 벗이 되는 삼총사 메리, 디콘, 콜린은 '비밀'을 공유함으로써 진정한 동지가 된다. 콜린의 아버지 크레이븐이 '아내가 저 정원에서 죽었다'는 트라우마 때문에 다시는 가려 하지 않고 누구도 들어가지 못하게 만든 그 정원이 바로 이 세 친구의 비밀이 되는 것이다. 어디에도 마음 붙일 데가 없었던 메리는 하인 마사를 통해 비밀 정원의 존재를 알게 되고, 그 비밀 정원에서 온갖 꽃씨를 뿌리고, 나무를 보살피고, 꽃들이 피어나는 과정을 지켜보고, 귀여운 울새와 친구가 되며 비로소 '삶의 기쁨'을 온몸으로 체험하게 된다. 마사가 메리에게 혼자 옷을 입는 법, 줄넘기를 하여 몸이 튼튼해지는 법, 모든 것을 독립적으로 해낼 수 있는 법을 가르쳐준다면, 디콘은 씨앗을 뿌리는 법, 잡초를 가려내 뽑고 흙을 단단하게 다지는 법, 그리고 온갖 동물들과 친구가 되는 법을 알려준다. 마사가 홀로서기의 소중함을 가르쳐준다면, 디콘은 함께하기의 소중함을 알려준다. 홀로서기와 함께하기를 동시에 배우며, 메리는 비로소 사랑스러운 존재, 사랑할 줄 아는 존재로 변신한다. 『비밀의 화원』에서 항상 올바른 답을 알고 있는 사람들은 부자들이나 귀족들이 아니라 하인이나 가난한 이들이다. 경제적으로는 궁핍하지만 마음은 그 누구보다 풍요로운 사람들이다.

마사네 가족은 가난하지만 누구보다도 풍요로운 지혜로 삶을 꾸려나간다. 마사의 동생 디콘은 메리가 세상을 향한 호기심, 자연의 아름다움을 향한 열린 마음을 갖도록 이끌어준다. 디콘으로 인해, 아무것에도 호기심을 보이지 않던 아이, 그 무엇도 사랑하지 않던 아이, 그 무엇에도 열정을 보이지 않던 메리가 처음으로 세상에 뜨거운 관심을 갖기 시작한다. 『비밀의 화원』의 진정한 신스틸러라고 할 수 있는 디콘은, 삶이 그 자체로 아름다운 것임을, 살아 있다는 것만으로도 기적 같은 축복임을 알려준다. 디콘은 사랑과 우정에 대한 열망 자체가 없었던 메리에게, 사랑에 대한 열망, 이 세상의 아름다움에 대한 호기심, 살며 사랑하며 기뻐해야 할 이유를 가르쳐준다.

상처받은 어른, 크레이븐에게는 도저히 치유할 수 없을 것만 같은 고통의 장소였던 '비밀 정원'은 이제 막 삶의 기쁨을 알아가는 메리에게는 새로운 탄생의 장소이자 진정한 성장의 공간이 된다. 크레이븐은 아내가 정원에서 죽었다는 이유로 정원을 미워하고, 아들 콜린도 자신처럼 곱사등이가 될지도 모른다는 이유로 미워한다. 그러나 콜린은 그에게 일어난 불행과 아무런 관련이 없고, 사랑받을 자격이 있으며, 새로운 삶을 살아갈 권리가 있다. 크레이븐이 상처받은 마음을 추스르고 아들에게 사랑을 주었다면, 콜린은 병약하고 신경질적인 아이, 모두가 기피하는 아이, 언제 죽을지 모르는 아이로 자라지 않았을 것이다. 하지만 비밀 정원을 통해 메리와 디콘과 친구가 됨으로써, 콜린은 어른들에게 받지 못한 사랑을 친구들에게 받게 된다. 살아 있지만 유령이나 다름없는 취급을 받았던 아이, 콜린은 비로소 신선한 공기를 마시며 정원을 거니는 기쁨을, 삶을 있는 그대로 사랑하는 여유를, 사람들에게 '명령'이 아니라 '부탁'을 할 수 있는 따스한 마음을 배운다.

"완전히 죽은 정원이 아니었어." 메리는 기쁨을 억누르며 나직하게 말했다. "장미는 다 죽었을지 몰라도, 다른 식물들은 살아 있어."

메리는 이곳저곳 옮겨 다니며, 땅을 파고 잡초를 뽑았다. 그런 일이 어찌나 즐거운지 메리는 이끌리듯 화단에서 화단으로 옮겨갔고, 어느새 나무 아래 잡초도 뽑기 시작했다. 몸을 움직이니 점점 더워져서, 처음에는 코트를 벗어던지고 다음으로 모자를 벗었다. 게다가 자신도 모르게, 일을 하는 내내 풀과 연두색 새싹을 흐뭇하게 내려다보았다.

정원 가꾸기를 통해 점점 더 건강과 활기를 찾기 시작하는 메리의 모습을 보면서 우리는 입가에 미소를 짓게 된다. 10년간 아무도 들어가지 않았다는 그 정원을 다시 아름답게 가꿀 수 있는 비법을 주변 사람들에게 물어보면서 메리는 그전에는 전혀 없던 '사회성'을 기르게 된다. 다른 사람에게 친절하고 다정하게 굴어야 원하는 것을 얻을 수 있다는 사실도 알게 되며, 누군가에게 친절과 자비를 베푸는 것은 자신에게도 좋은 일임을 알게 된다. 다정함, 환대, 예의 바름, 사려 깊음, 배려심이 필요한 순간들이 언제인지를 알게 되고, 그런 것들이 삶에서 얼마나 중요한 역할을 하는지 배우는 것. 그것이야말로 메리가 정원 가꾸기를 통해 배우는 삶의 지혜다. 마치 온 세상이 겨울이라 기를 펴지 못하던 꽃과 나무들이 봄이 오면 일제히 기지개를 켜며 아름다운 꽃과 풀잎을 돋아나게 하듯이, 친절과 배려와 사랑과 우정과 보살핌은 사랑을 모르던 메리의 삶을 풍요롭고 아름답게 가꿔준다. 정원의 나무와 꽃들이 자라는 것을 보는 것만으로도 기쁨을 느끼는 메리는 이제 더 이상 차갑고 버릇없는 밉상 소녀가 아니다. 나무와 꽃들이 제대로 자랄 수 있게 씨앗을 뿌리고, 물을 주고, 땅을 다져주고, 잡초를 뽑아주면서, 메리는 진정으로 보살핌을 주고받는다는 것이 무엇인지 깨닫게 된다. 애정으로 무언가를 깊이 돌보고 챙겨주었을 때 일어나는 기적을 알게 되며, 모든 사람들이 그런 보살핌과 돌봄 속에서 살아야 한다는 걸 깨닫게 된다. 비밀 정원을 마치 자기 보물처럼 아끼고 사랑할 것을 맹세하면서 메리는 점점 더 나은 사람이 되어간다. 무언가 진정으로 지켜줘야 할 대상이 생기자 메리는 강해지고 유연해지고 사랑스러워진 것이다.

아이들에게 장난감을 사주고 돈을 주는 것보다 더 좋은 일은 '키우고, 돌보고, 사랑해줄 수 있는 식물'을 선물해주는 것이 아닐까. 이렇듯 누군가의 돌봄이 필요한 대상, 누군가의 사랑이 필요한 대상과 함께함으로써, 아이들은 살아 있는 존재를 사랑할 때만 얻을 수 있는 생의 아름다움을 배운다.

"바로 여기야." 메리가 말했다. "여기가 비밀 정원이야. 이곳이 되살아나기를 원하는 사람은 세상에 오직 나뿐이야."

"우와!" 디콘이 거의 속삭이다시피 말했다. "이곳은 정말 묘하구 예쁜 곳이여요! 뭐냐, 꿈속에 있는 것 같아요."

"아가씨가 원하시면, 비가 오든가 해가 반짝이든가 매일 올게요." 디콘이 단호하게 대답했다. "평생 오늘처럼 재미있던 날은 없었어요. 담장으로 둘러싸인 이곳에서 정원을 다시 깨우는 일 말이여요."

"네가 이 정원을 되살리도록 도와준다면, 나는 뭘 하면 될까." 메리가 어쩔 줄 몰라하며 말했다. 이런 남자아이를 위해 무엇을 할 수 있을까?

"아가씨가 앞으루 허실 일을 알려드릴게요." 디콘이 행복한 듯 함박웃음을 지으며 말했다. "아가씨는 살이 찌구 새끼 여우처럼 배가 고파질 거여요. 저처럼 아가씨두 울새와 이야기하는 방법을 알게 될 거구요. 이야! 우리는 정말 재미있을 거여요!"

『비밀의 화원』은 '숲의 위로'와 '문학의 위로'가 아름다운 듀엣을 이루어 완벽한 하모니를 연주해내는 작품이다. 꽃과 나무가 가득한 정원을 상상하는 것만으로도 위로가 되는데 그 위에 문학작품 속의 은유와 상징의 향기까지 가득 실어 보내다니, 우리의 마음뿐 아니라 몸에도 분명 좋을 수밖에 없지 않을까. 정원의 아름다움과 문학의 향기가 한데 어우러져 우리의 슬픔을 날려버릴 『비밀의 화원』과 함께, 사랑이 없는 메마른 마음의 땅에 사랑의 씨앗을 뿌리는 오늘이 되기를. 사랑의 빗물이 다 말라버린 메마른 마음의 토양에 포기하지 않고 또 다른 사랑의 씨앗을 뿌리는 것이야말로 문학의 힘이니까. 당신의 감정이 너무 메말라 있다면, 마음속에도 햇빛 한 자락이 필요하다는 생각이 들 때면, 부디 메리, 콜린, 디콘이 가꾸는 비밀 정원으로 소풍을 나오기를. 그곳에는 우리가 잃어버린 사랑, 우리가 가진 줄도 몰랐던 꿈, 우리가 잃어버린 순수함이 살고 있으니까.

메리는 정원을 깔끔하게 다듬으려 하지 않는다. 조금은 헝클어진 모습으로, 때로는 자유분방한 모습으로, 자연스럽게 가지가 늘어져 있고, 넝쿨이 우거진 그런 정원이다. 보살핌을 받고 있기는 하지만 식물의 뜻을 거스르지는 않는 그런 정원이 메리와 잘 어울릴 것만 같다. 메리는 놀라운 통찰력으로 이렇게 말한다. "깔끔하게 다듬지 말자." "이곳이 깔끔하면 비밀 정원이 아닐 것 같아." 기하학적으로 정확하게 재단된 정원이 아니라 자연스러움과 여유로움이 묻어 있는 비밀 정원에서, 메리는 야생 소년 디콘과 창백한 은둔자 콜린과 함께 '다시, 용기를 내어 삶을 시작할 수 있는 힘'을 발견한다.

나 또한 메리의 정원에서 잃어버린 나, 아직 한 번도 본 적이 없는 나를 발견한다. 버려진 비밀 정원은 어쩌면 어른들의 잃어버린 가능성이 아니었을까. 잃어버린 순수, 잊고 있던 꿈들, 오래전 '난 안 될 거야' 하고 포기했던 희망들. 그 버려진 꿈의 씨앗들이 아직 우리 마음속 비밀 정원에서 간절하게 누군가를 기다리고 있는 것이 아닐까. 제대로 물을 주고 햇빛을 쬐어주며 바람이 통할 수 있도록 해주기만 한다면 언제든 자랄 수 있는 우리 마음속 버려진 꿈의 씨앗을 만나보는 시간, 그것이 내게는 문학과 함께하는 시간이며, 『비밀의 화원』처럼 소담스러운 문학작품을 만나는 시간이다. 우리에겐 아직 더 다정하고 친밀한 시선으로 가꾸어야 할 수많은 비밀 정원이 있다. 그것은 우리 마음속에도 있고, 버려진 자연의 공간 속에도 있으며, 아직 개척하지 않은 모든 인간의 가능성 속에도 있다. 우리가 미처 돌보지 못한 비밀 정원을 가꾸는 일, 그것이 바로 문학작품을 읽고 기억하고 함께 이야기를 나누는 시간이 아닐까.

아무도 남지 않았다

메리 레녹스가 고모부와 함께 살기 위해 미슬스웨이트 장원에 가게 되었을 때만 해도, 보는 사람마다 메리처럼 보기 싫은 아이는 처음 보았다고 입을 모았다. 사실 말 그대로였다. 얼굴은 야위었고, 체구는 작고, 연한 머리카락은 숱이 별로 없고, 표정은 늘 뚱한 표정을 짓고 있었다. 머리카락은 노란색이고 인도에서 태어나 얼굴빛도 누르께했다. 게다가 이런저런 잔병치레가 끊이지 않았다. 메리의 아빠는 영국 총독부 관리로 늘 바빴으며, 본인도 병을 달고 살았다. 메리의 엄마는 파티에 가서 유쾌한 사람들과 즐거운 시간을 보내는 것밖에 관심이 없는, 대단한 미인이었다. 메리의 엄마는 딸을 전혀 원하지 않았다. 그래서 메리가 태어나자 젖먹이 딸을 아야(과거 영국이 인도를 지배할 때 영국인 집에서 일하던 인도인 유모나 하인 – 옮긴이)에게 맡겨버렸다. 아야는 멤 사히브(인도인들이 영국인 여자

주인을 부르는 말–옮긴이)의 심기를 거스르지 않으려면 갓난아기를 최대한 멤 사히브 눈에 띄지 않게 해야 한다는 사실을 잘 알았다. 그래서 메리는 허약하고, 떼쟁이고, 못생긴 갓난아기였을 때부터 늘 사람들의 눈을 피해 지냈고, 여전히 몸이 허약하고, 떼쟁이고, 아장아장 걸어 다니게 된 후로도 늘 사람들의 눈에 띄지 않게 지냈다. 메리는 아야와 인도인 하인들의 거무스레한 얼굴밖에 본 기억이 없었다. 아야와 하인들은 언제나 메리에게 복종했고, 매사 하고 싶은 대로 하게 했다. 메리가 떼를 쓰느라 울어대면, 심기가 상한 멤 사히브가 화를 낼 것이기 때문이다. 그래서 메리가 여섯 살이 되었을 즈음 이 아이는 자기밖에 모르는, 이 세상 최고의 못 말리는 독불장군이 되었다. 메리에게 읽기와 쓰기를 가르치라고 고용한 젊은 영국인 가정교사는 이 아이에게 어찌나 질렸는지, 3개월 만에 떠났다. 새로 고용한 가정교사들 역시 먼저 있던 가정교사가 근무한 기간만큼도 채우지 못하고 도망치듯 떠나기 일쑤였다. 그러니 메리가 책을 읽는 법을 스스로 배우려 하지 않았다면, 평생 글자를 배우지 못했을 것이다.

아홉 살이 되던 해 숨 막히게 더운 여름날 아침, 메리는 짜증을 내며 일어났다. 그런데 침대 옆에서 시중을 들려고 서 있는 하인이 자기 아야가 아니라 더 짜증이 났다.

"왜 네가 왔어?" 메리가 못 보던 여자에게 물었다. "너는 여기 있지 마. 어서 아야나 불러와."

그 여자는 겁에 질린 표정이었지만, 더듬더듬 아야가 올 수 없다고 했다. 그 말에 메리가 불같이 화를 내며 손으로 때리고 발로 마구 찼지만, 하인은 더욱 겁에 질려 아야는 아가씨에게 도저히 올 수 없다는 말만 되풀이할 뿐이었다.

그날 아침 집안 분위기는 어딘지 수상쩍었다. 평소의 일과대로 되는 일은 아무것도 없었고, 현지 하인들 가운데 몇은 보이지 않았다. 그나마 메리기 본 하인들은 핏기가 없고 겁에 질린 표정으로 살금살금 돌아다니거나 종종걸음을 쳤다. 하지만 아무도 메리에게 사정을 알려주지 않았고, 유모도 끝내 오지 않았다. 오전 내내 메리는 정말 홀로 남겨졌다. 마침내 메리는 어슬렁어슬렁 정원으로 나가서, 베란다 근처 나무 아래서 혼자 놀기 시작했다. 꽃으로 화단을 만들며 놀았다. 커다란 주홍색 히비스커스 꽃들을 작은 흙무더기에 꽂으며 놀다가 점점 더 부아가 치밀어 올라, 사이디라는 이름의 아야가 돌아오면 어떤 욕을 퍼부어줄지 혼자 중얼중얼했다.

"돼지! 돼지! 돼지들의 딸!" 메리가 말했다. 원주민을 돼지라고 부르는 게 가장 지독한 모욕이었기 때문이다.

메리가 이를 바득바득 갈며 이렇게 욕을 해주어야겠다고 곱씹고 있는데, 엄마가 누군가와 함께 베란다로 나오는 소리가 들렸다. 엄마와 함께 있는 사람은 젊은 금발 머리 남자였다. 두 사람은 그곳에 서서 이상하게 목소리를 잔뜩 낮추어 소곤거렸다. 메리는 소년이라고 해도 될 만한, 예쁘장한 젊은 남자가 누구인지 알았다. 영국에서 갓 부임한, 매우 젊은 장교라는 말을 들은 적이 있었다. 아이는 남자를 빤히 바라보았지만 그것도 잠시, 자기 엄마에게서 눈을 떼지 않았다. 그도 그럴 것이, 메리가 평소에 멤 사히브라고 부르는 엄마는 키가 무척 크고 날씬하고 예뻤으며 항상 멋진 드레스를 입고 있었기 때문이다. 구불거리는 머리칼은 비단결 같았고, 작은 코는 항상 주위를 깔보듯 섬세하게 솟아 있었다. 게다가 커다란 두 눈은 항상 방긋 웃었다. 엄마의 드레스는 얇고 하늘거려서, 메리는 그 옷이 "레이스로 가득하다"라고 말하곤 했다. 그날 아침 엄마의 드레스는 유독 레이스가 더 풍성해 보였지만, 엄마의 두 눈은 전혀 웃고 있지 않았다. 휘둥그레 뜬 두 눈은 겁에 질렸고, 청년 장교의 잘생긴 얼굴을 간청하듯 올려다보고 있었다.

"그렇게 상황이 나빠요? 오, 정말로요?" 엄마의 말소리가 들렸다.

"끔찍해요." 젊은 장교가 떨리는 목소리로 대답했다. "끔찍해요, 레녹스 부인. 두 주 전에 산 쪽으로 가셨어야 했어요."

멤 사히브가 양손을 맞잡고 비틀었다.

"오, 그럴 줄 알았어!" 엄마가 한탄했다. "그 바보 같은 저녁 연회에 가려고 남았지 뭐예요. 어쩌자고 어리석게 굴었담!"

바로 그때 하인들 숙소가 있는 곳에서 통곡 소리가 터져 나오자 메리의 엄마는 젊은 장교의 팔을 움켜쥐었고, 메리도 그 자리에 서서 머리부터 발끝까지 벌벌 떨었다. 울음소리는 점점 거세지고 비통해졌다.

"무슨 일이지? 무슨 일일까요?" 레녹스 부인이 놀라 말했다.

"누가 죽었군요." 어린 장교가 대답했다. "댁의 하인들 사이에서 발병했다는 말씀은 하지 않으셨잖아요."

"난 몰랐어요!" 멤 사히브가 소리쳤다. "같이 가봐요! 어서 오세요!" 그러더니 돌아서서 황급하게 집으로 들어갔다.

그 이후 무시무시한 변고들이 일어났고, 메리에게도 그날 아침의 수상쩍은 분위기를 누군가 설명해주었다. 콜레라가 걷잡을 수 없이 창궐했고, 사람들이 파리처럼 죽어나갔다. 아야는 전날 밤부터 아프기 시작했다. 아야가 결국 숨을 거두었기 때문에 오두막의 하인들이 통곡을 한 것이다. 다음 날이 밝기 전에 하인 셋이 더 죽었고, 아직 목숨이 붙어 있는 하인들은 겁에 질려 도망쳤다. 사방에서 공포가 기승을 부렸고, 집집마다 사람들이 죽어갔다.

콜레라가 시작된 지 이틀째 되는 날 모두가 겁에 질려

우왕좌왕하는 가운데, 메리는 자기 방에서 숨은 듯 지냈고 모두에게 잊히고 말았다. 아무도 메리를 떠올리지 않았고, 찾지 않았다. 그러더니 메리가 전혀 알지 못하는 이상한 일들이 일어났다. 몇 시간 동안 메리는 울다가 지쳐 잠들기를 반복했다. 사람들이 아프다는 것밖에 몰랐는데, 이따금 기이하고 무시무시한 소리가 들렸다. 한번은 식당 방으로 살며시 가보니 아무도 없었다. 대신 식탁 위에 먹다 남은 음식이 있고, 음식을 먹던 사람들이 무슨 이유로 느닷없이 일어섰는지 의자와 접시들이 아무렇게나 뒤로 밀려 있었다. 아이는 과일과 비스킷을 조금 먹었다. 그러다가 목이 말라 거의 손도 대지 않은 와인 잔의 와인을 마셨다. 와인이 달콤해서 메리는 그 술이 얼마나 독한지 깨닫지 못했다. 와인을 마시자마자 머리가 띵하고 어지러웠다. 그래서 메리는 제 방으로 들어가 문을 꼭 닫았다. 주위 오두막에서 들리는 비명과 사람들이 다급하게 뛰어가는 발소리가 무서워서 견딜 수가 없었다. 와인 때문에 잠이 쏟아진 메리는 눈을 뜨고 있기도 힘들어 침대에 누워 그대로 잠이 들었고, 오랫동안 주위에서 무슨 일이 벌어지는지 알아차리지 못했다.

　메리가 깊이 잠든 몇 시간 동안, 많은 일이 벌어졌다. 하지만 아이는 울음소리와 사람들이 뭔가를 집으로 들여오고 밖으로 내가는 소리에도 뒤척이지 않고 푹 잤다.

마침내 잠에서 깼지만, 메리는 누워 벽만 바라보았다. 집은 쥐 죽은 듯이 고요했다. 집이 이렇게 조용한 적은 없었다. 사람들의 말소리도 발소리도 들리지 않았다. 메리는 모두 콜레라에서 회복되어 소동이 다 끝난 건지 궁금했다. 아야가 죽었으니, 이제 누가 자신을 돌봐줄지도 궁금했다. 아마 새 아야가 올 테고, 새 아야는 또 다른 새로운 이야기들을 알 터였다. 지금까지 들은 이야기들은 이제 지겨웠다. 메리는 아야가 죽었다는대도 울지 않았다. 아이는 마음속에 사랑이 많지 않았고, 누구에게도 정을 느끼지 못했다. 콜레라 때문에 집안이 시끄럽고 사람들이 우왕좌왕하며 울어서, 몹시 겁이 났다. 게다가 아무도 메리가 살아 있다는 사실을 기억하지 못해서 화도 단단히 났다. 사람들은 너무나 겁에 질린 나머지 아무도 좋아하지 않는 어린 여자아이에게 생각이 미치지 않았다. 사람들은 콜레라에 걸리자 자신밖에 생각하지 않는 것 같았다. 모두 다시 건강해지면 누군가는 기억하고 보살펴주러 올 것이라고 메리는 생각했다.

그러나 아무도 오지 않았다. 가만히 누워서 기다리는데, 집이 점점 더 조용해졌다. 거친 깔개 위에서 뭔가가 바스락거리는 소리가 들렸다. 소리 나는 곳을 보니, 작은 뱀 한 마리가 미끄러지듯 기어가며 보석 같은 눈으로 메리를 바라보고 있었다. 메리는 무서워하지 않았다. 독이 없는 작은 놈이라 메리를 해치지 않을 테고, 얼른 방에서 도망치려는 것처럼 보였기 때문이다. 가만히 보고 있으니 뱀이 방문 틈으로 스르르 나갔다.

"너무 조용하고 이상해." 메리가 말했다. "이 집에 나랑 뱀 말고 아무도 없는 것 같잖아."

바로 다음 순간 마당에서 발소리가 들리고, 뒤이어 베란다에서 소리가 났다. 남자들 발소리였다. 그 남자들은 집으로 들어와 작은 목소리로 소곤댔다. 아무도 그들을 맞이하러 나가거나 누군지 묻지 않았다. 그들이 알아서 문을 열고 방방마다 돌아다니는 모양이었다.

"이렇게 적막할 수가!" 이렇게 말하는 소리가 들렸다. "그 아리따운 부인이! 아이도 있었을 텐데. 아이가 있다는 말을 들었어. 아무도 그 애를 본 사람은 없지만."

잠시 후 그 사람들이 메리의 방문을 열었을 때, 아이는 방 한가운데 서 있었다. 메리는 못생기고 화가 잔뜩 나 보였다. 슬슬 배가 고팠고 어처구니없이 방치되었다는 생각에 인상을 잔뜩 찌푸리고 있었다. 방에 제일 먼저 들어온 남자는 예전에 아빠와 이야기를 나누는 모습을 본 적이 있는 덩치 큰 장교였다. 그 남자는 지치고 힘들어 보였는데, 메리를 보자마자 너무 놀라서 뒤로 펄쩍 물러날 뻔했다.

"바니!" 그 남자가 소리쳤다. "여기 아이가 있어! 혼자 있다고! 이런 집에! 하느님, 자비를 베풀어주소서. 대체 이 아이는 누구지?"

"나는 메리 레녹스예요." 아이가 몸을 곧게 펴며 말했다. 메리는 아버지의 집을 '이런 집'이라고 부르다니 무척 무례하다고 생각했다. "사람들이 콜레라에 걸려 있는 동안 나는 잠을 잤어요. 그리고 방금 일어났어요. 왜 아무도 오지 않는 거죠?"

"아무도 못 봤다는 바로 그 아이잖아!" 그 남자가 동료들을 돌아보며 큰 소리로 말했다. "모두 이 아이를 까맣게 잊었어!"

"왜 나를 잊었어요?" 메리가 발을 쿵쿵 구르며 말했다. "왜 아무도 오지 않아요?"

바니라고 불린 젊은 남자는 몹시 슬픈 표정으로 메리를 보았다. 메리는 바니가 눈물을 참으려는 듯 눈을 찡그리는 모습을 본 것 같다는 생각을 할 정도였다.

"가여운 아이!" 바니가 말했다. "네게 올 사람이 아무도 남아 있지 않아."

메리는 아빠도 엄마도 떠났다는 사실을, 그날 밤 부모는 숨을 거두어 사람들이 시신을 내갔고, 몇 안 되는, 살아남은 하인들은 아무도 집에 아가씨가 있다는 사실을 떠올리지도 못한 채 최대한 빨리 그 집에서 도망을 쳤다는 사실을, 이렇게 기묘하고 갑작스럽게 알게 되었다. 그래서 집 안이 그토록 고요했던 것이다. 정말로 그 집에는 메리와 뱀 한 마리 외에 아무도 없었다.

고집불통 메리 아가씨

메리는 먼발치에서 엄마를 바라보는 걸 좋아했고, 엄마가 매우 아름답다고 생각했다. 하지만 엄마에 대해 거의 몰랐기 때문에, 메리가 엄마를 사랑하거나 엄마가 죽은 후 보고 싶어하리라 기대할 사람은 없었다. 실제로 메리는 엄마를 전혀 그리워하지 않았다. 게다가 자신밖에 모르는 아이였기에, 언제나 그랬듯이 자신만 생각했다. 메리가 나이가 더 들었다면 천애 고아가 되었다는 사실에 몹시 충격을 받고 괴로워했겠지만, 그러기에는 너무 어렸다. 메리는 태어난 후로 줄곧 누군가의 보살핌을 받았기 때문에, 당연히 앞으로도 그러리라 여겼다. 메리가 궁금해한 것은, 자신이 좋은 사람들에게 가게 되어 그 사람들이 메리에게 공손하게 대해주고 아야와 다른 원주민 하인들이 했듯 마음대로 하게 해줄지 여부뿐이었다.

메리는 집을 떠나 처음 지내게 된 영국인 목사 집에서

계속 지내지 않으리라는 사실을 알았다. 그곳에서 살고 싶지 않았다. 영국인 목사의 집은 가난했고, 메리 또래의 아이가 다섯이나 되었다. 그 아이들은 모두 허름한 옷을 입고, 언제나 아웅다웅 다투며 서로의 장난감을 빼앗았다. 메리는 지저분한 목사관이 지긋지긋했고, 목사의 가족에게도 어찌나 못되게 굴었는지 그 집에 온 지 하루 이틀 만에 아이들은 아무도 메리와 놀려고 하지 않았다. 둘째 날 아이들은 메리에게 별명을 지어줬는데, 메리는 별명에 불같이 화를 냈다.

그 별명을 제일 먼저 생각한 사람은 배질이었다. 배질은 고집스럽게 빛나는 푸른 눈에 코가 위로 들린 남자아이로, 메리는 그 아이가 싫었다. 메리는 콜레라가 시작된 그날처럼 나무 아래에서 혼자 놀고 있었다. 정원을 만들려고 흙무더기를 여러 개 쌓았고 오솔길을 만드는 중이었다. 그때 배질이 다가와 그 모습을 지켜보았다. 지켜보던 배질은 그 놀이가 꽤 재미있어 보여 갑자기 훈수를 두었다.

"저기에 돌들을 세워서 바위 정원처럼 만들면 어때?" 배질이 말했다. "저기 한가운데 말이야." 그러더니 몸을 숙이고 그곳을 가리켰다.

"저리 가!" 메리가 소리쳤다. "나는 남자애들이 싫어. 가란 말이야!"

그 말을 듣자마자 배질은 화가 난 것 같더니, 이내 메리를 놀리기 시작했다. 그 아이는 늘 여자 형제들을 놀렸다. 배질은 메리 주위를 춤을 추며 돌면서 우스꽝스러운 표정을 짓고 웃으며 노래를 불렀다.

고집불통 메리 아가씨,
정원은 잘 자라나요?
하얀 방울꽃들과 조가비들과
금진화들이 꼬르르 늘어서 있지.

배질은 다른 형제들이 듣고 웃음을 터트릴 때까지 노래를 불렀다. 메리가 화를 내면 낼수록 아이들은 더 열심히 '고집불통 메리 아가씨'를 불렀다. 그 후로는, 메리가 그 집에서 지내는 동안, 아이들끼리 메리 이야기를 하거나 심지어 메리에게 말을 걸 때도 '고집불통 메리 아가씨'라고 불렀다.

"너를 집으로 보낼 거래." 배질이 메리에게 말했다. "이번 주말에. 그래서 우리는 속이 후련해."

"나도 마찬가지야." 메리가 대꾸했다. "집이 어딘데?"

"얘는 집이 어딘지도 모른데!" 배질이 일곱 살짜리가 지을 만한 경멸하는 표정으로 말했다. "어딘긴 어디야, 영국이지! 우리 할머니도 영국에 사셔. 작년에 메이벨 누나가 그곳으로 갔지. 너는 네 할머니 집으로 가지 않아. 너는 할머니가 없으니까. 네 고모부의 집으로 가게 될 거야. 이름이 아치볼드 크레이븐이라더라."

"나는 그 사람에 대해서 아무것도 몰라." 메리가 딱 잘라 말했다.

"네가 모른다는 거 알아." 배질이 대답했다. "네가 뭘 알겠니. 여자애들은 원래 아무것도 몰라. 아빠와 엄마가 그 사람에 대해서 이야기를 하는 걸 들었어. 그 사람은 시골에 있는 무지무지 크고 오래된, 외딴집에서 살아. 그리고 아무도 그 사람에게 다가가지 않지. 그 사람은 성질이 고약해서 아무도 곁에 오게 하지 않아. 곁에 오게 해줘도 아무도 그 사람에게 가지 않을 거야. 네 고모부는 곱사등이인 데다가 끔찍한 사람이니까."

"네 말 안 믿어." 메리가 말했다. 그러고는 홱 돌아서서 손가락으로 귀를 틀어막았다. 그런 이야기는 더 듣고 싶지 않았다.

하지만 그 후 메리는 배질의 이야기를 한참 동안 생각했다. 그날 밤 크로포드 부인이 며칠 후 영국으로 가는 배를 타고 메리의 고모부 아치볼드 크레이븐 씨가 사는 미슬스웨이트 장원에 가게 될 거라고 말해주었다. 하지만 메리가 돌처럼 굳은 표정으로 고집스럽게 관심을 보이지 않자, 목사 부부는 메리에 대해 어떻게 생각해야 할지 알 수 없었다. 두 사람은 메리를 따뜻하게 대하려고 애썼다. 하지만 크로포드 부인이 입을 맞추려고 할 때마다 메리는 얼굴을 휙 돌렸고, 크로포드 씨가 어깨를 토닥여줄 때면 몸이 뻣뻣하게 굳어버렸다.

"메리는 정말 못생긴 아이예요." 후에 크로포드 부인이 안타깝다는 듯 말했다. "그 애 어머니는 그렇게 예쁘장했는데. 행동거지도 그렇게 참할 수가 없었죠. 난 메리만큼 정이 안 가는 아이는 본 적이 없어요. 우리 애들이 '고집불통 메리 아가씨'라고 부르더라고요. 애들이 잘했다는 건 아니지만, 누구라도 그럴 만하다고 생각할 거예요."

"그 애 어머니가 그 예쁘장한 얼굴과 예의 바른 태도로 아이 방을 더 자주 찾았다면, 메리도 착한 행동거지를 배웠을 거예요. 참으로 가슴 아픈 일이지요. 아름답던 그 사람은 죽고 없는데, 그 부인에게 딸이 있다는 걸 알았던 사람조차 거의 없다는 사실을 떠올리면요."

"그 애 어머니는 딸을 거들떠보지도 않았을 거예요." 크로포드 부인이 한숨을 쉬었다. "메리의 아야가 죽고 나서는 아무도 그 어린것을 떠올리지도 않았어요. 텅 빈 저택에 아이만 혼자 두고 하인들이 몽땅 도망쳤다는 걸 생각해보세요. 맥그루 대령이 방문을 열었다가 그 애가 방 한가운데 덩그러니 서 있는 모습을 보고 기절초풍을 했다잖아요."

메리는 어느 장교 부인의 보살핌을 받으며 영국으로 머

나면 항해에 올랐다. 그 장교 부인은 기숙학교에 자기 아이들을 맡기러 가는 길이었다. 그 부인은 자기 어린 딸과 아들을 챙기기에 여념이 없어서, 런던에 도착한 후 아치볼드 크레이븐 씨가 메리를 맞으러 보낸 여자에게 메리를 데려다주고 나자 기뻤다. 메리를 데리러 온 여자는 미슬스웨이트 장원의 가정부로, 메들록 부인이라고 했다. 다부진 체격에 볼이 발그레하고 까만 눈이 날카로워 보이는 사람이었다. 진한 보라색 드레스를 입고 가장자리에 흑요석 술이 달린 까만 비단 망토를 둘렀으며, 검은 보닛을 쓰고 있었다. 그 보닛에는 보라색 벨벳으로 만든 꽃 장식들이 튀어나올 듯 달렸는데, 고개를 움직일 때마다 흔들렸다. 메리는 메들록 부인이 전혀 마음에 들지 않았다. 하지만 메리가 좋아하는 사람은 거의 없기 때문에, 어차피 특별한 일은 아니었다. 게다가 메들록 부인도 메리가 마음에 들지 않는다는 사실을 누가 봐도 알 수 있었다.

"세상에! 저렇게 볼품없이 생긴 아이일 줄이야!" 메들록 부인이 말했다. "듣자 하니 애 어머니가 그렇게 미인이었다던데요. 어머니 미모를 별로 물려받지 못했나 봐요, 부인. 그렇죠?"

"자라면서 예뻐질지도 몰라요." 장교의 부인이 사람 좋게 대답했다. "지금은 얼굴빛이 누렇지만, 더 밝아지고 표정이 좋아지면, 이목구비는 꽤 예쁘장하잖아요. 아이들은 자라면서 얼굴이 많이 바뀌죠."

"저 애는 아주 많이 바뀌어야 할 거예요." 메들록 부인이 말했다. "혹시나 해서 하는 말인데, 미슬스웨이트는 아이들이 잘 자랄 만한 환경이 전혀 아니에요!"

두 사람은 자신들의 대화를 메리가 듣지 않는다고 생각했다. 호텔에 도착한 후 메리는 그들과 조금 떨어져 창가에서 있었기 때문이다. 지나가는 합승 마차와 이륜마차, 행인들을 지켜보고 있었지만 두 사람의 이야기가 잘 들려서, 메리는 어느새 고모부와 고모부의 저택이 몹시 궁금해졌다. 어떤 곳일까? 고모부는 어떤 사람일까? 곱사등이는 뭐지? 인도에는 그런 사람이 없는지, 메리는 곱사등이를 본 적이 없었다.

아야도 없이 다른 사람들 집에 얹혀살게 된 이후, 메리는 처음으로 외로움을 타기 시작했고 전에는 하지 않던 이상한 생각을 하게 되었다. 메리는 왜 어머니와 아버지가 살아있을 때조차 자신은 누구의 가족도 아닌 것 같았는지 의아했다. 다른 아이들은 자기 아버지와 어머니의 아이들처럼 보였지만, 메리는 단 한 번도 누군가의 어린 딸인 적이 없었다는 생각이 들었다. 메리에게는 하인들이 있었고, 음식과 옷도 있었다. 하지만 아무도 메리의 존재를 신경 쓰지 않았다. 메리는 자기 성격이 고약하기 때문에 그랬다는 사실을 몰랐다.

메리는 자신이 그런 아이라는 사실을 조금도 깨닫지 못했다. 종종 메리는 다른 사람들이 고약하다고 생각했지만, 고약한 쪽이 자신이라는 사실을 몰랐다.

메리는 불그레하고 평범한 얼굴에 얌전하지만 예쁜 보닛을 쓴 메들록 부인이 지금까지 본 가장 싫은 사람이라 생각했다. 이튿날 메들록 부인과 함께 요크셔로 출발할 때 메리는 기차역으로 들어가 열차로 가는 동안 고개를 곧게 들고 최대한 메들록 부인에게서 멀찍이 떨어져 걸었다. 부인의 아이처럼 보이고 싶지 않았기 때문이다. 모르는 사람들이 자신을 그 사람의 어린 딸로 여길지도 모른다는 생각만으로도 메리는 화가 치밀었으리라.

하지만 메들록 부인은 메리와 메리의 속마음 따위는 안중에도 없었다. 부인은 '어린 사람들의 허튼짓은 절대 참지 않는' 부류의 여자였다. 적어도 남들이 물어보면, 그렇게 대답할 것이다. 메들록 부인은 언니인 마리아의 딸이 곧 결혼식을 올릴 예정이라 런던에 가고 싶지 않았다. 하지만 미슬스웨이트 장원의 가정부는 편하고 월급도 넉넉히 받는 자리였다. 이 일자리를 놓치지 않으려면 아치볼드 크레이븐 씨가 시키는 일을 냉큼 하는 수밖에 없었다. 그래서 반문조차 하지 않았다.

"레녹스 대령 부부가 콜레라로 죽었다는군." 크레이븐

씨가 냉담한 말투로 짧게 말했다. "레녹스 대령은 내 아내의 형제였고, 나는 그 부부 딸의 후견인이네. 그 아이를 이리로 데리고 와야 해. 런던으로 가서 아이를 데리고 오게."

그래서 메들록 부인은 작은 여행 가방에 짐을 싸서 런던으로 길을 떠났다.

객차의 한쪽 구석에 앉아 있는 메리는 뚱하고 짜증이 난 듯 보였다. 읽을 것도 볼 것도 없어서 검은 장갑을 낀 여윈 손은 다리 위에 포개놓은 채였다. 검은색 드레스를 입고 있으니 누르께한 얼굴이 더 누레 보였다. 윤기 없는 연한 색 머리카락은 검은색 크레이프 천으로 만든 모자 아래로 힘없이 흘러내렸다.

'저렇게 버르장머리 없는 아이는 내 평생 처음 봤네.' 메들록 부인이 생각했다. 꼼짝도 않고 가만히 앉아 있기만 하는 아이도 처음 보았다. 마침내 메리를 지켜보는 것도 지겨워지자, 메들록 부인은 탁한 목소리로 이야기를 시작했다.

"지금 우리가 가는 곳에 대해 뭐라도 아가씨에게 이야기를 해드리는 편이 좋겠군요." 메들록 부인이 말했다. "고모부에 대해서 아는 게 있나요?"

"없어." 메리가 대답했다.

"아버님과 어머님이 그분에 대해서 나누는 이야기를 들어본 적도 없고요?"

"응." 메리가 인상을 찡그리며 말했다. 부모님이 특별히 어떤 일에 대해서든 메리에게 이야기를 해준 적이 없다는 사실이 기억났기 때문에, 메리는 절로 인상이 구겨졌다. 그들은 특별한 일은 고사하고 아무것도 말해 주지 않았다.

"흠." 메들록 부인은 메리의 아무 반응이 없는 기묘한 표정을 빤히 바라보며 투덜거렸다. 그래서 잠시 입을 다물었다가 다시 말문을 열었다.

"아가씨에게 몇 가지 이야기를 미리 해드려야겠군요. 마음의 준비를 하도록 말이죠. 지금 아가씨가 가는 곳은 아주 묘한 곳이랍니다."

메리는 아무 말도 하지 않았다. 메들록 부인은 메리가 전혀 관심을 보이지 않자 당혹스러운 모양이었다. 하지만 숨을 한 번 쉰 후 이야기를 계속했다.

"저택이 우울해 보일 정도로 웅장하기 때문은 아니에요. 그래도 크레이븐 씨는 나름대로 저택을 자랑스러워하시죠. 물론 꽤나 우울한 분위기지만요. 저택은 무려 600년이나 되었고, 황무지의 가장자리에 서 있어요. 저택에는 방이 백 개 가까이 된답니다. 물론 대부분 문을 꼭 닫고 자물쇠를 채워 뒀지요. 저택에는 그림이며 훌륭한 고가구들이 있어요. 몇백 년 동안 그 자리를 지키고 있는 물건들도 있답니다. 저택 주위에는 넓은 영지가 펼쳐지죠. 그리고 몇 개나 되는 정원과 땅에 닿을 정도로 가지가 늘어진 나무들도 있어요. 어떤 나무들은 그래요." 메들록 부인은 거기까지 말하고 잠시 숨을 돌렸다. "하지만 그 외에는 아무것도 없어요." 그러고는 불쑥 말을 끝냈다.

메리는 자기도 모르는 새 이야기에 귀를 기울였다. 이야기를 들어보니 인도와 완전히 딴판이었고, 낯선 것이 아이의 관심을 끌기도 했다. 하지만 메리는 호기심이 생긴 티를 내고 싶지 않았다. 그 점이 무례하고 기분 나쁜 메리의 태도 중 하나였다. 메리는 가만히 앉아만 있었다.

"음." 메들록 부인이 말문을 열었다. "어떻게 생각해요?"

"아무 생각도 안 해." 메리가 대답했다. "나는 그런 곳에 대해서 아무것도 몰라."

그 대답에 메들록 부인이 잠시 웃더니 말했다.

"어휴! 아가씨는 꼭 할머니 같아요. 관심이 생기지 않아요?"

"중요하지 않잖아." 메리가 말했다. "내가 관심이 있든 말든."

"그렇다면 아가씨는 그곳에 잘 맞겠어요." 메들록 부인이 말했다. "그런 건 중요하지 않죠. 아가씨를 미슬스웨이트 장원에서 데리고 있는 편이 가장 간단한 해결책이라고 여기신 게 아니라면, 주인님이 왜 그런 결정을 내리셨는지 나는 몰라요. 그분은 아가씨에 대해서 아무런 신경도 쓰지 않으실 거예요. 그건 불을 보듯 확실해요. 그분은 그 누구도 신경을 쓰지 않으시죠."

바로 그때 메들록 부인이 문득 뭔가가 기억난 듯 말을 멈췄다.

"그분은 등이 굽었답니다." 메들록 부인이 말했다. "그래서 성격이 비뚤어졌어요. 젊었을 때도 늘 뚱한 성격이었어요. 결혼을 하기 전까지만 해도 그 많은 재산과 으리으리한 저택이 아무 쓸모도 없었지요."

관심을 보이고 싶지 않았는데도 메리의 시선이 메들록 부인에게 향했다. 메리는 등이 곱은 사람이 결혼을 했으리라 생각하지 않았기에, 약간 놀랐다. 메들록 부인은 메리의 반응을 보았다. 그러고는 수다를 좋아했기 때문에 더 신이 나서 이야기를 계속했다. 어쨌든 이것도 지루한 시간을 보내는 방법이었다.

"마님은 사랑스럽고 아름다운 분이셨어요. 마님이 어느 풀 한 포기를 갖고 싶다고 했다면, 주인님은 그걸 구하려고 전 세계를 돌아다녔을 거예요. 마님이 주인님과 결혼할 거라고 생각한 사람은 아무도 없었어요. 하지만 결혼을 했죠. 그걸 보고 사람들은 주인님의 재산을 노렸다고 수군댔어요. 하지만 아니었어요. 그런 꿍꿍이가 아니었어요." 메들록 부인이 힘주어 말했다. "마님이 돌아가시자······."

메리는 자신도 모르게 펄쩍 뛰었다.

"뭐! 죽었다고?" 메리는 자신도 모르게 탄식이 나왔다. 문득 예전에 읽은 프랑스 동화 『고수머리 리케』(샤를 페로의 동화로, 못생겼지만 지혜로운 고수머리 리케가 지혜를 원하는 아름다운 공주를 만나게 되는 이야기―옮긴이)가 떠올랐다. 등이 굽은 불쌍한 사람과 아름다운 공주가 나오는 동화였다. 메리는 문득 고모부가 안됐다고 생각했다.

"네, 마님은 돌아가셨어요." 메들록 부인이 대답했다. "그러자 주인님은 전보다 더욱 괴팍한 사람이 되었죠. 이제 누구에게도 관심이 없어요. 사람들을 만나지도 않으시죠. 대개는 여행 중이시라 댁에는 계시지 않아요. 미슬스웨이트에 계실 때는 항상 서쪽 건물에 틀어박혀 피처 씨 외에는 아무도 만나주지 않아요. 피처 씨는 나이 많은 하인인데, 주인님의 어린 시절부터 돌봐오셔서 주인님 성격을 잘 알죠."

마치 동화책에서나 나올 법한 이야기였지만 메리의 기분을 북돋아주지는 않았다. 방이 백 개나 있는데 대부분 꼭 닫아 자물쇠를 채워놓았다니, 듣기만 해도 지겨웠다. 황무지 가장자리에 서 있다는데, 황무지는 무엇일까. 게다가 자신만의 세상에 틀어박힌 등 굽은 남자라니! 메리는 입을 꾹 다문 채 창밖을 바라보았다. 마침 이 상황에 잘 어울리게 회색 비가 비스듬히 유리창을 때리며 흘러내리기 시작했다. 아름다운 부인이 살아 있다면, 메리의 엄마 같은 사람이 되어 '레이스로 가득한' 드레스를 입고 온갖 파티에 드나들며 집안 분위기를 즐겁게 했을 텐데. 하지만 부인은 이제 그곳에 없었다.

"주인님을 만나 뵙는 건 꿈도 꾸지 말아요. 십중팔구 그런 일은 없을 테니까요." 메들록 부인이 말했다. "그리고 아가씨에게 말을 걸 사람들이 있을 거라고도 기대하지 말아요. 저택 근처에서 놀아야 하고 스스로를 돌봐야 합니다. 어느 방엔 들어가도 되고 어느 방엔 들어가면 안 되는지 알려줄 거예요. 정원은 괜찮아요. 하지만 저택 안에서는 아무 데나 어슬렁거리며 들쑤시고 다녀서는 안 돼요. 크레이븐 씨가 용납하지 않으실 거예요."

"들쑤시고 다닐 생각도 들지 않을 거야." 어린 메리가 뚱한 표정으로 대답했다. 메리에게 불쑥 고모부를 동정하는 마음이 들었던 것처럼 불쑥 그런 마음이 사라졌다. 그리고 고모부에게 일어날 만한 일이 일어났다고 생각이 들 만큼 고모부가 싫어졌다.

메리는 빗물이 줄줄 흘러내리는 유리창으로 고개를 돌렸다. 그리고 영원히 그치지 않을 것만 같은 회색빛 폭우를 빤히 바라보았다. 회색 빗줄기를 오랫동안 빤히 보고 있자니 눈앞의 어둠이 점점 무거워졌고, 마침내 그대로 곯아떨어졌다.

황무지를 건너서

메리는 한참을 잤다. 눈을 떠보니, 지나온 어느 기차역에서
인지 메들록 부인이 사둔 점심 바구니가 있었다. 두 사람은
닭고기와 차갑게 식힌 구운 쇠고기, 버터 바른 빵에 뜨거운
차를 곁들여 먹었다. 비는 그 어느 때보다 세차게 쏟아지는
듯했다. 그래서 기차역에 나온 사람들은 모두 비에 젖어 번
들번들한 비옷을 입고 있었다. 차장이 객차 램프에 불을 밝
히자 메들록 부인은 한결 기분 좋게 차를 마시며 닭고기와
쇠고기를 먹었다. 메들록 부인은 사온 음식을 실컷 먹고 이
내 잠이 들었다. 메리는 앉아서 메들록 부인을 지켜보았다.
부인이 쓴 섬세한 보닛이 한쪽으로 미끄러져 내리는 모습을
보다가 창문을 두드리는 빗소리를 자장가 삼아 객차 한구석
에서 다시 까무룩 잠이 들었다. 메리가 다시 깼을 때는 이미
주위가 꽤 어둑어둑했다. 기차가 어느 역에 서자 메들록 부

인이 메리를 흔들어 깨웠다.

"실컷 잤군요!" 메들록 부인이 말했다. "이제 눈을 뜰 때예요! 스웨이트 역에 도착했어요. 지금부터 마차를 타고 한참을 가야 한답니다."

메리가 자리에서 일어나 잠을 깨려고 애쓰는 동안, 메들록 부인이 짐 꾸러미들을 주섬주섬 챙겼다. 메리는 부인에게 도와주겠다고 하지 않았다. 인도에서는 항상 원주민 하인들이 물건을 주워주거나 들어서 옮겨주었기 때문이다. 메리는 다른 사람에게 시중을 받는 게 당연하다고 생각했다.

그 역은 자그마했고, 그곳에서 내린 승객은 두 사람밖에 없었다. 역장은 투박하지만 사람 좋아 보이는 말투로 메들록 부인에게 말을 걸었다. 억양이 몹시 독특했는데, 메리는 나중에야 요크셔 말투가 그렇다는 걸 알게 되었다.

"잘 다녀오셨소?" 역장이 말했다. "아이구, 그 애를 데리구 오셨구려."

"네, 그 애라오." 메들록 부인도 요크셔 말투로 대답하며 메리를 향해 어깨 너머로 고갯짓을 했다. "부인은 어떠시오?"

"이제 괜찮소. 역 밖에 마차가 기다리구 있다오."

작은 승강장 앞에 사륜마차가 서 있었다. 메리가 보기에 마차는 근사했고, 마차에 오르도록 도와준 마부도 근사했다. 마부의 기다란 비옷과 모자에 씌운 방수천은 건장한 역장을 포함해 다른 모든 것과 마찬가지로 번들거렸고, 빗물이 뚝뚝 떨어져 내렸다.

마부가 문을 닫고 상자를 싣고 마침내 출발했을 때, 메리는 포근하게 쿠션을 댄 마차 한구석에 앉아 있었다. 하지만 이번에는 잠들고 싶지 않았다. 메들록 부인이 말한 이상한 저택을 향해 가는 그 길에서 어떤 풍경을 볼지 호기심이 일어, 아이는 앉은 자리에서 창밖을 보았다. 메리는 겁쟁이도 아니고, 정확히 말해서 겁을 먹지도 않았다. 하지만 백 개나 되는 방들을 거의 다 꼭 닫아둔 저택에서 앞으로 무슨 일이 일어날지 짐작조차 할 수 없었다. 게다가 저택이 황무지 끄트머리에 서 있다지 않는가.

"황무지가 뭐야?" 메리가 느닷없이 메들록 부인에게 물었다.

"한 10분 정도 창밖을 내다보자면 보일 거예요." 부인이 이렇게 대답했다. "미슬 황무지를 8킬로미터쯤 달리면 미슬스웨이트에 도착해요. 지금은 밖이 컴컴해서 잘 보이지 않을 거예요. 그래도 보이는 풍경도 있죠."

메리는 더 질문을 하지 않았다. 대신 컴컴한 마차 한구석에 앉아 창에서 눈을 떼지 않고 기다렸다. 마차에 달린 등불이 마차 근처를 비추어, 마차가 지나가는 길의 풍경이 언뜻언뜻 보였다. 역을 뒤로하고 달리던 마차가 어느 작은 마을로 들어서자, 하얗게 칠한 시골집들과 선술집의 불빛이 보였다. 잠시 후 마차는 교회와 목사관을 지나쳤다. 그리고 장난감과 사탕 같은 잡화를 팔려고 펼쳐둔 작은 시골집인지 가게 진열대인지 모를 곳도 지나쳤다. 그러다가 그들을 태운 마차가 큰길로 접어들자 생울타리와 나무들이 보였다. 그 후로 한참 동안 별 차이가 없는 듯한 풍경이 이어졌다. 적어도 그 시간이 메리에게는 긴 시간으로 느껴졌다.

마침내 말들이 언덕길을 오르는지 점점 속도를 늦추기 시작했다. 바깥에는 생울타리도 나무도 더는 보이지 않는 것 같았다. 메리에게는 마차 양쪽으로 모든 것을 뒤덮은 어둠밖에 보이지 않았다. 메리가 앞으로 몸을 내밀어 얼굴을 창문에 갖다 대는 순간 마차가 크게 덜컹했다.

"아이쿠! 황무지로 확실히 들어왔나 봐요." 메들록 부인이 말했다.

마차 등불이 울퉁불퉁한 길 위로 노란 불빛을 비췄다. 그 길은 마차 앞쪽과 사방으로 드넓게 펼쳐져 있을 거대한 어둠 속으로 자취를 감추려는 덤불과 키 작은 식물들 사이로 나 있었다. 바람 한 줄기가 일더니 거칠고 나지막하고 단조롭게 휙휙 소리를 냈다.

"이건, 이건 바다가 아니야, 그렇지?" 메리가 메들록 부인을 보며 말했다.

"네, 바다가 아니에요." 메들록 부인이 대답했다. "들판도 산도 아니에요. 히스와 가시금작화와 양골담초밖에 자라지 못하고 야생 조랑말과 양 떼밖에 살지 못하는, 거친 땅이 끝도 없이 펼쳐지는 곳이죠."

"황무지는 바다와 비슷할 것 같아, 물이 가득하다면." 메리가 말했다. "지금 꼭 바다에 있는 것처럼 소리가 나잖아."

"덤불 사이를 지나가는 바람 소리랍니다." 메들록 부인이 말했다. "저는 이곳이 지겹기 짝이 없는 야생의 땅이라 생각해요. 그런데 이 황무지를 좋아하는 사람들도 많아요. 특히 히스 꽃이 만발할 때는 말이죠."

마차는 어둠을 뚫고 계속 달렸다. 어느새 비는 그쳤지만, 바람은 마차 옆으로 서둘러 지나가며 휘파람을 부는 듯 묘한 소리를 냈다. 길은 오르락내리락 이어졌다. 마차는 꿍음을 내며 빠르게 흐르는 물 위로 놓인 작은 다리를 몇 번이나 건넜다. 메리는 이 마차 여행이 결코 끝나지 않을 것 같다고 생각했다. 넓고 황량한 황무지는 광막한 검은 바다고, 마차는 그 가운데로 좁은 띠처럼 난 땅을 달리는 기분이 들었다.

"나는 황무지가 싫어." 메리가 혼잣말을 했다. "황무지가 싫어." 그리고 얇은 입술을 더 꽉 다물었다.

말들이 오르막길을 올라갈 때 메리는 처음으로 불빛을 보았다. 동시에 메들록 부인도 그 불빛을 보았다. 그리고 안

도하는 한숨을 길게 내쉬었다.

"휴, 반짝거리는 불빛을 보니 마음이 놓이네요." 메들록 부인이 말했다. "관리인 집 창문 불빛이에요. 이제 조금 후면 따뜻한 차를 마실 수 있겠네요."

메들록 부인이 '조금 후면'이라고 말한 건, 마차가 장원의 정문을 통과한 후로도 여전히 3킬로미터 넘게 달려야 한다는 의미였다. (진입로 양쪽의 나뭇가지들이 머리 위에서 맞닿을 듯 뻗어 있었기에) 마차가 길고 컴컴한 아치 지붕 아래로 달리는 것 같았다.

마차는 아치 지붕에서 빠져나와 탁 트인 공간으로 들어가더니, 엄청나게 길지만 나직한 건물 앞에 멈췄다. 그 건물은 돌을 깔아둔 뜰을 에워싸듯 마구 뻗어가는 것 같았다. 처음에 메리는 저택에 불 켜진 창문이 하나도 없는 줄 알았다. 하지만 마차에서 내려 보니 위층 구석 방 하나를 침침한 불빛이 밝히고 있었다.

저택 문은 엄청나게 컸는데, 신기한 모양의 육중한 떡갈나무 판들에 커다란 장식용 쇠못이 박혀 있고 커다란 쇠막대들로 고정되어 있었다. 문을 열자 으리으리한 현관홀이 나왔다. 그곳이 어찌나 어두침침한지, 메리는 벽에 걸린 여러 초상화 속 얼굴과 갑옷 기사들 쪽으로 눈길도 주고 싶지 않았다. 돌바닥에 서 있자니 메리는 자그마하고 기묘하게 생긴 검은 모형처럼 보였다. 메리도 자신이 겉으로 그렇게 보이는 만큼 보잘것없고 외롭고 기묘한 아이인 것 같다고 생각했다.

그들에게 문을 열어준 하인 근처에 단정하고 깡마른 노인이 서 있었다.

"아가씨를 방으로 모셔가게." 그 노인이 탁한 음성으로 말했다. "주인님은 아가씨를 만나지 않으실 거라네. 주인님은 아침에 런던으로 가실 예정이지."

"잘 알겠습니다, 피처 씨." 메들록 부인이 대답했다. "제게 뭘 기대하시는지 잘 압니다. 그대로 처리하겠습니다."

"자네에게 기대하는 것은, 메들록 부인." 피처 씨가 말했다. "주인님이 방해받지 않으시도록 조치하는 거라네. 그리고 보고 싶어하시지 않는 걸 눈에 띄지 않도록 잘 단속하는 것이고."

잠시 후 메리 레녹스는 부인을 따라 넓은 계단을 올랐다. 계단을 올라 기다란 복도를 걷고, 또 짧은 계단을 오르고, 다시 복도를 걷다가 또 다른 복도로 접어들고 나서야 마침내 메들록 부인이 벽에 달린 문을 열었다. 방에 들어가 보니 벽난로에는 불이 타올랐고 탁자에 저녁 식사가 차려져 있었다.

메들록 부인이 느닷없이 퉁명스럽게 말했다.

"자, 마침내 도착했네요! 앞으로 이 방과 바로 옆방이 아가씨가 지낼 곳이에요. 그곳을 벗어나서는 안 됩니다. 절대 잊지 말아요!"

이렇게 해서 메리 아가씨가 미슬스웨이트에 도착했다. 그리고 메리는 평생 이렇게 심술궂은 반발심이 든 적이 처음이었다.

마사

다음 날 메리는 어린 하인이 벽난로 불을 피우려고 들어와 그 앞에 깔아놓은 깔개에 무릎을 꿇고 앉아 재를 요란하게 긁어내는 소리에 잠이 깼다. 메리는 침대에 누워서 하인을 잠시 바라보다가 비로소 방을 둘러보았다. 태어나서 그런 방은 처음이었다. 그 방은 신기하면서도 우울했다. 벽마다 숲 풍경을 수놓은 벽걸이 양탄자가 걸려 있었다. 나무 아래로 화려하게 차려입은 사람들을 짜 넣었고, 멀리 성의 작은 탑들이 어렴풋이 보이는 풍경이 펼쳐졌다. 사냥꾼들과 말들, 개들, 부인들이 있었다. 메리는 그들과 함께 숲에 있는 기분이었다. 두꺼운 벽에 난 창문으로 저 멀리 오르막으로 이어진 땅이 보였다. 나무가 한 그루도 자라지 않는 듯한 그곳은 끝없이 펼쳐진 탁한 보라색 바다 같았다.

"저게 뭐야?" 메리가 창밖을 가리키며 물었다.

어린 하인 마사가 막 일어서려다, 메리처럼 그곳을 보며 손으로 가리켰다.

"저기 말이여요?" 하인이 말했다.

"그래."

"황무지여요." 착한 심성이 다 드러나는 환한 미소를 지으며 말했다. "마음에 드셔요?"

"아니." 메리가 대답했다. "저곳은 너무 싫어."

"아직은 낯설어 그러지요." 마사가 깔개로 다시 돌아가며 말했다. "지금은 넓기만 한 황량한 데라구 생각하실 테지요. 하지만 곧 좋아허게 되실 거여요."

"너는 좋아해?" 메리가 물었다.

"말해 뭐 한대요. 좋아허지요." 마사는 쇠살대를 광이 나도록 닦으며 쾌활하게 대답했다. "저곳을 사랑헌다니깐요. 저긴 절대 황량허지 않다구요. 저긴 달콤한 향기가 나는 꽃들루 뒤덮일 거여요. 봄과 여름이 되어서 가시금작화, 양골담초, 히스가 꽃을 활짝 피우면 얼마나 아름다운지 몰러요. 꿀처럼 달콤한 향기가 진동을 허고 공기는 정말 신선허다니깐요. 하늘이 저만치 높아지구요, 꿀벌들이 윙윙거리구, 종달새 노래하는 소리가 얼마나 듣기 좋은지. 에휴! 뭘 준다구 해두 절대 황무지를 떠나지 않을 거여요."

메리는 어둡고 어리둥절한 표정으로 마사의 이야기를

54

들었다. 메리가 인도에서 흔히 보던 인도인 하인들은 절대 저런 식으로 굴지 않았다. 그들은 늘 아부를 하고 굽실거릴 뿐이었다. 게다가 자신이 주인과 대등한 사람이라는 투로 말하는 시늉조차 하지 않았다. 그들은 살람(이마에 손을 대는 이슬람 인사법-옮긴이)을 했고 주인들을 '가난한 자들의 수호자'나 그 비슷한 이름으로 불렀다. 인도인 하인들은 무슨 일을 할지 지시를 받았지 부탁을 받지는 않았다. 그곳에는 하인에게 "부탁해"나 "고마워"라고 말하는 관습은 없었다. 그곳에서 메리는 화가 나면 아야의 뺨을 때리곤 했다. 메리는 저 하인의 따귀를 때리면 어떻게 나올지 궁금해졌다. 마사는 얼굴이 통통하고 두 볼은 발그레했고, 무척 착해 보였다. 하지만 다부진 모습을 보고 있자니 따귀를 맞으면 냅다 되갈기지 않을까 싶었다. 뺨을 때린 사람이 자그마한 여자아이라고 해도 말이다.

"넌 이상한 하인이구나." 메리가 베개에 몸을 기대고 꽤 건방지게 말했다.

마사는 새까매진 솔을 든 채 쪼그리고 앉아 별로 화를 내는 기색 없이 깔깔 웃었다.

"에휴! 알아요." 마사가 말했다. "미슬스웨이트에 마님이 계셨다면 아래층 하인조차 되지 못했을 거여요. 부엌데기 하인에 만족하구, 절대 위층으루 올라오지 못했을 테지요.

너무 촌스러운 데다 요크셔 말투두 굉장허게 심하니깐요. 근데 이 저택은 엄청나게 크기만 하구 괴상한 곳이여요. 이곳엔 주인님두 주인마님두 없구, 피처 씨와 메들록 부인만 있는 것 같애요. 거기다 크레이븐 씨는 이곳에서 지내실 때면 아무 일도 신경 쓰지 않으셔요. 어차피 거의 이곳을 떠나 계시기도 하구. 메들록 부인이 친절하게두 제게 이곳에서 일하게 해주셨어요. 미슬스웨이트가 딴 대저택과 같은 곳이라면 절대루 일자리를 만들어주실 수 없었을 거여요."

"네가 내 몸종이야?" 메리가 여전히 인도에서 몸에 밴 오만한 태도로 물었다.

마사가 다시 쇠살대를 문질러 닦기 시작했다.

"저는 메들록 부인의 하인이여요." 마사가 당차게 말했다. "부인은 크레이븐 씨 하인이구. 허지만 저는 이 저택에서 하인으로 일하니깐 아가씨 시중두 조금 들 거여요. 근데 아가씨는 시중받을 일이 별루 없겠구먼요."

"누가 내게 옷을 입혀줘?" 메리가 발끈해 물었다.

마사는 다시 꿇어앉더니 메리를 빤히 바라보았다. 그러더니 많이 놀랐는지 심한 요크셔 말투로 말했다.

"옷두 혼저 못 챙기셔요?" 마사가 말했다.

"그게 무슨 말이야? 네 말은 하나도 못 알아듣겠어." 메리가 말했다.

"아이 참, 깜박했어요." 마사가 말했다. "주의하지 않으면 아가씨가 하나두 못 알아들으실 거라구 메들록 부인이 말씀허셨는데. 그니까 아가씬 옷을 직접 입을 줄 모르셔요?"

"몰라." 메리는 몹시 분개하며 대답했다. "한 번도 내 손으로 입은 적이 없어. 당연히 아야가 입혀줬으니까."

"그럼." 마사가 불쑥 말했다. 분명 자신이 무례했다는 사실을 눈곱만큼도 모르는 모양이었다. "이제 배울 때가 되시었네요. 지금보다두 어려질 수는 없으니깐. 몸단장을 직접해보시는 것두 좋구요. 우리 어머니는 왜 높으신 분들 자제들이 대단한 멍청이가 안 되는가 모른다구 입버릇처럼 말씀하셔요. 그 사람들이 강아지라두 되는지 유모가 씻겨주구 입혀주구 산책두 시켜주잖아요!"

"인도에서는 달라." 못된 메리가 업신여기듯 말했다. 메리는 이 상황을 도저히 참을 수 없었다.

하지만 마사는 전혀 주눅 들지 않았다.

"에이! 제 눈에두 달라 보이셔요." 마사는 동정이라도 하듯 말했다. "감히 말씀드리는데, 거긴 점잖은 백인들 대신에 까만 사람들이 너무 많아서 그런 거여요. 아가씨가 인도에서 오신다는 말을 듣구 아가씨도 까만 사람인 줄 알았지 뭐여요."

메리가 불같이 화를 내며 벌떡 일어나 앉았다.

"뭐라고?" 메리가 말했다. "지금 뭐라고 했어! 내가 원주민인 줄 알았다는 거야. 너! 그러는 너는 돼지의 딸이야!"

마사가 얼굴이 벌게져서 메리를 바라보았다.

"아가씨가 그런 욕을 입에 담으시구!" 마사가 말했다. "그렇게 성을 내시면 안 되어요. 어린 숙녀는 그런 말을 하는 법이 아니어요. 저는 까만 사람들에 대해서 아무 감정두 없구요. 교회 책자에서 그 사람들에 대해 읽었는데, 그 사람들은 언제나 신앙심이 강하답디다. 그 책에는 우리가 까만 사람들을 형제로 대해야 한다구 적혀 있지요. 저는 한 번두 까만 사람들을 본 적이 없어요. 그래서 까만 사람들을 가까이서 보겠구나 싶어서 몹시두 기뻤어요. 아침에 벽난로 불을 지피려구 방에 들어왔을 때, 아가씰 보려구 침대에 가서 이불을 살며시 내려보았거든요. 그런데 아가씨는." 몹시 실망한 듯 말을 이었다. "저만큼 피부가 허옇더라구요. 외려 아가씨 피부는 누르께하셔요."

메리는 자신의 분노와 굴욕을 참으려는 시도조차 하지 않았다.

"네가 감히 내가 원주민인 줄 알았다는 거야? 네까짓 것이 감히! 네가 원주민들에 대해서 뭘 알아! 그것들은 사람이 아니야. 그것들은 우리를 받들어 모셔야 하는 하인이야. 네가 인도에 대해서 뭘 안다고 그래. 네가 뭘 알아!"

메리는 머리끝까지 화가 났다. 하지만 마사의 솔직한 눈빛 앞에서 어찌할 바를 모르게 되었다. 게다가 어째서인지 무서울 정도로 외로움이 밀려왔고 자신이 잘 아는 것과 자신을 잘 아는 모든 것에서 멀리멀리 떠나온 기분이 들었다. 메리는 베개에 몸을 던져 얼굴을 파묻고 세상이 떠나가라 엉엉 울기 시작했다. 메리가 어찌나 서럽게 펑펑 우는지, 마음씨 착한 요크셔 아가씨 마사는 더럭 겁이 나면서 메리가 몹시 가여웠다. 마사는 침대로 다가가 허리를 굽혔다.

"에이! 그렇게 울면 안 되어요, 아가씨!" 마사가 간청을 했다. "절대 그러심 안 되어요. 아가씨가 화나신 줄 몰랐어요. 아가씨 말씀대로여요. 저는 암것두 몰라요. 그러니까 이렇게 부탁헐게요, 아가씨. 이제 그만 눈물 뚝 허셔요."

마사의 괴상한 요크셔 말투와 다부진 태도에는 다정하게 마음을 위로해주는 구석이 있었기에 메리는 기분이 풀어졌다. 점점 울음소리가 잦아들더니 마침내 조용해졌다. 마사는 그제야 마음이 놓인 표정이었다.

"이제 일어나실 시간이여요." 마사가 말했다. "메들록 부인이 이 옆방으루 아가씨 아침이랑 차랑 저녁을 가지구 가라구 허셨어요. 옆방은 아가씨 놀이방으루 꾸며두었어요. 침대서 나오면 옷을 갈아입으시게 도울게요. 단추가 등에 달렸으면 혼자 단추를 풸 수 없잖아요."

마침내 메리가 침대에서 일어나기로 하자, 마사가 옷장에서 옷을 가져왔다. 그런데 전날 밤 메들록 부인과 함께 저택에 도착했을 때 메리가 입고 있던 옷이 아니었다.

"그건 내 옷이 아니야." 메리가 말했다. "내 옷은 검은색이야."

메리는 두꺼운 흰색 모직 코트와 원피스를 살펴보았다. 그러더니 냉랭하게 덧붙였다.

"내 옷보다 좋네."

"이 옷을 입으셔야 하셔요." 마사가 대답했다. "크레이븐 씨가 메들록 부인한테 런던에서 사라구 하신 옷들이여요. 주인님이 이렇게 말하셨어요. '검은 옷을 입은 아이가 길 잃은 영혼처럼 돌아다니게 하지 않겠네.' 그리고 또 말하셨어요. '그랬다가는 이곳이 더 서글픈 곳이 될 테니까. 그 애에게 알록달록한 색 옷을 입히게.' 어머닌 주인님이 그렇게 말하신 뜻을 아시겠대요. 어머닌 사람이 뭔 생각을 하는지 언제나다 아셔요. 어머니는 절대루 검은색은 입지 않으셔요."

"나는 검은색 물건이 싫어." 메리가 말했다.

옷을 입고 입히면서, 두 사람은 모두 새로운 사실을 배웠다. 마사는 지금껏 여동생들과 남동생들의 '단추를 채워'주곤 했다. 그렇지만 이렇게 가만히 서서 손도 발도 없는 사람처럼 다른 사람이 해주기를 기다리며 가만히 있는 동생은 한 명도 없었다.

"아가씨가 직접 구두를 신어보면 어떠셔요?" 마사는 메리가 말없이 발을 내밀자 말했다.

"구두는 아야가 신겨줬어." 메리가 빤히 바라보며 말했다. "그게 관습이었어."

메리는 걸핏하면 이렇게 말했다. "그게 관습이었어." 원주민 하인들이 입버릇처럼 그렇게 말했다. 그들에게 지난 천년 동안 그들 조상이 하지 않았던 일을 시키면, 그들은 상대를 온화한 표정으로 바라보며 말했다. "그건 관습이 아닙니다." 그러면 상대는 이야기해봐야 소용없다는 사실을 깨달았다.

지금까지 메리 아가씨에게는 인형처럼 가만히 서서 옷 입혀주기를 기다리는 것만이 관습이었다. 하지만 아침 먹을 준비를 하기도 전부터, 메리에게는 미슬스웨이트 저택에서 지내면 완전히 낯선 일들을 잔뜩 배우게 되리라는 생각이 들기 시작했다. 이를테면 제 손으로 구두와 양말을 신거나 떨어뜨린 물건을 직접 줍는 일 말이다. 마사가 젊은 마님의 하인이라서 훈련을 잘 받았다면, 좀 더 말을 잘 듣고 고분고분하게 행동했으리라. 머리를 빗겨주고, 장화 단추를 채우고, 물건을 줍고, 치워두는 일이 제 일이라는 사실을 알았을 것이다. 하지만 마사는 황무지의 시골집에서 자라 하인 교육을 제대로 못 받은 요크셔 시골 아가씨일 뿐이었다. 마사의 집에는 남동생과 여동생이 잔뜩 있었는데, 그 아이들은 알아서 자기 일을 했고, 품속 아기나 이제 막 걸음마를 시작해 걸핏하면 물건을 넘어뜨리는 더 어린 동생들을 돌봐주는 것 외에 다른 건 상상도 할 수 없었다.

메리 레녹스가 매사에 재미를 느낄 줄 아는 아이였다면, 언제든지 수다를 떨 준비가 된 마사를 보고 깔깔 웃었을 것이다. 하지만 메리는 그저 심드렁하게 마사의 이야기를 들으며, 마사의 자유분방한 태도에 감탄할 뿐이었다. 처음에 메리는 아무 관심도 동하지 않았지만, 마사가 선하고 푸근한 말투로 계속 재잘거리자 어느새 무슨 이야기를 하는지 귀를 기울이게 되었다.

"에휴! 아가씨가 제 동생들을 함 보아야 하셔요." 마사가 말했다. "우리는 형제가 열둘이여요. 그런데 아버지가 일주일에 벌어오시는 돈은 고작 16실링이구요. 어머니는 그 돈으루 우리 모두가 먹을 귀리죽을 만드세요. 동생들은 온종일 황무지에 나가서 뛰어놀아요. 어머니는 황무지의 신선헌 공기 땜에 동생들이 통통해진다구 하셔요. 어머니는 또 녀석들이 야생 망아지들만치 풀을 뜯어먹구 논다시구요. 우리 디콘은요, 이제 열두 살인데, 제 것이라구 하는 어린 조랑말이 있어요."

"네 동생은 그 말을 어디서 구했어?" 메리가 물었다.

"제 어미와 함께 있을 때 황무지서 마주쳤어요. 그 말이 아기 때요. 그 후에 말한테 빵두 먹이구 신선한 풀두 뽑아주구 하면서 친해지기 시작했다죠. 조랑말두 점점 디콘을 좋아하게 되었어요. 디콘을 졸졸 따라다니구 등에 올라타두 내버려 두구요. 디콘은 상냥한 아이여요. 그러니 동물들이 다 좋아하죠."

메리는 한 번도 동물을 키운 적이 없었지만, 늘 동물을 키워보고 싶다는 마음이 있었다. 그래서 디콘이라는 아이에게 흥미가 생기기 시작했다. 메리는 자기 말고 다른 사람에게는 한 번도 관심을 가진 적이 없었기 때문에, 이 관심은 메리의 마음에 건강한 감정이 싹트는 계기였다. 메리가 제 놀이방으로 꾸며놓은 방으로 들어가 보니, 잠을 잔 방과 별로 다르지 않았다. 벽마다 걸린 음울하고 오래된 그림들과 무겁고 오래된 떡갈나무 의자들을 보면, 그곳은 아이 방이 아니라 어른 방 같았다. 중앙에 놓은 탁자에는 푸짐한 아침이 차려져 있었다. 하지만 메리는 언제나 식욕이 별로 없었다. 그래서 마사가 앞에 차려놓은 첫 번째 접시를 무관심한 태도로 바라보았다.

"먹기 싫어." 메리가 말했다.

"귀리죽이 싫다구요?" 마사가 믿을 수 없다는 듯이 소리쳤다.

"그래."

"이게 얼마나 맛나는지 몰라 그러셔요. 귀리죽에 당밀이나 설탕을 조금 넣어보셔요."

"먹기 싫다니까." 메리가 반복했다.

"에휴!" 마사가 말했다. "이렇게 맛난 음식이 쓰레기통으로 가는 건 차마 못 보아요. 제 동생들이 여기 있으면 5분만에 싹싹 핥아먹을 거구먼."

"왜?" 메리가 쌀쌀맞게 물었다.

"왜냐구요?" 마사가 되물었다. "걔들은 배불리 먹어본 적 평생 없으니깐요. 그 애들은 애기 매하구 여우만치 노상 허기져 있어요."

"허기가 지는 게 뭔지 몰라." 메리는 아무것도 모르는 사람이 지을 수 있는 무표정한 얼굴로 말했다.

마사는 성난 표정이었다.

"그럼, 이걸 먹어보는 게 아가씨에게두 좋아요. 딱 보면 알아요." 마사는 거침없이 말했다. "저는 이렇게 맛있는 빵하구 고기를 두구 멀뚱히 앉은 사람들을 보면 화딱지 나요. 세상에! 디콘하구 필하구 제인하구 나머지 동생들이 여기 음식을 앞치마에 그득 담아가면 얼마나 좋아헐 건지!"

"이걸 그 애들 주면 되잖아." 메리가 말했다.

"이 음식은 제 거 아니여요." 마사가 단호하게 말했다. "거기다가 오늘은 저 쉬는 날두 아니구요. 다른 사람들 하는 거처럼 저두 한 달에 한 번 쉬어요. 그날은 집에 가서 어머니 대신 청소를 해요. 어머니 하루 쉬시라구요."

메리는 차를 좀 마시고 마멀레이드를 바른 토스트를 좀 먹었다.

"옷 든든히 입구 입구 밖에 나가 뛰어노셔요." 마사가 말했다. "그러면 건강에두 좋구 배 속에 고기가 들어갈 자리두 생길 테구."

메리가 창가로 갔다. 곳곳에 정원과 오솔길과 큰 나무들이 있었지만, 모든 것이 칙칙하고 황량해 보였다.

"밖이라고? 이런 날에 왜 밖으로 나가야 해?"

"음, 밖에 안 나가면 집에 있어야 해요. 여기서 뭘 하시려구요?"

메리가 주위를 둘러보았다. 놀 거리라곤 아무것도 없었다. 메들록 부인은 놀이방을 준비하면서 정작 장난감은 미처 생각하지 못했다. 차라리 밖으로 나가서 정원이 어떻게 생겼는지 살펴보는 편이 나을 것 같았다.

"누가 함께 나가?" 메리가 물었다.

마사가 빤히 바라보았다.

"혼자 가셔요." 마사가 대답했다. "형제자매 없는 애들이 노는 법 배우듯이 아가씨두 배우셔요. 우리 디콘은 황무지루 가서 혼자 몇 시간이구 놀아요. 그러다 보니깐 그 조랑말이 랑두 친구가 되었죠. 디콘은 황무지에 친구 양두 있어요. 그 양두 디콘을 잘 알구요. 새들이 날아와서 디콘 손에 있는 모 일 받아먹어요. 집에 아무리 먹을 거 없어두 디콘은 노상 제 몫 빵을 조금 남겨 동물 친구들 나누어주어요."

메리 자신은 전혀 몰랐지만, 집 밖으로 나갈 마음이 생 긴 건 디콘 이야기 덕분이었다. 조랑말이나 양들은 없더라도 새들은 있을 터였다. 인도의 새들과 분명 다르리라. 그 새들 을 구경하면 재미있을 것 같았다.

마사는 메리에게 코트와 모자, 튼튼한 작은 장화 한 켤 레를 찾아주었다. 그리고 아래층으로 내려가는 길을 알려주 었다.

"저쪽으로 돌아가면 정원이여요." 마사는 담장처럼 늘어 선 관목들 사이로 난 문을 가리키며 말했다. "거기엔 여름 되 면 꽃이 만발을 해요. 하지만 지금은 한 송이두 없어요." 마사 가 잠시 머뭇거리더니 이렇게 덧붙였다. "정원 한 곳은 문이 잠겼어요. 10년 동안 그 정원엔 아무두 안 들어갔구요."

"왜?" 메리는 자신도 모르게 불쑥 물었다. 이 괴상한 저 택에 잠긴 방 백 개도 모자라 잠긴 문이 또 나타나다니!

"마님이 갑작스레 돌아가시구 크레이븐 씨가 그 정원을

잠가버리셨어요. 거기 아무도 못 들어가게 하셔요. 그곳은 마님 정원이었거든요. 크레이븐 씨가 문을 잠그구 구멍을 파서 열쇠를 파묻으셨죠. 에구, 메들록 부인이 종을 울리시네. 가보아야겠어요."

마사가 그렇게 가버리고, 메리는 관목 담장에 난 문으로 연결된 길을 따라갔다. 10년 동안 아무도 들어가지 않았다는 정원이 자꾸 생각났다. 메리는 그곳이 어떻게 생겼을지, 아직도 살아 있는 꽃들이 있을지 궁금했다. 관목 담장에 난 문으로 들어서니, 어느새 풀밭이 넓게 펼쳐지고 가장자리를 짧게 다듬은 산책로가 구불거리며 이어지는 넓은 정원에 들어와 있었다. 그곳에는 나무들, 화단들, 괴상한 모양으로 다듬어놓은 상록수들, 한가운데 낡고 칙칙한 분수가 서 있는 커다란 연못이 있었다. 하지만 화단은 텅 비어 겨울처럼 삭막했고 분수도 물을 뿜지 않았다. 문이 잠긴 정원이 아니었다. 그런데 정원을 어떻게 잠가버릴 수 있을까? 원래 정원이란 언제든 들어갈 수 있는 곳 아닌가.

이런 생각에 골몰하던 메리의 눈에 뭔가가 들어왔다. 메리가 걷고 있는 오솔길 끝에 담쟁이덩굴이 무성하게 자란, 기다란 벽 같은 것이 서 있었다. 메리는 영국이 아직 낯설었기 때문에, 자신이 채소와 과일을 기르는 채마밭으로 가고 있다는 사실을 몰랐다. 벽으로 가보니 담쟁이덩굴 사이로 녹색 문이 있었다. 게다가 그 문은 열려 있었다. 이곳은 분명 잠긴 정원이 아니었다. 그래서 그 안으로 들어갈 수 있었다.

들어가 보니 사방이 벽으로 둘러싸인 정원이 나왔다. 그곳은 벽으로 둘러싸인 여러 정원들은 가운데 하나로, 그런 정원들은 문으로 서로 통해 있는 듯 보였다. 메리는 열려 있는 또 다른 녹색 문을 봤는데, 열린 틈새로 겨울 채소가 자라는 밭고랑들 사이에 난 좁은 길과 덤불이 보였다. 과일나무들은 벽에 납작하게 붙어서 자라도록 다듬어두었고, 어떤 밭고랑 위에는 유리 덮개를 씌워두었다. 메리는 그곳으로 들어가 주위를 돌아보며, 황량하고 보기 흉한 곳이라고 생각했다. 식물이 푸르러지는 여름이라면 보기에 더 좋을지 모르지만, 지금은 조금도 예쁘지 않았다.

바로 그때 어깨에 삽을 둘러멘 노인이 두 번째 정원과 이어진 문으로 들어왔다. 노인은 메리를 보고 깜짝 놀란 모양이었다. 그러더니 쓰고 있는 챙 모자를 슬쩍 만졌다. 나이든 얼굴이었고 메리의 등장이 달갑지 않은 듯 고약한 표정을 짓고 있었다. 메리도 노인의 정원이 맘에 들지 않아 "온통 고집불통인" 표정을 짓고 있었다. 당연히 노인이 전혀 반갑지 않은 듯했다.

"여기는 뭐 하는 곳이야?" 메리가 물었다.

"채마밭들 중 하나라오." 노인이 대답했다.

"저건 뭐야?" 메리가 또 다른 녹색 문 안을 가리키며 물었다.

"또 다른 채마밭이라오." 짧게 대답했다. "저 담장 너머에 또 채마밭이 있구 그 담장 반대편에는 과수원이 있다오."

"들어가 봐도 돼?" 메리가 물었다.

"그러구 싶다면. 허나 볼 게 없다오."

메리는 아무런 대꾸도 하지 않았다. 좁은 길을 따라 걸어 두 번째 녹색 문으로 들어갔다. 그곳은 방금 지나온 정원보다 담장이 더 많고, 겨울 채소가 자라고, 유리 덮개도 있었다. 하지만 두 번째 담장에는 열리지 않은 또 다른 녹색 문이 있었다. 아마 10년 동안 아무도 보지 못한 정원의 문일지도 몰랐다. 메리는 결코 소심한 아이가 아닌 데다 늘 하고 싶은 대로 했으므로, 그 녹색 문으로 다가가 손잡이를 돌렸다. 메리는 내심 문이 열리지 않기를 바랐다. 신비에 싸인 정원을 자신이 발견하고 싶었기 때문이다. 하지만 문은 꽤 쉽게 열렸고, 안으로 들어가니 과수원이 나왔다. 그곳에도 사방을 에워싼 담장이 서 있고, 나무들이 담 가까이에 붙어 자라고 있었다. 그리고 누레진 겨울 풀밭에는 벌거숭이 과일나무들이 서 있었다. 하지만 어디를 둘러봐도 녹색 문은 없었다. 메리는 문을 찾아다녔다. 과수원 위쪽 끝까지 가보니 담장이 과수원에서 끝나지 않고 계속 이어져서 어떤 장소를 감싸듯

이 서 있는 것 같았다. 벽 위로 솟은 나무들의 윗부분이 보였다. 가만히 서 있자 그 나무들 중 가장 높은 나뭇가지에 앉은, 가슴이 붉은 새 한 마리가 보였다. 그 새는 느닷없이 겨울 노래를 부르기 시작했다. 마치 메리를 보고 어서 오라고 부르는 듯 말이다.

　메리는 가만히 서서 새의 노래에 귀를 기울였다. 영문은 알 수 없지만, 나지막한 휘파람 소리 같은, 경쾌하고 친근한 새소리에 기분이 좋아졌다. 메리처럼 뚱한 여자아이도 외로움을 느낄 수 있었다. 게다가 문을 온통 잠가둔 대저택과 황량하고 광활한 황무지와 거칠고 널찍한 정원들 때문에, 메리는 이 세상에 자신만 남은 듯한 기분이 들었다. 메리가 다정한 아이였고 사랑을 받는 일에 익숙했다면, 마음이 찢어질 듯 아팠을 것이다. 아무리 '고집불통 메리 아가씨'라도 너무 외로웠다. 그런데 가슴이 붉은 작은 새 한 마리가 메리의 뚱하고 작은 얼굴에 미소나 다름없는 표정을 불러냈다. 메리는 새가 날아갈 때까지 노랫소리에 귀를 기울였다. 인도에서 보던 새와는 달랐다. 메리는 그 새가 마음에 들었고, 다시 볼 수 있을지 궁금했다. 어쩌면 그 새는 신비로운 정원에서 살아서 그곳에 대해 속속들이 알지도 몰랐다.

　메리는 할 일이 없기 때문에 버려진 정원에 대해 골똘하게 생각했을지도 모른다. 그곳이 몹시 궁금했고, 어떤 곳일지 보고 싶었다. 왜 고모부는 열쇠를 파묻었을까? 부인을 그토록 사랑했다면서 왜 부인의 정원은 미워할까? 메리는 고모부를 만나게 될지 궁금했다. 그러나 고모부를 만나면 싫어하게 될 것 같고, 고모부도 메리를 좋아하지 않을 것 같았다. 게다가 고모부를 만나면 왜 그런 이상한 짓을 했는지 물어보고 싶어 입이 근질거리면서도 가만히 서서 입을 꾹 다문 채고모부를 빤히 바라보기만 할 게 뻔했다.

'사람들은 나를 좋아하지 않고, 나도 사람들을 좋아하지 않아.' 메리가 생각했다. '난 절대로 크로포드 씨네 아이들처럼 말할 수 없을 거야. 그 애들은 언제나 조잘거리고 웃고 떠들었지.'

메리는 가슴이 붉은 울새와 노래를 들려주는 듯했던 새의 몸짓을 생각해봤다. 그리고 그 새가 앉아 있던 나무 꼭대기를 떠올리는 순간, 길 위에서 우뚝 멈춰 섰다.

'분명히 그 나무는 그 비밀 정원에 있을 거야. 그런 예감이 들어.' 메리는 생각했다. '담장이 정원을 에워싸고 있는데 문이 없었잖아.'

메리는 첫 번째 채마밭으로 되돌아갔다. 그곳에서는 아까 본 노인이 땅을 일구고 있었다. 메리는 노인 곁으로 다가가 노인이 일하는 모습을 평소처럼 쌀쌀맞은 태도로 잠시 지켜보았다. 노인은 메리를 보고도 못 본 척했다. 결국 메리가 말을 걸었다.

"다른 정원들을 둘러봤어." 메리가 말했다.

"아가씨를 막을 것은 아무것두 없다 했잖소." 노인이 퉁명스럽게 대답했다.

"과수원에도 갔어."

"문을 지키구 섰다가 아가씨를 콱 물어버릴 개두 없으니깐." 노인이 대답했다.

"그곳에서 다른 정원으로 들어가는 문이 없었어." 메리가 말했다.

"무슨 정원 말하는 게요?" 노인이 땅을 파던 손을 잠시 멈추고 탁한 목소리로 물었다.

"담장 너머에 있는 정원." 메리 아가씨가 대답했다. "거기에 나무들이 있었어. 나무 꼭대기가 보였어. 가슴이 붉은 새 한 마리가 나뭇가지에 앉아서 노래를 불렀어."

놀랍게도 주름살이 깊게 패고 뚱하던 노인의 표정에 변화가 생겼다. 얼굴에 미소가 천천히 퍼졌다. 그러자 노인은 다른 사람처럼 보였다. 그 모습에 메리는 미소를 지으면 훨씬 더 좋은 사람처럼 보인다니 신기하다고 생각했다. 전에는 이런 생각을 한 번도 해보지 않았다.

노인은 과수원이 있는 쪽으로 얼굴을 돌리더니, 휘파람을 불기 시작했다. 나지막하고 부드러운 소리였다. 메리는

방금 전까지 뚱하던 사람이 어떻게 그런 식으로 살살 구슬리
듯 소리를 낼 수 있는지 이해가 되지 않았다.

다음 순간 기적 같은 일이 일어났다. 공기를 빠르게 가
르는 소리가 설핏 들렸는데, 소리의 주인공은 그들에게 날아
오는, 가슴이 붉은 새였다. 그 새는 정원사의 발치에 쌓인 커
다란 흙무더기에 내려앉았다.

"녀석이 왔구만." 노인이 싱긋 웃었다. 그러더니 아이에
게 말을 걸듯 그 새에게 말을 걸었다.

"어디 갔었냐, 이 까불거리는 꼬마 녀석아?" 노인이 말
했다. "어제까지 코빼기두 안 비치더만. 이번 계절에는 벌써
부터 짝짓기에 나선 게야? 서두르기는."

그 새는 작은 머리를 갸웃하더니, 부드러운 눈빛을 반짝
이며 노인을 올려다보았다. 눈이 꼭 까만 이슬방울 같았다.
새는 노인과 꽤 친해 보였고, 전혀 겁을 내지 않았다. 녀석은
여기저기 폴짝거리며 씨앗과 벌레를 찾아 열심히 땅을 쪼았
다. 그 모습을 지켜보던 메리의 가슴속에 기묘한 감정이 피
어올랐다. 그도 그럴 것이, 작은 새는 너무 귀엽고 명랑한 데
다 꼭 사람 같았기 때문이다. 새의 작은 몸통은 통통하고 부
리는 섬세했으며, 두 다리는 가느다랬다.

"부르기만 하면 항상 오는 거야?" 메리가 속삭이는 것처
럼 물었다.

"그렇다오, 늘 온다오. 갓 날기 시작했을 때부터 알던 녀석이오. 녀석은 다른 정원에 있는 둥지에서 왔다오. 처음 담장 위로 날아왔을 때는, 너무 약해서 며칠 동안 둥지로 돌아가지 못했구, 그래서 우리는 친해졌다오. 다시 담장을 넘어 둥지로 돌아갔을 때는 같이 태어난 새들이 모두 둥지를 떠나고 없었소. 그렇게 혼자 남자 되돌아왔다오."

"저 새는 무슨 새야?" 메리가 물었다.

"모르시오? 저 녀석은 붉은가슴울새인데, 이 세상에서 가장 다정하구 호기심 많은 새라오. 개들만큼 사람을 좋아하기두 하구. 물론 먼저 저 새들하구 친해지는 방법을 알아야 허지만, 보시오. 녀석이 근처를 쪼구 다니다가 고개를 돌려 우리를 보잖소. 또 그러는구려. 녀석은 우리가 제 이야기를 헌다는 걸 안다오."

이 노인을 만난 건 세상에서 가장 기묘한 일이었다. 노인은 진홍색 조끼를 입은 통통한 작은 새가 자랑스럽고 사랑스럽다는 듯 바라보았다.

"저 녀석은 우쭐거리기 좋아허는 새라오." 노인이 빙그레 웃었다. "사람들이 자기 이야기를 하면 그걸 듣구 좋아허는 게지. 호기심두 많구. 어이쿠, 이렇게 호기심 많구 참견하기 좋아하는 녀석은 처음 봤다오. 내가 뭘 심는지 항상 보러 온다오. 크레이븐 주인님이 굳이 알구 싶어허지 않으시는 것두 녀석은 다 알 게요. 이곳 수석 정원사라오, 아무렴."

울새는 분주하게 폴짝거리며 땅을 쪼았고, 가끔 멈춰 서서 두 사람을 잠깐씩 바라보았다. 메리는 울새가 까만 이슬 같은 두 눈을 지대한 호기심으로 반짝거리며 자신을 바라본다고 생각했다. 울새가 메리에 대해 몽땅 알아내는 중인 것 같았다. 마음속에서 묘한 감정이 점점 커졌다.

"같이 태어난 새들은 어디로 날아갔어?" 메리가 물었다.

"모른다오. 부모 새는 새끼들을 둥지에서 내보내 날아가게 헌다오. 어디루 가는지 알아차리기두 전에 흩어진다오. 이 녀석은 영리해서 자신이 외톨이가 되었다는 사실을 잘 알 게요."

메리 아가씨는 그 울새에게 한 걸음 더 다가가 아주 열심히 바라보았다.

"나도 외톨이야." 메리가 말했다.

지금까지 메리는 늘 심술과 짜증이 나는 이유 중 하나가 외로움이라고 생각하지 못했다. 울새와 서로를 마주본 순간, 메리는 그 사실을 깨달은 듯했다.

늙은 정원사가 대머리에 쓰고 있던 모자를 뒤로 잡아당기더니, 잠시 메리를 바라보았다.

"혹시 아가씨가 인도에서 오신 어린 처자요?" 노인이 물었다.

메리가 고개를 끄덕였다.

"그렇다면 외로운 것두 놀랄 일이 아니구려. 이제 더 외로워질 테지." 노인이 말했다.

노인은 텃밭의 비옥한 검은 흙에 삽을 깊이 박아 넣으며 땅을 갈기 시작했다. 한편 울새는 폴짝폴짝 뛰어다니며 몹시 분주하게 땅을 쪼아댔다.

"영감은 이름이 뭐야?" 메리가 물었다.

노인은 똑바로 서서 질문에 대답했다.

"벤 웨더스태프." 노인은 이렇게 대답한 후 무람없이 껄껄 웃었다. "나도 이 녀석이 곁에 없으면 외롭다오." 그리고 엄지손가락으로 그 울새를 가리켰다. "저 녀석이 하나밖에 없는 친구라오."

"난 친구가 없어." 메리가 말했다. "원래 없었어. 아야는 나를 좋아하지 않았고, 다른 사람과 놀아본 적이 없어."

생각한대로 솔직하게 털어놓는 것이 요크셔의 관습이었다. 게다가 벤 웨더스태프는 요크셔 황무지 토박이였다.

"아가씨하구 나는 꽤 비슷허구려." 벤 웨더스태프가 말했다. "우리는 한 콩깍지에서 태어난 모양이구려. 우리는 둘 다 못생겼구 둘 다 뚱한 표정이지. 아가씨도 나처럼 성격이 고약하지 않겠소. 분명 그럴 테지."

솔직한 말이었다. 메리 레녹스는 난생처음 자신에 대해

솔직한 말을 들었다. 메리가 무슨 짓을 해도 원주민 하인들은 항상 비위를 맞춰주고 복종했다. 메리는 지금껏 자기 외모에 대해 깊이 생각하지 않았다. 하지만 벤 웨더스태프처럼 못생겼는지는 궁금했다. 울새가 찾아오기 전의 벤처럼 뚱해 보이는지도 궁금했다. 게다가 자신이 정말 '성격이 고약'한지 되돌아보기 시작했다. 문득 마음이 불편해졌다.

갑자기 바로 근처에서 물결이 퍼지듯 맑은 소리가 나서 고개를 돌렸다. 메리에게서 얼마 떨어지지 않은 곳에 어린 사과나무가 서 있었는데, 울새가 그 나무의 가지에 앉아서 노래 한 소절을 부르고 있었다. 벤 웨더스태프가 껄껄 웃었다.

"새가 왜 저러는 거야?" 메리가 물었다.

"녀석이 아가씨하구 친구가 되기루 마음을 먹은 모양이오." 벤이 대답했다. "녀석이 아가씨를 좋아허는 게 아니면 날 욕해두 되오."

"나를?" 메리가 되물었다. 그리고 그 작은 나무로 살며시 다가가 위를 올려다보았다.

"너, 내 친구가 되어줄 거야?" 메리는 사람에게 말을 하듯 울새에게 물었다. "정말?" 이렇게 묻는 메리의 목소리는 귀에 거슬리는 작은 소리도 아니고, 인도에서처럼 오만한 말투도 아니었다. 어찌나 진심을 담아 상냥하고 부드럽게 말을 했는지, 메리가 벤의 휘파람 소리에 놀란 것처럼 벤도 깜짝 놀랐다.

"세상에." 정원사가 소리쳤다. "고약한 할멈이 아니라 진짜 아이처럼 상냥하게 말을 허는구려. 꼭 디콘이 황무지에 사는 야생동물들과 이야기허는 모습 같았다오."

"디콘을 알아?" 메리가 몸을 홱 돌리며 말했다.

"모르는 사람이 없지. 디콘은 온 데를 돌아다닌다오. 나무딸기두 히스꽃두 디콘을 알 게요. 디콘이라면 어미 여우들은 새끼들 은신처를 보여주구, 종달새들은 둥지를 숨기지 않는다오. 아무렴."

메리는 묻고 싶은 게 더 있었다. 버려진 정원만큼이나 디콘에 대해서도 호기심이 동했다. 하지만 바로 그 순간 울새가 노래를 끝내더니, 날개를 살짝 흔들었다가 활짝 펼치고 날아갔다. 친구를 만났으니 다른 볼일을 보러 가야 하는 모양이었다.

"울새가 저 담 위로 날아갔어!" 메리가 새를 바라보며 소리쳤다. "과수원으로 날아갔어⋯⋯. 그리고 또 다른 담장을 넘어갔어⋯⋯, 문이 없는 정원으로 들어갔을 거야!"

"울새는 그곳에 산다오." 벤이 말했다. "녀석은 거기서 알에서 깨어났지. 녀석이 짝짓기를 하려면 그 정원의 늙은 장미 나무들 사이에 사는 울새 아가씨한테 구애를 허지 않겠소."

"장미나무들." 메리가 말했다. "거기 장미나무들이 있어?"

벤 웨더스태프는 다시 삽을 집어 들고 땅을 파기 시작했다.

"10년 전에는 있었다오." 벤이 웅얼거리듯 말했다.

"그 장미나무들을 꼭 보고 싶어." 메리가 말했다. "녹색 문은 어디에 있어? 분명 어딘가에 있을 텐데."

벤이 삽을 땅속 깊이 박아 넣더니, 어느새 메리가 벤을 처음 봤을 때처럼 다가가기 어려운 분위기로 돌아갔다.

"10년 전에는 있었지만 지금은 없소." 벤이 말했다.

"문이 없다고!" 메리가 소리쳤다. "분명 있을 거야."

"아무도 못 찾을 테지. 우리가 신경 쓸 일두 아니구. 참견 쟁이 여자애처럼 볼일두 없으면서 쑤시구 다니지 마시구려. 자, 이제는 할 일을 해야겠소. 다른 데 가서 노시오. 난 노닥 거릴 시간이 없다오."

그러더니 벤은 땅파기를 멈추고 메리를 쳐다보거나 작별인사도 하지 않은 채, 삽을 어깨에 둘러메고 가버렸다.

복도에서 들리는 울음소리

그곳에 온 직후에는 메리 레녹스가 보기에 하루하루가 똑같았다. 매일 아침 벽걸이 양탄자가 걸린 방에서 잠을 깨면, 마사가 벽난로 깔개에 꿇어앉아 불을 피우고 있었다. 매일 아침 놀 거리라고는 전혀 없는 놀이방에서 아침을 먹었다. 아침을 먹고 나면, 창가에서 사방으로 뻗어 하늘까지 닿을 듯한 드넓은 황무지를 지켜보았다. 한참을 바라보다가, 나가지 않으면 아무것도 할 일이 없는 집 안에 있어야 한다는 사실을 깨닫고는 밖으로 나갔다. 메리는 이것이 자신이 할 수 있는 가장 잘한 일이라는 사실을 아직 몰랐다. 오솔길과 진입로를 빨리 걷거나 뛰기 시작한 덕에, 천천히 흐르던 피가 빠르게 움직이고, 황무지에서 불어오는 바람과 맞서 싸우며 몸이 점점 더 튼튼해지고 있다는 사실도 몰랐다. 그저 몸을 데우고 싶어서 달렸을 뿐이었다. 메리는 얼굴을 찰싹 때리고 지나가며 요란한 소리를 내는 데다 눈에 안 보이는 거인처럼 방해를 하는 바람이 미웠다. 하지만 자신도 모르는 사이에, 히스 들판 위로 불어온 차고 신선한 공기를 깊이 들이마실 때마다 메리의 폐는 깡마른 몸을 튼튼하게 만들어주는 뭔가로 가득 찼고, 두 볼에 발그레한 화색이 돌았으며, 멍하던 두 눈은 총기로 반짝이게 되었다.

그렇게 며칠을 하루 종일 밖에서 놀고 난 어느 날 아침 잠이 깬 메리는 허기가 진다는 말이 무슨 뜻인지 알 수 있었다. 그래서 아침을 먹으려고 앉았을 때, 예전처럼 불만스러운 표정으로 귀리죽 그릇을 보며 옆으로 밀어놓는 행동은 하지 않았다. 메리는 숟가락을 들고 죽을 먹더니 바닥이 드러날 때까지 싹싹 긁어먹었다.

"오늘 아침에는 귀리죽을 잘 드시네요, 그죠?" 마사가 말했다.

"오늘은 귀리죽이 맛있네." 메리도 자기 행동에 살짝 놀라며 말했다.

"음식 들어갈 배가 생긴 건 다 황무지 공기 덕이여요." 마사가 대꾸했다. "먹구 싶은 만큼 먹을 음식이 있으니, 아가씨는 행복하셔요. 우리 집에는 아무것도 집어넣을 게 없는 위장을 가진 사람이 열둘이나 되죠. 매일 밖으루 나가서 뛰어노셔요. 그러면 점점 뼈에 살이 붙구 누르께한 안색두 좋아질 거여요."

"난 놀지 않아." 메리가 말했다. "놀 만한 게 아무것도 없는걸."

"놀 게 아무것두 없다구요!" 마사가 소리쳤다. "제 동생들은 막대기하구 돌멩이를 가지구 놀아요. 여기저기 뛰어다니구 소리두 지르구 황무지에 있는 것들 관찰두 하구요."

메리는 밖에서 소리를 지르며 놀지는 않았지만, 여러 가지를 관찰했다. 달리 할 일이 없었다. 메리는 정원들 주위를 뱅뱅 돌고, 미슬스웨이트 주변에 난 오솔길을 돌아다녔다. 가끔 벤 웨더스태프가 없는지 찾아보기도 했다. 몇 번이나 일하는 노인과 마주쳤지만, 노인은 너무 바빠서 메리에게 눈길도 주지 않거나 몹시 퉁명스럽게 굴었다. 한번은 메리가 노인에게 다가가자 삽을 집어 들고 휙 돌아서 가버렸는데, 꼭 일부러 그러는 것 같았다.

어느새 메리에게는 다른 곳보다 더 자주 들르는 곳이 생겼다. 담장으로 에워싼 여러 정원들 바깥으로 난 긴 산책로였다. 그 산책로 양쪽으로는 꽃이 한 송이도 없는 화단이 있고, 담장은 담쟁이덩굴이 빽빽하게 뒤덮고 있었다. 그 담장에는 담을 구불구불 기어가는 짙푸른 잎들이 유난히 더 무성한 부분이 있었다. 오랫동안 그 부분만 방치되었던 모양이었다. 나머지 부분은 깔끔하게 다듬어두었지만 산책로 끄트머

82

리 쪽은 손질이 되어 있지 않았다.

벤 웨더스태프와 이야기를 나누고 며칠이 지나, 메리는 이 사실을 알아차리고는 우뚝 멈춰 서서 그 이유를 곰곰이 생각했다. 무심코 멈춰 선 채 바람에 하늘거리는 기다란 덩굴손을 올려다본 순간, 선홍색 한 줄기가 보이더니 아름다운 노랫소리가 들렸다. 그곳, 담장 꼭대기에 벤 영감의 친구 붉은가슴울새가 앉아 있었다. 울새는 작은 머리를 한쪽으로 갸웃한 채 앞으로 몸을 내밀어 메리를 바라보았다.

"와!" 메리가 소리쳤다. "너구나, 너 맞지?" 메리는 울새가 사람 말을 알아듣고 대답을 해주리란 듯 말을 거는 걸 전혀 이상하게 느끼지 않았다.

울새가 대답을 했다. 메리에게 온갖 이야기를 들려주겠다는 듯 짹짹짹 재잘거리며, 담장 위를 폴짝폴짝 뛰어다녔다. 울새가 사람 말을 하지는 않았지만 메리 아가씨는 다 알아들을 것 같았다. 울새는 이렇게 말한 듯했다.

"좋은 아침이야! 바람이 상쾌하지 않니? 볕이 따뜻하지 않아? 모든 게 근사하지 않니? 우리 같이 재잘거리고 폴짝폴짝 뛰어다니고 짹짹거리자. 어서! 어서 해봐!"

메리가 웃기 시작했다. 울새가 담장에서 폴짝거리고 담장을 따라 파르르 날아가자, 메리도 따라 달렸다. 아픈 사람처럼 누렇게 뜬 얼굴에, 빼빼 마르고 못생긴 가여운 메리. 하지만 그 순간만큼은 메리의 얼굴이 예뻐 보였다.

"나는 네가 좋아! 네가 좋다고!" 메리는 산책로를 타닥타닥 뛰어가며 소리쳤다. 그리고 지저귀는 소리를 흉내 내고 휘파람을 불어보려고 했다. 사실 휘파람을 어떻게 부는지 메리는 전혀 몰랐다. 그래도 울새는 메리의 노력이 꽤 마음에 들었는지, 메리에게 재잘거리며 휘파람을 불어주었다. 마침내 울새가 날개를 활짝 펼치고, 나무 꼭대기를 향해 날아올랐다. 그곳에 앉아 더 크게 노래하기 시작했다.

메리는 그 모습을 보자 울새를 처음 본 순간이 떠올랐다. 그때 녀석은 나무 꼭대기에서 왔다갔다했고, 메리는 과수원에 서 있었다. 지금은 과수원 반대편이자 담장 밖에 서 있었다. 훨씬 아래쪽이었다. 그런데 담장 안쪽에 울새가 앉아 있던 나무가 있었다.

"저 나무는 아무도 들어갈 수 없는 정원에 있어." 메리가 혼잣말을 했다. "문이 없는 정원이야. 울새는 저곳이 집인 거야. 저 정원이 어떻게 생겼는지 한 번만 봤으면 소원이 없겠어."

메리는 오솔길을 뛰어가, 처음으로 정원에 나왔던 날 아침에 들어갔던 녹색 문으로 갔다. 그리고 좁은 길을 달려 다른 문으로 들어가 다시 과수원으로 들어갔다. 과수원에 서서 담장 반대편에 있는 그 나무를 올려보았다. 마침 그 나무에서 울새가 노래를 막 끝내고 부리로 깃털을 정리하기 시작했다.

"저기가 그 정원이야." 메리가 말했다. "분명해."

메리는 담장을 따라 빙 돌며 과수원 담장을 유심히 살펴보았다. 하지만 지난번 알아낸 사실을 다시 확인했을 뿐이었다. 역시나 그 담장에는 문이 없었다. 이번에는 채마밭을 가로질러 담쟁이덩굴로 뒤덮인 기다란 담장을 따라 난 산책로로 나왔다. 그 산책로를 끝까지 걸어가며 유심히 살펴보았지만, 어디에도 문은 없었다. 반대편으로도 끝까지 걸어가며 유심히 살폈지만, 문은 없었다.

"정말 이상해." 메리가 중얼거렸다. "벤 웨더스태프 영감은 문은 예전에도 없었고, 지금도 없다고 했어. 하지만 10년 전에는 분명히 문이 있었을 거야. 고모부가 열쇠를 묻었으니까."

이 일은 메리에게 생각할 거리를 잔뜩 주었다. 덕분에 메리는 점점 흥미가 생겼고, 미슬스웨이트에 오게 된 것도 더는 속상하지 않았다. 인도에서 메리는 항상 덥고 너무 나른해서 무슨 일이든 관심을 가질 의욕이 생기지 않았다. 그런데 황무지에서 불어온 신선한 바람이 어린 뇌에 쳐져 있던 거미줄을 날려버리면서, 아이의 정신은 잠에서 서서히 깨어났다.

메리는 거의 하루 종일 집 밖에서 시간을 보냈다. 날이 저물어 저녁을 먹으려고 앉으면, 배가 고프고 졸리고 푸근했다. 마사가 수다를 떨어도 성가시게 느껴지지 않았다. 오히려 마사의 수다가 좋아진 것 같았다. 그래서 큰맘 먹고 마사에게 질문을 해보기로 했다. 메리는 저녁을 다 먹은 후, 벽난로 앞에 깔아둔 깔개에 앉아서 마사에게 질문을 했다.

"왜 고모부는 그 정원을 미워해?" 메리가 물었다.

메리는 마사에게 좀 더 있다가 가라고 했고, 마사도 싫지 않았다. 마사는 나이도 어리고 형제자매들이 복작거리는 시골집에 익숙해서, 넓기만 한 아래층 하인들 구역이 몹시 지겨웠다. 그곳에서는 마부들과 고참 하인들이 마사의 요크셔 말투를 놀리고 보잘것없는 시골 아가씨라고 업신여기는데다, 자기들끼리만 모여 앉아 소곤거렸다. 마사는 말하는 게 좋았다. 게다가 인도에서 살았고 '까만 사람들'에게 시중을 받던 낯선 아이는 마사의 관심을 끌 만한 유별난 사건이었다.

마사는 앉으라는 말을 기다리지도 않고 깔개에 앉았다.

"아직두 그 정원에 대해서 생각허구 계셔요?" 마사가 말했다. "그러실 줄 알았어요. 저두 그곳에 관해 첨 들었을 때 그랬거든요."

"고모부는 왜 그곳을 싫어해?" 메리가 끈질기게 물었다.

마사는 두 발을 제 몸 아래로 밀어 넣어 한결 편하게 앉았다.

"저택에 휘몰아치는 바람 소리를 들어보셔요." 마사가 말했다. "오늘 밤에 황무지로 나가면 똑바루 서 있지두 못 허실 거여요."

메리는 직접 듣기 전에는 '휘몰아친다'는 말이 무슨 뜻인지 몰랐다. 사람 눈에 보이지 않는 거인이 집을 뒤흔들고 안으로 들어오려고 벽과 창문을 마구 두드리기라도 하는 듯, 저택 주위를 빙빙 돌며 무시무시하게 으르렁거리는 텅 빈 소리를 뜻하는 게 분명했다. 하지만 사람들은 그 거인이 집 안으로 들어올 수 없다는 사실을 알았다. 그래서인지 석탄이 발갛게 달아오르도록 불을 피워놓은 방 안이 매우 안전하고 따뜻하게 느껴졌다.

"그러니까 고모부는 왜 그렇게 그곳을 싫어하냐니까?" 메리가 바람 소리에 귀를 기울이다가 물었다. 마사가 그 이유를 안다면 어떻게든 알아낼 작정이었다.

결국 마사는 아는 대로 다 털어놓았다.

"명심허셔요." 마사가 말했다. "메들록 부인은 이 이야기를 허면 안 된다구 허시죠. 이 저택에는 이야기허면 안 되는 것들이 잔뜩 있어요. 크레이븐 씨 분부거든요. 그분은 자기 문제는 하인들이 신경 쓸 일이 아니라고 하셔요. 사실 그 정원이 아니었다면, 주인님두 지금처럼 되지 않으셨을 텐데. 그곳은 크레이븐 부인이 주인님과 결혼하시구 만든 정원이여요. 마님이 그곳을 너무 좋아하셔서가지구 두 분이 직접 꽃을 가꾸셨죠. 정원사들은 아무두 들어갈 수 없었어요. 주인님과 주인마님은 그 정원에 들어가서 문을 닫아놓구 책을 읽구 이야길 나누구 하면서 몇 시간이구 머무르셨어요. 마님에겐 약간 소녀 같은 면이 있었대요. 거기엔 가지가 휘어져 의자만치 생긴 늙은 나무가 한 그루 있었어요. 마님은 그 가지 위로 장미가 자라게 했구, 종종 그곳에 앉아 계셨어요. 그러다가 어느 날 거기 앉아 계시는데, 가지가 뚝 부러진 거여요. 마님은 바닥으로 떨어지셨구, 너무 심하게 다쳐서 다음 날 숨을 거두셨어요. 의사 선생님들은 주인어른이 이성을 잃구 돌아가실 거라구 생각했대요. 그래서 주인님이 그 정원을 싫어하시는 거여요. 그 후로 아무두 그 정원엘 들어가지 않았어요. 주인님은 누가 그 정원을 입에 올리는 것두 금지하셔요."

메리는 더는 물어보지 않았다. 대신 벽난로의 빨간 불길을 바라보며 '휘몰아치는' 바람 소리에 귀를 기울였다. 바람이 어느 때보다도 요란하게 '휘몰아치는' 것 같았다.

바로 그 순간 메리에게 아주 좋은 일이 일어났다. 사실 메리가 미슬스웨이트 저택에 온 후로 좋은 일이 네 가지 있었다. 메리는 자신과 울새가 서로를 이해한다고 생각했다. 피가 따뜻해질 때까지 바람 속을 달리기도 했다. 태어나서 처음으로 몸에 좋은 허기를 느꼈다. 그리고 다른 사람을 가

여워하는 마음이 무엇인지 깨달았다. 메리는 몸도 마음도 점점 좋아졌다.

그런데 바람 소리를 듣고 있으니, 다른 소리가 섞여 들리기 시작했다. 처음에는 바람 소리와 거의 구별되지 않아 무슨 소리인지 알 수가 없었다. 희한한 소리였다. 꼭 어디선가 아이가 우는 소리 같았다. 가끔 바람 소리는 아이 울음소리처럼 들릴 때도 있었다. 하지만 지금 메리 아가씨는 이 소리가 집 밖이 아니라 안에서 들리는 소리라고 꽤 확신했다. 멀리서 들렸지만, 분명히 집 안에서 났다. 메리는 고개를 돌려 마사를 보았다.

"지금 누구 우는 소리 들려?" 메리가 말했다.

마사가 갑자기 당황한 표정을 지었다.

"아뇨." 마사가 대답했다. "바람 소리여요. 바람 소리는 가끔 누가 황무지에서 길을 잃구 엉엉 우는 소리처럼 들려요. 바람은 온갖 소리를 다 만들어내요."

"그래도 한번 들어봐." 메리가 말했다. "소리가 집 안에서 나. 저 기다란 복도를 따라 어딘가에서."

바로 그 순간 아래층 어디에선지 문이 열린 게 분명했다. 엄청난 강풍이 복도를 따라 불어닥쳐, 두 사람이 앉아 있는 방의 문이 쾅 하고 열렸기 때문이다. 그리고 두 사람이 자리에서 뛰어오르듯 벌떡 일어났을 때, 초가 꺼지면서 저쪽 복도 끝에서부터 울음소리가 그 어느 때보다 또렷하게 방으로 밀려 들어왔다.

"바로 저 소리야!" 메리가 말했다. "내가 말했잖아! 누가 우는 소리라고. 게다가 절대 어른이 아니야."

마사가 얼른 달려가, 문을 꼭 닫고 열쇠를 돌려 잠갔다. 하지만 문을 완전히 닫기 전에, 두 사람은 복도 저 끝 어딘가에 있는 문이 쾅 하고 닫히는 소리를 들었다. 이윽고 모든 것이 고요해졌다. 심지어 '휘몰아치던' 바람마저도 잠시 잦아들었다.

"바람이여요." 마사가 고집스럽게 말했다. "바람이 아니라면 어린 부엌데기 하인 베티 버터워스였을 거여요. 걔는 하루 종일 이가 아팠으니깐요."

하지만 마사의 태도에서 어딘지 석연찮고 난처해하는 기색이 느껴져, 메리 아가씨는 마사를 빤히 바라보았다. 메리는 마사의 말을 조금도 믿지 않았다.

∿

"누군가 울고 있었어, 저기에서!"

이튿날은 또다시 비가 억수같이 쏟아졌다. 창밖을 보니, 황무지가 회색 안개와 구름에 가려져 잘 보이지 않았다. 오늘은 밖으로 나가 놀 수 없었다.

"이렇게 비가 오면 너희 집에서는 뭘 하고 놀아?" 메리가 마사에게 물었다.

"대갠 서로 발에 안 밟히려구 용쓰면서 지내죠." 마사가 대답했다. "에구! 그럴 때 보면 우리 식구는 너무 많아요. 어머니는 마음씨 고우신 분이지만, 그럴 때는 굉장히 성가셔 하셔요. 그래서 젤 큰 아이들은 외양간에 가서 놀아요. 디콘은 비에 젖나 마나 상관 않구요. 해가 쨍쨍한 날이랑 다름없이 황무지로 나가죠. 디콘이 그러는데, 비 오는 날엔 황무지 날씨가 쨍할 때 못 보는 걸 볼 수 있대요. 한번은 굴에 물이 차는 바람에 다 죽어가는 새끼 여우를 발견하였어요. 디콘은

91

여우를 따뜻하게 해주려구 셔츠로 폭 싸서 집엘 데려왔죠. 어미는 근처에서 죽었구요. 여우 굴은 물에 휩쓸려서 나머지 새끼들두 다 죽어 있었대구요. 지금은 집에서 그 여우를 키워요. 또 한번은 물에 빠져 다 죽은 어린 까마귀를 발견하였죠. 그 까마귀두 집엘 데려와서 길을 들였죠. 까마귀 이름은 검댕이여요. 새까맣거든요. 그 까마귀는 디콘이 어딜 가든 폴짝거리거나 날거나 하면서 따라다녀요."

어느새 메리는 마사가 친근하게 늘어놓는 이야기에 화를 내는 것도 잊게 되었다. 메리는 마사의 이야기가 점점 재미있어져서, 이야기를 관두거나 일을 하러 가버리면 섭섭하기까지 했다. 인도에 살 때 유모가 들려준 이야기는 마사가 들려준 이야기와 조금도 비슷하지 않았다. 마사는 한 번도 배불리 먹어본 적이 없는 열네 식구가 작은 방 네 개가 딸린 황무지의 시골집에 사는 이야기를 들려주었다. 그 집 아이들은 한 어미에게서 태어난, 개구지고 마음씨 좋은 강아지 형제들처럼 뒹굴며 재미있게 지내는 것 같았다. 메리는 누구보다 마사의 어머니와 디콘에게 마음이 끌렸다. 마사가 '어머니'가 무슨 말을 했는지, 무슨 일을 했는지 들려줄 때면, 메리는 언제나 포근한 기분이 들었다.

"내게 까마귀나 새끼 여우가 있다면 같이 놀 수 있을 텐데." 메리가 말했다. "하지만 나한테는 아무것도 없어."

마사가 어리둥절한 표정을 지었다.

"아가씨, 뜨개질 하셔요?" 마사가 물었다.

"아니." 메리가 대답했다.

"바느질은요?"

"아니."

"글 읽을 줄은 아셔요?"

"응."

"그러면 책을 읽거나 글자 공부를 해보면 어떠셔요? 이제 책으루다가 좋은 걸 이것저것 배우실 나이셔요."

"책은 한 권도 없어." 메리가 말했다. "내 책은 전부 인도에 두고 왔어."

"그거 참 안됐네요." 마사가 말했다. "메들록 부인이 서재에 들어가게 허락해주시면 거기에 책이 몇천 권은 있는데."

메리는 서재가 어디에 있는지 묻지 않았다. 한 가지 생각이 반짝 떠올랐기 때문이다. 메리는 혼자서 그곳을 찾아보기로 마음먹었다. 메들록 부인에 대해서는 신경도 쓰지 않았다. 메들록 부인은 항상 아래층에 있는, 안락한 가정부 응접실에 있는 모양이었다. 이 기묘한 저택에서는 다른 사람을 거의 볼 수 없었다. 사실 저택에서 볼 수 있는 사람은 하인들뿐이었다. 주인이 여행을 떠나고 나면 하인들은 아래층에서 호사스럽게 지냈다. 사방에 번쩍번쩍하는 놋이나 주석 식기들이 걸린 널찍한 주방과 공간이 충분한 하인 구역이 있어서, 그들은 매일 네 끼에서 다섯 끼를 먹고 메들록 부인이 뭐라고 하지만 않으면 시끌벅적하게 놀곤 했다.

메리의 식사는 때맞춰 준비가 되었고, 마사가 시중을 들었다. 하지만 메리에 대해 눈곱만큼이라도 신경을 쓰는 사람은 아무도 없었다. 메들록 부인은 하루나 이틀마다 메리를 보러 왔지만, 메리에게 무엇을 하는지 묻거나 무엇을 해보라고 말해주는 사람은 아무도 없었다. 메리는 이런 것이 아이를 키우는 영국의 방식인가 보다 짐작했다. 인도에서는 유모가 항상 곁에 있어서, 메리가 어딜 가나 함께 가서 충실하게 보살펴주었다. 메리는 늘 곁에 있는 유모가 지겨울 때가 많았다. 그런데 이곳에서는 아무도 메리를 졸졸 따라다니지 않았고, 옷을 입는 법도 배워야 했다. 메리가 옷을 가져와서 입혀달라고 하면, 마사가 멍청하고 아둔한 아이를 다 본다는 듯한 눈빛으로 바라보았기 때문이다.

"아가씨는 아무래두 머리가 나쁜 모양이여요." 한번은 메리가 가만히 서서 장갑을 끼워줄 때까지 기다리자 마사가 말했다. "우리 수전 앤은 겨우 네 살인데두 아가씨 두 배는 총명하다구요. 가끔 아가씨는 너무 멍청해 보이셔요."

그 후 메리는 한 시간 동안 잔뜩 뿔이 난 표정을 짓고 있었다. 하지만 이 일은 메리가 완전히 새롭게 생각을 해보는 계기가 되었다.

　　그날 아침, 메리는 마사가 벽난로를 청소하고 나서 아래 층으로 내려가자 10분 정도 창밖을 바라보며 서 있었다. 서재에 대해 들었을 때 퍼뜩 떠오른 계획에 대해 곰곰이 따져보는 중이었다. 사실 서재 자체에는 별 관심이 없었다. 메리는 읽은 책이 거의 없기 때문이었다. 대신 서재에 대해 듣자마자, 꽉 닫힌 방 백 개에 대한 이야기가 떠올랐다. 메리는 그 방들이 정말 잠겨 있는지 궁금했다. 혹시 들어갈 수 있는 방이 있다면, 그곳에서 무엇과 마주칠지도 호기심이 일었다. 정말 방이 백 개나 될까? 집을 돌아다니며 문을 몇 개까지 셀 수 있는지 알아보면 어떨까? 밖으로 나갈 수 없는 오늘 아침에 해볼 만한 일이 분명했다. 메리는 무슨 일을 하려면 허락을 구해야 한다고 배운 적이 없었다. 게다가 권위에 대해서 아무것도 몰랐다. 그래서 설령 메들록 부인을 봤다고 해도, 집을 돌아다녀도 되는지 물어봐야 한다는 생각은 떠오르지 않았을 것이다.

　　메리는 방문을 열고 복도로 나갔다. 그때부터 집 안을 돌아다니기 시작했다. 복도는 길었고, 가지를 뻗듯 여러 복도로 갈라졌다. 복도를 따라 걷다 보니 다시 다른 복도로 이어지는 짧은 계단이 나왔다. 그 복도에는 문이 계속 나왔고, 벽마다 그림이 걸려 있었다. 그림은 어두컴컴하고 신기한 풍경을 담은 풍경화들도 있었지만, 대개는 공단과 벨벳으로 만든 장엄하고 기묘한 의상을 입은 남자와 여자 들의 초상화였다. 어느새 메리는 벽에 초상화가 빼곡하게 걸린 기다란 회랑으로 나왔다. 메리는 집에 초상화를 이렇게 많이 걸어둘 수 있다고는 상상도 못 했다. 회랑을 천천히 걸어가며 초상화 속 얼굴들을 빤히 바라보았다. 그림 속 얼굴들도 메리를 빤히 바라보는 것 같았다. 메리는 인도에서 온 여자아이가 이 집에서 뭘 하고 있는지 그들이 궁금해하는 건 아닐까 생각했다. 그중에는 아이들 초상화도 있었다. 어린 여자아이들은 바닥에 끌리는, 눈에 확 띄는 두꺼운 공단 드레스를 입었고, 남자아이들은 머리를 길게 기르고 공처럼 부풀린 소매와 레이스 칼라가 달린 옷을 입었거나 목 주위를 커다란 주름 칼라로 장식한 옷을 입고 있었다. 메리는 아이들의 초상화가 나올 때마다 멈춰서 그림 속 아이들을 살펴보았다. 이름이 무엇인지, 지금은 어디로 갔는지, 왜 그렇게 우스꽝스러운 옷을 입고 있는지 궁금했다. 그중에는 메리처럼 고집이 세 보이고 못생긴 여자아이도 있었다. 아이는 녹색 양단 드레스를 입었고, 손가락에는 녹색 앵무새가 앉아 있었다. 아이의 눈빛은 날카롭고 호기심으로 빛났다.

"너는 지금 어디에 사니?" 메리가 소리를 내어 여자아이에게 물었다. "너도 이 집에 살면 좋을 텐데."

이 세상에 이렇게 묘한 아침을 보낸 여자아이가 누가 또 있을까. 사방으로 구불구불 뻗어나간 이 대저택에는 위층으로 아래층으로 오르내리며 좁은 통로와 넓은 복도를 돌아다니는 메리 외에는 아무도 없는 것 같았다. 게다가 그곳엔 메리 외에는 아무도 지나가지 않은 느껴졌다. 이렇게 방을 잔뜩 만들었으니, 분명 그 방에는 사람들이 살았을 것이다. 하지만 전부 빈 방 같아서, 누가 살았다는 사실이 믿기지 않을 정도였다.

메리가 방문 손잡이를 돌려봐야겠다고 생각한 건, 위층으로 올라갔을 때였다. 메들록 부인 말처럼 문은 다 꼭 닫혀 있었다. 그러다가 어느 방 문손잡이를 잡고 돌렸더니, 마침내 움직였다. 손잡이가 아무런 문제 없이 쉽게 돌아가고, 문을 밀자 무겁지만 살며시 열리는 순간, 메리는 덜컥 겁이 났다. 육중한 그 문을 열자 커다란 침실이 나왔다. 벽에는 자수를 놓은 벽걸이 장식들이 걸려 있고, 인도에서 본 상감세공 가구가 방 여기저기에 있었다. 납유리를 끼운 커다란 창문은 황무지를 향했다. 벽난로 선반 위에 고집이 세 보이고 못생긴 여자아이 초상화가 또 걸려 있었다. 그 아이는 아까보다 더 큰 호기심으로 눈을 반짝이며 메리를 바라보는 것 같았다.

"저 애는 예전에 이 방에서 살았나 봐." 메리가 말했다. "저 여자애가 빤히 바라보니까 기분이 이상해."

그 후로도 메리는 방문을 열고 또 열었다. 방을 너무 많이 들여다봤더니 슬슬 지치고, 정확히 세보지는 않았지만 방이 정말 백 개인 것 같았다. 어느 방을 봐도 낡은 그림이나 이상한 풍경을 수놓은 벽걸이 양탄자가 걸려 있었다. 거의 모든 방에 신기하게 생긴 가구며 신기한 장식품들이 있었다.

어느 방은 여인이 쓰던 응접실처럼 보였는데, 벽걸이 장식품들은 전부 수를 놓은 벨벳이었고, 장식장에는 상아를 깎아 만든 작은 코끼리가 백 개 정도 들어 있었다. 코끼리들은 크기가 다 제각각이었다. 등에 코끼리 부리는 사람이 타거나 1인용 가마를 진 코끼리들도 있었다. 어떤 코끼리들은 다른 것들보다 훨씬 더 컸고, 어떤 코끼리는 어찌나 작은지 아기 코끼리처럼 보였다. 메리는 인도에서 상아로 세공한 물건들을 본 적이 있었고 코끼리에 대해서라면 모르는 게 없었다. 메리는 진열장 문을 열고 발 받침대를 밟고 서서, 그 코끼리들을 가지고 한참을 놀았다. 마침내 피곤해지자, 코끼리를 가지런히 잘 집어넣고 진열장 문을 닫았다.

길게 뻗은 복도와 수많은 텅 빈 방들을 탐험하고 다니는 동안 메리는 살아 있는 것과 한 번도 마주치지 않았다. 그런데 이 방에서는 뭔가를 보았다. 진열장 문을 닫는 순간, 바스락 소리가 작게 들렸다. 그 소리에 메리는 소스라치게 놀라, 벽난로 옆에 놓인 소파를 돌아보았다. 그쪽에서 소리가 난 것 같았기 때문이다. 소파 구석에 쿠션이 있었다. 쿠션을 감싼 벨벳에 구멍이 있었는데, 그 구멍에서 겁을 먹은 눈빛을 한 작은 머리가 튀어나왔다.

메리는 자세히 보려고 방을 살금살금 기어갔다. 작은 회색 쥐의 반짝거리는 두 눈을 볼 수 있었다. 그 쥐는 쿠션에 작은 구멍을 내고 그 안을 안락한 보금자리로 삼은 것이다. 어미 쥐 근처에 새끼 쥐 여섯 마리가 꼬물꼬물 모여 있었다. 백 개나 되는 방에 살아 있는 사람이 한 명도 없어도, 이 방에 사는 쥐 가족 일곱 마리는 전혀 외로워 보이지 않았다.

"쥐들이 저렇게 기겁하지만 않으면, 방에 데리고 갈 텐데." 메리가 말했다.

어찌나 오래 돌아다녔는지 너무 피곤해서 더 돌아다닐 생각이 들지 않았고 방으로 돌아가려고 발걸음을 돌렸다. 두 번이나 세 번 정도 엉뚱한 복도로 접어드는 바람에 길을 잃고 말았다. 그래서 이리저리 헤매다 간신히 제 방이 있는 복도를 찾았다. 마침내 방이 있는 층으로 다시 돌아왔지만 방에서는 꽤 떨어져 있어서, 정확히 어디에 있는지 알 수 없었다.

"또 길을 잘못 들었나 봐." 메리는 벽에 벽걸이 양탄자가 걸린, 짧은 통로의 끝으로 보이는 곳에 서서 말했다. "어디로 가야 할지 모르겠어. 어째서 사방이 이렇게 조용한 거야!"

메리가 그곳에 가만히 서서 이렇게 분통을 터트린 직후,

조용하던 그곳에 어떤 소리가 들려왔다. 또 울음소리였다. 하지만 메리가 지난밤 들은 소리와는 사뭇 달랐다. 짧은 데다가 벽으로 새어 나오면서 작아졌지만, 분명 짜증을 부리는 아이 소리였다.

"어제보다 더 가까운 데서 났어." 심장이 갑자기 거세게 뛰기 시작한 메리가 말했다. "그리고 울음소리가 맞아!"

메리는 옆에 걸린 벽걸이 양탄자에 무심코 손을 댔다가, 화들짝 놀라며 풀쩍 뒤로 물러났다. 양탄자는 열린 문을 가리는 덮개였다. 메리가 보니, 그 뒤로 또 다른 복도가 이어졌다. 그런데 메들록 부인이 몹시 못마땅한 표정으로, 손에는 열쇠 뭉치를 들고 통로를 걸어오는 중이었다.

"여기서 뭐 하세요?" 메들록 부인은 이렇게 말하며 메리의 팔을 잡고 통로에서 떨어지도록 확 잡아당겼다. "제가 뭐라고 했죠?"

"엉뚱한 모퉁이를 돌았나 봐요." 메리가 설명했다. "어디로 가야 할지 몰라서 헤매는데, 울음소리가 들렸어요."

메리는 그 순간 메들록 부인이 몹시 미웠다. 하지만 다음 순간 더 미워졌다.

"아가씨는 아무 소리도 못 들었어요." 가정부가 말했다. "어서 놀이방으로 돌아가세요. 안 그러면 따귀를 때려줄 테니까."

그러더니 메리의 팔을 잡고 반쯤은 밀고 반쯤은 잡아당기듯 복도를 지나고 또 다른 복도로 들어가, 마침내 메리의 방으로 메리를 밀어 넣었다.

"자." 메들록 부인이 말했다. "가만히 있으라는 곳에 들어가 있어요. 안 그러면 문을 잠가버릴 테니. 주인님 말씀대로 가정교사를 붙이는 편이 좋겠네요. 아가씨에겐 엄하게 지켜보며 가르칠 사람이 있어야겠어요. 나는 할 일이 너무 많으니까."

메들록 부인은 방에서 나가더니, 문을 쾅 닫았다. 메리는 분노로 얼굴이 하얗게 질린 채, 벽난로 앞 깔개로 가 앉았다. 메리는 울지 않았다. 대신 이를 빠드득 갈았다.

"누군가 울고 있었어. 누군가가 있었어. 누군가가 있었다고!" 메리가 중얼거렸다.

메리는 그 소리를 벌써 두 번이나 들었으니, 언젠가는 꼭 찾아내겠다고 마음먹었다. 오늘 오전에는 알아낸 것이 아주 많았다. 기나긴 여행을 하고 돌아온 기분이 들었다. 어떻게 보면 여행을 하는 내내 재미있는 일들이 있었다. 상아 코끼리들과 놀았고, 벨벳 쿠션에 보금자리를 마련한 회색 어미 쥐와 새끼들 가족도 봤으니까.

정원 열쇠

그 일이 있고 이틀 후, 메리는 눈을 뜨자마자 벌떡 일어나 앉아 마사에게 소리쳤다.

"황무지를 봐! 황무지를 보라고!"

폭풍우가 멎었고, 회색 안개와 구름도 지난밤 바람에 쓸려갔다. 바람조차 사라져, 눈부시게 새파란 하늘이 황무지 위로 둥근 천장처럼 높이 걸려 있었다. 메리는 하늘이 이토록 푸를 줄은 상상조차 못 했다. 인도의 하늘은 뜨겁고, 타는 듯했다. 하지만 이곳 하늘은 깊고 서늘한 푸른색이어서, 흡사 바닥이 없는 아름다운 호수의 수면처럼 반짝반짝 빛났다. 둥근 천장처럼 높디높게 솟은 푸른 하늘 여기저기에, 눈처럼 새하얀 양털 같은 작은 구름들이 둥둥 떠 있었다. 저 멀리까지 뻗은 황무지 세상은, 우울한 검보라색이나 지겹도록 따분한 회색이 아니라 부드러운 푸른색으로 보였다.

"네." 마사는 유쾌하게 활짝 웃으며 말했다. "그새 폭풍우가 끝났어요. 한 해 중 이즈음 황무지는 이런 풍경이여요. 폭풍우는 온 적두 없구 다신 안 올 것처럼, 하룻밤 새 떠나버려요. 그게 다 봄이 오구 있기 때문이여요. 봄이 되려면 아직두 멀었지만 분명 봄은 오구 있어요."

"영국은 늘 비가 오거나 우중충한 줄 알았어." 메리가 말했다.

"에구? 아니여요!" 마사는 시커먼 솔들 사이에 꿇어앉으며 말했다. "절대루 일없다 맹세허지요!"

"그게 무슨 뜻이야?" 메리가 진지하게 물었다. 인도의 원주민들은 몇몇 사람들만 알아들을 수 있게 다양한 말투로 말하곤 했다. 그래서 메리는 자신이 알아들을 수 없게 마사가 말을 해도 놀라지 않았다.

마사가 처음 만난 날 아침에 그런 것처럼 깔깔 웃었다.

"아이구 이걸 어째." 마사가 말했다. "메들록 부인이 그러면 안 된다구 했는데두 또 요크셔 말투로 말해버렸어요. 제 말은 요크셔 날씨는 절대루 그렇지 않다는 뜻이여요." 느리고 조심스럽게 말을 이었다. "하지만 요크셔 말투를 안 쓸라구 할수록 말하는 데 오래 걸리니깐요. 요크셔는 해가 나는 날이면 세상 어느 곳보다두 화창허답니다. 시간이 흐르면 황무지를 좋아하게 될 거라구 말하였잖아요. 조금만 기다리면 황금색 가시금작화가 활짝 피구, 양골담초며 히스 꽃이 만발하구, 보이는 곳마다 보라색 방울꽃이 피어 있구, 셀 수 없이 많은 나비들이 팔랑거리구, 꿀벌이 윙윙거리구, 종달새는 지저귀면서 하늘로 솟아오르는 풍경을 보게 될 거여요. 그때까지 기다려보셔요. 그러면 아가씨두 디콘처럼 해가 뜨자마자 밖으로 나가 하루 종일 놀구 싶어질 테니."

"내가 저기까지 갈 수 있을까?" 메리는 창으로 저 멀리 푸른 황무지를 바라보며, 아쉬운 듯 물었다. 그 푸른색은 너무나 신선하고 광활하고 근사해, 마치 천국의 색깔 같았다.

"몰르지요." 마사가 대답했다. "제가 보기에, 아가씨는 태어난 후로 다리를 별루 쓰지 않은 모양이니 말이어요. 그래서야 8킬로미터는 못 걸을 거여요. 우리 집까지 8킬로미터거든요."

"너희 집을 보고 싶어."

마사는 잠시 호기심 어린 눈빛으로 메리를 보더니, 광을 내는 솔을 집어 들고 다시 쇠살대를 박박 문지르기 시작했다. 마사는 작고 못생긴 메리의 얼굴이 첫날 아침에 봤을 때만큼 뚱해 보이지 않는다고 생각했다. 수전 앤이 몹시 갖고 싶은 게 있을 때 짓는 표정과 조금 비슷했다.

"어머니한테 여쭈어볼게요." 마사가 말했다. "어머니는 무엇을 어떻게 해야 할지 거의 언제나 해답을 찾아내는 분이셔요. 오늘은 제가 외출하는 날이니까 집에 갈 거여요. 오! 정말 좋아요. 메들록 부인은 제 어머니를 많이 생각해주셔요. 어쩌면 부인이 어머니한테 직접 말씀해주실 수두 있어요."

"나는 네 어머니가 좋아." 메리가 말했다.

"그럴 줄 알았어요." 마사가 광을 내며 대꾸했다.

"나는 한 번도 네 어머니를 만난 적 없잖아." 메리가 말했다.

"그럼요, 그렇구말구요." 마사가 대답했다.

마사는 다시 발뒤꿈치를 깔고 앉았다. 그리고 잠시 어리둥절하다는 듯 손등으로 코끝을 문질렀지만, 결국 긍정적으로 말을 끝맺었다.

"음, 우리 어머니는 분별력이 있구 근면하구 마음씨두 좋구 깔끔하셔서, 어머니를 직접 봤든 안 봤든 상관없이 누구라두 좋아하지 않을 수 없어요. 외출 날 집으로 갈 때면, 저는 너무 좋아서 황무지를 펄쩍펄쩍 뛰어간다니깐요."

"나는 디콘이 좋아." 메리가 덧붙였다. "그리고 디콘도 한 번도 못 봤어."

"그럼요." 마사가 당연하다는 듯 말했다. "새들두 개를 좋아한다구 말하였잖아요. 토끼들두, 야생 양들두, 조랑말들두, 여우들두요. 궁금해요." 마사는 생각에 잠긴 채 메리를 바라보았다. "디콘이 아가씨를 어떻게 생각하려나."

"좋아하지 않을 거야." 메리가 심술궂고 냉담한 태도로 말했다. "나를 좋아하는 사람은 아무도 없거든."

마사가 다시 생각에 잠긴 듯 아이를 바라보았다.

"아가씨는 아가씨가 마음에 드셔요?" 마사는 정말 궁금하다는 듯이 물었다.

메리는 잠시 머뭇거리더니 곰곰이 생각을 했다.

"음, 좋아하지 않아." 메리가 대답했다. "하지만 전에는 그런 생각을 해보지 않았어."

마사가 집에 대한 기억이 떠올랐는지 살짝 웃었다.

"예전에 어머니가 이러셨어요." 마사가 말했다. "어머니가 빨래를 하구 계시는데, 제가 심통이 잔뜩 나서 사람들 흉을 보지 않았겠어요. 그랬더니 어머니가 고개를 돌려가지구 저를 보시며 이렇게 말씀하셨어요. '이런 성질머리 고약헌 아가씨 같으니라구! 거기 그렇게 서서 이 사람두 싫다, 저 사람두 싫다. 그러는 너는 네가 마음에 드냐?' 그 말을 들으니 웃음이 터지지 뭐여요. 그러구 나서는 얼른 정신을 챙겼어요."

마사는 메리에게 아침을 차려주자마자 한껏 기분이 좋아져서 방을 나섰다. 마사는 황무지를 8킬로미터나 걸어서 집으로 갈 것이다. 그리고 어머니를 도와 빨래를 하고, 한 주 동안 먹을 빵을 굽고, 최대한 즐거운 시간을 보낼 것이다.

메리는 마사가 저택에 없으니 그 어느 때보다 외로웠다.

그래서 최대한 서둘러 정원으로 나갔다. 나가서는 제일 먼저 분수 정원을 열 번이나 빙빙 돌았다. 몇 번이나 돌았는지 잘 기억하며 뛰었다. 마침내 열 번을 채우자, 기분이 한결 좋아졌다. 햇살이 비치니 그곳 전체가 전과 다르게 보였다. 높고 깊고 푸른 하늘이, 황무지는 물론이고 미슬스웨이트 위로도 둥글게 펼쳐졌다. 그래서 메리는 계속 고개를 들고 하늘을 바라보면서, 둥둥 떠다니는, 눈처럼 하얀 작은 구름에 드러누우면 어떤 기분일지 상상해보았다. 첫 번째 채마밭으로 들어가니, 벤 웨더스태프가 다른 정원사 두 명과 함께 일을 하고 있었다. 날씨 변화가 벤에게도 좋은 영향을 미친 모양이었다. 벤은 메리를 보더니 먼저 말을 걸었다.

"봄이 오구 있소." 벤이 말했다. "봄 냄새 나지 않소?"

메리가 코를 킁킁거려보니, 정말 냄새가 나는 것 같았다.

"신선하고 축축하고 좋은 냄새가 나." 메리가 말했다.

"그것이 바루 비옥하구 건강한 땅 냄새라오." 벤이 땅을 파며 대답했다. "땅두 뭔갈 키울 준비를 허니 기분이 좋은 거라오. 씨를 뿌릴 때가 되니깐 흥이 난 게지. 겨울에는 할 일이 아무것두 없어서 땅두 지겹단 말이오. 저기 정원에서는, 곧 있으면 컴컴헌 땅속에서 식물들이 꿈틀거릴 거요. 태양이 그 녀석들을 따뜻허게 데워주구 있으니. 얼마 후면 파릇파릇허니 시커먼 땅을 뚫구 올라온 새싹들을 보게 될 거라오"

"어떤 새싹들이 나와?" 메리가 물었다.

"크로커스하구 아네모네하구 수선화들이라오. 그 꽃들을 본 적 없으시오?"

"없어. 인도는 너무 덥고 습해. 그래서 비만 오면 모든 게 녹색이야." 메리가 말했다. "그래서 하룻밤 사이에 쑥 자라는 줄 알았어."

"여긴 하룻밤 새 쑥 자라지 않는다오." 웨더스태프가 말했다. "자랄 때까지 기다려야 한다오. 여기에서 얼굴을 조금 더 내밀구 저기에서 싹이 조금 더 올라오구, 오늘은 여기 잎이 또르르 펼쳐지구 다음 날은 또 다른 잎이 펼쳐진다오. 잘 지켜보구려."

"그럴 거야." 메리가 대답했다.

바로 그때 메리의 귀에 날개가 살며시 파닥거리는 소리가 또 들렸다. 메리는 그 울새가 또 왔다고 단숨에 알아차렸다. 울새는 무척 앙증맞고 발랄했다. 메리의 발 가까이까지 폴짝거리며 뛰어오더니 머리를 갸우뚱 기울이며 어찌나 수줍게 메리를 바라보는지, 메리는 벤 웨더스태프에게 이렇게 질문을 했다.

"저 울새가 나를 기억하는 것 같아?" 메리가 물었다.

"아가씨를 기억하냐구요!" 웨더스태프가 버럭 하면서 말했다. "사람들은 물론이구 이 채마밭에서 양배추 한 포기

한 포기를 다 기억하는 녀석이오. 지금까지 녀석은 이 근처에서 여자아이를 한 번두 못 봤소. 그래서 아가씨에 대해서다 알아낼 작정이라오. '녀석'에게 뭘 숨기려는 생각은 하지두 마시오."

"저 울새가 사는 정원에서도 컴컴한 땅 속에서 식물들이 꿈틀거리고 있어?" 메리가 물었다.

"무슨 정원 말씀이오?" 웨더스태프가 다시 뚱해지며 툴툴거리듯 말했다.

"장미 나무들이 있는 거기." 메리는 이렇게 묻지 않을 수 없었다. 궁금해서 견딜 수가 없었다. "그 꽃들은 다 죽었어? 아니면 다는 아니더라도 여름이면 다시 살아나? 그 정원에 장미가 있기는 해?"

"저 녀석에게 물어보구려." 벤 웨더스태프는 울새를 향해 어깨를 움츠리며 말했다. "저 울새가 유일하게 그 대답을 아니깐. 지난 10년 동안 그 안을 본 사람은 아무두 없다오."

메리는 10년이면 긴 시간이라고 생각했다. 10년 전 메리가 태어났으니까.

메리는 생각에 잠긴 채 느린 걸음으로 그곳에서 나왔다. 울새와 디콘과 마사의 어머니가 좋아진 것처럼 그 정원도 좋아졌다. 마사도 점점 좋아졌다. 이렇게 보니 메리는 좋아하는 사람이 꽤 많았다. 누군가를 좋아하는 일에 익숙하지 않은데도 말이다. 메리는 울새도 좋아하는 사람들 가운데 한 명으로 쳤다. 메리는 담쟁이덩굴로 뒤덮이고 나무 꼭대기들이 보이는 기다란 담장 밖으로 난 산책길로 발길을 돌렸다. 메리가 그 산책길을 두번째로 왔다갔다하며 걷는데, 가장 흥미롭고 흥분되는 일이 메리에게 일어났다. 모두 벤 웨더스태프의 울새 덕분이었다.

새가 짹짹 지저귀는 소리가 들렸다. 메리가 왼쪽에 있는 꽃 한 송이 없는 화단을 보니, 울새가 메리를 따라온 게 아니라는 듯 여기저기 폴짝거리며 땅속에서 올라온 새싹들을 쪼는 시늉을 하고 있었다. 하지만 메리는 울새가 자신을 따라왔다는 사실을 잘 알았다. 그 사실이 어찌나 기쁘고 놀랍던지, 몸이 살짝 떨릴 지경이었다.

"나를 기억하는구나!" 메리가 외쳤다. "기억하지? 너는 이 세상에서 제일 예뻐."

메리가 다정하게 재잘거리고 말을 붙이자, 울새도 폴짝폴짝 뛰면서 꼬리를 샐룩거리고 재잘댔다. 그 모습이 마치 말을 하는 것 같았다. 울새의 붉은 조끼는 공단처럼 반지르르 윤이 났다. 녀석이 작은 가슴을 한껏 부풀리자 어찌나 멋지고 의젓하고 귀여운지, 울새는 자신이 아주 중요한 존재이며 얼마든지 사람처럼 보일 수 있다고 말하는 것 같았다. 메리 아가씨는 자신이 점점 더 가까이 다가가도 울새가 허락하듯 가만히 있자, 평생 심통만 부렸다는 사실도 잊은 채 허리를 숙이고 말을 걸고 울새의 노랫소리를 흉내 내보려고도 했다.

오! 생각해보라! 그렇게 가까이까지 메리가 다가오도록 울새가 곁을 내준 것이다. 녀석은 무슨 일이 있어도 메리가 울새를 향해 손을 뻗거나 아주 조금이라도 놀라게 하지 않으리라는 사실을 알았다. 그 울새는 진짜 사람이니 모를 수 없었다. 그것도 이 세상에서 그 누구보다 좋은 사람이니 말이다. 메리는 너무 행복해서 숨도 쉴 수 없었다.

그 화단은 아무것도 자라지 않는 곳은 아니었다. 여러해살이식물들은 겨울 동안 휴식을 취하도록 줄기를 베어내서 꽃은 없었다. 하지만 화단 뒤편에서 자라는 크고 작은 덤불들이 있었다. 그 덤불들 아래를 폴짝거리고 뛰어다니는 울새를 지켜보던 메리는 녀석이 갓 파헤친 흙이 자그마하게 언덕을 이룬 흙더미에서 뛰는 모습을 보았다. 울새는 벌레를 찾으려고 그 흙무더기 위에 멈춰 섰다. 얼마 전 개가 두더지를 잡으려고 애를 쓰며 꽤 깊은 구멍을 만들어놓았기 때문에, 흙이 여기저기 파헤쳐져 있었다.

메리는 왜 구멍이 있는지 영문을 모른 채 멍하니 그곳을 바라보았다. 바로 그때 새로 파헤친 땅에 거의 묻혀 있는 물건이 보였다. 녹슨 쇠나 청동으로 만든 고리처럼 보였다. 울새가 근처 나무로 포르르 날아올라 가자, 메리는 얼른 손을 뻗어 그 고리를 집어 들었다. 잘 보니 단순한 고리가 아니었다. 오랜 세월 땅속에 묻혀 있었던 것처럼 보이는 낡은 열쇠였다.

메리 아가씨는 똑바로 서서, 마치 겁에 질린 듯한 표정으로 손끝에서 달랑거리는 열쇠를 바라보았다.

"어쩌면 이건 10년 동안 땅에 묻혀 있었을지도 몰라." 메리가 속삭이듯 말했다. "이게 정원의 열쇠일지도 모른다고!"

울새가 알려준 길

메리는 열쇠를 한참이나 바라보았다. 이리저리 돌려보면서 한참을 생각했다. 전에도 말했다시피, 메리는 하고 싶은 일에 대해서는 허락을 구해야 한다거나 나이가 더 많은 사람들과 의논을 하라고 배운 적이 없는 아이였다. 열쇠를 보자 메리의 머릿속에는 이것이 잠긴 정원의 열쇠가 맞는지, 그렇다면 문이 있는 곳을 알아내고 열어서 담장 안에 무엇이 있으며 늙은 장미나무들에 무슨 일이 생겼는지 알 수 있으리라는 생각밖에 떠오르지 않았다. 너무나 오랜 세월 잠겨 있었기 때문에 메리는 그곳이 꼭 보고 싶었다. 다른 정원들과는 분명 다른 풍경일 테고, 그 10년 동안 기묘한 일이 일어났을 것 같았다. 그뿐만 아니라, 그 정원이 마음에 들면 매일 그곳에 가서 문을 닫아두고 놀 거리를 만들어 혼자 실컷 놀 수도 있었다. 아무도 메리가 어디에 있는지 모를 테고, 그 문은 여전히 잠긴 채 열쇠는 땅에 묻혀 있다고 생각할 테니까. 그렇게 생각하니, 메리는 몹시 즐거워졌다.

신비로운 분위기를 풍기는 잠긴 방이 백 개나 되는 저택에서 재미있는 일 하나 없이 홀로 지내다 보니, 어느새 둔해진 뇌가 활동을 시작하고 정말로 상상력이 눈을 뜨게 되었다. 이렇게 된 데에는 의심의 여지 없이 황무지에서 불어온 신선하고 건강하고 깨끗한 공기가 큰 역할을 했다. 그 공기가 메리에게 식욕을 선물해주었듯, 바람과 싸우는 일은 피를 뒤섞었고, 그런 변화가 마음과 생각까지 뒤흔든 것이다. 인도에서 메리는 늘 너무 더위에 지치고 나른한 데다 몸까지 허약해, 주위에 신경을 쓸 기력이 없었다. 하지만 이곳에서는 새로운 일에 관심이 싹트고 직접 경험해보고 싶어졌다. 메리 자신도 영문을 몰랐지만, '고집불통'처럼 굴고 싶은 기분도 줄었다.

메리는 열쇠를 주머니에 넣고, 그 산책로를 따라 왔다갔다했다. 그곳에 오는 사람은 메리밖에 없는 모양이었다. 그래서 느릿느릿 걸으면서 담장을, 더 정확히 말해서 담장에 자라는 담쟁이덩굴을 유심히 살펴보았다. 담쟁이덩굴은 어처구니없는 식물이었다. 아무리 주의 깊게 살펴보아도 빽빽하게 담을 뒤덮은 반질반질한 짙은 녹색 잎사귀밖에 보이지 않았다. 몹시 실망스러웠다. 그 길을 걷다가, 고개를 들어 담장 안쪽에서 꼭대기만 보이는 나무들을 보니 고집불통 기분이 슬며시 되돌아왔다. 이렇게 가까이 있는데 안으로 들어갈 수 없다니 바보 같다고 메리는 혼잣말을 했다. 결국 열쇠를 주머니에 넣고 집으로 발길을 돌리며, 밖으로 나올 때마다 항상 열쇠를 챙겨 나와야겠다고 다짐했다. 그러면 숨겨진 문을 찾았을 때 언제라도 들어갈 수 있을 테니 말이다.

메들록 부인이 집에서 자고 와도 좋다고 말했기 때문에, 마사는 다음 날 아침, 전보다 더 발그레한 볼을 하고 최고로 유쾌한 기분으로 저택에 돌아왔다.

"새벽 네 시에 일어났어요." 마사가 말했다. "네네! 해가 뜰 무렵 새들이 일어나구 토끼들이 뛰어다니구 그러는 황무진 정말 예뻐요. 여기까지 걸어오지는 않았어요. 어떤 남자가 수레에 태워줬거든요. 정말 즐거웠어요."

쉬는 날 있었던 즐거운 일들로 마사의 이야기보따리가 빵빵했다. 마사의 어머니는 딸이 오자 몹시 반가워했다. 두 사람은 빵도 굽고 빨래도 다 해치웠다. 마사는 갈색 설탕을 조금 넣은 반죽으로 동생들에게 빵을 하나씩 구워주었다.

"황무지에서 놀다가 온 동생들한테 갓 구워 뜨거운 빵을 하나씩 줬어요. 집에서 맛있구 따끈따끈한 빵 굽는 냄새가 났구, 불두 활활 땠어요. 그랬더니 동생들이 좋아서 소릴 질렀죠. 디콘은 임금님이 살아두 될 정두루 우리 집이 좋다구 너스레를 떨지 뭐여요."

그날 저녁 마사의 가족은 불가에 모두 둘러앉았다. 마사와 어머니는 옷이 찢어진 곳에 천을 덧대어 깁고 양말들을 수선했다. 마사는 자기가 '까만 사람들'이라고 부르는 사람들에게 평생 시중을 받기만 해서 혼자서는 양말도 신지 못하는, 인도에서 살다 온 여자아이에 대한 이야기를 들려주었다.

"어이구! 아가씨 이야기를 듣구 동생들이 얼마나 좋아했게요." 마사가 말했다. "동생들은 까만 이들이며 아가씨가 타구 온 배에 대해서두 궁금해하였어요. 하지만 저는 제대루 이야길 못해줬죠."

메리가 잠시 생각에 잠겼다.

"다음 휴가 날까지 내가 실컷 이야기해줄게." 메리가 말했다. "그러면 들려줄 이야기들이 더 생길 거야. 그 애들은 분명 코끼리와 낙타 등에 타고 다니는 일이며, 호랑이 사냥을 떠나는 장교들에 대해서도 듣고 싶어할 거야."

"맙소사!" 마사가 기쁨에 겨워 소리쳤다. "그 이야기를 들으면 동생들은 기뻐 날뛸 거여요. 정말 그 이야길 해주실 거여요, 아가씨? 예전에 요크에서 야생동물 쇼가 열렸다구 하던데, 그런 이야기하구 비슷하겠구만요."

"인도는 요크셔와 완전히 달라." 메리가 그 문제를 곰곰이 생각해보듯 천천히 말문을 열었다. "그런 생각은 한 번도 안 해봤어. 디콘과 네 어머니는 내 이야기를 듣고 좋아했어?”

"좋아하였지요. 우리 디콘은 눈이 튀어나올 것처럼 왕방울 눈이 되었지 뭐여요.” 마사가 대답했다. "하지만 어머니는 아가씨가 내내 혼자 있어야 될 것 같다구 속상해하셨어요. ‘크레이븐 씨는 그 아가씰 위해서 가정교사두 유모두 데려오지 않았니?’ 이렇게 말씀하셔서 제가 대답하였어요. ‘네, 안 그러셨어요. 메들록 부인 말론 그럴 생각 있음 그렇게 하실 거래요. 하지만 메들록 부인은 주인어른이 2, 3년은 그럴 생각을 못 하실 거라구 하시던데요.’”

"가정교사는 필요 없어.” 메리가 쌀쌀맞게 말했다.

"하지만 어머닌 아가씨 나이면 이제 책으루다가 공부를 허구 아가씨를 돌봐줄 여자가 곁에 있어야 헌다구 하셔요. 그러구 이렇게 말하셨어요. ‘애, 마사. 그런 커다란 집에 어머니두 없이 내내 혼자서 돌아다니면 네 기분이 어떻겠냐. 최선을 다해서 아가씨 기분을 북돋아드려.’ 물론 꼭 그러겠다구 대답하였죠.”

메리는 한참이나 마사를 지긋이 바라보았다.

"너는 지금도 내 기분을 북돋아주고 있어.” 메리가 말했다. "네 이야기를 듣는 게 좋거든.”

그러자 마사가 방을 나갔다가 앞치마 아래로 뭔가를 들고 금방 들어왔다.

"이게 뭐게요?" 마사가 활짝 웃으며 말했다. "아가씨한테 선물을 가져왔지요!"

"선물이라고!" 메리 아가씨가 놀라서 소리쳤다. 배고픈 사람 열네 명으로 복작거리는 집에서, 어떻게 다른 사람에게 선물을 할 수 있을까!

"황무지를 돌며 행상을 하는 상인이 있어요." 마사가 설명했다. "그 사람 수레가 마침 우리 집에 왔데요. 그 사람은 냄비구 솥이구 온갖 잡다한 물건을 팔지만, 어머니는 뭘 살 돈이 없었어요. 그 상인이 막 가려는데, 우리 엘리자베스 엘런이 소리를 치더라구요. '어머니, 아저씨가 빨갛고 파란 손잡이 달린 줄넘길 팔아요.' 그러자 어머니가 갑자기 큰 소리로 상인을 부르지 않겠어요. '여기 보시오, 잠깐 보시오, 이봐요, 아저씨! 그 줄넘기 얼마요?' 상인이 대답했죠. '2펜스요.' 그랬더니 어머니가 주머니를 뒤적이다가 말씀하셨어요. '마사, 너는 착한 딸이라 네 월급을 나한테 다 가져왔지. 네 돈을 몽땅 넷으로 나눠서 모아두지 않았겠냐. 하지만 모아놓은 돈에서 2펜스를 꺼내서 그 아이에게 줄넘기를 사줘야겠구나.' 그러시구는 이걸 사셨어요. 자, 여기 있어요."

마사는 앞치마 아래에서 선물을 꺼내 의기양양하게 보여주었다. 그 선물은 양쪽 끝에 붉은색과 파란색 손잡이가 달린 튼튼하고 가는 밧줄이었다. 그런데 메리 레녹스는 지금까지 줄넘기를 한 번도 본 적이 없었다. 메리는 이상야릇한 표정으로 선물을 뚫어져라 바라보았다.

"그게 뭐 하는 거야?" 메리가 호기심에 물어보았다.

"뭐 하는 거냐구요?" 마사가 소리쳤다. "설마 인도 사람들은 코끼리하구 호랑이하구 낙타를 타구 놀아서 줄넘기를 하며 놀지 않는다는 뜻이여요? 그 사람들 피부가 까만 게 전혀 놀랍지 않네요. 이건 이렇게 하는 거여요. 잘 보셔요."

마사는 방 한가운데로 쪼르르 달려가 양손에 손잡이를 하나씩 잡더니 뛰고, 뛰고, 뛰기 시작했다. 어느새 메리는 마사를 보려고 앉은 자리에서 몸을 돌렸다. 벽에 걸린 오래된 초상화의 얼굴들도 마사를 뚫어져라 보며, 별볼일 없는 시골 아가씨가 무슨 배짱으로 자신들 코앞에서 저런 행동을 하는지 의아해하는 것 같았다. 마사는 초상화 쪽으로는 눈길도 주지 않았다. 메리 아가씨가 보이는 흥미와 호기심에 기쁠 뿐이었다. 그래서 멈추지 않고 개수를 세면서 백 개까지 줄을 넘었다.

"이것보다두 더 많이 뛸 수두 있어요." 마사가 줄넘기를 멈추고 말했다. "열두 살 땐 500번이나 뛰었어요. 하지만 그땐 지금처럼 살이 찌지두 않았구 계속 연습을 했으니깐요."

메리는 점점 줄넘기를 해보고 싶어져서 의자에서 일어났다.

"재미있겠어." 메리가 말했다. "네 어머니는 친절한 분이셔. 나도 그렇게 뛸 수 있을까?"

"한번 해보세요." 마사가 줄넘기를 건네며 격려했다. "첨부터 백 개를 뛸 순 없어요. 하지만 연습을 허시다 보면 개수두 늘어날 거여요. 어머니가 그렇게 말하셨어요. 이렇게요. '줄넘기만큼 그 아가씨 건강에 이로운 것두 없을 거구만. 아이한테 줄넘기만큼 좋은 장난감이 없어. 신선한 공기를 마시면서 줄넘기를 허며 놀게 해. 줄넘기를 허면 두 다리두 두 팔두 쭉쭉 펴지구 팔다리에 힘이 솟지 않겠냐.'"

난생처음 줄넘기를 해보니, 확실히 메리 아가씨의 팔다리에는 힘이 별로 없었다. 잘하지는 못해도 너무 재미있어서, 메리는 그만두고 싶지 않았다.

"든든하게 입구 밖에 나가서 달리기두 하구 줄넘기두 해보셔요." 마사가 말했다. "될 수 있는 대로 밖에 나가서 놀게 하라구 어머니가 말하셨어요. 비가 좀 오더라두 따뜻하게 입구 나가면 된다구요."

메리는 코트를 입고 모자를 쓰고, 줄넘기를 팔에 걸었다. 문을 열고 나가려다가, 문득 무슨 생각이 나서 천천히 돌아섰다.

"마사." 메리가 말했다. "그 돈은 네 월급이었어. 그러니까 네 2펜스였던 거야. 고마워." 메리는 조금 퉁명스럽게 말했다. 남에게 고마움을 전하거나 남들에게 받은 호의를 알아차리는 데 서툴렀기 때문이다. "고마워." 메리는 이렇게 말하며 달리 뭘 해야 할지 몰라 한 손을 내밀었다.

마사도 이런 상황에 익숙하지 않은 듯, 그 손을 잡고 어색하게 짧은 악수를 했다. 그러더니 깔깔 웃었다.

"에구! 아가씨는 괴상한 할머니 같애요." 마사가 말했다. "우리 엘리자베스 엘런이었다면, 저한테 뽀뽀를 해줬을 거여요."

메리가 그 어느 때보다 뚱해 보였다.

"입을 맞춰주면 좋겠니?"

마사가 다시 웃었다.

"아뇨, 아니여요." 마사가 대답했다. "아가씨가 딴 사람이었다면, 아가씨가 먼저 그러구 싶으셨겠죠. 하지만 아가씨는 그렇지 않잖아요. 이제 밖으로 나가서 줄넘기를 하구 노셔요."

방을 나서는 메리 아가씨는 약간 머쓱했다. 요크셔 사람들은 이상한 것 같았다. 메리에게 마사는 늘 퍼즐 같았다. 처음에는 마사가 몹시 싫었지만, 이제 그렇지 않았다.

줄넘기는 근사한 물건이었다. 메리는 개수를 새며 뛰고, 뛰면서 개수를 세었다. 어느새 두 볼이 발갛게 달아올랐는데, 태어나서 이렇게 재미있었던 적이 없었다. 태양은 빛났고, 바람이 살랑살랑 불어왔다. 거센 바람이 아니라 기분 좋게 몸을 식혀줄 정도로 시원한 바람이 땅을 새로 파헤쳐서 나는 신선한 흙냄새도 전해주었다. 메리는 줄넘기를 하며 분수 정원의 둘레를 돌고, 깡충깡충 뛰며 좁은 길을 이쪽저쪽으로 왔다갔다했다. 줄넘기를 하며 마침내 채마밭으로 들어가니, 벤 웨더스태프가 땅을 파며 울새에게 이야기를 하고 있었다. 울새는 노인 주위를 폴짝폴짝 뛰어다녔다. 메리는 줄넘기를 뛰며 노인에게 다가갔다. 그러자 정원사가 고개를 들어 호기심에 찬 눈빛으로 아이를 바라보았다. 메리는 노인이 아는 척을 할지 궁금했다. 메리는 자신이 줄넘기를 하는 모습을 노인에게 꼭 보여주고 싶었다.

"이런!" 노인이 소리쳤다. "역시 그랬구려. 아가씨는 어린아이가 맞구려. 그 핏줄에 시큼한 버터우유 대신 아이의 피가 흐르구 있는 게지. 내 이름이 벤 웨더스태프인 게 사실인 만큼, 아가씨 두 볼이 발갛게 된 건 줄넘기 때문이겠구려. 아가씨가 줄넘기를 할 수 있을 줄은 꿈에두 몰랐다오."

"오늘 줄넘기를 처음 해봤어." 메리가 말했다. "이제 막 배웠거든. 아직 한 번에 스무 개밖에 못 뛰어."

"계속하시구려." 벤이 말했다. "아가씨는 이교도들하구 살았던 것 치구 체격이 좋으니깐. 울새가 아가씨를 어떻게 지켜보는지 한번 보시오." 노인이 울새를 향해 고갯짓을 했

다. "어제 녀석이 아가씨 뒤를 졸졸 따라다닙디다. 오늘두 아
가씨를 따라다닐 거라오. 줄넘기가 뭔지 꼭 알아내고 싶을
테니깐. 녀석은 줄넘기를 한 번두 못 보았으니 말이오. 어이
구!" 노인이 새를 향해 고개를 절레절레 흔들었다. "너 이 녀
석, 그렇게 멍하구 있으면 언젠가는 호기심 때문에 세상 하
직할 거구만."

메리는 몇 분마다 쉬면서, 줄넘기를 뛰며 정원을 돌고
과수원을 돌았다. 마침내 자신의 특별한 산책로에 도착한 메
리는 이쪽 끝에서 저쪽 끝까지 줄넘기를 하며 갈 수 있는지
시험해보기로 했다. 줄넘기로 가기엔 산책로가 길어서 천천
히 시작했지만, 결국 반도 못 가서 너무 열이 나고 숨이 차 중
단할 수밖에 없었다. 그래도 속이 상하지 않았다. 벌써 쉬지
않고 30번까지 뛰었기 때문이다. 메리는 기쁨에 겨워, 살짝
웃으며 멈춰 섰다. 세상에, 바로 그곳에 길게 늘어진 담쟁이
덩굴에 울새가 앉아 흔들거리고 있었다. 울새는 메리를 따라
오면서 지저귀며, 알은체를 했다. 메리도 울새를 향해 줄넘
기를 하며 다가가는데, 뛸 때마다 주머니에 든 묵직한 것이
몸에 부딪혔다. 그러자 메리는 울새를 보며 다시 웃음을 터
트렸다.

"너, 어제 열쇠가 어디에 있는지 가르쳐줬잖아." 메리가
말했다. "그러니까 오늘은 문이 어디에 있는지 보여줘야 해.

네가 알 것 같지는 않지만!"

울새가 출렁거리는 덩굴에서 포르르 날아올라 담장 위로 올라갔다. 그리고 단지 뽐을 내기 위해 부리를 벌리고 아름다운 노래를 큰 소리로 불렀다. 뽐을 내는 울새만큼 앙증맞고 사랑스러운 건 이 세상에 없다. 그리고 울새는 늘 그렇게 행동하는 법이다.

메리 레녹스는 아야가 이야기를 해줄 때 마법에 대해 수도 없이 들었는데, 훗날 그 순간 일어난 일은 마법이었다고 입버릇처럼 말했다.

기분 좋은 시원한 바람 한 줄기가 산책로를 따라 휙 불어왔다. 이 바람은 다른 바람보다 더 거셌다. 나뭇가지들을 흔들 정도로 강하고, 손질하지 않아 담장에 축 늘어져 있던 덩굴손들을 흔들 만큼 강했다. 메리가 울새에게 가까이 다가갔을 때였다. 느닷없이 불어온 센 바람이 축 늘어진 덩굴을 옆으로 휙 날렸다. 그 순간 메리가 득달같이 뛰어올라 덩굴을 움켜쥐었다. 덩굴들 아래에서 뭔가를 본 듯했기 때문이다. 위로 늘어진 잎들에 가려진 둥근 손잡이였다. 그것은 문의 손잡이였다.

메리는 무성한 잎사귀 아래로 두 손을 넣어 잡아뜯고 옆으로 헤치기 시작했다. 덩굴이 두껍게 담장을 뒤덮기는 했어도, 대체로 축 늘어져 흔들거리는 커튼 같았다. 물론 일부는 나무와 쇠에 들러붙어 있었다. 메리는 너무 기쁘고 흥분이 되어, 심장이 쿵쿵 뛰고 손까지 살짝 떨렸다. 울새는 여전히 재잘거리듯 노래를 부르고, 메리만큼 흥분이 된다는 듯 고개를 한쪽으로 갸웃거렸다. 여자아이가 손대고 있는, 쇠로 된 저 네모난 것은 무엇이고, 여자아이 손가락들이 저 안에서 찾아낸 구멍은 뭘까?

그것은 10년 동안 닫혀 있던 문의 열쇠 구멍이었다. 메리는 주머니에 손을 넣어 열쇠를 꺼냈다. 열쇠를 살펴보니 구멍에 딱 맞을 게 분명했다. 메리는 열쇠를 구멍에 끼우고 돌렸다. 양손으로 해야 할 정도로 버거웠지만, 열쇠는 잘 돌아갔다.

마침내 메리는 숨을 깊게 쉬고, 고개를 돌려 혹시 누가 오지 않는지 깊게 뻗은 산책로를 살폈다. 아무도 없었다. 아무도 오지 않을 것 같았다. 그래서 메리는 다시 숨을 길게 쉬었다. 그러지 않을 수 없었다. 메리는 커튼처럼 치렁거리는 덩굴을 잡아서 옆으로 치우고, 문을 밀어 천천히 열었다. 아주 천천히.

잠시 후 메리는 문 안으로 미끄러지듯 들어가 문을 꼭 닫았다. 그리고 문에 기대 서서 흥분과 경이로움과 환희로 가쁜 숨을 몰아쉬며 주위를 돌아보았다.

메리는 비밀 정원 '안'에 들어와 있었다.

지금까지 본 가장 이상한 집

그곳은 사람이 상상할 수 있는, 가장 아름답고도 신비로운 분위기가 물씬 풍기는 정원이었다. 그곳을 외부와 차단하는 높은 담장들은 잎사귀가 다 떨어져 나가고 줄기만 남아 뒤엉켜서 빽빽하게 자란 덩굴장미로 가려져 있었는데, 메리 레녹스는 그 식물이 장미라는 건 알았다. 인도에서 수많은 종류의 장미를 보았기 때문이다. 정원 바닥을 겨울이 되어 누레진 풀들로 잎들로 뒤덮여 있었다. 그리고 살아 있다면 분명히 장미일 덤불들이 무리지어 자랐다. 그곳에는 장미 관목도 수없이 많았는데, 가지가 어찌나 무성한지 한 그루 한 그루가 작은 나무처럼 보였다. 화원에는 다른 나무도 있었지만, 그곳을 세상에서 가장 기묘하고 사랑스러운 장소로 만든 일등공신은 바로 덩굴장미였다. 장미 덩굴이 사방으로 퍼져 모든 것을 뒤덮고, 가볍게 나풀거리는 커튼마냥 기다란 덩굴손들을 살랑살랑 늘어뜨리고는, 여기저기에서 뒤엉키고 멀리 뻗은 가지를 서로 붙잡으며 이 나무에서 저 나무로 기어가, 어느새 사랑스러운 다리가 되었다. 지금은 이파리도 꽃도 없기에, 메리는 장미들이 죽었는지 살았는지조차 알 수 없었다. 하지만 회색이나 갈색을 띤 잔가지들이 담장이며 나무들, 심지어 갈색으로 시든 풀 위까지 모든 곳을 얇은 망토처럼 덮고 있었다. 풀밭으로 늘어진 가지들도 땅 위를 기어가듯 지르고 있었다. 덩굴이 이 나무에서 저 나무로 뒤엉키며 모든 것을 부유스름하게 뒤덮은 풍경이 신비로운 분위기를 뿜어냈다. 메리는 이 정원이 사람의 손길을 계속 받은 정원들과는 분명히 다르리라 짐작했다. 직접 보니 과연 메리가 지금까지 본 어떤 곳과도 달랐다.

"여기는 정말 고요해!" 메리가 속삭였다. "쥐죽은 듯 조용해!"

그러더니 메리는 잠시 동안 그 고요함에 귀를 기울였다. 늘 가는 나무 꼭대기로 포르르 날아가 버린 울새조차 다른 것들처럼 조용했다. 녀석은 날개를 파닥거리지도 않았다. 그저 꼼짝도 않고 앉아서, 메리를 바라볼 뿐이었다.

"이렇게 조용한 게 당연해." 메리가 다시 속삭였다. "이곳에서 말을 하는 사람은 10년 만에 내가 처음일 테니까."

메리는 누군가를 깨울까 봐 조심하는 것처럼 살금살금

문에서 떨어져 안쪽으로 들어갔다. 발밑에 자란 풀들 덕분에 발소리가 나지 않아 다행이었다. 메리는 동화에 나오는 것처럼 나무들 사이로 자연이 만들어놓은 잿빛 아치 아래를 걸으며, 그것을 이루는 잔가지들과 덩굴손들을 올려보았다.

"덩굴들이 다 죽은 것 같아." 메리가 말했다. "전부 다 죽은 정원일까? 아니라면 좋을 텐데."

메리가 벤 웨더스태프였다면, 한눈에 나무가 살았는지 죽었는지 알아냈을 것이다. 하지만 메리는 사방에 시들어서 칙칙하고 누렇게 변한 자잘하거나 굵은 가지들만 있다는 것과, 어디에도 작은 순이 돋을 기미는 보이지 않는다는 것밖에 알지 못했다.

그래도 메리는 이 근사한 정원의 '안'으로 들어왔고, 언제든지 다시 담쟁이덩굴 아래에 감춰진 문으로 들어올 수 있었기에, 자신만의 세상을 발견한 기분이 들었다.

사방 담장 안을 태양이 환히 비추었고, 미슬스웨이트의 이 특별한 장소 위로 둥근 천장처럼 높이 솟은 푸른 하늘은 황무지 어느 곳보다 훨씬 더 찬란하고 부드러워 보였다. 울새는 나무 꼭대기에서 내려왔다. 그리고 메리를 따라다니며 주위에서 폴짝거리고 뛰거나, 이 덤불에서 저 덤불로 포르르 날아다녔다. 울새는 정원을 안내라도 하려는 듯, 한껏 지저귀며 바쁜 시늉을 했다. 이곳에서는 모든 것이 기묘하고 고요했다. 메리는 사람들에게서 몇백 킬로미터나 떨어져 있는 듯했지만, 이상하게도 전혀 외롭지 않았다. 장미들이 전부 죽었는지, 혹시 일부는 살아 있어서 날이 따뜻해지면 잎과 순이 돋아날지, 궁금한 마음에 조바심이 날 따름이었다. 메리는 이곳이 죽은 정원이 아니기를 바랐다. 이곳이 생기 넘치는 정원이라면 얼마나 근사할까! 사방에 장미들이 몇천 송이나 피어날 텐데!

메리는 줄넘기를 팔에 걸고 정원으로 들어왔다. 그래서 잠시 그곳을 돌아보고는, 화원을 빙 둘러 줄넘기를 하며 다니다가 보고 싶은 것이 있으면 멈춰서 잘 살펴보기로 했다. 여기저기 풀에 덮인 오솔길이 있는 듯했다. 그리고 구석 한두 곳에는 상록수로 벽감처럼 오목하게 꾸민 곳이 있었는데, 안에는 돌로 만든 의자나 이끼로 뒤덮인 키 큰 화병이 놓여 있었다.

이런 벽감들 가운데 두 번째 벽감으로 다가갈 때였다. 메리는 갑자기 줄넘기를 멈췄다. 그곳에는 화단이었던 자리가 있었다. 그런데 그 화단의 시커먼 흙에서 뭔가 비죽 솟아 있는 게 아닌가. 자그마한 연두색 무언가가 뾰족 튀어나와 있었다. 그때 벤 웨더스태프에게 들은 말이 기억나 잘 보려고 무릎을 꿇었다.

"그래 맞아, 새싹이 자라난 거야. 어쩌면 크로커스일 수도 있고, 아네모네나 수선화일지도 몰라." 메리가 속삭였다.

메리는 몸을 바짝 숙이고 축축한 흙에서 나는 신선한 냄새를 들이마셨다. 그 냄새가 몹시 마음에 들었다.

"어쩌면 다른 곳에서도 이런 새싹들이 올라오고 있을지 몰라." 메리가 말했다. "이 정원을 빠짐없이 살펴봐야겠어."

메리는 더는 줄넘기로 뛰지 않고 걸었다. 땅에서 눈을 떼지 않은 채, 천천히 돌아다녔다. 담장을 따라 조성한 오래된 화단이며 풀 사이를 유심히 살폈다. 아무것도 놓치지 않으려 신경을 쓰며 전부 둘러본 끝에, 메리는 뾰족한 연두색 새싹을 상당히 많이 찾아냈고 다시 신이 났다.

"완전히 죽은 정원이 아니었어." 메리는 기쁨을 억누르며 나직하게 말했다. "장미는 다 죽었을지 몰라도, 다른 식물들은 살아 있어."

메리는 정원을 가꾸는 일에 대해서 아무것도 몰랐다. 하지만 어떤 곳은 녹색 새싹이 흙을 뚫고 나왔는데도 풀이 너무 무성해서 새싹이 자랄 공간이 충분해 보이지 않았다. 메리는 주위를 이러저리 살피다가 나름대로 끝이 뾰족한 나무막대를 주워, 무릎을 꿇고 앉아서 흙을 파고 잡초와 풀을 솎아내기 시작했다. 덕분에 새싹들 주위로 얼마 안 되지만 풀이 없는 빈 땅이 만들어졌다.

"이제 새싹들 숨통이 틔었겠네." 메리는 첫 번째 작업을 마친 후 이렇게 말했다. "이런 작업을 수도 없이 해야겠어. 보이는 족족 뽑아버릴 거야. 오늘 다 할 시간이 없으면, 내일 또 오면 돼."

메리는 이곳저곳 옮겨 다니며, 땅을 파고 잡초를 뽑았다. 그런 일이 어찌나 즐거운지 메리는 이끌리듯 화단에서 화단으로 옮겨갔고, 어느새 나무 아래 잡초도 뽑기 시작했다. 몸을 움직이니 점점 더워져서, 처음에는 코트를 벗어던지고 다음으로 모자를 벗었다. 게다가 자신도 모르게, 일을 하는 내내 풀과 연두색 새싹을 흐뭇하게 내려다보았다.

울새는 말도 못 하게 바빴다. 녀석은 자기 영내에서 시작된 작업을 지켜보며 몹시 흐뭇해했다. 울새는 벤 웨더스태프를 보면서 종종 놀라곤 했다. 벤이 정원을 가꾸는 곳에서는 흙이 파헤쳐지면서 온갖 먹음직스러운 먹이들도 땅 밖으로 끌려나왔다. 그런데 바로 울새의 정원에, 크기는 벤의 반도 안 되지만 이곳에 오자마자 작업을 시작할 만큼 영리한 인간이 등장했으니, 어찌 기쁘지 않겠는가!

메리 아가씨가 제 정원에서 일을 하다 보니, 어느새 점심을 먹으러 갈 시간이 되었다. 그 사실을 떠올린 건 점심시간이 꽤 지났을 때였다. 메리는 코트를 다시 입고 모자를 쓰고 줄넘기를 들었다. 자기가 두세 시간이나 일을 했다는 사실을 믿을 수 없었다. 심지어 내내 즐겁기까지 했다. 잡초를 뽑아 말끔해진 땅에 몇십 개나 되는 연두색 새싹들이 고개를 내민 모습이, 잡초와 풀 사이에 갇혀 있었을 때보다 두 배는 더 즐거워하는 것처럼 보였다.

"이따가 오후에 또 올게." 메리는 자신의 새 왕국을 둘러보며 장미 덤불과 나무들이 알아듣기라도 하듯 인사를 건넸다.

그리고 발걸음도 가볍게 정원을 가로질러, 낡은 문을 천천히 밀어 열고 담쟁이덩굴 아래로 살짝 빠져나왔다. 볼이 발그레해진 메리가 눈을 반짝이며 점심을 먹는 모습에 마사는 뛸 듯이 기뻐했다.

"고기 두 덩이에 쌀 푸딩두 두 그릇이나 드시다니!" 마사가 말했다. "세상에! 줄넘기루 아가씨가 어떻게 변했는지 들려드리면 어머니가 정말루 기뻐하실 거여요."

메리 아가씨는 뾰족한 막대기로 땅을 파다가 양파처럼 생긴 하얀 뿌리를 캤다. 그 뿌리를 제자리에 다시 묻고, 정성스럽게 흙을 덮은 후 탁탁 다졌다. 문득 마사라면 그게 뭔지 알려나 궁금했다.

"마사." 메리가 말했다. "양파처럼 생긴 하얀 뿌리는 뭐야?"

"그건 알뿌리라는 거여요." 마사가 대답했다. "봄꽃들 중엔 알뿌리 꽃들이 많아요. 아주 작은 알뿌리는 아네모네하구 크로커스구요. 큰 건 하얀 수선화, 노란 수선화, 나팔수선화여요. 그중에서두 젤 큰 게 백합하구 보랏빛 붓꽃이여요. 아! 다 얼마나 예쁜지. 디콘은 우리 집 정원에 그 꽃들을 전부 다 심었어요."

"디콘은 그 꽃들에 대해서 다 알아?" 메리가 새로운 계획에 사로잡혀 물었다.

"우리 디콘은 벽돌 길에서두 꽃을 키울 수 있어요. 어머니는 디콘이 땅을 뚫구 나오라구 속사이면 싹이 나온디구 그러셔요."

"알뿌리는 오래 살아? 아무도 돌봐주는 사람이 없어도 몇 년이나 살 수 있어?" 메리가 초조하게 물었다.

"걔들은 스스로 살아가요." 마사가 말했다. "그래서 가난한 사람들두 그 꽃들을 키울 수 있어요. 사람이 괴롭히지만 않으면, 걔들은 대부분 살아 있는 동안 땅속에서 열심히 자라구 주위로 퍼져서 작은 싹을 새로 피우거든요 여기 영내 숲에는 아네모네가 몇천 송이나 피는 데가 있어요. 봄이 오면 요크셔에서 가장 아름다운 풍경이 된다니깐요. 젤 처음 누가 그 꽃들을 심었는지 아무도 몰라요."

"지금 당장 봄이 오면 좋겠어." 메리가 말했다. "영국에서 자라는 꽃들을 전부 다 보고 싶어."

메리는 점심을 다 먹고 벽난로 앞 깔개 위, 제일 좋아하는 자리로 갔다.

"나, 나 말이야, 작은 삽이 있었으면 좋겠어." 메리가 말했다.

"삽을 뭐에다 쓰시려구요?" 마사가 웃으며 물었다. "땅이라두 파시려구요? 그것두 어머니에게 말하여야겠어요."

메리는 벽난로 불을 보며 잠시 생각에 잠겼다. 비밀 왕국을 지키고 싶다면 조심해야 했다. 메리가 나쁜 짓을 하지는 않았지만, 고무부가 열린 문에 대해 알면 불같이 화를 내며 새 열쇠를 구해 영원히 잠가버릴 터였다. 메리는 그것만은 견딜 수 없을 것 같았다.

"이곳은 넓고 외로운 곳이야." 메리는 어떤 문제를 마음속에서 곰곰이 따져보듯 천천히 말했다. "이 집은 외로워. 들판도 외롭지. 정원들도 외롭고. 열쇠로 잠가버린 곳이 너무 많아. 인도에서는 할 일이 별로 없었지만, 그래도 거기는 여기보다 볼 사람들이 더 많았어. 원주민들도 있고, 행진하는 군인들도 있었지. 가끔 악단이 연주를 했어. 그리고 아야가 늘 이야기를 들려줬어. 그런데 여기는 이야기를 할 사람이 너와 벤 웨더스태프뿐이야. 하지만 너는 해야 할 일이 있고, 벤 웨더스태프는 걸핏하면 나랑 이야기를 하지 않으려고 해. 내게 작은 삽이 있으면, 벤처럼 여기저기 땅을 팔 수 있어. 벤이 내게 꽃씨를 좀 주면, 나도 작은 정원을 만들 수 있을 거야."

마사의 얼굴이 환하게 밝아졌다.

"맙소사!" 마사가 소리쳤다. "어머니두 그렇게 말하시었어요. 이렇게요. '그 대저택에 노는 땅이 그렇게나 많은데, 아가씨한테 땅을 조금 주면 어떨라나? 설령 아가씨가 파슬리와 순무밖에 못 심는다구 해두 상관없잖아. 그러면 그 아가씨두 땅을 파구, 갈퀴질을 하구, 그 땅에서 즐겁게 놀 수 있지 않겠냐.' 어머니가 이렇게 말하시었어요."

"정말?" 메리가 말했다. "네 어머니는 모르는 게 없으셔, 그렇지?"

"두말하면 잔소리라니깐요!" 마사가 말했다. "'여자가 애를 열둘이나 키우면 ABC 말구두 많은 걸 알게 된다니깐. 애들이 산수로 세상 이치 깨치듯이 말이야.' 이게 바로 어머니 입버릇이여요."

"삽은 얼마야? 작은 걸로." 메리가 물었다.

"음." 마사의 생각에 잠겨 대답했다. "스웨이트 마을 가면 그런 거 파는 가게가 있어요. 거기서 원예 도구들 파는 거 봤어요. 삽 한 자루하구 갈퀴, 쇠스랑을 묶어서 2실링에 팔아요. 정원 일에 써두 될 만큼 튼튼해요."

"내 지갑에 2실링 넘는 돈이 있어." 메리가 말했다. "모리슨 부인이 내게 5실링을 줬고, 메들록 부인이 크레이븐 씨에게서 받은 돈을 줬어."

"주인어른이 아가씨를 그렇게까지 생각해주셔요?" 마사
가 깜짝 놀랐다.

"메들록 부인이 내게 용돈으로 일주일에 1실링씩 준다
고 했어. 매주 토요일에 부인에게 용돈을 받아. 그런데 지금
까지는 그 돈을 쓸 데가 없었어."

"세상에! 큰돈이여요." 마사가 말했다. "이 세상에 갖구
싶은 물건은 뭐든 다 살 수 있어요. 우리 집의 임대료는 고작
1실링 3펜스인데두 그 돈을 마련하려면 영혼이라두 바칠 판
이여요. 방금 좋은 생각이 났어요." 그러고는 엉덩이에 손을
올렸다.

"뭔데?" 메리가 열을 내며 물었다.

"스웨이트의 가게에 개당 1페니씩 꽃씨 묶음을 판단 말
이여요. 우리 디콘은 어떤 씨가 젤 예쁜 꽃을 피우는지, 어떻
게 키워야 하는지 잘 알죠. 그 애는 하루에도 몇 번씩 스웨이
트에 가요. 그냥 놀러 가는 거여요. 혹시 인쇄체로 글을 쓸 줄
아셔요?" 마사는 갑작스럽게 제안했다.

"글씨는 쓸 줄 알아." 메리가 대답했다.

마사가 고개를 가로저었다.

"우리 디콘은 인쇄체밖에 못 읽어요. 아가씨가 인쇄체를
쓰면 개한테 편지로 마을에 가서 원예 도구하구 씨앗을 사달

라구 부탁을 허면 되니깐요."

"오! 넌 정말 좋은 사람이야!" 메리가 신이 나 소리쳤다.
"진심이야! 네가 그렇게 좋은 사람인 줄 몰랐어. 노력하면 인
쇄체로 쓸 수 있을 거야. 메들록 부인에게 펜과 잉크와 종이
를 달라고 하자."

"그건 저한테 있어요!" 마사가 말했다. "일요일날 어머
니에게 편지 쓸려구 챙겨왔어요. 지금 가서 가져올게요."

마사가 서둘러 방을 나갔다. 메리는 벽난로 주변에 서
서, 기쁨을 못 이기고 가느다란 양손을 맞잡아 비틀었다.

"삽이 생기면." 메리가 속삭였다. "땅을 부드럽게 일구고
잡초도 뽑을 수 있어. 씨앗을 구해서 꽃으로 키우기만 하면,
그 정원은 절대 죽지 않을 거야. 다시 살아날 거야."

메리는 그날 오후에는 다시 나가지 않았다. 마사가 펜과
잉크와 종이를 가지고 왔지만 먼저 테이블을 정리하고 다 먹
은 접시와 그릇들을 아래층으로 가지고 가야 했고, 마사가
그릇들을 가지고 부엌으로 들어가니 그곳에 와 있던 메들록
부인이 일을 시켰던 것이다. 그래서 메리는 아주 오랜 시간
이 흐른 것 같다고 생각하며, 마사가 돌아오기를 기다렸다.
디콘에게 편지를 쓰는 일도 만만치 않았다. 메리는 배운 게
많지 않았다. 가정교사가 메리를 너무 싫어해서, 함께 있지
도 못했기 때문이다. 특히 메리는 철자가 서툴렀지만, 열심

히 하다 보니 인쇄체로 편지를 쓸 수 있었다. 마사가 메리에게 불러준 대로 이렇게 편지를 썼다.

친애하는 디콘에게

잘 지내고 있으면 좋겠구나. 메리 아가씨는 돈이 많아. 그러니 메리 아가씨가 화단을 만들 수 있게 스웨이트에 꽃씨하고 원예 도구를 사러 다녀와 주겠니. 제일 예쁘고 키우기 쉬운 꽃으로 골라. 아가씨는 한 번도 꽃을 키워본 적이 없고, 이곳과는 다른 인도에서 사셨기 때문이야. 어머니와 동생들에게 내 사랑을 전해줘. 메리 아가씨가 내게 이야기를 잔뜩 들려주실 거야. 다음에 집에 가는 날에는 코끼리와 낙타 이야기며, 사자와 호랑이를 사냥하러 가는 신사들에 대한 이야기를 들려줄게.

사랑하는 네 누나
마사 피비 소워비

"봉투에 돈을 넣으셔요. 그러면 수레를 끌고온 정육점 아이한테 가져가라구 할게요. 걔는 디콘하구 아주 친하거든요." 마사가 말했다.

"디콘이 물건을 사면 어떻게 받아?"

"디콘이 직접 가져올 거여요. 이쪽으로 오는 걸 좋아할 테니깐."

"와!" 메리가 탄성을 질렀다. "그러면 디콘을 만날 수 있겠네! 디콘을 직접 볼 수 있으리라고 상상도 못 했어."

"걜 보구 싶으셔요?" 마사가 불쑥 물었다. 메리가 진심으로 기뻐하는 것처럼 보인 것이다.

"그래, 보고 싶어. 나는 여우들도 까마귀들도 좋아하는 남자아이를 한 번도 못 봤거든. 꼭 만나고 싶어."

마사가 뭔가 기억났는지 움찔했다.

"지금 생각났는데." 마사가 불쑥 말했다. "깜박허구 있었어요. 오늘 아침에 젤 먼저 말허려구 했는데. 어머니한테 부탁을 했어요. 그랬더니 어머니가 메들록 부인한테 직접 부탁을 해보겠다구 말하셨어요."

"그 말은." 메리가 말문을 열었다.

"화요일에 말씀드린 거 말이여요. 아가씨가 언제 한번 저희 집에 마차를 타구 와서 어머니의 뜨거운 귀리 케이크하구 버터하구 우유 한 잔을 맛볼 수 있게 해달라는 거."

흥미진진한 일들이 하루 동안 몽땅 일어난 것 같았다. 하늘이 푸르고 햇살이 환한 낮에 황무지를 건너가는 일을 생각해보라! 그래서 아이가 열둘이나 있는 집을 찾아간다니!

"네 어머니는 메들록 부인이 나를 보내줄 거라고 생각하셔?" 메리가 전전긍긍하며 물었다.

"네, 그렇게 생각하셔요. 메들록 부인은 어머니가 얼마나 깔끔한지, 집을 얼마나 말끔하게 치우구 사시는지 아니깐요."

"정말 가게 되면, 디콘은 물론이고 네 어머니도 꼭 보고 싶어." 메리는 이렇게 대답하며 그 광경을 상상했는데, 무척 마음에 들었다. "네 어머니는 인도의 어머니들 같지는 않을 것 같아."

메리는 정원에서 풀을 뽑고 오후에는 잔뜩 흥분을 했더니, 차분하고 생각이 많아진 듯한 기분이 들었다. 마사는 티타임까지 방에 머물렀다. 하지만 두 사람은 편하게 조용히 앉아 있을 뿐, 말은 거의 하지 않았다. 그러다가 마사가 차 쟁반을 아래층으로 가져가려고 하자, 메리가 질문을 했다.

"마사." 메리가 말했다. "부엌일 하는 하인은 오늘도 이가 아팠어?"

마사는 그 말에 분명히 살짝 놀랐다.

"그건 왜 물으셔요?" 마사가 말했다.

"아까 한참을 기다려도 네가 안 와서, 오는지 보려고 밖으로 나가 복도를 잠시 걸었거든. 그런데 멀리서 울음소리가 또 들렸어. 요전 날 밤에 우리가 같이 들은 그 소리 말이야.

오늘은 바람이 불지 않잖아. 그러니 바람 소리일 리가 없어."

"아이쿠!" 마사가 안절부절못하며 말했다. "아가씨는 복도를 돌아다니면서 엿듣구 그러시면 안 돼요. 크레이븐 씨가 화를 내기라두 하면 무슨 짓을 하실려나 몰라요."

"엿듣지 않았어." 메리가 말했다. "너를 기다리는데, 그 소리가 들렸어. 세 번이나 들렸다고."

"맙소사. 아이쿠야, 메들록 부인 종소리여요." 마사가 이렇게 말하더니 거의 뛰다시피 방을 나갔다.

"사람이 사는 집치고 이렇게 이상한 집도 없을 거야." 메리는 이렇게 말하면서 졸음이 쏟아져, 근처 안락의자의 쿠션에 머리를 뉘었다. 신선한 공기를 마시며 땅을 파고 줄넘기를 한 덕에, 메리는 기분 좋게 피로해져서 순식간에 곯아떨어졌다.

디콘

일주일 가까이 비밀 정원에는 햇살이 따사롭게 빛났다. '비밀 정원'은 메리가 생각해낸 이름이었다. 아이는 그 이름이 좋았다. 하지만 오래된 아름다운 담장들이 주위를 둘러서서 아무도 메리가 어디에 있는지 모른다는 느낌이 더욱 마음에 들었다. 온 세상에서 멀어져 동화의 나라에 있는 것 같았다. 메리가 읽고서 마음에 든, 얼마 안 되는 책들은 모두 요정 이야기였다. 게다가 어떤 이야기에는 비밀 정원이 나오기도 했다. 때로 사람들은 그런 정원에서 백 년이나 잠이 들었다. 메리는 그들이 어리석다고 생각했다. 메리는 잠을 청하러 그곳으로 갈 마음은 조금도 없었다. 그 정도가 아니라, 미슬스웨이트에서 보내는 매일매일을 점점 더 맑은 정신으로 깨어 있게 되었다. 밖으로 나가 보내는 시간을 점점 사랑하게 되었다. 더는 바람을 미워하지 않고 오히려 즐겼다. 전보다 더 빠

142

르게 더 오래 달렸고, 줄넘기는 백 개까지 쉬지 않고 하게 되었다. 비밀 정원의 알뿌리들은 몹시 놀랐을 것이다. 주위 잡초가 다 뽑혀 말끔해진 덕에, 원하는 만큼 실컷 숨을 쉴 공간이 생겼으니 말이다. 메리 아가씨는 몰랐지만, 그 뿌리들은 땅속에서 잔뜩 신이 나서 맹렬하게 자라기 시작했다. 햇살이 땅속까지 파고들어 뿌리들을 따뜻하게 데워주었다. 비가 오면 빗물이 알뿌리가 있는 곳까지 스며들었다. 그래서 알뿌리들은 살아 있다고 맹렬하게 느꼈다.

메리는 엉뚱하고 결단력 있는 아이였다. 이제 그 결단력을 발휘할 흥미로운 일이 생기자, 그 일에 온통 마음을 빼앗겼다. 메리는 차근차근 흙을 파고 잡초를 뽑으며 일을 했다. 그 일이 지겹기는커녕, 정원을 가꾸는 시간이 한 시간씩 늘어갈수록 더 즐겁기만 했다. 정원 일은 메리에게 매혹적인 놀이처럼 느껴졌다. 그 정원에서 메리는 기대한 것보다 훨씬 더 많은, 작고 연푸른 새싹들을 찾아냈다. 사방에서 싹이 솟아오르는 것 같았다. 메리는 매일 자그마한 새싹을 또 찾아낼 거라고 자신했다. 어떤 싹은 어찌나 작은지, 흙 위로 아주 조금 솟아 있는 정도였다. 그런 싹들이 어찌나 많은지, 메리는 마사가 '몇천 송이나 되는 아네모네'라고 한 말과 알뿌리가 퍼져 또 작은 싹을 틔운다고 한 이야기가 기억났다. 이 알뿌리들은 10년 동안 버려져 있었지만, 그동안 아네모네처럼 몇천 개로 붙었을지도 몰랐다. 메리는 그 뿌리들이 꽃을 보여줄 때까지, 얼마나 오래 땅속에 있어야 할지 궁금했다. 가끔 메리는 일을 멈추고 정원을 둘러보며, 그곳이 활짝 핀 꽃 몇천 송이로 뒤덮이면 어떤 풍경이 펼쳐질지 상상해보았다.

해가 빛나던 그 주에, 메리는 벤 웨더스태프와 한층 더 친한 사이가 되었다. 메리가 땅에서 솟아나기라도 하듯 옆으로 홀연히 다가와, 벤을 놀라게 한 게 한두 번이 아니었다. 실은 메리가 자신이 오는 것을 보고 벤이 농기구를 챙겨서 가버릴까 봐 최대한 살금살금 다가갔기 때문이었다. 벤도 처음처럼 메리를 무턱대고 싫어하지 않게 되었다. 어쩌면 어린아이가 벤 같은 노인과 어울리고 싶은 마음을 솔직하게 드러내는 모습에 맘속으로 우쭐했는지도 모른다. 게다가 메리는 전보다 훨씬 예의 바르게 굴었다. 벤은 메리가 자신을 처음 본 날, 원주민에게 대하듯이 말을 했다는 걸 몰랐다. 메리 또한 뚱하고 심지가 굳은 요크셔 노인이 주인들의 비위를 맞추는 데 익숙하지 않고, 단지 해야 할 일을 지시만 받는다는 것을 몰랐다.

"아가씨는 꼭 울새 녀석 같구려." 어느 아침 고개를 드니 어느새 메리가 다가와 있자 벤이 말했다. "언제 아가씰 보게 될지, 아가씨가 어느 쪽에서 올지 감을 못 잡겠다오."

"울새는 이제 내 친구예요!" 메리가 말했다.

"그것 참 그 녀석답구려." 벤 웨더스태프가 불퉁하게 말했다. "허영심에 취해서 잘난 척하려구 숙녀분들에게 알랑방귀를 뀌다니. 꽁지깃을 살랑거리구 뽐을 낼 수만 있다면 저 녀석은 무슨 짓이라도 헐 것이오. 속이 꽉 찬 달걀처럼, 그 녀석은 자부심으로 가득 찼다오."

벤은 원래 말수가 거의 없었고, 가끔 메리가 질문을 하면 끙 하는 소리 말고는 아무 말도 하지 않았다. 그런데 그날 아침에는 평소보다 말이 많았다. 벤은 허리를 펴고 서서 삽 위에 징을 박은 구두를 신은 발 한쪽을 올리고는 메리를 빤히 보았다.

"여기 온 지 얼마나 되셨소?" 벤이 불쑥 물었다.

"한 달쯤 된 것 같아요." 메리가 대답했다.

"드디어 미슬스웨이트의 공이 나타나기 시작했구려." 벤이 말했다. "전보다 더 통통하구 혈색두 그렇게 누리끼리하지 않구려. 아가씨가 첨 이 정원 오셨을 때만 해두 털이 다 뜯긴 까마귀 새끼 같았다니깐. 저렇게 못생기고 심술궂게 생긴 아이는 난생처음 봤구먼, 이렇게 생각했다오."

메리는 허영심이랄 게 없었다. 게다가 애초에 제 외모를 진지하게 고민한 적도 없기에, 그런 말을 들어도 아무렇지 않았다.

"내가 살이 더 쪘다는 건 알아요." 메리가 말했다. "양말이 전보다 꽉 끼거든요. 전에는 헐렁해서 주름이 생겼는데. 저기 울새가 왔어요, 벤 영감님."

정말로 그곳에 울새가 와 있었다. 메리가 보기에 울새는 전보다 더 예뻐진 것 같았다. 녀석의 붉은 조끼가 공단처럼 윤이 반지르르했다. 녀석은 날개와 꼬리를 퍼덕거리고 고개를 갸웃한 채, 생기 가득한 우아한 자태로 여기저기 폴짝폴짝 뛰어다녔다. 울새는 벤 웨더스태프가 감탄을 하게 하려고 작정한 모양이었다. 하지만 벤은 빈정거릴 뿐이었다.

"아이쿠, 이 녀석아!" 벤이 말했다. "너를 더 잘 받아줄 사람이 없으면 나랑 있는 것두 견딜 만허다 이거구먼. 지난 두 주 동안 가슴 조끼는 더 붉어지구 깃털은 윤기가 더 자르르하구먼. 네 꿍꿍이를 모를 줄 알구? 너는 미슬 황무지에서 젤 잘생긴 수컷 울새구, 다른 울새들하구 언제라두 싸울 준비가 되어 있단 감언이설루다가 황무지 어딘가에서 대담헌 젊은 마담 울새를 유혹허려는 작정이겠지."

"오! 울새를 봐요!" 메리가 소리쳤다.

그 울새는 확실히 대담하고 매력적인 분위기가 물씬 풍겼다. 녀석은 점점 더 폴짝거리며 다가왔고, 벤 웨더스태프를 더 열렬하게 바라보았다. 울새는 가장 가까운 까치밥나무 가지로 포르르 날아가더니, 고개를 갸웃하고 벤을 향해 노래를 부르기 시작했다.

"그런 식으루다가 내 마음을 사로잡을 수 있다구 생각하는구나." 벤은 얼굴에 한가득 주름을 지으며 말했는데, 메리는 꼭 유쾌한 표정을 짓지 않으려고 일부러 그러는 것 같다고 생각했다. "너는 아무두 너보다 돋보일 수 없을 거라구 생각허지. 아마 그렇게 생각헐 거야."

울새가 날개를 활짝 펼쳤다. 그 순간 메리는 자기 눈을 믿을 수 없었다. 울새가 곧장 벤 웨더스태프의 삽 손잡이로 날아오르더니, 거기에 내려앉은 것이다. 그러자 노인의 주름진 얼굴이 서서히 풀어지며, 다른 표정으로 바뀌었다. 노인은 숨 쉬는 것조차 두려운 듯 가만히 서 있었다. 자신이 숨을 쉬기라도 하면, 이 세상이 뒤흔들려 벤의 울새가 푸드득 날아가 버릴지 모른다는 듯 말이다. 벤이 속삭이듯 말문을 열었다.

"이런, 빌어먹을!" 말은 그래도 말투는 다른 이야기를 하는 것처럼 온화했다. "친구 마음을 사로잡는 법을 잘 아는구먼. 그렇지? 보통내기가 아니라니깐. 너두 그걸 알 거야."

그러더니 벤은 숨도 거의 쉬지 않는 것처럼 꼼짝도 않고 서 있었다. 마침내 울새가 다시 날개를 퍼덕이고 날아갔다. 벤은 우두커니 서서 삽 손잡이에 마법이라도 일어난 듯 바라보았다. 이윽고 벤은 다시 땅을 갈기 시작했지만, 한동안 아무 말도 하지 않았다.

말은 하지 않아도 간간이 빙그레 미소를 지었기 때문에, 메리는 겁내지 않고 벤 영감에게 말을 걸었다.

"영감님도 정원이 있어요?" 메리가 물었다.

"아니, 나는 홀몸이라 정문에 있는 숙소에서 마틴하구 함께 산다오."

"정원이 있다면 뭘 심고 싶으세요?" 메리가 물었다.

"양배추하구 감자하구 양파를 심을거라오."

"꽃이 피는 정원을 가꾸고 싶으면요?" 메리가 끈질기게 물었다. "그러면 뭘 심으실 거예요?"

"구근하구 향기가 달콤한 꽃들. 하지만 주로 장미를 심을 거라오."

메리의 얼굴이 환해졌다.

"장미를 좋아하세요?" 메리가 물었다.

벤 웨더스태프는 잡초를 뽑아서 옆으로 던지더니 대답했다.

"그럼. 좋아허지. 정원사로 일하면서 모시던 젊은 부인에게서 배웠다오. 그분은 몹시 좋아하는 장소에 장미를 한가득 심으셨다오. 그 장미들이 아이들이나 울새라도 되듯 사랑하셨소. 그분이 허리를 굽혀 장미에 입을 맞추는 모습을 본 적두 있다오." 벤은 또 뽑아든 잡초를 쏘아보았다. "그것도 10년 전 일이라오."

"그 부인은 지금 어디 있어요?" 메리가 흥미가 동해 물었다.

"천당이라오." 벤 영감은 이렇게 대답하더니, 삽을 흙 속으로 깊이 박아 넣었다. "목사님 말씀으론 그렇다니깐."

"그럼 장미들은 어떻게 되었어요?" 메리는 그 어느 때보다 궁금해 물었다.

"그대로 방치되었다오."

메리는 점점 흥분이 되었다.

"그러면 죽었겠죠? 장미들은 아무도 돌봐주는 사람이 없으면 죽죠?" 메리가 슬쩍 물어보았다.

"음, 나는 그 장미들이 좋아졌다오. 나는 그분을 좋아했으니깐. 그분은 장미를 좋아허셨구 말이오." 벤 웨더스태프는 마지못해 인정했다. "1년에 한두 번 가서 손을 좀 보았소. 가지를 치구 뿌리 주변 흙두 갈아주구. 장미들은 제멋대로 자라지만, 그곳 토양이 비옥하다오. 그러니 일부는 살아 있겠지."

"이파리도 없고 시들어서 누렇고 칙칙하게만 보이면, 죽었는지 살았는지 어떻게 알아요?" 메리가 물었다.

"봄이 올 때까지 기다려보구려. 빗방울이 햇빛을 받아 반짝이구 햇빛 위로 비가 쏟아지면 절로 알게 될 테지. 그때까지 기다리구려."

"어떻게? 어떻게 알 수 있어요?" 메리는 조심하기로 한 다짐을 까맣게 잊고 물었다.

"잔가지나 굵은 가지들을 살펴보구려. 가지 여기저기에 갈색 덩어리 같은 게 점점 커지면은 따스한 비가 내리고 나서 무슨 일이 일어나는지 잘 관찰해보시오." 벤이 느닷없이 일손을 멈추고는 호기심으로 잔뜩 흥분한 메리의 얼굴을 보았다. "갑자기 왜 장미에 그렇게 관심을 가지는 거요?" 벤이 물었다.

메리 아가씨는 얼굴이 화끈 달아오르는 게 느껴졌다. 대답하기가 두려울 지경이었다.

"나는, 나는 놀고 싶어서 그래요. 내 정원이 있으면 좋겠어서." 메리가 더듬더듬 말했다. "나는, 할 일이 아무것도 없잖아요. 장난감도 없고 친구도 없고."

"그러게 말이오." 벤 웨더스태프가 메리를 찬찬히 바라보며 대답했다. "그건 옳은 말이오. 아가씨한테는 아무것두 없지."

벤의 말투가 너무 이상해서, 메리는 벤이 정말로 약간 불쌍하게 여기는 건가 궁금했다. 메리는 자신이 조금도 불쌍하지 않았다. 예전에는 사람들과 이런저런 일들이 너무 싫어서 늘 지겹고 짜증만 났다. 그러나 지금은 온 세상이 변한 것 같고 더 좋아진 것 같았다. 비밀 정원이 누구에게도 발각되지 않으면, 메리는 언제까지고 즐거울 것 같았다.

메리는 10분이나 15분 정도 더 벤 옆에 붙어서, 할 수 있는 질문을 모두 했다. 벤은 질문 하나 하나에 묘하게 툴툴거리듯 대답했지만, 진짜로 짜증이 난 것 같지도 않았고 삽을 챙겨 가버리지도 않았다. 메리가 가려고 할 즈음 벤이 장미에 대해 이야기했는데, 그 말을 듣자 메리는 벤이 좋아했다고 말한 장미들이 떠올랐다.

"요즘도 그 장미들을 보러 가요?" 메리가 물었다.

"올해는 안 갔다오. 류머티즘 때문에 관절이 너무 뻣뻣해져서는."

벤 영감은 평소처럼 퉁명스러운 말투로 대답했다. 그러더니 갑자기 메리에게 화가 난 듯 보였다. 메리는 벤이 왜 그러는지 감도 잡히지 않는데 말이다.

"어이쿠, 이보시오!" 벤이 날카롭게 말했다. "질문 좀 그만 하구려. 질문을 그렇게 하다니 아가씨처럼 형편없는 처자는 처음 보았소. 저기 가서 혼자 놀구려. 오늘은 말을 너무 많이 했으니깐."

벤이 워낙 퉁명스럽게 말해서, 메리는 더 곁에 있어 봐야 소용이 없겠다는 사실을 금방 알아차렸다. 그래서 천천히 줄넘기를 하며 담장 밖 산책로를 뛰면서 벤에 대해 곰곰이 생각했다. 그리고 희한하게도 그렇게 심통을 부리는데도 좋아진 사람이 또 생겼다고 혼자 중얼거렸다. 메리는 벤 웨더스태프 영감이 좋았다. 그랬다, 정말 좋았다. 늘 벤 영감이 말을 걸어오게 만들고 싶었다. 그리고 벤 영감은 이 세상 꽃에 대해 모르는 게 없다고 믿게 되었다.

비밀 정원을 둥그렇게 감싸듯 이어지는 월계수 울타리 길이 있었다. 그 길은 미슬스웨이트 저택과 이어지는 숲으로 난 문에서 끝이 났다. 메리는 그 길을 따라 줄넘기를 하며 가다가, 토끼들이 뛰어다니지는 않는지 숲 쪽을 살펴보았다. 줄넘기가 무척 재미있었다. 마침내 작은 문에 도착하자, 문을 열고 들어갔다. 신기한 휘파람 소리가 나직하게 들려와, 무슨 소리인지 알아보고 싶었기 때문이다.

그 소리의 정체는 정말 신기했다. 메리는 소리가 나는 곳을 보자, 숨을 삼키며 우뚝 멈춰 섰다. 한 소년이 나무 아래에 등을 기대고 앉아 소박한 나무 피리를 불고 있었다. 열두 살 정도로 보이는, 재미있게 생긴 아이였다. 소년은 매우 깔끔해 보였고, 코끝이 살짝 들렸으며, 두 볼은 양귀비꽃처럼 발그레했다. 메리 아가씨는 그렇게 둥그렇고 새파란 눈을 남자아이의 얼굴에서 처음 보았다. 소년이 기대 있는 나무줄기에 갈색 다람쥐 한 마리가 매달려서 소년을 지켜보았고 근처 덤불 아래에는 장끼 한 마리가 우아하게 목을 빼 소년을 몰래몰래 지켜보고 있었다. 게다가 장끼 바로 곁에는 토끼 두 마리가 앉아서 코를 찡긋거리며 냄새를 맡았다. 정말로 이 야생동물들은 소년을 관찰하고 작은 피리가 내는 듯한 기묘하고 나지막한 소리를 듣기 위해 홀리듯 나타났다.

소년이 메리를 보자 손을 들더니 그 피리 소리만큼 나지막한 목소리로 말을 걸었다.

"거기 가만 있으셔요." 소년이 말했다. "움직이면 애들이 놀라니깐."

메리는 꼼짝도 못 하고 가만히 있었다. 소년은 피리 연주를 끝내고 흙바닥에서 일어나기 시작했다. 어찌나 조심조심 일어나는지, 조금도 움직이지 않는 것 같았다. 마침내 두 발로 땅을 딛고 서자, 다람쥐가 폴짝거리며 나뭇가지들 사이로 돌아갔고, 장끼는 머리를 쑥 집어넣고, 토끼들은 네 발로 엎드려 깡충깡충 뛰어갔다. 아무도 겁을 먹고 도망치는 것 같지 않았다.

"저는 디콘이여요." 소년이 말했다. "메리 아가씨 줄 안다구요."

그러자 메리도 이유는 모르겠지만, 처음부터 그 아이가 디콘인 줄 알았다는 생각이 들었다. 디콘이 아니라면 어느 누가 뱀을 부리는 인도의 원주민처럼 토끼와 꿩들을 부릴 수 있겠는가. 디콘의 입술은 크고 붉고 반달처럼 둥글었고, 미소를 지으면 온 얼굴로 환하게 퍼졌다.

"왜 천천히 일어났냐 허면요." 디콘이 설명을 했다. "너무 빨랑 움직이면 동물들이 겁을 먹으니깐 그래요. 야생동물이 주위에 있을 때는 조심스럽게 움직이구 말두 조용조용 해야 허지요."

디콘은 메리와 난생처음 만나는 사이가 아니라 전부터 잘 아는 사람이라도 되듯, 친근하게 말했다. 메리는 남자아이들에 대해 아무것도 몰랐다. 그래서 어쩐지 부끄러워서 조금 퉁명스럽게 말이 나왔다.

"마사의 편지는 받았어?" 메리가 물었다.

디콘이 곱슬거리는 새빨간 머리를 끄덕였다. "그래서 이래 온 거여요."

디콘은 피리를 불 때 옆의 땅바닥에 두었던 있었던 것을 몸을 굽혀 집어 들었다.

"원예 도굴 가지구 왔어요. 작은 삽 하나, 갈퀴 하나, 쇠스랑 하나 그리고 괭이 하나. 전부 다 좋은 물건들이에요. 그리고 모종삽두 있구요. 꽃씨 사는데, 가게 여자 점원이 흰 양귀비 씨앗하구 푸른 미나리아재비 씨앗두 끼워줍디다."

"그 씨앗 보여줄래?" 메리가 말했다.

메리는 디콘처럼 말하고 싶었다. 디콘은 말투가 빠르고 편안했다. 디콘은 덕지덕지 기운 옷을 입었고, 재미있게 생긴 얼굴에 손질도 제대로 안 한 붉은 머리를 한 볼품없는 황

154

무지 아이지만, 메리를 좋아한다는 듯, 메리가 자기를 싫어할 거라는 걱정 따위는 조금도 하지 않는 듯 말했다. 디콘에게 다가가자 히스 꽃과 풀과 나뭇잎 향기가 은은하게 풍겼다. 마치 디콘이 그것들로 만들어지기라도 한 것 같았다. 메리는 그 향기가 몹시 마음에 들었다. 그리고 두 볼은 발그레하고 두 눈은 동그랗고 파란 재미있는 얼굴을 들여다본 순간, 자신이 쑥스러워 했다는 사실조차 잊어버리고 말았다.

"이 통나무에 앉아서 같이 살펴보자." 메리가 말했다.

두 아이는 통나무에 나란히 앉았고, 디콘은 외투 주머니에서 갈색 종이로 엉성하게 포장한 꾸러미를 꺼냈다. 끈을 풀자 안에는 더 작고 단정하게 포장한 꾸러미가 잔뜩 들어 있었는데, 꾸러미마다 꽃 그림이 그려져 있었다.

"목서초하구 양귀비꽃이 무진장 많아요." 디콘이 말했다. "목서촌 자랄 때 세상에서 젤 달큰한 향기가 나구요, 양귀비꽃처럼 아무 데나 뿌려놔두 자랄 거여요. 아가씨가 휘파람만 불어주면 꽃이 활짝 핀다니깐요. 그렇게 이쁜 모습은 어디에두 없다 이 말이죠."

디콘은 말을 멈추고 고개를 잽싸게 돌렸다. 양귀비꽃처럼 볼이 빨간 얼굴이 환하게 밝아졌다.

"울새가 우릴 부르구 있구먼. 지금 어디에 있을까나?" 디콘이 말했다.

곳곳에 선홍색 열매가 맺혀 생기가 넘쳐 보이는, 무성한 호랑가시나무 덤불에서 새가 지저귀는 소리가 났다. 메리는 그 소리의 주인이 누구인지 알 것 같았다.

"저 새가 정말 우리를 부르는 거야?" 메리가 물었다.

"그치요." 디콘은 그건 이 세상에서 가장 당연한 일이 아니냐는 투로 대답했다. "울새가 친구들을 불러요. '나 여기 왔어. 날 봐. 잠시 수다를 떨구 싶어.' 이런 이야길 하구 있죠. 저기 덤불 속에 울새가 있구만요. 누구 친구일까나?"

"벤 웨더스태프 영감님의 울새야. 아마 나에 대해서도 조금 알 거야." 메리가 대답했다.

"맞네. 저 녀석은 아가씨를 알아요." 디콘이 또다시 나지막한 목소리로 말했다. "그리구 아가씨를 좋아하구. 아가씨한테 흠뻑 빠졌구만요. 1분이면 나한테 아가씨에 대해 전부 다 말해줄 것인데."

디콘은 메리가 방금 전 본 것처럼 천천히 움직여서, 덤불에 상당히 가까이 다가갔다. 그러더니 울새가 지저귀는 소리와 거의 비슷한 소리를 내기 시작했다. 울새는 잠시 그 소리에 귀를 기울이더니, 질문에 대답을 하듯 지저귀기 시작했다.

"맞네, 울새는 아가씨 친구구만요." 디콘이 깔깔 웃었다.

"정말 그렇게 생각하니?" 메리가 감격해서 물었다. 메리는 그 대답을 당장 듣고 싶었다. "울새가 정말 나를 좋아하는 것 같아?"

"그러지 않으면 아가씨 곁에 가지두 않았을 거라니깐." 디콘이 대답했다. "새들은 친구를 잘 안 사귀니깐. 게다가 울새는 사람보다두 더 고약허게 사람을 무시하기두 허지요. 보셔요, 녀석이 지금 아가씨 관심을 끌려구 그러는구만요. '넌 친구가 보이지 않냐?' 이렇게 말하구 있어요."

그 말을 듣자 정말 그렇게 말하는 것처럼 느껴졌다. 울새는 옆걸음을 치며 지저귀더니, 고개를 갸웃한 채 덤불 위를 폴짝거리며 뛰어다녔다.

"너는 새들이 하는 말을 다 알아듣니?" 메리가 물었다.

디콘이 환하게 웃자, 어느새 얼굴에는 크고 붉고 둥글게 휜 입술밖에 보이지 않았다. 디콘이 더벅머리를 벅벅 문질렀다.

"그런 것 같아요. 그리구 새들두 내가 알아듣는다구 생각허구요." 디콘이 말했다. "난 줄곧 이 황무지에서 새들허구 함께 살았으니깐요. 그 녀석들이 알을 깨구 나와서 깃털이 나구 나는 법을 배우구 노래를 부르는 모습을 다 지켜보았으니깐요. 나두 그 새들 중 하나라구 생각하여요. 가끔은 내가 새나, 여우나, 토끼나, 다람쥐나 아님 딱정벌렌 것 같아요. 사실 잘은 몰르구요."

디콘은 깔깔 웃더니 통나무로 돌아와, 다시 꽃씨에 대해 이야기하기 시작했다. 디콘은 씨앗에서 꽃이 피면 어떻게 생겼는지 설명해주었다. 그리고 씨앗을 심는 법이며, 지켜보면서 물과 양분을 주는 방법도 가르쳐주었다.

"잘 보셔요." 갑자기 디콘이 메리를 돌아보며 말했다. "아가씨 대신 내가 이 씨앗들을 심어줄게요. 아가씨 정원은 어디여요?"

메리는 여윈 두 손을 서로를 꽉 쥔 채 무릎 위에 놓았다. 무슨 말을 해야 할지 머릿속이 하얗게 되었다. 그래서 잠시 아무 말도 하지 않았다. 메리는 이런 상황에 대해서는 생각해보지 않았다. 비참한 심경이었다. 얼굴이 벌겋게 달아올랐다가 다시 백짓장처럼 하얗게 되는 것 같았다.

"정원이 있긴 하죠, 그치요?" 디콘이 말했다.

메리의 얼굴이 벌게졌다가 창백해진 것은 사실이었다. 디콘은 메리의 얼굴빛이 변하는 모습을 보았다. 메리가 잠자코 있자, 디콘은 점점 어리둥절해졌다.

"땅을 좀 주지 않던가요?" 디콘이 물었다. "아직 암것두 못 받으셨어요?"

메리는 양손을 더 꼭 움켜쥐더니 디콘을 바라보았다.

"나는 남자애들에 대해서 아무것도 몰라." 메리가 천천히 이야기를 시작했다. "내가 비밀을 하나 알려주면, 넌 그걸 지킬 수 있니? 이건 정말 중요한 비밀이야. 누구에게 들킨다면, 어떻게 해야 할지 모르겠어. 아마 나는 죽어버릴 거야!"
마지막 말을 할 때 메리는 감정이 북받쳐 올랐다.

디콘은 그 어느 때보다 어리둥절한 표정으로, 덥수룩한 머리칼을 다시 문지르기까지 했다. 하지만 꽤 쾌활하게 대답했다.

"언제까지구 비밀을 지키지요." 디콘이 말했다. "내가 여우 새끼들이며 새들 둥지, 야생동물들 굴에 대한 비밀을 딴 친구들한테 알려주기라두 허면 황무지에 안전한 덴 없을 테니깐요. 그래요, 난 비밀을 지킬 수 있어요."

메리 아가씨는 그럴 생각은 아니었지만, 엉겁결에 손을 뻗어 디콘의 소매를 잡았다.

"정원을 훔쳤어." 메리가 빠르게 말했다. "그곳은 내 정원이 아니야. 다른 누구의 것도 아니야. 아무도 그곳을 원하지 않고, 아무도 신경 쓰지 않고, 아무도 그곳에 들어가지 않아. 아마 지금쯤 식물들이 다 죽었을지도 몰라. 잘 모르겠어."

메리는 감정이 폭발했고, 예전처럼 고집불통이 된 것 같았다.

"나는 신경 안 써. 신경 안 쓴다고! 내가 아끼는 한, 아무도 관심 없는 정원을 내게서 빼앗아 갈 권리는 그 누구에게도 없어. 그 누구에게도! 사람들은 그 정원이 죽어가도록 내버려 뒀어. 담장 안에 가둬버린 채로." 메리가 열정적으로 말을 끝맺었다. 그러더니 양팔로 얼굴을 감싸고 와락 울음을 터트렸다. 가여운 메리 아가씨.

호기심으로 가득 찬 디콘의 눈이 점점 동그래졌다.

"자, 자, 자!" 디콘이 천천히 감탄사를 내뱉으며 말했다. 디콘의 태도에서 놀라움과 동정심이 동시에 느껴졌다.

"나는 아무것도 할 일이 없어." 메리가 말했다. "내 것은 아무것도 없어. 내가 혼자 그 정원을 찾아냈고 혼자 들어갔어. 난 꼭 그 울새와 같아. 누가 내 말을 진지하게 받아들여 주겠어."

"그 정원이 어디여요?" 디콘이 나지막한 목소리로 물었다.

메리 아가씨는 통나무에서 얼른 일어났다. 메리는 또다시 짜증이 나고 고집불통이 된 것 같았지만 상관없었다. 메리는 인도에서처럼 오만한 사람이 된 기분이 들었지만, 동시에 감정이 끓어오르고 서글펐다.

"따라와. 보여줄게." 메리가 말했다.

메리는 디콘을 데리고 월계수 길을 돌아서, 담쟁이덩굴이 점점 더 무성해지는 산책로로 돌아갔다. 디콘은 동정심이라고 해도 좋을 묘한 표정을 하고, 그 뒤를 따랐다. 매우 기이한 새의 둥지를 보러 안내받는 듯했고, 아주 조심스럽게 행동해야겠다는 생각이 들었다. 메리가 담으로 다가가 축 늘어진 담쟁이덩굴을 들어 올리자, 디콘은 흠칫 놀랐다. 그곳에 문이 있었다. 메리가 살며시 문을 밀어 열었고, 두 아이는 함께 그곳으로 들어갔다. 잠시 후 메리가 쑥스러운 듯 멈춰서서 손으로 정원을 빙 둘러 가리켰다.

"바로 여기야." 메리가 말했다. "여기가 비밀 정원이야. 이곳이 되살아나기를 원하는 사람은 세상에 오직 나뿐이야."

디콘이 주위를 둘러보고 또 둘러보았다. 그리고 다시 둘러보고 둘러보았다.

"우와!" 디콘이 거의 속삭이다시피 말했다. "이곳은 정말 묘하구 예쁜 곳이여요! 뭐냐, 꿈속에 있는 것 같아요."

붉은가슴울새의 둥지

디콘은 2, 3분 동안 가만히 서서 주위를 둘러보았고, 메리는 디콘을 가만히 지켜보았다. 마침내 디콘이 주위를 살며시 걸어 다니기 시작했다. 디콘은 메리가 사방이 담장으로 둘러싸인 이곳에 처음 들어왔을 때보다 발걸음이 훨씬 더 가벼웠다. 디콘은 모든 것을 빨아들이듯 사방을 둘러보았다. 잿빛 덩굴이 칭칭 감고 올라가 가지에서 축 늘어져 있는 잿빛 나무들, 담장 표면과 풀밭 사이로 마구 뒤엉킨 덩굴들, 돌로 된 자리들과 그 사이에 키 큰 꽃병들이 놓여 있는 상록수 벽감들.

"이곳을 보게 될 거라구는 상상두 못 하였어요." 마침내 디콘이 속삭이듯 말했다.

"이곳에 대해서 알고 있었어?" 메리가 물었다.

메리가 목소리를 높이자 디콘이 손짓을 했다.

"작은 소리루 말해야 하여요." 디콘이 말했다. "안 그러면 누군가 우리 목소리를 듣구 이 안에서 뭘 하구 있는지 궁금해헐 테니깐요."

"오! 깜박했어!" 메리가 크게 놀라 얼른 손으로 입을 가리며 말했다. "이 정원에 대해서 알고 있었어?" 메리는 진정하고는 다시 물었다.

디콘이 고개를 끄덕였다.

"마사 누나가 아무두 들어가지 않는 정원이 있다구 말해 주었어요." 디콘이 대답했다. "우린 거기가 어떤 모습일라나 늘 궁금하였죠."

디콘이 말을 멈추고 주위에 마구 뒤엉켜 있는 아름다운 잿빛 덩굴을 둘러보았다. 디콘의 동그란 눈에 행복이 차올라 묘할 정도로 반짝거렸다.

"이야! 봄이 오면 여긴 온통 둥지 천지가 될 거여요." 디콘이 말했다. "영국에 둥지를 튼다면 여기만큼 안전한 덴 없을 테니깐요. 아무두 가까이 오지 않을 테구, 가지에 덩굴이 뒤엉킨 나무하구 덤불장미들은 둥지를 틀기에 딱 좋구요. 황무지 새들이 전부 여기에 둥지를 안 트는 게 이상할 정도여요."

메리 아가씨는 자신도 모르게 다시 손으로 입을 가렸다.

"장미가 필까?" 메리가 속삭였다. "넌 알 수 있니? 내 생각에는 전부 다 죽은 것 같아."

"에이! 아니어요! 전부는 아니여요! 전부 다 죽진 않았다니깐요!" 디콘이 대답했다. "여길 보셔요!"

디콘이 제일 가까운 나무로 다가갔다. 껍질에 회색 이끼가 빈틈없이 뒤덮였지만, 마구 뒤엉킨 덩굴과 가지들의 장막을 잘 떠받치고 있는, 늙고 늙은 나무였다. 디콘이 주머니에서 칼을 꺼내 날 하나를 잡아 뺐다.

"여기엔 죽은 나무가 많으니깐 베어내야 해요." 디콘이 말했다. "그리구 늙은 나무들두 많아요. 하지만 이건 작년에 새로 난 가지여요. 여기 이건 새싹이구." 디콘은 바짝 마르고 딱딱한 회색이 아니라 갈색이 감도는 녹색 순을 만졌다.

메리는 신이 나면서도 조심스럽게 그 순을 만졌다.

"이거?" 메리가 물었다. "이게 정말 살아 있어? 정말?"

디콘은 입술이 반달이 되도록 환하게 웃었다.

"아가씨하구 저만큼이나 쌩쌩허지요." 디콘이 말했다. 메리는 "쌩쌩하다"는 말은 "살아 있다"나 "생기 넘치다"라는 뜻이라고 마사에게 배운 기억이 났다.

"쌩쌩해서 정말 기뻐!" 메리가 속삭이듯 말했다. "이곳에서 자라는 식물이 전부 쌩쌩하면 좋겠어. 우리, 이 정원을 둘러보고 쌩쌩한 애들이 얼마나 많은지 세어보자."

메리는 어찌나 열을 냈는지, 숨까지 헐떡거렸다. 물론 디콘도 메리만큼 신이 났다. 두 아이는 이 나무에서 저 나무로, 이 덤불에서 저 덤불로 돌아다녔다. 디콘은 계속 손에 칼을 들고 다니며 메리에게 이것저것을 보여주었고, 그럴 때마다 메리는 좋아했다.

"저 장미들은 마구잡이루 자랐구만요." 디콘이 말했다. "하지만 젤 강인한 장미들은 잘 자라구 있어요. 가장 예민한 애들은 죽었지만, 나머지 장미들은 자라구 또 자라구 여기저기루 퍼지구 퍼져서 멋지게 자랐어요. 여길 보셔요!" 그러면서 디콘은 말라비틀어진 듯 보이는 굵은 회색 가지를 잡아당겼다. "누군가는 이 나무가 죽었다구 생각헐 수두 있어요. 하지만 전 그래 생각 안 하여요. 저 아래 뿌리까지 살아 있어요. 여길 잘라볼 테니깐 잘 보셔요."

디콘은 무릎을 꿇더니, 땅 가까이에 나 있는 죽은 듯 보이는 가지를 잘라냈다.

"자, 보아요!" 디콘이 기쁨을 감추지 못한 채 말했다. "제가 그랬죠. 이 나무엔 아직 녹색 부분이 있어요. 잘 보셔요."

메리는 디콘이 말을 하기 전부터, 무릎을 꿇고 눈을 부릅떠 그 가지를 보았다.

"이렇게 녹색이 돌구 수액이 나오면 쌩쌩한 거여요." 디콘이 알려주었다. "속이 말랐구 쉽게 부러지면 이미 죽은 거구요. 제가 잘라낸 애처럼요. 여기 커다란 뿌릴 보세요. 여기서 새로 가지들이 자랐잖아요. 늙은 나무들을 다 베어내구 주위 땅을 잘 갈아주구 보살펴주면." 디콘은 말을 멈추고 고개를 들어, 머리 위로 축 늘어지기도 하고 나무를 타고 올라가기도 하는 덩굴을 보았다. "이번 여름에 여긴 장미 분수가 될 거여요."

두 아이는 이 덤불에서 저 덤불로, 이 나무에서 저 나무로 돌아다녔다. 디콘은 매우 튼튼하고, 칼을 재주 있게 잘 다루고, 마르고 죽은 나무를 베어내는 법을 잘 알았다. 영 가망이 없어 보이는 가지나 잔가지여도, 그 속이 여전히 녹색으로 싱그러운지 알아낼 수 있었다. 30분 정도 흐르자 메리도 알 수 있을 것 같았다. 디콘이 죽은 듯한 가지를 잘라냈는데 그곳에서 촉촉한 녹색 기미가 조금이라도 보일라치면, 메리는 숨을 죽인 채 환호했다. 삽과 괭이, 쇠스랑은 몹시 쓸모가 있었다. 디콘은 삽으로 뿌리 주위 흙을 파서 땅을 헤집고 공기가 들어가게 하면서, 한편으로는 메리에게 쇠스랑 쓰는 법을 보여줬다.

두 아이는 가장 커다란 장미관목 주위에서 열심히 일을 했다. 그런데 일을 하던 디콘이 뭔가를 보고 놀라서 탄성을 질렀다.

"이야!" 디콘이 얼마 떨어진 풀밭을 가리키며 소리쳤다. "누가 저렇게 작업하였어요?"

연두색 새싹들 주위로 메리가 풀을 뽑아준 곳이었다.

"내가 했어." 메리가 말했다.

"세상에, 아가씨는 정원 일은 암것두 모르는 줄 알았어요." 디콘이 감탄을 했다.

"몰라." 메리가 대답했다. "하지만 싹들은 너무 조그마한데 주위의 풀잎들은 너무 무성하고 튼튼하더라고. 싹이 숨 쉴 틈이 없어 보였어. 그래서 숨 쉴 틈을 만들어줬지. 저 싹들이 무슨 싹인지도 나는 몰라."

디콘이 함박웃음을 지으며 가까이 다가가 무릎을 꿇었다.

"옳게 생각하였어요." 디콘이 말했다. "어떤 정원사두 그보다 더 잘 설명 못 할 거여요. 지금 이 싹들은 잭의 콩줄기럼 쑥쑥 자라는 중이여요. 크로커스와 아네모네여요. 그리고 여기 요것들은 수선화들이구요." 다른 땅바닥을 돌아보더니 또 말했다. "여기 얘네들은 나팔수선화구만요. 이야! 곧 멋진 광경이 펼쳐질 거여요."

디콘은 메리가 풀을 뽑은 곳 여기저기를 돌아보았다.

"쬐끄만 아가씨치구 일을 정말 많이 허셨네요." 디콘이 메리를 훑어보며 말했다.

"난 점점 살이 붙고 있어." 메리가 말했다. "그리고 점점 더 힘도 세지고. 전에는 늘 피곤했어. 지금은 땅을 파도 전혀 피곤하지 않아. 흙을 팔 때 나는 흙냄새가 참 좋아."

"그건 아가씨한테 진짜루 좋아요." 디콘이 슬기로운 표정으로 고개를 끄덕이며 말했다. "영양이 풍부하구 깨끗헌 흙냄새보다 더 좋은 거는 없죠. 딱 하나 빼구. 그건 바로 비가 내린 담에 쑥쑥 자라는 식물한테 나는 냄새여요. 저는 비 오면 황무지에 수두 없이 나가서, 덤불 아래 편케 누워 히스 꽃으루 빗방울이 살곰 떨어지는 소릴 들어요. 그러면서 연신 코를 킁킁거리죠. 제 코끝이 토끼 코처럼 찡긋거린다구요, 어머니가 그러셨어요."

"감기에 절대 안 걸리나 봐?" 메리가 디콘을 보며 물었다. 메리는 이렇게 재미나기도 하고 착하기도 한 남자아이를 처음 보았다.

"안 걸려요." 디콘이 활짝 웃으며 말했다. "태어나서 한 번두 감기에 안 걸렸어요. 그렇게 약골로 자라지 않았구만요. 전 날씨가 어떻든 토끼들처럼 황무지 사방을 뛰어다니니깐요. 어머닌 제가 12년 내내 황무지에서 신선한 공기를 너무 많이 마셔서, 감기 들어올 자리가 없는 거라구 하셔요. 전 산사나무로 만든 지팡이만큼 단단허지요."

디콘은 이야기를 하는 내내 계속 일을 했다. 메리는 디콘을 따라다니며, 쇠스랑이나 모종삽으로 일을 도왔다.

"여긴 할 일이 진짜루 많아요!" 한번은 디콘이 좋아 죽겠다는 듯이 주위를 둘러보며 말했다.

"너 또 와서 정원 가꾸는 일을 도와줄래?" 메리가 애원하듯 말했다. "나도 도움이 될 수 있어. 땅을 갈고, 잡초를 뽑을 수도 있어. 네가 시키는 건 뭐든 할게. 제발! 꼭 와줘, 디콘!"

"아가씨가 원하시면, 비가 오든가 해가 반짝이든가 매일 올게요." 디콘이 단호하게 대답했다. "평생 오늘처럼 재미있던 날은 없었어요. 담장으로 둘러싸인 이곳에서 정원을 다시 깨우는 일 말이여요."

"네가 와준다면." 메리가 말했다. "네가 이 정원을 되살리도록 도와준다면, 나는 뭘 하면 될까." 메리가 어쩔 줄 몰라 하며 말했다. 이런 남자아이를 위해 무엇을 할 수 있을까?

"아가씨가 앞으루 허실 일을 알려드릴게요." 디콘이 행복한 듯 함박웃음을 지으며 말했다. "아가씨는 살이 찌구 새끼 여우처럼 배가 고파질 거여요. 저처럼 아가씨두 울새와 이야기하는 방법을 알게 될 거구요. 이야! 우리는 정말 재미있을 거여요!"

디콘은 다시 걷다가, 생각에 잠긴 표정으로 고개를 들어 나무들과 담장, 덤불을 보았다.

"저는 여길 정원사들이 가지를 쳐서 깔끔하게 다듬고 모양을 내는 정원처럼 만들고 싶지 않아요, 안 그러셔요?" 디콘이 말했다. "이곳은 식물들이 제멋대루 자라구, 가지며 덩굴이 축 늘어지거나 서로 뒤엉켜 있는 편이 더 근사할 거여요."

"깔끔하게 다듬지 말자." 메리도 염려하듯 말했다. "이곳이 깔끔하면 비밀 정원이 아닐 것 같아."

디콘이 유난히 어리둥절한 표정으로 붉은 머리를 벅벅 문질렀다.

"이곳은 확실히 비밀 정원이여요." 디콘이 말했다. "그런데 10년 전에 잠긴 다음에도 울새 말구두 누군가 여기 들어온 게 분명해요."

"하지만 문은 잠기고 열쇠는 묻혀 있었잖아." 메리가 말했다. "아무도 못 들어왔어."

"그건 그렇지만요." 디콘이 말했다. "이곳은 정말 기묘해요. 암만 봐두 몇 해 전에 여기저기 가지를 치구 가꾼 거로 보여요."

"하지만 어떻게 그럴 수가 있어?" 메리가 말했다.

디콘이 장미 가지를 자세하게 살펴보더니 고개를 가로저었다.

"맞아! 어떻게 그럴 수 있었을까!" 디콘이 중얼거렸다. "문은 잠겼고 열쇠는 땅에 파묻혀 있었구만."

메리 아가씨는 아무리 오래 살아도 자기 정원이 되살아나기 시작한 첫 아침을 잊지 못할 거라는 예감이 늘 들었다. 물론 정원이 메리를 위해 그날 아침부터 되살아난 듯 보였다. 디콘이 씨를 뿌리려고 풀을 뽑기 시작하자, 메리는 배질이 메리를 놀리고 싶을 때면 부르던 노래가 떠올랐다.

"방울처럼 생긴 꽃도 있어?" 메리가 물었다.

"은방울꽃이 그렇지요." 디콘이 모종삽으로 땅을 파며 대답했다. "앵초하구 초롱꽃두 그렇구요."

"씨를 심어보자." 메리가 말했다.

"은방울꽃은 여기에 벌써 있어요. 제가 봤어요. 은방울꽃들이 너무 따닥따닥 붙어서 자라니깐 솎아줘야 하지만 여기 잔뜩이니 괜찮아요. 다른 꽃들은 씨를 심구 꽃이 피려면 2년이 걸리죠. 그러니까 우리 집 정원에서 꽃을 몇 포기 뽑아서 올게요. 아가씨는 뭔 꽃이 좋으셔요?"

그러자 메리는 인도의 배질과 그 형제자매들에 대해 이야기하기 시작했다. 그 아이들이 너무 싫었고, '고집불통 메리 아가씨'라는 별명으로 불렸다고 털어놓았다.

"그 아이들은 손을 잡고 빙빙 돌며 춤을 추면서, 노래를 불렀어. 이런 노래지.

고집불통 메리 아가씨,
정원은 잘 자라나요?
하얀 방울꽃들과 조가비들과
금잔화들이 쪼르르 늘어서 있지.

이 노래가 막 떠올랐는데, 하얀 방울처럼 생긴 꽃이 정말 있는지 궁금해졌지 뭐야."

메리가 살짝 인상을 쓰고, 아주 심통을 부리듯 모종삽을 땅에 푹 박아 넣었다.

"난 그 애들만큼 못된 아이는 아니었어."

그러자 디콘이 웃음을 터트렸다.

"그죠!" 아이가 말했다. 그리고 메리가 눈길을 준 비옥한 시커먼 흙덩이를 부수더니 킁킁거리며 냄새를 맡았다. "이렇게 꽃들이 자라구, 기꺼이 친구가 될 야생동물들이 분주하게 집을 만들구, 둥지를 짓구 노래하구 지저귀는데, 심술을 부릴 필요 없다니깐요, 안 그래요?"

메리는 씨앗을 든 채 새 친구 옆에 무릎을 꿇고 앉았다. 그리고 찌푸렸던 얼굴을 펴 디콘을 바라보았다.

"디콘." 메리가 말했다. "너는 마사가 말한 것처럼 좋은 아이야. 나는 네가 좋아. 그래서 넌 다섯 번째 사람이야. 내게 좋아하는 사람이 다섯이나 생길 줄은 꿈에도 몰랐어."

디콘이 마사가 쇠살대를 청소할 때처럼 발꿈치를 깔고 앉았다. 동그랗고 푸른 눈에 발그레한 볼, 끝이 하늘로 들린, 행복해 보이는 코를 가진 디콘이 유쾌하고 즐거워 보인다고 메리는 생각했다.

"좋아허는 사람이 겨우 다섯이라구요?" 디콘이 말했다.

"나머지 넷은 누구여요?"

"네 어머니와 마사." 메리가 손가락을 하나씩 꼽으며 말했다. "그리고 울새와 벤 웨더스태프 영감님."

디콘은 어찌나 배꼽이 빠져라 웃었는지, 팔로 입을 가려 소리를 죽여야 할 정도였다.

"아가씨가 절 이상한 녀석이라구 생각허는 거 다 알어요." 디콘이 말했다. "허지만 아가씨두 제가 본 가장 이상헌 여자아이여요."

그러자 메리가 이상한 행동을 했다. 앞으로 몸을 기울이고, 전에는 어느 누구에게도 할 생각조차 하지 않은 질문을 디콘에게 한 것이다. 게다가 요크셔 말투로 물어보았다. 그 말투가 디콘이 쓰는 말투였고, 인도에서는 원주민의 말을 알아들으면 원주민이 늘 좋아했기 때문이다.

"너두 날 좋아허니?" 메리가 물었다.

"그쵸!" 디콘이 진심을 담아 대답했다. "당연허죠. 저는 아가씨가 진짜루 좋아요. 아마 울새두 그럴 거여요. 분명 그럴 거구만요!"

"이제 둘이야." 메리가 말했다. "나한테도 둘이 있어."

잠시 후 두 아이는 그 어느 때보다 더 열심히, 더 즐겁게 일을 하기 시작했다. 메리는 정원의 커다란 시계가 점심시간을 알리자, 깜짝 놀라며 아쉬워했다.

"가봐야 해." 메리는 기가 푹 죽어 말했다. "너도 가야 하지, 그렇지?"

디콘이 빙그레 웃었다.

"제 점심은 가지구 다니기 쉬워요." 디콘이 말했다. "어머니가 항상 주머니에 먹을 걸 넣어주셔요."

디콘은 풀밭에서 외투를 집어 들더니, 주머니에서 거칠지만 깨끗한 파란색과 흰색 손수건에 싼 작은 꾸러미를 꺼냈다. 사이에 뭔가 얇은 조각을 한 장 끼운 두툼한 식빵 두 장이었다.

"평소엔 빵밖에 없어요." 디콘이 말했다. "그런데 오늘은 빵 사이에 기름진 베이컨이 들어 있구먼요."

메리는 이상한 점심 같다고 생각했지만, 디콘은 맛있게 먹을 준비가 된 모양이었다.

"어서 가서 점심을 드셔요." 디콘이 말했다. "저 먼저 먹을게요. 집에 돌아가기 전에 일을 좀 더 해둘 거구요."

디콘이 나무에 등을 댄 채 앉았다.

"울새를 불러낼 거라구요." 디콘이 말했다. "그리고 녀석에게 먹으라구 베이컨 쪼가리를 줄 거구요. 울새들은 기름을 엄청 좋아하니깐요."

메리는 차마 디콘을 두고 발이 떨어지지 않았다. 문득 디콘이 숲속 요정이어서 다시 정원으로 돌아왔을 때 이미 사라지고 없을 것만 같다는 생각이 들었다. 디콘은 너무 좋은 사람이라, 진짜 사람이라는 사실이 믿기지 않았다. 메리는 천천히 발을 옮겨 담장에 난 문으로 반쯤 가더니, 우뚝 멈춰 섰다가 디콘에게 돌아갔다.

"무슨 일이 있어도 너는, 너는 절대 말하지 않을 거지?" 메리가 말했다.

양귀비꽃처럼 발그레한 두 볼은 막 베어 먹은 베이컨과 빵으로 불룩했지만, 걱정 말라는 듯 미소는 지을 수 있었다.

"아가씨가 울새인데, 둥지를 어디 틀까 저한테 말허면 제가 그걸 누구한테 말헐까요? 전 그러지 않는다니깐요." 디콘이 말했다. "아가씨는 울새만큼 안전하셔요."

마침내 메리는 자기의 비밀이 안전하다고 확신하게 되었다.

"땅을 조금 가질 수 있을까요?"

어찌나 빨리 달렸는지 메리가 방에 도착했을 즈음에는 숨이 턱에 찼다. 앞머리는 마구 헝클어진 데다, 두 볼은 밝은 분홍색이었다. 점심은 이미 차려져 있고, 마사가 바로 곁에서 기다리고 있었다.

"아가씨, 좀 늦었어요." 마사가 말했다. "어디 계셨을까요?"

"나 디콘을 만났어!" 메리가 말했다. "디콘을 만났다고!"

"걔가 올 거라구 생각하였어요." 마사가 기쁨에 겨워 말했다. "제 동생 마음에 드셔요?"

"나는, 내가 보기엔, 디콘은 아름다워." 메리가 단호하게 말했다.

마사는 허를 찔린 듯했지만, 기쁜 표정도 숨기지 못했다.

"음." 마사가 말했다. "걔는 태어났을 때부터 최고였어요. 허지만 우리 가족은 개가 잘생겼다구 생각한 적 없어요. 코가 너무 위로 들렸으니깐요."

"나는 그렇게 들린 코가 좋아." 메리가 말했다.

"그리구 눈은 너무 댕그랗구요." 마사가 살짝 의구심을 느끼며 말했다. "뭐냐, 눈동자 색깔은 예쁘지만요."

"난 동그란 눈이 좋아." 메리가 말했다. "그리고 눈동자 색깔은 황무지의 하늘과 똑같아."

마사가 흡족한 듯 환하게 웃었다.

"어머니는 개가 항상 고개를 들어 새들하구 구름을 바라봐서 눈동자가 그런 색이 되었다구 말하세요. 허지만 디콘은 입이 너무 크다니깐요, 그렇지 않아요?"

"나는 디콘의 입이 커다래서 좋아." 메리가 고집스럽게 말했다. "내 입도 그랬으면 좋겠어."

마사가 기꺼운 듯 깔깔 웃었다.

"아가씨 얼굴에 그렇게 큰 입이 달리면 아주 우스울 거여요." 마사가 말했다. "아가씨가 디콘을 만나면 그렇게 생각헐 거라구 생각했어요. 꽃씨하구 원예 도구는 마음에 들었어요?"

"디콘이 그것들을 가져왔는지 어떻게 알았어?" 메리가 물었다.

"제 동생이 그걸 안 가지구 오리라는 생각은 눈곱만큼두 허지 않은걸요. 그것들이 요크셔에 있는 한 디콘은 꼭 가져올 거여요. 그만큼 믿음직한 아이니깐요."

메리는 마사가 혹시라도 대답하기 곤란한 질문을 계속할까 봐 전전긍긍했지만, 마사는 그러지 않았다. 마사는 씨앗과 원예 도구에 무척 관심이 많았다. 그런데 메리를 당황하게 한 순간이 딱 한 번 있었다. 마사가 꽃씨를 어디에 심을 작정인지 물었던 것이다.

"그 문젤 누구한테 물어보았어요?" 마사가 물었다.

"아직 아무에게도 안 물어봤어." 메리가 우물쭈물하며 대답했다.

"음, 저라면 수석 정원사한테는 안 물어볼 거여요. 그분은 너무 으스대니깐요. 로치 씨 말이여요."

"그 사람은 본 적도 없어." 메리가 말했다. "정원사 조수들과 벤 웨더스태프 영감님밖에 못 봤어."

"제가 아가씨라면 벤 영감님한테 물어볼 거여요." 마사가 조언을 해주었다. "많이 괴팍허시기는 해두, 겉으로 보이는 거에 반두 나쁜 분이 아니여요. 크레이븐 씨는 그 영감님이 원하는 대루 하게 해주세요. 왜냐면 벤 영감님은 크레이븐 부인이 살아계셨을 때두 여기서 일했구 언제나 마님에게 웃음을 선물해주신 분이니깐요. 마님이 그 영감님을 좋아하셨어요. 아마 그 영감님이라면 어디 사람들 눈 안 띄는 곳에 땅을 찾아주실 거여요."

"사람들 눈에 잘 띄지 않고, 아무도 가지려는 사람이 없고, 아무도 내가 그 땅 가지는 걸 싫어하지 않으면, 그곳을 내가 가질 수 있을까?" 메리가 걱정스럽게 물었다.

"안 그럴 이유가 없잖아요." 마사가 대답했다. "아가씨가 피해를 주는 것두 아닌데."

메리는 최대한 빨리 점심을 먹었다. 테이블에서 일어나자마자, 제 방으로 달려가 다시 모자를 썼다. 그런데 마사가 메리를 불러 세웠다.

"아가씨한테 말헐 게 있어요." 마사가 말했다. "점심을 먼저 드셔야겠다 싶어서 기다렸어요. 오늘 아침에 크레이븐 씨가 돌아오셨는데, 아가씨를 보구 싶어하시는 모양이어요."

메리의 얼굴에서 핏기가 싹 사라졌다.

"저런!" 메리가 말했다. "왜! 대체 왜! 고모부는 내가 왔을 때는 보고 싶어하지 않으셨잖아. 고모부가 그러셨다고 피처 씨가 전해줬는데."

"음." 마사가 자초지종을 설명했다. "메들록 부인은 그게 제 어머니 때문이라구 하셔요. 어머니가 스웨이트 마을에 가셨다가 주인님을 만나셨어요. 어머니는 지금껏 한 번두 주인님한테 말을 건 적이 없지만, 주인마님은 예전에 저희 집에 두세 번 오신 적 있어요. 주인님은 잊으셨지만, 어머니는 안 잊으셨죠. 그래서 마음 단단히 먹구 주인님을 불러 세웠어요. 어머니가 아가씨에 대해서 뭐라구 하였는지 모르지만, 그 말 때문에 주인님이 내일 다시 떠나시기 전에 아가씨를 만날 생각을 허시게 되었나 봐요."

"오!" 메리가 말했다. "내일 또 가시는 거야? 천만다행 이야!"

"주인님은 한참 후에나 돌아오실 거여요. 가을이나 겨울 까지 안 오실지두 몰라요. 외국으로 여행을 떠나실 거여요. 항상 그러시니깐요."

"오! 정말 좋아. 정말 기뻐!" 메리가 다행이라는 듯 말 했다.

크레이븐 씨가 겨울이나 가을까지만이라도 돌아오지 않으면, 비밀 정원이 되살아나는 모습을 지켜볼 시간이 있을 것이다. 설령 그 사실을 알고 고모부가 그곳을 빼앗는다고 해도, 메리에게는 적어도 추억만큼은 남게 될 것이다.

"고모부가 언제 나를 보자고……."

메리는 말을 끝까지 할 수 없었다. 문이 홱 열리며 메들록 부인이 들어왔기 때문이다. 메들록 부인은 제일 좋은 검은색 드레스를 입고 모자까지 썼고 남자 사진이 붙어 있는 커다란 브로치로 옷깃을 고정했다. 그 사진은 오래전에 세상을 떠난 메들록 씨의 컬러사진이었는데, 메들록 부인은 옷을 잘 차려입어야 할 때면 항상 그 브로치를 달았다. 부인은 긴

장했고, 흥분한 것처럼 보였다.

"아가씨 머리가 엉망진창이네요." 메들록 부인은 재빠른 말투로 말했다. "가서 얼른 빗으세요. 마사, 아가씨에게 제일 좋은 옷을 입혀드려. 크레이븐 씨가 서재로 아가씨를 데려오라고 하시는구나."

발그레했던 메리의 두 볼이 창백해졌다. 심장이 쿵쿵 뛰기 시작했고, 자신이 또다시 뻣뻣하고, 못생기고, 말 없는 아이로 되돌아가는 느낌이 들었다. 메리는 메들록 부인 말에 대꾸조차 하지 않고 몸을 돌려 제 방으로 갔고, 마사가 그 뒤를 따랐다. 옷을 갈아입고 마사가 머리를 빗겨주는 동안 메리는 아무 말도 하지 않았다. 꽤 단정한 모습이 되자, 메리는 잠자코 메들록 부인을 따라 복도를 걸었다. 그곳에서 무슨 말을 해야 할까? 메리는 고분고분하게 메들록 부인을 따라가 크레이븐 씨와 만날 것이다. 고모부는 메리를 좋아하지 않을 테고, 마찬가지로 메리도 고모부를 좋아하지 않을 것이다. 메리는 고모부가 자기를 어떻게 생각할지 알았다.

메리는 그 저택에서 한 번도 가보지 못한 곳으로 따라갔다. 마침내 메들록 부인이 어느 문을 두드리자 누군가 대답을 했다. "들어와요." 두 사람은 함께 방으로 들어갔다. 벽난로 앞에 놓인 안락의자에 어떤 남자가 앉아 있었다. 메들록 부인이 그 남자에게 말했다.

"메리 양이 오셨습니다, 주인어른." 부인이 말했다.

"아이를 여기 두고 가보게. 데려가야 할 때가 되면 종을 울리겠네." 크레이븐 씨가 말했다.

메들록 부인이 방에서 나가 문을 닫자, 또다시 못생긴 아이가 되어버린 메리는 가만히 서서 여윈 두 손을 맞잡고 비틀기만 했다. 안락의자에 앉은 남자를 보니 등이 굽었다기보다는 높이 솟은 두 어깨를 구부정하게 구부린 모습이었다. 머리카락은 새까맣고, 간간이 흰머리가 보였다. 남자가 높은 어깨 위로 고개를 돌려 메리를 보며 말했다.

"이리 오렴!"

메리가 다가갔다.

크레이븐 씨는 못생긴 사람이 아니었다. 그렇게 비참한 표정이 아니었다면, 미남일 얼굴이었다. 크레이븐 씨는 메리를 보는 것만으로도 염려되고 조마조마한 듯했다. 눈앞의 여자아이를 어떻게 대해야 할지 모르는 모양이었다.

"잘 지내니?" 고모부가 물었다.

"네." 메리가 대답했다.

"다들 너를 잘 보살펴주고?"

"네."

크레이븐 씨는 메리를 훑어보더니, 짜증스럽게 이마를 문질렀다.

"무척 말랐구나." 크레이븐 씨가 말했다.

"점점 살이 찌고 있어요." 메리는 이렇게 대답하면서, 자신의 말투가 유난히 퉁명스럽다고 생각했다.

고모부의 얼굴이 어찌나 불행해 보이던지! 크레이븐 씨의 검은 두 눈은 메리를 전혀 보지 않는 듯, 다른 것을 바라보는 듯했다. 게다가 도무지 메리에게 생각을 집중하지도 못하는 것 같았다.

"너를 잊고 있었어." 크레이븐 씨가 말했다. "내가 어떻게 기억할 수 있겠니? 네게 가정교사나 유모나 그런 사람을 붙여주려고 했어. 그런데 깜박 잊어버렸구나."

"저⋯⋯" 메리가 말문을 열었다. "저⋯⋯" 바로 그때 목이 콱 막혀버렸다.

"무슨 말을 하고 싶은 거니?" 크레이븐 씨가 물었다.

"저는, 저는 다 커서 유모가 필요하지 않아요." 메리가 말했다. "그리고 제발, 가정교사도 붙이지 말아주세요."

크레이븐 씨가 다시 이마를 문지르며 메리를 보았다.

"소워비 부인도 그렇게 말하더구나." 크레이븐 씨가 마음이 딴 데 가 있는 것처럼 중얼거렸다.

그러자 메리가 용기를 쥐어짰다.

"혹시, 마사의 어머니 말씀인가요?" 메리가 머뭇거리며 물었다.

"그래, 그런 것 같구나." 크레이븐 씨가 대답했다.

"그 부인은 아이들에 대해서 잘 알죠." 메리가 말했다. "아이가 열둘이나 되니까요. 잘 알아요."

크레이븐 씨는 어쩐지 정신이 번쩍 든 모양이었다.

"너는 뭘 하고 싶니?"

"밖에 나가서 놀고 싶어요." 메리는 자기 목소리가 떨리지 않기를 바라며 대답했다. "인도에서 살 때는 밖에서 노는 게 싫었어요. 여기서는 밖에서 놀면 배가 고파요. 그래서 점점 더 살이 찌죠."

크레이븐 씨는 메리를 유심히 바라보았다.

"소워비 부인이 밖에서 놀게 하면 네게 좋을 거라고 하더구나. 아마 그럴 거야." 크레이븐 씨가 말했다. "부인은 네가 몸이 더 튼튼해져야 가정교사도 붙일 수 있을 거라고 했어."

"밖에서 놀 때 황무지에서 바람이 불어오면, 튼튼해진 기분이 들어요." 메리가 힘주어 말했다.

"어디에서 노니?" 크레이븐 씨가 물었다.

"어디에서든 다 놀아요." 메리가 열을 내며 말했다. "마사의 어머니가 제게 줄넘기를 보내주셨어요. 그래서 줄넘기를 하면서 뛰어다녀요. 그러면서 새싹들이 땅에서 솟아나기 시작했는지 주위를 둘러봐요. 저는 나쁜 짓은 하지 않아요."

"그렇게 겁먹은 표정은 짓지 마라." 크레이븐 씨가 염려스러운 목소리로 말했다. "나쁜 짓을 할 리가 없잖니, 너 같은 어린아이가! 너 하고 싶은 대로 하려무나."

메리는 손을 얼른 목에 댔다. 너무 흥분해서, 목을 콱 틀어막고 있던 덩어리가 밖으로 튀어나오는 모습을 고모부가 볼까 봐 말이다. 메리는 고모부에게 한 걸음 다가갔다.

"그래도 돼요?" 떨리는 목소리로 물었다.

불안해하는 메리의 작은 얼굴을 본 크레이븐 씨는 아까보다 더 걱정스러운 표정을 지었다.

"그렇게 겁먹은 표정 짓지 말라니까." 크레이븐 씨가 외치듯 말했다. "물론 되고말고. 나는 네 후견인이란다. 어떤 아이가 와도 형편없는 후견인이 되겠지만. 나는 네게 시간이나 관심을 할애해줄 수 없어. 몸이 너무 아프고 좋지 않은 데다, 정신이 딴 데 팔려 있거든. 하지만 네가 이곳에서 행복하고 편안하게 지내기를 바란단다. 나는 애들에 대해서 아무것도 몰라. 하지만 메들록 부인이 네게 필요한 것은 다 준비해줄 거야. 오늘 너를 보자고 한 건, 소워비 부인이 너를 만나야 한다고 했기 때문이란다. 딸에게서 네 이야기를 들었다더구나. 그 부인은 네게 신선한 공기와 자유가 필요하고, 여기저기에서 뛰어놀 수 있어야 한다고 생각하더구나."

"그분은 아이들에 대해서 모르는 게 없으시니까요." 메리가 또다시 자신도 모르게 불쑥 대답했다.

"그렇겠지." 크레이븐 씨가 말했다. "황무지에서 나를 불러 세우기에 주제넘는다고 생각했단다. 그런데 이렇게 말하더구나. 크레이븐 부인이라면, 그 아이를 따뜻하게 대했을 거라고." 크레이븐 씨는 죽은 아내의 이름을 입에 올리는 것만으로도 고통스러워 보였다. "존경할 만한 부인이야. 지금 너를 만나보니 그분이 분별력 있는 말을 했다는 걸 알겠구나. 원하는 만큼 나가 놀거라. 여기는 무척 넓은 곳이니 얼마든지 가고 싶은 곳에 가서, 하고 싶은 걸 하며 놀아. 달리 원하는 게 있니?" 크레이븐 씨는 문득 생각이 난 듯한 태도로 덧붙였다. "장난감이나 책, 인형이 갖고 싶니?"

"혹시……" 메리가 떨리는 목소리로 말했다. "땅을 조금 가질 수 있을까요?"

어찌나 열을 내어 말했는지, 메리는 자기 말이 얼마나 이상하게 들리는지, 자신의 의도와 얼마나 다르게 들리는지 미처 깨닫지 못했다. 크레이븐 씨는 몹시 놀란 표정이었다.

"땅이라고!" 크레이븐 씨가 거듭해 말했다. "그게 무슨 뜻이냐?"

"씨앗을 뿌릴 땅요…… 씨앗들을 키우고…… 걔들이 살아나는 모습을 보려고요." 메리가 더듬더듬 말했다.

크레이븐 씨가 메리를 잠시 보더니, 한 손을 재빨리 눈으로 가져갔다.

"정원을 몹시 좋아하나 보구나." 크레이븐 씨가 천천히 말했다.

"인도에서는 정원에 대해서 잘 몰랐어요." 메리가 말했다. "항상 아프고 피곤했거든요. 그리고 너무 더웠고요. 가끔 모래밭에 화단을 만들어서 꽃을 꽂아뒀어요. 하지만 여기서는 그런 것과 달라요."

크레이븐 씨가 일어서서 천천히 방을 서성거리기 시작했다.

"땅이라." 크레이븐 씨가 중얼거렸다. 메리는 자신이 고모부에게 뭔가를 떠오르게 한 모양이라는 생각이 어렴풋이 들었다. 고모부가 발걸음을 멈추고 메리에게 말을 건넬 즈음, 고모부의 검은 눈은 부드럽고 따뜻하게 바뀌어 있었다.

"땅이라면 원하는 만큼 가져도 돼." 크레이븐 씨가 말했다. "너를 보니 과거에 땅과 그곳에서 자라는 식물들을 몹시 좋아하던 사람이 떠오르는구나. 네가 원하는 땅을 찾으면." 미소를 짓는 듯한 표정으로 말을 이었다. "쓰도록 해. 그곳이 생명을 얻도록 만들어보려무나."

"어느 땅이든 가져도 돼요? 아무도 원하지 않으면?"

"어디든." 크레이븐 씨가 대답했다. "자, 됐다! 이제 가거라. 피곤하구나." 크레이븐 씨는 종을 울려 메들록 부인을 불렀다. "잘 지내거라. 난 여름 내내 집을 비울 거란다."

메들록 부인이 어찌나 빨리 들어오는지, 메리는 부인이 복도에서 기다렸으리라 짐작했다.

"메들록 부인." 크레이븐 씨가 말했다. "아이를 만나보니 소워비 부인의 의도를 알겠군요. 이 아이는 가정교사에게 수업을 받기 전에 좀 더 건강해져야 합니다. 아이에게 단순하고 건강한 음식을 준비해주세요. 정원에서 마음껏 뛰어놀게 하고, 뒤를 졸졸 따라다니면서 챙기지는 말아요. 저 아이는 자유와 신선한 공기와 실컷 뛰어노는 시간이 필요합니다. 소워비 부인이 종종 아이를 보러 올 거예요. 가끔 아이가 부인의 집을 찾아가도 되겠군요."

메들록 부인은 기쁜 듯 보였다. '졸졸 따라다니면서' 메리를 챙기지 않아도 된다는 말에 마음이 한결 편해진 모양이었다. 사실 메들록 부인은 메리를 보살피는 일이 지겹다고 생각해 최대한 메리와 덜 마주치려고 했다. 게다가 마사의 어머니를 좋아하기도 했다.

"고맙습니다, 주인어른." 메들록 부인이 말했다. "수전 소워비와 저는 함께 학교를 다녔습니다. 하루 종일 다녀도 그 사람만큼 분별력 있고 마음씨 좋은 사람은 못 보실 거예요. 제게는 아이가 없지만, 수전에게는 열둘이나 있죠. 그 애들보다 건강하고 착한 아이들도 보기 힘들 거예요. 그러니 메리 아가씨가 그 아이들에게 해코지를 당할 리도 없습니다.

저 역시 아이에 대해서라면 수전 소위비에게 조언을 구한답니다. 수전은 건강한 마음의 소유자라는 말이 딱 어울리는 사람이지요."

"알겠소." 크레이븐 씨가 대답했다. "이제 메리 양을 데리고 가고 피처를 보내주시오."

메리의 방이 있는 복도 끝에서 메들록 부인이 돌아가자, 메리는 날 듯이 제 방으로 들어갔다. 방에서는 마사가 기다리고 있었다. 사실 마사는 점심 그릇을 치우자마자 서둘러 돌아와 있었다.

"나도 이제 정원이 생겼어!" 메리가 소리쳤다. "어디든 내가 원하는 데다 정원을 만들 수 있어. 한동안은 가정교사도 오지 않을 거야! 네 어머니가 나를 보러 오실 거래. 그리고 나는 네 집으로 놀러갈 수도 있어! 고모부가 나 같은 어린아이가 무슨 해를 끼치겠냐면서 하고 싶은 건 뭐든 해도 된다고 하셨어. 어디서든 말이야!"

"어머나!" 마사가 기뻐했다. "주인어른이 정말 친절하시네요, 그렇죠?"

"마사." 메리가 진지하게 말했다. "고모부는 정말 좋은 분이야. 그런데 얼굴이 너무 비참해 보이고 이마를 내내 찡그리고 계셨어."

메리는 최대한 빨리 정원으로 나갔다. 메리는 생각보다

더 오래 자리를 비웠으며 디콘이 8킬로미터를 걸어서 집으로 가려면 일찌감치 출발해야 한다는 사실도 알았다. 담쟁이 덩굴 아래 문으로 살짝 들어가 보니, 점심을 먹으러 갈 때 디콘이 일을 하던 곳에는 아무도 없었다. 원예 도구들은 나무 아래 가지런히 모여 있었다. 메리가 사방을 둘러보며 얼른 그곳으로 달려갔지만, 디콘은 어디에도 보이지 않았다. 디콘은 벌써 돌아갔고, 비밀 정원은 텅 비어 있었다. 담장을 넘어 날아 들어와, 장미 덤불에 내려앉아 메리를 지켜보는 울새를 제외하면 말이다.

"가버렸어." 메리가 안타까운 마음으로 말했다. "오! 정말로, 정말로. 디콘은 숲의 요정이었던 걸까?"

그때 장미 덤불에 꽂혀 있는 하얀 것이 메리의 시선을 사로잡았다. 종잇조각이었다. 더 정확히 말하자면, 디콘에게 보내려고 마사에게 써준 편지 조각이었다. 그 종이가 장미 덤불에 난 기다란 가시에 꽂혀 있었다. 메리는 이내 디콘이 그 쪽지를 두고 갔다는 사실을 알게 되었다. 종이에는 삐뚤빼뚤한 인쇄체 글자와 함께 그림이 그려져 있었다. 처음에는 그 그림이 무엇인지 알 수 없었다. 자꾸 보니 새 한 마리가 앉아 있는 둥지 그림이었다. 그 아래 인쇄체로 이렇게 적혀 있었다.

"또 오께요."

"난 콜린이야"

저녁을 먹으러 집으로 돌아갈 때, 메리는 그 그림도 가져가 마사에게 보여주었다.

"아이구!" 마사가 몹시 자랑스러운 얼굴로 말했다. "우리 디콘이 이렇게 똑똑한 줄은 몰랐네요. 울새가 제 둥지에 앉아 있는 그림이여요. 눈앞에 진짜 울새가 있는 것 같아요."

바로 그때 메리는 디콘이 어떤 메시지를 전하려고 그 그림을 그렸다는 사실을 알아차렸다. 디콘은 자신이 비밀을 꼭 지킬 테니 염려하지 않아도 된다고 말하고 싶었던 것이다. 메리의 정원은 메리의 둥지이고, 메리는 울새와 같았다. 오, 재미있게 생긴 엉뚱한 디콘을 메리는 얼마나 좋아하는지!

메리는 내일 디콘이 다시 와주기를 바랐다. 그리고 어서 아침이 오기를 고대하며 잠이 들었다.

하지만 요크셔에서는 날씨가 어떻게 변할지 절대 짐작

할 수 없다. 특히 봄에는 말이다. 메리는 한밤중에 굵은 빗방울이 방 창문을 사정없이 때리는 소리에 잠에서 깼다. 비가 굵은 물줄기처럼 쏟아졌고, 바람은 거대한 낡은 저택의 모퉁이마다, 굴뚝마다 '휘몰아쳤다'. 침대에 일어나 앉은 메리는 화가 나고 속이 상했다.

"비가 꼭 옛날의 나처럼 고집불통이네." 메리가 말했다. "내가 비 오는 걸 싫어하니까 이렇게 오는가 봐."

메리는 훌렁 누워 베개에 얼굴을 파묻었다. 눈물을 흘리지는 않았다. 대신 침대에 누워 거세게 창문을 두드리는 빗소리를 원망했고, 바람과 그 바람의 '휘몰아침'을 원망했다. 메리는 다시 잠이 들지 못했다. 구슬픈 소리에 잠을 잘 수 없었다. 메리도 구슬픈 기분이 들었기 때문이다. 메리가 행복한 기분이었다면, 그 소리는 아마 자장가처럼 들렸을 것이다. 바람이 어찌나 '휘몰아치고' 굵은 빗방울들은 어찌나 유리판을 두드려대던지!

"황무지에서 길을 잃은 사람이 계속 배회하며 울부짖는 것 같아." 메리가 말했다.

메리는 한 시간 정도 뒤척이며, 통 잠을 이루지 못했다. 바로 그때 갑자기 무슨 소리가 났고, 메리는 침대에서 벌떡 일어나 문 쪽으로 머리를 돌리고 귀를 기울였다. 메리는 귀를 쫑긋 세우고 계속 들었다.

"이 소리는 바람이 아니야." 메리가 큰 소리로 혼잣말을 했다. "바람이 아니야. 소리가 달라. 전에도 들은 적 있는, 그 울음소리야."

메리의 침실 문이 살짝 열려 있어서, 저 멀리에서부터 짜증 섞인 울음소리가 복도를 따라 희미하게 흘러들어 왔다. 메리는 몇 분이나 귀를 기울였고, 시간이 지날수록 확신은 너욱 깅해졌다. 그 소리가 무엇인지 꼭 찾아내야만 할 것 같았다. 비밀 정원과 땅에 묻힌 열쇠보다 더 희한한 일이란 생각이 들었다. 반항심에 욱해서, 더 대담하게 굴었을지도 모른다. 메리는 침대에서 발을 내리고 바닥에 우뚝 섰다.

"이 소리의 정체를 꼭 알아내고 말겠어." 메리가 말했다. "지금은 모두 자고 있고 메들록 부인이 뭐라 하건 신경 안 써. 신경 안 쓴다고!"

침대 옆에 양초가 한 자루 있었다. 메리는 그 초를 들고 살며시 방을 나섰다. 복도는 무척 길고 컴컴해 보였지만, 너무 흥분을 해서 그런 것은 눈에 들어오지도 않았다. 벽걸이 양탄자로 가려진 문이 있는 짧은 복도로 가려면, 어느 모퉁이들을 돌아야만 하는지 기억이 날 듯했다. 길을 잃었던 날 메들록 부인이 나왔던, 바로 그 문 말이다. 소리는 분명 그 복도에서 들렸다. 그래서 메리는 흐릿한 양초 불빛에 의지해,

벽을 더듬으며 걸어갔다. 심장 소리가 너무 쿵쾅거려서 소리가 정말 들릴 것만 같았다. 멀리서 들리는 흐릿한 울음소리는 끊이지 않으며 메리를 이끌었다. 그 소리는 가끔 멎었다가 다시 시작되었다. 오른쪽 모퉁이를 돌아가야 하나? 메리는 잠시 멈춰서 곰곰이 기억을 더듬었다. 그래, 이쪽이야. 그 통로를 따라가다가 왼쪽으로 돌고, 넓은 계단 두 개를 올라가서 다시 오른쪽으로 돌았다. 그랬더니, 양탄자 벽걸이 문이 눈앞에 있었다.

메리는 문을 아주 살며시 밀어서 열고는 들어가서 닫았다. 그러고는 복도에 가만히 서 있으니, 우는 소리가 크지는 않아도 꽤 선명하게 들렸다. 그 소리는 메리의 왼쪽 벽 너머에서 들렸고, 조금 더 가니 문이 있었다. 그 문 아래로 불빛이 새어 나왔다. 누군가 그 방에서 울고 있었다. 그것도 꽤 어린 '누군가'였다.

이윽고 메리는 문으로 다가가 밀어서 열었다. 다음 순간 그 방에 들어가 있었다!

근사한 고가구들로 꾸민 커다란 방이었다. 벽난로에는 사그라져 가는 불이 약하게 타고 있었고, 조각을 한 기둥 네 개에 양단을 휘장처럼 걸쳐둔 침대의 옆에서는 양초가 밤을 밝혔다. 그리고 그 침대에 남자아이가 누워서 서럽게 흐느끼고 있었다.

메리는 자신이 정말 그 방에 있는 건지, 자신도 모르는 사이에 다시 잠이 들어 꿈을 꾸는 건지 분간이 가지 않았다.

소년은 턱이 뾰족하고 섬세한 이목구비에, 안색은 상앗빛이었다. 작은 얼굴에 비해 두 눈이 너무 커 보였다. 머리는 숱이 많았는데, 덥수룩한 앞머리가 이마를 뒤덮어 안 그래도 깡마른 얼굴이 더 작아 보였다. 아이는 몹시 병약한 듯했지만, 아파서라기보다는 지치고 심통이 나서 우는 것 같았다.

메리는 양초를 들고 숨을 죽인 채 문가에 서 있었다. 그러더니 천천히 방을 가로지르기 시작했다. 가까이 다가갈수록 손에 든 양초 불빛이 아이의 관심을 사로잡아, 소년은 베개에 누운 채 머리를 돌려 메리를 바라보았다. 회색 두 눈이 어찌나 큰지, 거대해 보일 정도였다.

"누구야?" 마침내 소년이 반쯤 겁에 질려 소곤거리듯 말했다. "너, 유령이야?"

"아니, 유령 아니야." 메리도 반쯤 겁에 질린 목소리로 소곤거리며 대답했다. "너는 유령이니?"

그 소년은 메리를 보고, 보고 또 보았다. 메리는 그 아이의 두 눈이 너무 이상해 보였다. 새까만 두 눈은 눈 주위에 빽빽하게 난 검은색 속눈썹 때문에 얼굴에 비해 너무 커 보였다.

"아니." 아이가 잠시 머뭇거리더니 대답했다. "나는 콜린이야."

"콜린이 누군데?" 메리가 당황한 듯 말했다.

"콜린 크레이븐이야. 너는 누구야?"

"나는 메리 레녹스야. 크레이븐 씨는 내 고모부고."

"그분은 내 아버지야." 남자아이가 말했다.

"네 아버지라고!" 메리가 깜짝 놀랐다. "아무도 고모부에게 아들이 있다는 이야기는 해주지 않았어! 왜 그랬을까?"

"이리 와봐." 남자아이는 여전히 기묘한 두 눈으로, 불안한 기색이 엿보이는 메리의 얼굴을 빤히 보며 말했다.

메리가 침대에 다가가자, 아이가 손을 내밀어 메리를 만졌다.

"진짜 사람이네, 그렇지?" 아이가 말했다. "난 이렇게 생생한 꿈을 자주 꿔. 너도 그런 꿈일지도 몰라."

메리는 방에서 나오기 전에 모직 숄을 걸쳤는데, 손가락으로 숄을 쥐었다.

"이걸 문질러봐. 그러면 천이 얼마나 두툼하고 따뜻한지 알게 될 거야." 메리가 말했다. "괜찮으면 널 살짝 꼬집어볼게. 내가 진짜 사람이라는 사실을 보여줄 수 있게. 나도 잠깐 네가 꿈이라고 생각했어."

"너는 어디에서 왔어?" 콜린이 물었다.

"내 방에서. 바람이 어찌나 휘몰아치는지 잠을 잘 수 없었어. 그런데 누군가 우는 소리가 났고, 그 소리의 주인이 누군지 알아내고 싶어졌지. 너는 왜 울고 있었어?"

"나도 잠이 오지 않아서. 게다가 머리가 아팠어. 네 이름을 다시 말해줘."

"메리 레녹스. 내가 이 저택에 살려고 왔다는 이야기를 아무도 해주지 않았어?"

콜린은 여전히 메리가 두른 숄의 접힌 부분을 만지작거렸다. 하지만 메리가 진짜라는 사실을 믿게 되었는지 조금씩 메리를 쳐다보기 시작했다.

"응." 콜린이 대답했다. "감히 못 했겠지."

"왜?" 메리가 물었다.

"네가 나를 볼까 봐 겁을 냈을 테니까. 나는 사람들이 나를 보고 내 이야기를 수군거리게 내버려 두지 않아."

"왜?" 메리는 점점 수수께끼 같은 느낌에 사로잡히며 물었다.

"왜냐하면 난 늘 이런 상태니까. 아파서 침대에 누워 있어야만 해. 아버지도 사람들이 내 이야기를 하지 못하게 하셔. 하인들은 내 이야기를 하면 안 돼. 계속 살아 있으면, 나는 등이 굽을 거야. 하지만 난 곧 죽을 테지. 아버지는 내가 아버지처럼 될 거라는 생각조차 하기 싫어하셔."

"오, 여기는 정말 이상한 집이야!" 메리가 말했다. "정말 괴상한 집이라니까! 모든 게 다 비밀 같아. 방들은 잠겨 있고 정원도 잠겨 있어. 그리고 너! 너도 이 방에 갇혀 있는 거야?"

"아니. 늘 여기에서 시간을 보내. 이 방에서 나가는 게 싫어서 그래. 나가면 너무 피곤하거든."

"네 아버지는 너를 만나러 와?" 메리가 큰맘 먹고 물어보았다.

"이따금. 대개 내가 자고 있을 때. 아버지는 나를 보고 싶어하지 않으셔."

"왜?" 메리는 다시 묻지 않을 수 없었다.

성난 기색이 콜린의 얼굴을 스쳐 지나갔다.

"내가 태어났을 때, 어머니가 돌아가셨어. 그래서 아버지는 나를 보면 마음이 괴로워지신대. 다들 내가 모르는 줄 알지만, 사람들이 하는 말을 다 들었어. 아버지는 나를 미워하시는 거나 다름이 없대."

"고모부는 정원도 미워하셔. 왜냐하면 고모가 돌아가셨으니까." 메리가 반쯤 혼잣말을 하듯 말했다.

"무슨 정원?" 콜린이 물었다.

"오! 그, 그거 말이지 고모가 좋아하셨던 정원." 메리가 말을 더듬었다. "너는 항상 여기에 있었어?"

"항상 있는 거나 다름없어. 가끔 바닷가에 있는 집으로 데려가 줘. 하지만 사람들이 자꾸 나를 힐끔거려서, 그곳에서 있는 게 싫어. 등이 곧게 펴지라고 쇠로 된 기구를 댄 적도 있어. 유명한 의사가 나를 진찰하려고 런던에서 왔는데, 그건 멍청한 짓이라고 했어. 의사는 당장 그 기구를 벗기고, 밖에서 신선한 공기를 마시게 해줘야 한다고 했지. 난 신선한 공기가 싫어. 밖에 나가고 싶지 않아."

"나도 여기 처음 왔을 때 그랬어." 메리가 말했다. "그런데 왜 자꾸 나를 그렇게 보는 거니?"

"꿈치고 니무 생생해서." 콜린이 칭얼거리듯 대답했다. "가끔 눈을 뜨고 있어도 깨어 있다는 사실을 못 믿겠어."

"우리 둘 다 깨어 있어." 메리가 말했다. 메리는 천장이 높고, 구석마다 그림자가 져 있고, 벽난로 불빛이 흐릿한 방 안을 둘러보았다. "확실히 꿈처럼 보이기는 해. 게다가 지금은 한밤중이고, 이 집 사람들은 전부 잠들어 있잖아. 우리를 빼고 전부 다 말이야. 우리는 말똥말똥하게 깨 있어."

"지금 이 순간이 꿈이 아니면 좋겠어." 콜린이 안절부절못하며 말했다.

그때 메리에게 어떤 생각이 떠올랐다.

"사람들이 너를 보는 게 싫으면." 메리가 말했다. "나도 가버렸으면 하는 거 아냐?"

콜린은 여전히 메리가 두른 숄의 접힌 부분을 쥐고 있고, 살짝 잡아당기기까지 했다.

"아니야." 콜린이 말했다. "네가 가버리면 정말 꿈이었다고 여기겠지. 네가 진짜 사람이라면, 저 커다란 발 받침대에 앉아서 이야기를 해봐. 너에 대해서 듣고 싶어."

메리는 가져온 양초를 침대 근처 테이블에 내려놓고, 쿠션을 댄 받침대에 앉았다. 메리도 가고 싶지 않았다. 이 신비로운 숨겨진 방에 남아서, 신비로운 남자아이와 이야기를 나누고 싶었다.

"무슨 이야기를 들려주면 좋겠어?" 메리가 물었다.

콜린은 메리가 미슬스웨이트 저택에 산 지 얼마나 되었는지, 방은 어느 복도에 있는지, 지금까지 무엇을 하며 지냈는지, 자신처럼 메리도 황무지를 싫어하는지, 요크셔에 오기 전에는 어디에서 살았는지 궁금해했다. 메리는 이 질문에 다 대답하고도 더 많은 이야기를 들려주었고, 콜린은 쿠션을 받치고 기대 누워 귀를 기울였다. 콜린은 메리에게 인도에 대한 이야기며, 배를 타고 큰 바다를 건너온 이야기도 해달라고 했다. 메리는 콜린이 몸이 불편하기 때문에, 다른 아이들이 다 아는 것도 모른다는 사실을 알아차렸다. 어릴 때 유모가 콜린에게 글 읽는 법을 가르쳐주었다. 그래서 콜린은 늘 장정이 화려한 책을 읽고, 거기 실린 삽화를 보며 지냈다.

콜린의 아버지는 아들이 깨어 있을 때 보러 오는 법이 드물었지만, 즐겁게 놀 수 있는 장난감이라면 얼마든지 주었다. 하지만 무엇을 가지고 놀아도 재미가 없는 것 같았다. 콜린은 뭐든지 요구할 수 있었고, 하기 싫은 일은 억지로 할 필요가 없었다.

"모두 내 기분을 맞춰줘야 해." 콜린이 무관심하게 말했다. "화를 내기만 해도 나는 몸이 아프거든. 아무도 내가 어른이 될 때까지 살 거라고 믿지 않아."

콜린은 그런 생각이 너무나 익숙해서, 이제 아무렇지도 않다는 투로 말했다. 콜린은 메리의 목소리가 마음에 든 모양이었다. 메리가 계속 이야기를 하면, 졸린 듯하지만 흥미로운 태도로 들었다. 한두 번 메리는 콜린이 잠이 들지 않을까 생각했다. 그러나 그때마다 콜린은 대화를 새로운 방향을 트는 질문을 했다.

"넌 몇 살이야?" 콜린이 물었다.

"열 살이야." 메리는 잠시 조심성을 잊고 대답했다. "너랑 동갑이지."

"그걸 네가 어떻게 알아?" 콜린이 깜짝 놀란 목소리로 되물었다.

"너는 그 정원 문을 잠그고 열쇠를 묻어버린 해에 태어났으니까. 그 정원은 10년 째 잠겨 있었어."

콜린은 메리 쪽으로 몸을 돌리고 팔꿈치를 베개에 받쳐 반쯤 일어나 앉았다.

"무슨 정원 문이 잠겼다는 거야? 누가 그랬어? 그 열쇠는 어디에 묻혀 있었어?" 콜린은 갑자기 흥미가 솟구치는 듯 질문을 퍼부었다.

"그건, 그건 고모부가 싫어하는 정원이었어." 메리가 우물쭈물하며 대답했다. "고모부가 문을 잠갔어. 아무도, 아무도 열쇠를 어디에 묻었는지 몰라."

"거기는 어떤 정원이야?" 콜린이 끈질기게 물었다.

"지난 10년 동안 그곳에 들어갈 수 있는 사람은 없었어." 메리가 조심스럽게 대답했다.

하지만 이제 와서 조심해봐야 아무 소용이 없었다. 콜린은 메리와 똑같았다. 생각할 일이 아무것도 없었기에, 감춰진 정원에 메리가 흠뻑 빠진 것처럼 콜린도 흠뻑 빠져들었다. 콜린은 질문을 하고 또 했다. 그 정원은 어디에 있어? 문을 찾으려고 해본 적은 없어? 정원사들에게는 물어보지 않았어?

"사람들은 그 정원 이야기는 하지 않으려고 해." 메리가 말했다. "그런 질문에 대답하지 말라는 지시를 받았나 봐."

"내가 대답을 하게 할 거야." 콜린이 말했다.

"그럴 수 있어?" 메리는 점점 겁이 나기 시작하면서 불안해졌다. 콜린이 하인들을 대답하게 만든다면, 무슨 일이 일어날지 누가 알겠는가!

"누구나 내 기분을 맞춰줘야 해. 아까 말했잖아." 콜린이 말했다. "내가 살 수 있으면 이 저택은 내 것이 될 거야. 하인들도 다 알아. 그 사람들이 내게 다 말하게 할 거야."

메리는 예전엔 자신이 얼마나 버릇없는 아이인지 몰랐다. 하지만 이 신비로운 소년이 얼마나 버릇없는 아이인지는 금방 알 수 있었다. 콜린은 온 세상이 자기 것이라고 생각했다. 정말 희한한 아이였다. 자신이 곧 죽을 거라는 이야기를 저렇게 아무렇지도 않게 하다니.

"넌 네가 곧 죽을 거라고 생각해?" 메리는 한편으로는 호기심이 동하고, 한편으로는 콜린이 정원에 대해 잊기를 바라는 마음에 이렇게 물었다.

"그럴 거라고 내가 짐작하는 게 아니야." 콜린은 아까와 마찬가지로 무관심한 태도로 대답했다. "내가 기억하는 한 늘 사람들이 나는 오래 살지 못할 거라고 하는 말을 들어왔어. 처음에는 내가 너무 어려서 그런 말을 이해하지 못한다고 생각하더니, 요즘은 내 귀에 안 들린다고 생각해. 하지만 다 듣고 있어. 내 주치의는 우리 아버지의 사촌이야. 그 사람은 무척 가난한데, 내가 죽고 나서 아버지가 돌아가시면 미슬스웨이트를 물려받게 될 거야. 그 사람은 내가 오래 살기를 바라지 않는 것 같아."

"너는 살고 싶니?" 메리가 물었다.

"아니." 콜린은 지긋지긋하고 피곤하다는 듯이 대답했다. "하지만 죽고 싶지도 않아. 몸이 아프면 여기 누워서 계속 그런 생각만 해. 그러다 보면 어느새 울음이 터지지."

"네가 우는 소리를 세 번 들었어." 메리가 말했다. "하지만 누가 우는지 몰랐지. 그런 생각 때문에 울었던 거야?" 메리는 제발 콜린이 정원에 대해 잊어주기를 바랐다.

"그런 셈이지." 콜린이 대답했다. "우리 다른 이야기 하자. 그 정원에 대해서 이야기해줘. 넌 그곳이 보고 싶지 않아?"

"보고 싶어." 메리는 낮은 목소리로 대답했다.

"나도 그래." 콜린이 고집스럽게 이야기를 이어나갔다. "지금까지는 진심으로 보고 싶은 게 없다고 생각했어. 하지만 지금은 그 정원을 꼭 보고 싶어. 열쇠를 파내고 싶어. 그 열쇠로 문을 열고 싶어. 사람들에게 나를 휠체어에 앉혀서 그곳으로 옮기라고 할 거야. 그러면 신선한 공기를 마실 수 있어. 사람들이 정원 문을 열게 할 거야."

콜린은 점점 흥분했다. 그러자 기묘한 두 눈이 별처럼 반짝이고, 그 어느 때보다 커다래졌다.

"하인들은 내 기분을 맞춰줘야 해." 콜린이 말했다. "사람들에게 나를 그곳에 데리고 가라고 할 거야. 너도 가게 해줄게."

204

메리는 양손을 꼭 쥐었다. 모든 것이 박살이 날 위기에 몰려 있었다. 모든 것이! 디콘은 다시는 돌아오지 않을 것이다. 메리는 안전하게 숨겨놓은 둥지의 울새가 된 기분을 다시는 느끼지 못할 것이다.

"오, 안 돼! 안 돼! 안 돼! 그러면 안 돼!" 메리가 울부짖었다.

콜린은 메리가 미쳤다고 생각하는 표정으로 빤히 바라보았다!

"왜?" 콜린이 소리쳤다. "너도 그곳을 보고 싶다고 했잖아."

"보고 싶어." 메리는 거의 흐느끼듯 대답했다. "하지만 네가 사람들에게 그 문을 열게 하고 너를 그렇게 데려가게 하면, 그곳은 더는 비밀이 아니잖아."

콜린이 좀 더 몸을 앞으로 숙였다.

"비밀이라." 콜린이 말했다. "그게 무슨 뜻이야? 말해봐."

메리의 입에서 단어들이 마구 쏟아지는 듯했다.

"있잖아, 있잖아." 메리가 숨을 헐떡였다. "우리 말고 아무도 모르면…… 그러니까 담쟁이덩굴 아래 어딘가에 문이 있다면, 그 문이 정말 있다면…… 그리고 우리가 그 문을 찾을 수 있다면……, 우리가 그 문으로 살짝 들어가서 문을 꼭 닫은 후에 그곳을 우리 정원이라고 부른다면 말이지. 그러면 우리가 울새고 그곳이 우리 둥지인 양 노는 거야. 그리고 우리가 그 정원에서 거의 매일같이 놀면서 땅을 일구고, 씨앗을 심고, 그곳을 되살아나게 한다면……"

"거기는 죽었어?" 콜린이 불쑥 끼어들었다.

"아무도 그곳에 관심이 없다면, 곧 그렇게 될 거야." 메리가 계속 말했다. "알뿌리들은 살아남겠지만, 장미들은……"

콜린은 메리만큼 흥분해서 또 말을 끊었다.

"알뿌리가 뭐야?" 콜린이 허겁지겁 말했다.

"나팔수선화와 백합과 아네모네를 말해. 그 알뿌리들은 지금 봄이 오고 있기 때문에 연두색 싹을 밀어 올리면서 땅속에서 자라고 있어."

"봄이 오고 있어?" 콜린이 물었다. "봄은 어떤 모습이야? 네가 아파봐, 방에서는 봄을 볼 수 없어."

"비가 오는데 햇살이 반짝이고, 햇살이 반짝이는데 비가 와. 땅속에서는 식물들이 열심히 자라서, 새싹을 땅 밖으로 밀어 올리지." 메리가 말했다. "정원이 비밀이고 우리가 그 안으로 들어갈 수 있다면, 우리는 식물들이 매일 커가는 모습을 지켜볼 수 있어. 그리고 얼마나 많은 장미들이 살아 있는지 알 수 있겠지. 모르겠어? 오, 그곳이 비밀로 남으면 얼마나 근사한 일인지 모르겠어?"

콜린은 베개에 툭 드러눕더니 묘한 표정을 지었다.

"나에겐 비밀이 하나도 없었어." 콜린이 말했다. "어른이 될 때까지 살지 못한다는 걸 제외하면. 사람들은 내가 그걸 안다는 사실을 몰라. 그러니 비밀이라고 할 수 있지. 하지만 이런 비밀이 더 마음에 들어."

"네가 사람들에게 그 정원으로 데려다달라고 하지 않는다면." 메리는 간절하게 말했다. "어쩌면, 내가 언젠가는 그곳에 들어가는 방법을 알아낼 수 있을 거야. 그러면 그때는 의사 선생님이 네게 휠체어를 타고 밖으로 나가보라고 하실 테고, 네가 하고 싶은 일은 언제든지 할 수 있다면, 그때는 아마, 아마 네 휠체어를 밀어 줄 남자아이를 구할 수 있을 거야. 그러면 우리끼리 갈 수 있고 그곳은 언제까지나 비밀 정원으로 남는 거야."

"나도…… 그러고…… 싶어." 콜린은 꿈을 꾸는 듯한 눈빛으로 천천히 말했다. "나도 그러고 싶어. 비밀 정원에서라면 신선한 공기를 마셔도 좋아."

메리는 이제야 숨이 편하게 쉬어지고 더 안전해진 기분이 들었다. 비밀을 간직한다는 생각에 콜린이 즐거운 듯 보였기 때문이다. 메리는 자꾸 이야기를 들려준다면, 메리가 그랬듯이, 콜린도 마음의 눈으로 정원의 풍경을 볼 수 있게 되리라 생각했다. 그렇게 되면 콜린도 그 정원이 너무 좋아져서 아무 때 아무나 그 정원에 들어간다는 생각만으로도 견디지 못할 것이라고 자신했다.

"우리가 그 정원에 들어갔을 때 그곳이 어떤 모습일지, 내 '상상'을 들려줄게." 메리가 말했다. "그곳은 너무 오랫동안 잠겨 있었기 때문에, 식물들이 마구 자라 다 엉켜 있을 거야."

콜린은 차분하게 누워서 이 나무에서 저 나무로 기어가 아래로 축 늘어졌을지 '모르는' 장미며, 그곳이 안전하기 때문에 둥지를 틀었을지도 '모르는' 새들에 대한 메리의 이야기를 들었다. 그 이야기를 끝내자 메리는 울새와 벤 웨더스태프 영감에 대해 들려주었다. 특히 울새에 대해서는 할 말이 너무 많아서 이야기가 쉽고 편하게 술술 나온 덕분에, 중간에 말문이 막힐까 봐 걱정하지 않아도 되었다. 울새 이야기에 콜린이 어찌나 즐거워하는지 미소까지 지었는데, 그 표정이 아름다워 보이기까지 했다. 처음에 메리는 눈이 크고 머리 숱이 많은 콜린이 자신보다 훨씬 더 매력 없는 모습이라고 생각했다.

"새들이 그럴 수도 있는지 몰랐어." 콜린이 말했다. "하지만 너도 방 안에만 있으면 그런 것들을 절대 못 볼 거야. 넌 정말 아는 게 많구나. 마치 그 정원에 들어갔다 온 사람 같아."

메리는 무슨 말을 해야 할지 몰랐다. 그래서 그냥 잠자코 있었다. 콜린도 딱히 대답을 기대하고 한 말 같지는 않았다. 그러더니 다음 순간 메리에게 깜짝 놀랄 말을 했다.

"보여줄 게 있어." 콜린이 말했다. "저기 장미색 비단 가리개 보이지? 벽난로 선반 위 벽에 걸린 거?"

메리는 그 말을 듣기 전엔 그런 것이 있는 줄 몰랐다. 그래서 고개를 들어 콜린 말한 것을 보았다. 그림처럼 보이는 것을 가리며 걸려 있는 부드러운 비단 가리개였다.

"응." 메리가 대답했다.

"그 가리개에 줄이 달렸어." 콜린이 말했다. "가서 그걸 잡아당겨 봐."

메리는 호기심에 사로잡힌 채 일어서서, 끈을 찾았다. 끈을 잡아당기자 비단 가리개가 고리를 따라 걷혔다. 그리고 그림이 드러났다. 웃고 있는 여자아이를 그린 그림이었다. 그 아이는 푸른 리본으로 머리를 묶었고, 쾌활해 보이고 사랑스러운 두 눈은 눈 주위에 난 새까만 속눈썹 덕분에 실제보다 두 배나 더 커 보였고, 적회색에 불행해 보이는 콜린의 두 눈과 똑같았다.

"우리 어머니야." 콜린이 불평하듯 말했다. "왜 어머니가 돌아가셨는지는 몰라. 때로는 나를 두고 돌아가신 어머니가 미워."

"정말 이상해!" 메리가 말했다.

"어머니가 살아 계셨다면, 나는 이렇게 늘 아프지 않았을 거야." 콜린이 투덜거렸다. "어른이 될 때까지 살 수 있을 테고. 그리고 아버지도 나를 보는 걸 싫어하지 않으시겠지. 분명 내 척추도 튼튼했을 거야. 가리개를 다시 닫아줘."

메리는 콜린 말대로 한 다음 앉아 있던 발 받침대로 돌아갔다.

"고모는 너보다 훨씬 예뻐." 메리가 말했다. "하지만 눈은 네 눈이랑 똑 닮았어. 적어도 모양과 색깔은 똑같아. 왜 어머니 그림 위로 가리개를 쳐놓은 거야?"

콜린이 불편한 듯 꼼지락거렸다.

"내가 그렇게 하라고 했어." 콜린이 말했다. "가끔 날 보는 어머니가 싫을 때가 있어. 나는 이렇게 아프고 비참한데, 어머니는 너무 환하게 웃고 계시잖아. 게다가 저분은 내 어머니야. 다른 사람들이 보는 게 싫어."

잠시 둘 사이에 침묵이 흘렀다. 이윽고 메리가 말문을 열었다.

"내가 이곳에 온 걸 메들록 부인이 알면 어떻게 하지?" 메리가 물었다.

"메들록 부인은 내가 하라는 대로 해야 해." 콜린이 말했다. "메들록 부인에게 네가 이곳에 와서 매일 이야기를 하면 좋겠다고 할 거야. 네가 와줘서 기뻐."

"나도 그래." 메리가 말했다. "될 수 있는 한 자주 올게. 하지만." 메리가 잠시 망설였다. "난 매일 그 정원 문을 찾아 봐야 해." 콜린은 선뜻 대답하지 않고 누워서 잠시 생각을 해 보더니, 이윽고 다시 말했다.

"내 생각엔 너도 비밀로 해야겠어." 콜린이 말했다. "사람들이 알아내기 전에 먼저 말하지 않을 거야. 간호사를 밖으로 보낼 수 있어. 혼자 있고 싶다고 하면 되니까. 너, 마사 아니?"

"음, 아주 잘 알지." 메리가 말했다. "내 시중을 들어주거든."

바깥 복도 쪽으로 머리를 끄덕였다.

"다른 방에서 지금 자고 있는 사람이 바로 마사야. 간호사는 언니네 집에서 자고 온다고 어제 외출을 했어. 간호사는 외출을 하고 싶을 때면 항상 마사에게 나를 보살피게 해. 네가 언제 올 수 있는지 마사에게 알려주라고 할게."

메리는 울음소리에 대해 물었을 때, 마사가 곤란한 표정을 지은 이유가 이제야 이해되었다.

"마사는 너에 대해 전부터 알고 있었지?" 메리가 물었다.

"그래. 종종 나를 보살펴줘. 간호사는 나를 두고 어디론가 가버리곤 해. 그럴 때면 마사가 와."

"여기 너무 오래 있었나 봐." 메리가 말했다. "이제 갈까?

네 눈이 졸려 보여."

"네가 가기 전에 잠이 들었으면 좋겠어." 콜린이 부끄러운 듯 말했다.

"눈을 감아." 메리가 발 받침대를 더 가까이 끌어당기며 말했다. "그러면 인도에서 내 유모가 해주던 대로 해줄게. 네 손을 토닥거리고, 어루만지고, 작은 소리로 노래를 불러줄 거야."

"그러면 좋을 것 같아." 콜린이 졸린 듯 말했다.

어쩐지 메리는 콜린이 가여웠고, 뜬눈으로 밤을 보내게 하고 싶지 않았다. 그래서 침대로 몸을 숙이고, 콜린의 손을 토닥이고, 어루만지며, 힌두스탄 말로 짧은 노래를 아주 작게 부르기 시작했다.

"참 좋다." 콜린의 목소리에 점점 더 졸음이 묻어났다. 메리는 계속 자장가를 부르며 손을 어루만졌다. 그러다 콜린을 보니, 새까만 속눈썹이 볼에 딱 붙어 있었다. 눈을 꼭 감은 채 깊이 잠이 들었기 때문이다. 그래서 메리는 살며시 일어나서, 가져온 양초를 들고 살금살금 방을 빠져나갔다.

어린 라자

이튿날 아침, 황무지는 안개 속에 모습을 감췄고 비가 쉴 새 없이 쏟아졌다. 이래서야 집 밖으로 나갈 수가 없었다. 마사 가 너무 바빠서 메리는 좀처럼 말을 걸 기회를 잡을 수 없었 다. 하지만 오후가 되자, 메리는 마사를 놀이방으로 불렀다. 마사는 요즘 할 일이 없을 때면 짜는 목 긴 양말을 가지고 왔다.

"무슨 일이세요, 아가씨?" 마사는 앉자마자 물었다. "표 정을 보아하니깐 할 말이 있으신 모양이여요."

"있어. 울음소리의 정체를 알아냈어." 메리가 말했다.

마사는 뜨개질감을 무릎 위로 툭 떨어뜨린 채, 놀란 눈 빛으로 메리를 바라보았다.

"설마!" 마사가 소리쳤다. "그럴라구요!"

"밤에 그 소리를 들었어." 메리가 말했다. "그래서 일어

나서 어디에서 소리가 나는지 알아보러 나갔지. 콜린의 울음
소리였어. 내가 그 애를 찾아냈다고.”

마사의 얼굴이 두려움으로 벌겋게 달아올랐다.

“맙소사! 메리 아가씨!” 마사는 반쯤 울상이 되어 말했
다. “왜 그러셨어요…… 그러면 안 된다구요. 아가씨 땜에 제
가 곤란허게 될 거여요. 도련님에 대해서 아가씨한테 한마디
도 안 했는데…… 그런데두 저는 아가씨 땜에 혼이 나겠어
요. 여기서 쫓겨나면 어머닌 어떻게 해요!”

“네가 여기서 쫓겨나는 일은 없을 거야.” 메리가 말했다.
“내가 가서 콜린이 좋아했어. 우리는 한참이나 이야기를 했
다고. 그리고 콜린이 내가 와서 기쁘다고도 했어.”

“도련님이 그랬다구요?” 마사가 울음을 터트렸다. “정
말이셔요? 도련님이 골이 나면 어떻게 되는지, 아가씨는 모
르셔요. 도련님은 다 컸는데두 아기처럼 우셔요. 그러다가두
화가 나면 어찌나 크게 소릴 지르는지 우리는 벌벌 떨어요.
도련님은 우리가 꼼짝두 못한다는 걸 아시니깐요.”

“콜린은 골을 내지 않았어.” 메리가 말했다. “내가 가봐
야 한다고 하니, 계속 있으라고 했어. 그리고 질문을 잔뜩 했
어. 그래서 발 받침대에 앉아서 인도와 울새와 정원 이야기
를 들려줬어. 나를 보내주려고 하지 않던걸. 자기 어머니 그
림까지 보여줬어. 콜린에게 자장가를 불러서 재운 후에야 방

으로 돌아왔어."

마사는 너무 놀라 숨을 죽였다.

"아무래두 믿을 수가 없어요!" 마사가 반신반의했다. "아가씨는 사자 굴에 들어간 거나 진배없어요. 도련님이 평소 하던 대로였음, 분명 잔뜩 성을 내구 집안을 발칵 뒤집어 놓았을 거여요. 낯선 사람들이 자길 쳐다보는 걸 좋아허지 않으셔요."

"콜린은 내가 처다봐도 아무 깃 안 혔어. 니는 니네 콜린을 봤고, 콜린은 나를 봤지. 우리는 서로를 바라봤다고!" 메리가 말했다.

"어쩌야 헐지 모르겠어요!" 겁에 질린 마사가 울먹이며 말했다. "메들록 부인이 아시게 되면 제가 규칙을 깨구 아가씨한테 다 말을 했다구 생각하실 거여요. 그러면 전 짐을 싸서 어머니한테로 돌아가야겠죠."

"콜린은 어제 일에 대해서, 메들록 부인에게 입도 벙긋하지 않을 거야. 일단은 이 이야기를 비밀로 할 거야." 메리가 단호하게 말했다. "콜린이 그러는데, 사람들이 전부 콜린 기분을 맞춰줘야 한대."

"네, 정말이어요. 어찌나 버르장머리가 고약헌지!" 마사가 앞치마로 이마를 문지르며, 한숨을 푹 쉬었다.

"콜린은 메들록 부인이 반드시 그래야 한댔어. 콜린은

내가 매일 찾아가서 이야기를 들려주기를 바라. 그러니 콜린이 나를 보고 싶어하면 네가 알려줘."

"저가요!" 마사가 말했다. "그랬다가는 일자리를 잃을 거여요. 아무럼 그렇구말구요!"

"네가 콜린이 시킨 일을 하고 모두가 콜린의 말을 따라야 하는 거라면, 네가 일자리를 잃을 리 없잖아." 메리가 조리 있게 말했다.

"그러니깐 지금 아가씨 말은." 마사가 눈을 휘둥그레 뜨고 울부짖듯 말했다. "도련님이 아가씨한테 잘 대해주셨다는 얘기여요?"

"내 생각에는, 콜린이 나를 좋아해." 메리가 대답했다.

"그렇다구 허면 아가씨가 도련님 마음을 홀린 게 틀림없어요." 마사가 길게 숨을 쉬며 말했다.

"마법을 썼다는 뜻이야?" 메리가 물었다. "인도에서 살 때 마법에 대해서 들어보기는 했지만, 내가 마법을 일으키지는 못해. 나는 그냥 콜린의 방을 찾아 들어갔어. 그 애를 보고 너무 놀라서 멀뚱히 서서 빤히 바라봤지. 그랬더니 콜린도 몸을 돌려서 나를 봤어. 콜린은 내가 유령이거나 자기가 꿈을 꾸는 줄 알았고, 나는 콜린을 그렇게 생각했어. 한밤중에 서로 누군지도 모른 채 그 방에 단둘이 있으니 정말 이상했어. 조금 있다가 우리는 서로에게 질문을 퍼붓기 시작했어.

내가 이제 갈까 물었더니, 걔는 그러지 말라고 했고."

"낼은 해가 서쪽에서 뜨려는가?" 마사가 숨을 헉 들이마셨다.

"그 애는 어디가 안 좋아?" 메리가 물었다.

"아무두 확실허게는 몰러요." 마사가 말했다. "주인님은 도련님이 태어나셨을 무렵, 제정신이 아니었어요. 의사 선생님들은 주인님을 정신병원엘 보내야 헌다구 생각허셨죠. 그게 다 전에 말하였다시피 마님이 돌아가셨기 때문이여요. 주인님은 도련님을 보려구두 허지 않았어요. 미친 듯이 화를 내시면서, 어차피 자기처럼 등이 굽어버릴 테니깐 죽는 편이 더 낫다구 허셨죠."

"콜린이 등이 굽었어?" 메리가 물었다. "그렇게 보이지 않던데."

"아직은 아니여요." 마사가 말했다. "하지만 점점 상태가 나빠지구 있어요. 어머니가 이 저택에는 골칫거리하구 분노가 하두 많아서 어느 애라두 나빠질 거라구 허셨죠. 다들 도련님 등이 약해질까 걱정을 해서, 늘 등에 신경을 쓰구 있어요. 그래서 늘 누워 계시게 하구, 걷지두 못허게 해요. 한번은 교정기구를 대게 했는데, 어찌나 짜증을 내는지, 오히려 더 상태가 나빠졌지 뭐여요. 얼마 후에 유명한 의사 선생님이 와서 보시구 그 기구를 떼버리라구 하셨어요. 그 선생님은 다른 의사 선생님들한테 꽤나 심헌 말을 허셨죠. 뭐냐, 정중한 태도루 그러긴 했지만요. 그분은 도련님한테 약을 너무 먹이구 너무 제멋대로 하게 둔다구 허셨어요."

"내가 보기에, 콜린은 정말 제멋대로인 아이야." 메리가 말했다.

"세상에서 젤로 고약헌 아이일게 분명해요." 마사가 말했다. "도련님이 많이 아프지 않다는 말은 아니여요. 도련님은 기침허구 감기를 달구 살아서, 두 번인가 세 번인가 돌아가실 뻔두 했어요. 한번은 류머티스 열병에 걸렸구, 또 한번은 장티푸스에 걸렸어요. 에휴! 메들록 부인이 그때 기겁하였죠. 도련님이 정신이 오락가락하시니깐, 부인은 간호사하구 이야기를 허다 도련님이 아무것두 모르는 줄 알구 이렇게 말했지 뭐여요. '이번에는 확실히 돌아가실 거야. 그게 본인을 위해서도 모두를 위해서도 최선이지.' 그러구 도련님을 봤는데, 그 큰 눈을 동그랗게 뜬 채 부인을 빤히 보구 계셨지요. 정신이 부인만큼이나 말짱해서요. 부인은 뭐가 어떻게 된 일인지 갈피두 못 잡구 있는데, 도련님이 부인을 빤히 보며 그러셨어요. '내게 물 좀 갖다 주고, 그만 떠들어.'"

"콜린이 곧 죽을 거라고 생각해?" 메리가 물었다.

"어머니는 아이가 신선한 공기를 안 마시구 방에 누워서 그림책만 보구 약만 먹는데, 살 수 있을 거라구 생각헐 이유가 뭐냐구 하셔요. 도련님은 허약하구, 고생스럽게 집 밖으로 나가는 걸 싫어하셔요. 게다가 걸핏하면 감기에 걸려서, 밖에 나가면 몸이 아프다구 말허시죠."

메리는 앉아서 난롯불을 가만히 보았다.

"궁금해." 메리가 천천히 입을 열었다. "콜린이 정원에 나가서 꽃과 나무들이 자라는 모습을 지켜보는 게 건강에 정말 나쁠지. 나는 덕분에 건강해졌잖아."

"도련님이 최악의 발작을 일으킨 건." 마사가 말했다. "장미꽃이 만발한 분수 옆에 도련님을 모시구 나가려구 했을 때였어요. 도련님은 신문에서 '장미열'이라는 병에 걸린 사람들 얘길 읽으셨어요. 그러더니 갑자기 재채기를 시작하며 그 병에 걸린 것 같다구 허셨죠. 하필 그때, 새로 들어온 정원사가 규칙을 전혀 모르구 지나가다가 도련님을 신기한 듯 바라본 거여요. 도련님은 불같이 화를 냈구, 자기가 곧 곱사등이가 될 거라서 그 정원사가 빤히 바라봤다구 했죠. 울구불구 허다가 그만 열이 나서 밤새 끙끙 앓았어요."

"콜린이 내게 화를 내면, 난 다시는 그 애를 보러 가지 않을 거야."

"도련님이 아가씨를 보구 싶다 그러면 아가씰 보셔야 해요. 우선 그 점을 명심허는 게 좋겠네요."

그 말이 끝나기가 무섭게 종이 울려서, 마사는 뜨개질감

219

을 돌돌 말았다.

"분명 간호사가 도련님을 잠시 보살피라구 부른 거여요." 마사가 말했다. "부디 도련님 기분이 좋아야 할 텐데."

마사는 10분 정도 방을 비웠다가, 당황한 표정으로 다시 돌아왔다.

"맙소사, 아가씨가 도련님을 홀리셨어요." 마사가 말했다. "도련님이 그림책 몇 권을 갖구 소파에 앉아 계시더라구요. 간호사에게는 여섯 시까지 나가 있으라구 하셨어요. 저는 옆방에서 대기하라구 하시구요. 간호사가 나가자마자, 도련님이 저를 불르셨어요. '메리 레녹스를 불러와서 이야기를 듣고 싶어. 명심해. 다른 사람에게 절대 말하면 안 돼.' 아가씨, 얼른 가보는 게 좋겠어요."

메리 역시 잠시도 지체하지 않고 가고 싶었다. 디콘을 보고 싶은 것만큼 콜린을 보고 싶지는 않았지만 콜린도 얼른 보고 싶었다.

콜린의 방으로 들어가자, 벽난로에서 불이 활활 타오르고 있었다. 낮에 다시 보니, 정말 아름다운 방이었다. 바닥에 깔린 깔개들과 벽에 걸린 양탄자들, 그림들, 책들의 색이 알록달록 풍요로워서, 하늘이 회색으로 우중충하고 비가 쏟아져도 방 안 분위기는 화사하고 포근했다. 콜린은 흡사 그림에서 튀어나온 것 같았다. 벨벳 가운을 입고 양단을 씌운 커다란 쿠션에 기대 앉아 있었다. 두 볼은 발그레했다.

"어서 와." 콜린이 말했다. "오전 내내 네 생각을 했어."

"나도 네 생각을 했어." 메리가 대답했다. "마사가 얼마나 기겁을 했는지 몰라. 마사는 자기가 나한테 네 이야기를 했다고 생각해서 메들록 부인이 자길 이 저택에서 쫓아낼 거래."

콜린이 얼굴을 찌푸렸다.

"가서 마사를 여기로 데려와." 콜린이 말했다. "마사는 옆방에 있어."

메리가 가서 마사를 데려왔다. 가여운 마사는 바들바들 떨고 있었다. 콜린은 찌푸린 얼굴을 좀처럼 풀지 않았다.

"너는 내 기분을 맞춰줘야 하는 거야, 그렇지 않아?" 콜린이 물었다.

"저는 도련님 기분을 맞춰드려야 해요." 마사가 얼굴이 벌게져서 더듬거리며 대답했다.

"메들록 부인은 내 기분을 맞춰줘야 하지?"

"모두가 그래야 하죠." 마사가 말했다.

"좋아. 그렇다면 내가 메리 양을 내 방으로 데리고 오라고 한 걸 메들록 부인이 알게 되었다고 해서 너를 어떻게 내보낼 수 있을까?"

"제발 메들록 부인이 절 내보내게 하지 마셔요, 도련님." 마사가 간청했다.

"메들록 부인이 그런 말을 한마디라도 한다면, 메들록 부인을 내보낼 거야." 작은 크레이븐 주인님이 근엄하게 말했다. "메들록 부인은 그렇게 되는 걸 좋아하지 않을 거야. 장담해."

"고맙습니다, 도련님." 얼른 절을 하며 말했다. "인제 맡은 일을 할게요, 도련님."

"내가 원하는 게 바로 그거야." 콜린은 더 근엄하게 말했다. "내가 너를 챙길 거야. 자, 이제 가봐."

마사가 문을 닫고 나가자 콜린은 메리를 바라보았다. 그런데 메리가 콜린을 이상하다는 표정으로 빤히 보는 것이 아닌가.

"왜 나를 그렇게 보는 거야?" 콜린이 물었다. "지금 무슨 생각을 하는 거야?"

"두 가지를 생각하던 중이었어."

"뭔데? 앉아서 이야기해줘."

"첫 번째는 이거야." 메리가 등받이 없는 커다란 의자에 앉으며 말문을 열었다. "예전에 인도에서 살 때 어떤 소년을 봤는데, 그 애는 라자(과거 인도의 국왕이나 왕자―옮긴이)였어. 라자는 루비와 에메랄드와 다이아몬드를 온몸에 주렁주렁 달아 치장했어. 그 아이는 방금 네가 마사에게 말한 것과 똑같은 태도로 사람들을 대했어. 모두 그 애가 무슨 말을 하건 따라야 했어. 그것도 말이 떨어지자마자. 그러지 않으면 그 사람들은 목숨을 잃었을 거야."

"라자에 대해 이야기를 해줘." 콜린이 말했다. "하지만 그 전에 먼저 네가 하던 두 번째 생각을 말해봐."

"나는 말이지." 메리가 말했다. "너는 디콘과 정말 다르다는 생각을 했어."

"디콘이 누구야?" 콜린이 말했다. "진짜 이상한 이름이네."

메리는 디콘에 대해 이야기해도 괜찮을 것 같다고 생각했다. 비밀 정원을 쏙 빼고 디콘에 대해서만 이야기하면 될 터였다. 메리는 마사가 디콘에 대해 들려주는 이야기들이 좋았다. 게다가 자신도 디콘 이야기를 하고 싶었다. 그러면 디콘이 더 가까이 있는 기분이 들 것 같았다.

"디콘은 마사 남동생이야. 열두 살이고." 메리가 설명했다. "디콘은 이 세상 그 누구와도 달라. 인도 원주민들이 뱀을 부리는 것처럼, 디콘은 여우들이며 다람쥐들, 새들을 끌어들여. 그 애가 아주 부드러운 소리가 나는 피리를 불면 야생의 동물들이 들으러 와."

콜린 옆에 놓인 테이블 위에는 커다란 책 몇 권이 놓여 있었다. 콜린이 갑자기 그중 한 권을 잡아당겼다.

"이 책에 뱀을 부리는 마술사 그림이 있어." 콜린이 탄성을 지르듯 말했다. "와서 한번 봐."

그 책은 몹시 화려한 그림들이 그려진 아름다운 책이었는데, 콜린이 여러 그림 중 하나를 펼쳤다.

"그 애도 이렇게 할 수 있어?" 콜린이 흥분해서 물었다.

"디콘은 제 피리를 불고, 동물들은 그 소리를 들을 뿐이야." 메리가 설명했다. "하지만 디콘은 그걸 마술이라고 부르지 않아. 디콘은 늘 황무지에서 살다시피 하기 때문에, 동물들의 습성을 잘 알아서 그렇대. 디콘은 자기가 새나 토끼가된 것 같은 기분이 가끔 든대. 그만큼 동물들을 좋아하는 거야. 디콘이 울새에게 이것저것 물어보기도 하나 보더라. 그애와 울새는 부드럽게 지저귀는 소리로 대화를 나누는 것처럼 보였어."

콜린이 쿠션에 등을 기대고 누웠다. 눈이 점점 커지고, 두 볼도 점점 붉어졌다.

"디콘에 대해서 좀 더 이야기를 해줘." 콜린이 말했다.

"그 애는 새들의 알과 둥지에 대해서도 모르는 게 없어." 메리가 말했다. "그리고 여우들과 오소리들과 수달들이 어디 사는지 다 알아. 그렇지만 그 사실을 비밀로 해. 그래야 다른 애들이 동물들 은신처를 찾아내 겁주는 일이 없을 테니까. 디콘은 황무지에서 자라거나 사는 것들에 대해 모르는게 없어."

"그 애도 황무지를 좋아해?" 콜린이 말했다. "그렇게 넓고 황량하고 따분한 곳을 어떻게 좋아할 수 있지?"

"황무지는 최고로 아름다운 곳이야." 메리가 반박했다. "그곳에서는 예쁘고 사랑스러운 식물들이 몇천 포기나 자라. 또 몇천 마리 작은 동물들이 둥지를 짓고, 은신처와 굴을 파고, 서로에게 짹짹거리고 지저귀고 끽끽거리지. 모두 늘 바쁘고, 땅속에서건 나무나 히스 관목 위에서건 항상 재미있게 지내. 황무지는 그런 식물과 동물의 세상이야."

"그걸 어떻게 다 아는 거야!" 콜린이 메리를 볼 수 있게 팔꿈치로 몸을 받치며 말했다.

"실은 나도 황무지엔 한 번도 가보지 않았어." 메리가 문득 기억을 떠올리며 말했다. "컴컴한 밤에 그곳을 마차로 달렸을 뿐이지. 나는 끔찍한 곳이라 생각했어. 황무지에 대해 처음 들려준 사람은 마사였어. 그다음이 디콘이었지. 디콘이 황무지에 대해 이야기를 시작하면, 너는 실제로 꽃들이 보이고 동물 소리가 들리는 기분이 들 거야. 게다가 해가 빛나는 날 히스 들판에 서서 꿀처럼 달콤한 가시금작화 향기를 맡는 느낌이 들 거야. 주위는 온통 윙윙거리는 벌과 나풀거리는 나비 천지일 테고."

"네가 몸이 아프면 아무것도 보지 못할걸." 콜린이 초조한 듯 말했다. 콜린은 멀리서 난생처음 들려오는 소리를 들고 그것이 뭔지 궁금해하는 사람처럼 보였다.

"방에만 있으면 당연히 못 보지." 메리가 말했다.

"나는 황무지에 못 나가." 콜린이 분하다는 듯 말했다.

메리는 1분 정도 입을 꾹 다물고 있더니, 큰맘 먹고 이렇게 말했다.

"너도 갈 수 있을 거야. 언젠가는."

콜린이 깜짝 놀란 듯 움찔했다.

"황무지에 나간다고? 무슨 수로? 나는 죽을 텐데."

"그걸 어떻게 알아?" 메리가 매정하게 말했다. 메리는 콜린이 죽음에 대해 말하는 태도가 영 마음에 들지 않았다. 동정심이 조금도 느껴지지 않았다. 오히려 콜린이 곧 죽을 것이라고 자랑을 한다고 느껴졌다.

"어, 내가 기억하는 한 늘 그런 말을 들었다니까." 콜린이 뚱하게 대답했다. "사람들은 항상 그런 이야기를 속삭이면서도 내가 모른다고 생각하지. 다들 내가 죽기를 바라는 거야."

메리 아가씨는 몹시 심사가 뒤틀렸다. 그래서 입을 꾹 다물었다.

"사람들이 그러길 바란다면." 메리가 말했다. "나는 오히려 안 죽을 거야. 도대체 네가 죽기를 누가 바란다는 거니?"

"하인들이지. 그리고 당연히 크레이븐 선생님도. 왜냐하

면 가난하게 사는 대신 미슬스웨이트를 상속받아서 부자가
될 테니까. 차마 말은 그렇게 하지 않아. 하지만 내가 몸이 더
나빠질 때마다 기분이 좋아 보여. 내가 장티푸스에 걸렸을
때, 선생님은 기분이 꽤 좋아 보였어. 아버지도 내가 죽기를
바라는 것 같고."

"고모부가 그렇게 생각하실 리 없어." 메리가 꽤 완강하
게 말했다.

그 날에 콜린이 고개를 돌려 메리를 다시 바라보았다.

"그래?" 콜린이 되물었다.

그러더니 다시 쿠션에 기대 누워, 생각에 잠긴 듯 가만
히 있었다. 그 후로 침묵이 꽤 길게 이어졌다. 두 아이는 아이
들이라면 평소에 생각하지 않을 이상한 것들을 떠올리고 있
는 모양이었다.

"난 런던에서 온 저명한 의사 선생님이 좋아. 왜냐하면
사람들에게 그 철로 된 기구를 떼버리라고 했잖아." 마침내
메리가 말했다. "그 선생님이, 네가 곧 죽을 거라고 했어?"

"아니."

"그러면 뭐라고 하셨어?"

"그 의사는 속삭이지 않더라." 콜린이 대답했다. "내가
속삭이는 소리를 싫어하는 걸 알았나 봐. 그 선생이 큰 소리
로 이야기하는 걸 들었어. 이렇게 말했지. '이 아이는 살려고

마음만 먹으면 살 수 있을 겁니다. 그런 기분을 불어넣어 주세요.' 꼭 화난 사람 같더라."

"네게 그런 기분을 불어넣어 줄 사람을 알아." 메리가 생각에 잠긴 채 말했다. 메리는 이 일을 어떤 식으로든 매듭을 짓고 싶었다. "디콘이라면 할 수 있을 거야. 그 애는 항상 살아 있는 것들에 대해서 이야기를 하니까. 절대 죽거나 아픈 것들에 관한 이야기는 하지 않아. 디콘은 항상 고개를 들어 하늘을 나는 새를 관찰해. 고개를 숙이고 땅을 보면서 그곳에서 자라는 것들을 살펴보거나. 그 애의 눈은 놀라울 정도로 동그랗고 눈동자는 파래. 주위를 둘러볼 때면, 눈이 아주 동그래져. 그리고 웃을 때면, 커다란 입으로 하하하 하고 웃어. 두 볼은 빨게. 꼭 체리 같아."

메리는 의자를 소파에 더 가까이 끌어당겼다. 반달처럼 휘는 커다란 입과 크게 동그랗게 뜬 두 눈을 떠올리자, 메리의 표정이 바뀌었다.

"내 말 잘 들어." 메리가 말했다. "우리 이제 죽는 이야기는 그만하자. 나는 그 이야기가 싫어. 사는 이야기를 해. 디콘에 대해서 이야기를 하고, 또 하는 거야. 그런 후에 네 그림책들을 보자."

그것은 메리가 할 수 있는 최고의 말이었다. 디콘에 대해 이야기를 한다는 것은 황무지에 대해, 시골집과 그 집에서 일주일에 16실링으로 먹고 사는 열네 사람에 대해 이야기를 하는 셈이었다. 그리고 야생 조랑말들처럼 황무지 풀밭에서 포동포동 살이 오른 아이들에 대한 이야기이기도 했다. 또 디콘의 어머니와 줄넘기, 해가 뜬 황무지, 시커먼 땅을 뚫고 나온 연두색 새싹에 대한 이야기였다. 이 모든 사람과 자연은 너무나 생명력이 넘쳤기 때문에, 메리는 그 어느 때보다 말을 많이 했다. 콜린도 그 어느 때보다 많이 말하고 들었다. 아이들이 행복하면 그러듯이, 두 아이도 아무것도 아닌 일로 깔깔거리며 웃기 시작했다. 마지막에는 배꼽을 잡고 웃는데, 고집불통에 자그마하고 조금도 사랑스럽지 않은 여자아이와 자기가 곧 죽을 것이라고 철석같이 믿고 있는 남자아이가 아니라, 평범하고 건강하고 어디서나 볼 수 있는 열 살짜리의 웃음소리처럼 들렸다.

두 아이가 어찌나 즐겁게 놀았는지, 그림책을 보기로 한 것도 잊고 시간이 어떻게 흘러갔는지도 몰랐다. 두 아이는 벤 웨더스태프와 울새 이야기를 하며 깔깔거렸다. 콜린은 등이 약하다는 사실을 까맣게 잊었는지 소파에 똑바로 앉아 있다가, 별안간 뭔가를 기억해냈다.

"너 그거 알아? 우리가 한 번도 생각해보지 않은 일이 한 가지 있어." 콜린이 말했다. "우리는 사촌이야."

지금까지 이야기보따리를 풀어놓으면서도 이 빤한 사

실을 떠올리지 못했다는 사실이 어찌나 이상한지, 두 아이는 그 어느 때보다 실컷 웃었다. 두 아이는 무슨 일에도 웃음을 터트릴 수 있는 기분이었기 때문이다. 그렇게 한참 즐겁게 웃고 있는데, 별안간 문이 열리며 크레이븐 선생과 메들록 부인이 들어왔다.

의사 선생은 말 그대로 화들짝 놀랐다. 게다가 선생이 잘못하여 메들린 부인에게 부딪혔기 때문에 부인은 넘어질 뻔했다.

"맙소사!" 불쌍한 메들록 부인은 거의 눈이 튀어나올 지경이 되어 소리쳤다. "아이고 맙소사!"

"이게 무슨 일이야?" 의사 선생이 다가오며 말했다. "이게 무슨 일이지?"

그러자 메리는 어린 라자가 또 떠올랐다. 콜린은 놀란 의사나 기겁한 메들록 부인에게는 눈곱만큼도 신경을 쓰지 않는 듯 대답했다. 콜린은 늙은 고양이와 개가 방으로 들어와서 살짝 방해를 받았거나 놀랐다는 정도로 보였을 뿐이다.

"이 아이는 내 사촌 메리 레녹스예요." 콜린이 말했다. "여기 와서 이야기를 하라고 내가 불렀어요. 나는 애가 좋아요. 얘는 내가 부를 때마다 와서 내게 이야기를 해야 해요."

크레이븐 선생이 나무라듯 메들록 부인을 바라보았다.

"오, 선생님." 부인이 다급히 말했다. "저는 어떻게 된 일인지 몰라요. 이 저택에는 함부로 입을 놀릴 하인이 하나도 없답니다. 하인들 모두 지시 사항을 잘 지키거든요."

"아무도 메리에게 말하지 않았어." 콜린이 말했다. "메리가 내 울음소리를 듣고 스스로 나를 찾아낸 거야. 나는 메리가 와서 기뻐. 쓸데없는 행동은 말아줘, 메들록."

메리가 보기에 크레이븐 선생은 전혀 기쁘지 않았지만, 굳이 환자의 심기를 거스를 생각은 없어 보였다. 선생은 콜린 옆에 앉아서 맥을 짚었다.

"너무 흥분을 할까 봐 걱정이구나. 흥분은 네게 좋지 않단다, 애야." 의사 선생이 말했다.

"메리가 가버리면 흥분할 거예요." 이렇게 대답하는 콜린의 두 눈이 위험스럽게 반짝거렸다. "나는 더 좋아졌어요. 메리 덕분에 좋아진 거예요. 간호사에게 메리와 내가 마실 차를 가져오라고 해요. 우리는 같이 차를 마실 거니까."

메들록 부인과 크레이븐 선생은 곤란한 듯 서로를 바라보았다. 하지만 자신들이 손을 쓸 도리가 없는 게 불을 보듯 뻔했다.

"도련님이 훨씬 좋아 보여요, 선생님." 메들록 부인이 말했다. "그런데……" 뭔가를 곰곰이 생각하더니 덧붙였다. "도련님은 아가씨가 이 방에 오시기 전인 오늘 아침부터 더 좋아 보이셨어요."

"메리는 지난밤에 이곳에 왔어. 그리고 한참이나 여기에 있었고. 메리가 힌두스탄 말로 노래를 불러줬는데, 그 노래를 들으면서 잠이 들었어." 콜린이 말했다. "오늘 아침에 일어나니 몸 상태가 평소보다 좋았어. 배도 고팠고. 지금은 차를 마시고 싶어. 간호사에게 말해, 메들록."

크레이븐 선생은 그리 오래 머무르지 않았다. 간호사가 들어오자 짤막하게 지시 사항을 남기더니, 콜린에게 조심하라는 말을 잠깐 했다. 말을 많이 하면 안 된다. 자신이 환자라는 사실을 잊어서는 안 된다. 자신이 아주 쉽게 피곤해질 수 있다는 점을 잊어서는 안 된다. 메리가 보기에 사촌에겐 잊어서는 안 되는 불편한 사실들이 잔뜩 있는 것 같았다.

콜린이 짜증스러운 표정을 지으며, 새까만 속눈썹이 난 기묘한 두 눈으로 크레이븐 선생을 빤히 바라보았다.

"나는 그런 걸 잊고 싶어요." 콜린이 마침내 말했다. "메리는 그런 걸 잊게 만들어줘요. 그래서 메리랑 같이 있고 싶은 거예요."

방을 나서는 크레이븐 선생은 별로 기뻐 보이지 않았다. 선생은 커다란 의자에 앉아 있는 자그마한 여자아이를 당황스러운 눈빛으로 힐끔 보았다. 메리는 의사 선생이 방으로 들어오는 순간 뻣뻣하고 말없는 아이로 되돌아갔다. 그래서 의사 선생은 메리의 어떤 점이 콜린의 마음을 사로잡았는지 알 수 없었다. 하지만 콜린은 정말로 평소보다 더 밝아 보였다. 선생은 복도를 걸어가며 깊은 한숨을 쉬었다.

"사람들은 항상 배도 안 고픈데 날더러 뭘 먹으라고 해." 간호사가 차를 가져와 소파 옆 테이블에 올려두자 콜린이 말했다. "자, 네가 먹으면 나도 먹을게. 저 머핀들은 무척 맛있고 따끈따끈해 보여. 이제 라자에 대해서 말해줘."

둥지 만들기

일주일 동안 내린 비가 그치자, 높고 둥근 천장 같은 푸른 하늘이 다시 나타났고, 쏟아지는 햇살이 제법 뜨거웠다. 메리 아가씨는 그동안 비밀 정원도 디콘도 볼 기회가 전혀 없었지만, 무척 즐거운 시간을 보냈다. 그 주는 금방 지나간 것 같았다. 메리는 매일 콜린을 찾아가, 라자나 비밀 정원, 디콘이나 황무지의 시골집에 대해 이야기하면서 몇 시간을 보냈다. 두 아이는 아름다운 책들과 그림을 보았다. 때로는 메리가 콜린에게 책을 읽어주었고, 때로는 콜린이 메리에게 조금 읽어주었다. 콜린이 뭔가에 재미나 흥미를 느낄 때면, 메리는 사촌이 전혀 몸이 불편한 사람처럼 보이지 않는다고 생각했다. 콜린의 안색이 너무 창백하고, 언제나 소파에 있다는 점만 빼면 말이다.

"아가씨는 정말 꾀가 많으시군요. 그날 밤 울음소리를

듣고 잠자리에서 빠져나와서 그 소리를 따라갈 생각을 하시다니." 한번은 메들록 부인이 이렇게 말했다. "하지만 아가씨 행동은 우리 모두에게 일종의 축복이었어요. 아가씨와 친구가 된 후로, 도련님은 성질을 부리거나 징징거리며 떼를 쓰지 않거든요. 간호사는 도련님에게 너무 지쳐서 관둘 작정이었답니다. 그런데 요즘은 아가씨가 도와주니 그냥 있어도 상관이 없대요." 그러고는 짧게 웃었다.

메리는 콜린과 이야기를 할 때는 비밀 정원에 대해서 몹시 조심하려고 애를 썼다. 메리가 콜린에게서 알아내고 싶은 것들이 몇 가지 있었다. 하지만 콜린에게 솔직하게 물어보지 않고 스스로 알아내야만 할 것 같았다. 일단 메리는 콜린과 함께 있으면 즐거웠기 때문에, 사촌이 비밀을 말해줘도 되는 아이인지 확인해보고 싶었다. 콜린은 디콘과 닮은 점이라고는 없었지만, 아무도 모르는 정원이 있다는 생각을 무척 마음에 들어했기에 일단 믿어도 될 것 같다는 생각이 들었다. 하지만 콜린과는 막 알게 되었으니, 완전히 신뢰할 수는 없었다. 메리가 두 번째로 알아내고 싶은 건 이것이었다. 콜린을 신뢰할 수 있다면, 정말로 그럴 수 있다면, 콜린을 아무도 모르게 정원에 데려갈 수 있을까? 저명한 의사 선생님은 콜린이 신선한 공기를 마셔야 한다고 충고했다. 콜린도 비밀 정원에서라면 신선한 공기를 마시는 일이 싫지 않다고 했다. 콜린이 신선한 공기를 한가득 마시고, 디콘과 울새와 만나고, 황무지에서 자라는 동식물을 직접 보면, 죽음에 대해 많이 생각하지 않을지도 모른다. 메리는 최근에 가끔 거울에 비친 자신의 모습을 보고, 자신이 인도에서 도착했을 때 거울에 비쳤던 여자아이와 완전히 달라졌다는 사실을 깨달았다. 새로운 아이는 전보다 예뻐 보였다. 마사조차도 메리에게 일어난 변화를 알아차렸다.

"황무지에서 온 공기 덕에 벌써 아가씨가 튼튼해졌어요." 마사가 말했다. "인제 아가씨 안색은 누르께허지두 않구 빼빼 마르지두 않구요. 심지어 머리카락두 머리에 찰싹 붙어 있지 않다니깐요. 머리카락에 생명이 있는 거처럼 비죽비죽해요."

"머리카락도 나랑 닮았어." 메리가 말했다. "점점 더 튼튼하고 통통하게 자라니까. 숱도 많아진 것 같아."

"확실허게 그런 것 같아요." 마사가 메리 얼굴 주위로 흘러 내려온 머리카락을 살짝 부풀려주며 말했다. "얼굴두 전보다 예뻐지구 두 볼에 홍조두 돌구요."

정원과 신선한 공기가 메리의 건강에 좋았다면, 콜린에게도 좋을 것이다. 하지만 콜린은 남들의 시선을 싫어하니, 디콘을 보고 싶어하지 않을 수도 있었다.

"왜 사람들이 널 쳐다보면 화가 나?" 어느 날 메리가 물어보았다.

"난 언제나 그게 싫었어." 콜린이 대답했다. "아주 어릴 때부터 그랬어. 어릴 때 사람들이 나를 바닷가에 데려갔어. 내가 유아차에 누워 있으면, 지나가는 사람마다 나를 빤히 바라봤지. 부인들은 걸음을 멈추고 내 유모에게 말을 걸고, 소곤거리기 시작하는 거야. 그때 그 사람들이 내가 어른이 될 때까지 못 살 거라고 말한다는 걸 알았어. 어떨 때는 부인들이 내 볼을 토닥거리면서 '불쌍한 아이!'라고 말하기도 했지. 그러다 한 부인이 또 그런 짓을 하기에, 고래고래 소리를 지르며 손을 꽉 물어버렸어. 그 부인은 겁에 질려서 도망을 갔지."

"그 부인은 네가 개처럼 미쳤다고 생각했을 거야." 메리는 조금도 감탄하는 기색 없이 말했다.

"그 부인이 무슨 생각을 하건 상관없어." 콜린이 인상을 쓰며 말했다.

"내가 이 방에 들어왔을 때는 왜 고래고래 소리를 지르면서 나를 깨물지 않았어?" 메리가 말했다. 비로소 아이의 얼굴에 서서히 미소가 번졌다.

"네가 유령이거나 내가 꿈을 꾸는 거라고 생각했거든." 콜린이 말했다. "유령이든 꿈에서 본 사람이든 깨물 수는 없잖아. 암만 소리를 질러 봐야 신경도 안 쓸 테고."

"혹시, 혹시 어떤 남자애가 너를 쳐다보면, 화가 날 것 같니?" 메리가 우물쭈물하며 물었다.

콜린은 다시 쿠션에 등을 기대며 잠시 생각에 잠겼다.

"어떤 남자애가 있어." 콜린이 단어 하나하나를 생각해 말하는 듯 천천히 말문을 열었다. "나를 봐도 괜찮을 것 같은 남자애 말이야. 그 애는 여우들이 어디에 사는지 아는 디콘이야."

"네가 전혀 신경 쓰지 않을 거라고 확신해." 메리가 말했다.

"새들은 신경 쓰지 않잖아. 다른 동물들도 마찬가지고." 콜린은 여전히 생각에 빠져 말했다. "그러니 나도 신경 쓰면 안 될 것 같아. 디콘은 말하자면 동물을 잘 다루는 사람이고 나는 남자아이 동물이니까."

그러더니 콜린이 웃음을 터트렸고, 메리도 따라 웃었다. 굴에 숨은 남자아이 동물이라는 생각이 너무 재미있어서 둘은 박장대소를 하며, 대화는 끝이 났다.

메리는 콜린이 디콘을 싫어할까 봐 걱정하지 않아도 된다는 생각이 들었다.

하늘이 다시 파랗게 갠 첫째 날 아침, 메리는 일찍감치 일어났다. 커튼 틈새로 햇살이 비스듬히 쏟아져 들어왔다.

메리는 그 광경에 몹시 신이 나서, 침대에서 훌쩍 튀어나와 창가로 달려갔다. 커튼을 걷고 창문을 열자, 신선하고 향긋한 공기가 곧장 불어 들어왔다. 황무지는 푸른색이었고, 온 세상은 마법 같은 일이 일어나기라도 한 것처럼 보였다. 여기저기 사방에서 부드러운 피리 소리가 들렸다. 그 소리는 꼭 새들이 연주회를 하려고 음을 맞춰보는 듯 들렸다. 메리는 손을 창밖으로 내밀어, 햇살을 한 손 가득 담았다.

"따뜻해! 따뜻해!" 메리가 말했다. "이러면 녹색 싹들이 땅 위로 계속해서 솟아오를 거야. 그리고 알뿌리랑 다른 뿌리들도 땅속에서 온힘을 다해서 자라려고 애를 쓰겠지."

메리는 무릎을 꿇고, 최대한 멀리 창밖으로 몸을 내밀었다. 한껏 숨을 들이마시고 공기를 킁킁거리다 보니 웃음이 터졌다. 디콘의 어머니가 디콘에게 토끼처럼 코를 찡긋거린다고 했다는 이야기가 떠올랐기 때문이다.

"아주 이른 새벽인가 봐." 메리가 말했다. "작은 구름들이 전부 분홍색이야. 이런 하늘은 난생처음 봤어. 아무도 안 일어났어. 마구간지기들 소리조차 안 들리는 걸 보면."

그때 문득 어떤 생각이 떠올라 메리는 벌떡 일어섰다.

"더는 못 기다리겠어! 정원을 보러 가야겠어."

메리는 이제 혼자서 옷을 입을 줄 알았다. 그래서 5분만에 옷을 다 입었다. 메리는 혼자서도 빗장을 열 수 있는 작은 옆문을 알고 있었다. 그래서 긴 양말만 신은 발로 계단을 날 듯이 뛰어 내려간 후, 홀에서 구두를 신었다. 메리는 체인을 풀고, 빗장을 내리고, 자물쇠도 열었다. 문이 열리자, 한 번에 계단을 뛰어내렸다. 이제 메리는 풀밭에 서 있었다. 그동안 풀은 녹색으로 변한 것 같았다. 햇빛이 아이의 머리 위로 쏟 아져 내리고, 따스하고 달콤한 향기가 주위로 확 퍼졌다. 그 리고 사방의 덤불과 나무에서 피리 소리와 지저귀는 소리와 노랫가락이 들려왔다. 메리는 순수한 기쁨에 사로잡혀, 두 손을 맞잡고 고개를 들어 하늘을 보았다. 하늘은 온통 푸른 색과 분홍색, 영롱한 진주색과 하얀색이 뒤섞여 있고 봄빛이 흘러넘치는 덕분에, 메리는 자신도 피리를 불고 큰 소리로 노래를 해야 할 것만 같은 기분이 들었다. 이러니 개똥지빠 귀와 울새와 종달새들이 노래를 부르지 않고는 못 배기는 것 이다. 메리는 관목들을 빙 둘러 달려서 비밀 정원으로 가는 산책로를 뛰어갔다.

"벌써 풍경이 완전히 달라졌어." 메리가 말했다. "풀은 녹색이 더 진해졌고, 사방에 새싹들이 튀어나오고 있어. 말 려 있던 이파리들은 펴지고 녹색 새순도 돋아났어. 오늘 오 후에는 분명히 디콘이 올 거야."

한동안 계속된 따스한 봄비에, 아래쪽 담장을 따라 난 산책로의 가장자리 화단에 놀라운 변화가 일어났다. 무리진

식물들의 뿌리에서 흙을 뚫고 나온 싹들이 자라고 있었다. 크로커스 줄기 사이 여기저기에서 푸르스름한 자줏빛과 노란색 꽃잎들이 펼쳐졌다. 반년 전만 해도, 메리 아가씨는 세상이 어떻게 잠에서 깨어나는지 봐도 알지 못했을 것이다. 하지만 지금은 어떤 것도 놓치지 않았다.

메리는 덩굴 아래 문이 숨겨진 곳에 도착하자마자, 커다랗게 들리는 낯선 소리에 화들짝 놀랐다. 까마귀가 까악까악 우는 소리가 들린 것이다. 게다가 그 소리는 담장 꼭대기에서 들렸다. 고개를 들어보니, 윤기가 자르르 흐르는 커다란 검푸른 색 까마귀가 앉아 몹시 영리한 눈빛으로 메리를 내려다보고 있었다. 메리는 까마귀를 이렇게 가까이에서 본 건 처음이었기에, 조금은 불안했다. 그런데 다음 순간 까마귀가 날개를 활짝 펼쳐 퍼덕거리며 정원으로 날아갔다. 메리는 까마귀가 정원에 있지 않으면 했다. 혹시 그 새가 정원에 있을까 봐 걱정하며 문을 밀어서 열었다. 정원으로 한참 걸어가서야 메리는 까마귀가 쉽사리 떠나지 않을 것 같다고 생각했다. 그 새가 키 작은 사과나무에 앉아 있었기 때문이다. 그런데 그 사과나무 아래에는 꼬리털이 복슬복슬한, 털이 붉은 작은 짐승이 누워 있었다. 그 짐승과 까마귀는 몸을 구부린 빨간 머리 디콘을 지켜보고 있었다. 한편, 디콘은 풀밭에 무릎을 꿇은 채 뭔가에 열심이었다.

메리는 날 듯이 풀밭을 뛰어 디콘에게 다가갔다. "오! 디콘! 디콘!" 메리가 소리를 쳤다. "왜 이렇게 일찍 왔어! 어떻게 온 거야! 해가 이제 막 떴잖아!"

디콘이 웃음을 터뜨려 주위를 환히 빛내며 일어서더니, 머리를 벅벅 문질렀다. 디콘의 두 눈은 하늘 조각 같았다.

"야호!" 디콘이 말했다. "해님두 일어나기 훨씬 전에 일어났으니깐요. 어떻게 침대에 계속 누워 있겠어요! 오늘 아침에 온 세상이 다시 시작되었잖아요! 온 세상이 먹일 찾구, 흥얼거리구, 긁어대고, 노랠 부르구, 둥질 만들구, 향길 뿜어내면, 침대에 등 붙이구 누웠을 게 아니라 냉큼 일어나야죠. 해가 하늘루 훌쩍 뛰어올랐더니만 황무지가 미치게 좋아했다구요. 그래서 저두 히스 들판 한가운데루 나가서, 미친 사람처럼 노랠 부르구 소릴 치며 달렸어요. 그러다 여기루 곧장 왔어요. 안 올 수가 없었어요. 이 정원이 여기서 기다리구 있잖아요!"

메리는 자신도 마구 달린 것처럼 숨을 헐떡이며, 양손을 가슴에 댔다.

"오, 디콘! 디콘!" 메리가 말했다. "지금 너무 행복해서 숨도 못 쉬겠어!"

디콘이 낯선 사람과 이야기하는 모습을 지켜보더니 꼬리가 복슬복슬한 작은 동물이 나무 아래에서 일어서 다가왔다. 한편 까마귀는 까악 하고 울고는, 나뭇가지에서 날아 내려와 디콘의 어깨에 살며시 내려앉았다.

"애는 작은 새끼 여우여요." 디콘이 그 자그마한 동물의 빨간 머리를 쓰다듬으며 말했다. "이름은 '대장'이구요. 여기요 녀석은 '검댕이'여요. 저하구 함께 검댕이는 황무지 위를 날아다니구 대장은 사냥개 무리에 쫓기는 것마냥 달려요. 둘다 저하구 똑같이 느껴요."

까마귀도 새끼 여우도, 조금도 메리를 두려워하는 것처럼 보이지 않았다. 디콘이 주위를 거닐기 시작하는데도, 검댕이는 어깨에 가만히 앉아 있고 대장은 바로 옆에서 살금살금 따라다녔다.

"여기 좀 보셔요!" 디콘이 말했다. "이 싹들이 땅 밖으루 얼마나 솟았는지 한번 보셔요. 여기두, 여기두! 세상에! 여기 이것들 보셔요!"

디콘이 몸을 던지듯 무릎을 꿇자, 메리도 그 옆에 무릎을 꿇었다. 두 아이는 보라색과 주황색, 황금색 꽃이 활짝 핀 크로커스 무리와 마주쳤다. 메리가 고개를 숙여서 그 꽃들에 연거푸 입을 맞췄다.

"사람이라면 절대 이렇게 입을 맞추지 않을 거야." 메리가 머리를 들며 말했다. "꽃들은 정말 달라."

디콘이 어리둥절한 표정을 지었지만, 이내 활짝 웃었다.

"어이쿠!" 디콘이 말했다. "하루 종일 황무지를 쏘다니다 집으로 돌아갔는데 문가에서 햇살 받으며 서 계신 어머니가 너무나 행복하구 편안해 보여서, 어머니한테 그런 식으루 수두 없이 입을 맞췄구먼요."

두 아이는 정원을 이쪽에서 저쪽으로 뛰어다니며 어찌나 경이로운 모습을 많이 목격했는지, 그곳에서는 속삭이거나 작은 소리로 말해야 한다는 사실을 간신히 떠올리곤 했다. 디콘은 메리에게 죽은 것처럼 보이던 장미 가지에서 점점 자라는 잎눈들을 보여주었다. 흙을 뚫고 새로 나온, 셀 수 없이 많은 싹도 보여주었다. 두 아이는 신이 나서, 어린 코를 흙에 가까이 대고 봄철의 땅이 내쉬는 따스한 숨결을 킁킁 들이마셨다. 흙을 파고, 잡초를 뽑으며, 기쁨에 겨워 소리 죽여 신나게 웃었다. 그렇게 시간을 보내다 보니, 어느새 메리 아가씨의 머리는 디콘처럼 헝클어지고 두 볼도 빨간 양귀비 색이 되었다.

그날 아침, 비밀 정원의 땅에서는 사방에 기쁨이 넘쳤다. 그리고 그 기쁨의 한가운데로, 그 무엇보다 크나큰 기쁨이 찾아왔다. 이렇게 말하는 것은, 그 기쁨에는 한층 더 큰 경이로움까지 더해져 있었기 때문이다. 뭔가가 쏜살같이 담장을 넘어와, 모퉁이에 바짝 붙어 자라는 나뭇가지들 사이로 쑥 날아 들어갔다. 붉은 가슴이 불길 같은 작은 새 한 마리였는데, 부리에 뭔가를 물고 있었다. 디콘은 그대로 서서 꼼짝도 하지 않은 채, 둘이 예배당 안에서 깔깔거리고 웃고 있었다는 사실을 별안간 알아차린 사람처럼 메리를 붙잡았다.

"꼼짝두 마셔요." 디콘이 심한 요크셔 말투로 말했다. "우린 숨두 쉬면 안 되겠구먼요. 지난번에 그 울새를 봤을 때 짝 찾는 중이라구 알겠더만요. 저 새는 벤 웨더스태프 영감님 울새여요. 녀석은 지금 둥지를 만들구 있어요. 우리가 겁을 주지만 않으면, 계속 여기 있을 거여요."

두 아이는 풀밭에 살며시 주저앉아서 꼼짝도 하지 않았다.

"아주 가까운 데서 울샌 지켜본다구 티 내면 안 된다구요." 디콘이 주의를 줬다. "지금 우리가 곁에서 보구 있다는 걸 눈치채면, 울샌 우리를 영원히 떠날 테니깐. 짝짓기가 끝날 때까지 울샌 다른 새라두 된 양 굴 거여요. 울새는 지금 가족을 만드는 중이라, 한동안 낯두 가리구 툭허면 화두 낼 거여요. 지금은 우릴 찾아와서 수다 떨 틈이 없어요. 그러니깐 우린 풀이나 나무나 덤불처럼 보이게 가만 있어야 허죠. 울새가 우릴 익숙하게 느낄 즈음에 지저귀는 흉내를 살짝 낼라구요. 그러면 울새두 우리가 방해 안 할 거라구 안심헐 거여요."

메리 아가씨는 디콘의 말대로 풀이나 나무나 덤불처럼 보이려면 어떻게 해야 할지, 도무지 감을 잡을 수 없었다. 그런데도 디콘은 그 괴상한 일이 세상에서 가장 쉽고 자연스러운 일인 듯 말하지 않는가. 그러니 메리는 디콘에게는 그 일이 무척 쉬울 거라고 짐작했다. 메리는 디콘이 어떻게 소리 없이 녹색으로 변신해 몸에서 가지와 잎사귀들이 돋아나는지 궁금해하며, 몇 분 동안 유심히 지켜보았다. 하지만 디콘은 감탄이 나올 정도로 가만히 앉아 있을 뿐이었다. 잠시 후 마침내 디콘이 입을 열었을 때는 어찌나 소곤거리는지, 메리는 알아들을 수나 있을까 싶었지만, 알아들을 수 있었다.

"이것두 봄에 일어나는 일이어요. 둥지 짓는 거요." 디콘이 말했다. "장담허는데, 세상이 시작된 후로 해마다 똑같은 식으로 해왔을 거구면요. 새들한테는 새들 나름대로 생각하구 행동하는 방식이 있어요. 그러니깐 사람은 방헬 허지 않는 편이 좋아요. 너무 궁금해허면, 다른 계절보다두 봄에는 더 쉽게 친구가 떨어져 나간다니깐요"

"울새 주위를 걷다 보면, 자꾸 울새를 쳐다보게 돼." 메리가 최대한 나직하게 말했다. "그러니까 다른 이야기를 해야 해. 네게 하고 싶은 이야기가 있어."

"우리가 다른 이야기를 하면 울새두 좋아허겠지요." 디콘이 말했다. "할 이야기가 있다니 뭐여요?"

"음, 혹시 콜린에 대해서 아니?" 메리가 소곤거렸다.

디콘이 고개를 돌려 메리를 바라보았다.

"아가씨는 도련님에 대해서 뭘 아셔요?" 디콘이 물었다.

"실은 콜린과 만났어. 지난주에 매일 콜린과 이야기를 하고 놀았어. 콜린은 내가 와주기를 바라. 나랑 있으면, 자신이 아프고 곧 죽을 거라는 사실을 잊을 수 있대." 메리가 대답했다.

동그란 얼굴에서 놀란 기색이 사라지자, 디콘은 정말 마음이 푹 놓인 것 같았다.

"그래 되었다니 기뻐요." 디콘이 소리쳤다. "정말 기뻐요. 맘이 한결 가볍구요. 도련님에 대해서 입을 꾹 다물구 있어야 하는 건 알지만 뭔갈 숨기는 게 정말 싫었으니깐요."

"이 정원에 대해 숨기는 것도 싫어?" 메리가 물었다.

"정원에 대해선 절대루 말허지 않을 거여요." 디콘이 대답했다. "허지만 어머니에게는 이래 말씀을 드렸어요. '어머니.' 제가 말했죠. '저한테 비밀이 하나 있어요. 절대 나쁜 일이 아니여요. 그건 아시죠. 새 둥지가 어딨는지 비밀루 하는 정도의 비밀이여요. 그러니까 어머니한테 비밀루 하여도 되죠, 그렇죠?'"

메리는 디콘 어머니에 대한 이야기라면 언제든지 환영이었다.

"그래서 어머니가 뭐라고 하셨어?" 메리는 대답을 전혀 두려워하지 않으며 물었다.

디콘이 다정하게 웃었다.

"역시나 어머니였어요. 그 대답 말이여요." 디콘이 대답했다. "어머니는 제 머릴 쓰다듬구, 웃으면서 이렇게 말씀하셨어요. '아이구야, 애. 그런 비밀이라면 얼마든지 가지구 있어두 된다니깐. 내가 널 12년이나 알았잖냐."

"너는 콜린을 어떻게 알아?" 메리가 물었다.

"크레이븐 씰 아는 사람들 중에 그분한테 등이 굽게 될 어린 아들이 있다는 사실을 모르는 이가 없어요. 사람들이 그 아이에 대해 수군대는 걸 크레이븐 씨가 안 좋아한다는 거도 다 알구요. 마을 사람들은 크레이븐 씨를 안됐다구 생각해요. 크레이븐 부인은 몹시 젊구 아름다우셨구, 두 분이 진짜루 사랑하였으니깐요. 메들록 부인은 스웨이트에 갈 적마다 우리 집엘 들르는데, 우리가 있거나 말거나 어머니한테 미주알고주알 털어놓으셔요. 우리가 믿음직한 아이들루 자랐다는 걸 아시니깐요. 아가씨는 도련님을 어떻게 아셨어요? 마사 누나가 지난번에 집에 와서 꽤 난처해했어요. 도련님이 짜증 내는 소릴 아가씨가 듣구 물어봤는데, 뭐라구 대답을 해야 헐지 난감했다더라구요."

메리는 한밤에 잠을 깨게 만든 휘몰아치던 바람으로 이야기를 시작했다. 그리고 멀리서 희미하게 들리는 울부짖는 목소리에 이끌려, 양초를 들고 컴컴한 복도를 돌고 돌아 흐릿하게 불을 밝힌 방 한구석에 조각 기둥이 네 개 달린 침대가 있는 방의 문을 열게 된 이야기를 다 들려주었다. 메리가 상아처럼 하얀 얼굴과 기이할 정도로 새까만 속눈썹이 난 눈에 대해 들려주자, 디콘이 고개를 가로저었다.

"도련님 눈은 크레이븐 부인 눈을 쏙 빼닮았지만, 부인 눈은 언제나 웃구 계셨다더라구요. 그래서 크레이븐 씨는 차마 깨어 있는 아들을 보실 수 없는 거라구 말들 하죠. 도련님 눈이 부인하구 생긴 건 똑같지만, 도련님이 너무 비참한 표정을 하구 있어서 완전히 다른 눈처럼 보여 그런대요."

"너는 콜린이 죽고 싶어한다고 생각해?" 메리가 속삭였다.

"아니지요. 허지만 태어나지 않았다면 좋았을 거라구 생각허시지 않겠어요. 어머니는 아이에게는 그런 생각이 젤 끔찍허다구 하셔요. 아무두 원하지 않는 아이들은 좀처럼 건강허게 자라질 않어요. 크레이븐 씨는 그 불쌍한 도련님을 위해 돈으로 되는 거면 뭐든 사주시지만, 정작 도련님이 살아 있다는 사실을 잊구 싶어하시니깐요. 무엇보다두 나중에 등이 굽어버린 아들을 보게 될까 봐 두려워하시는 거여요."

"콜린도 그걸 너무 두려워해서, 앉으려고 하지 않아." 메리가 말했다. "콜린은, 혹이 자라는 게 느껴지면 자신은 미쳐서 죽을 때까지 비명을 지를 거라는 생각을 늘 한다고 했어."

"에구! 거기 누워서 그런 생각이나 하구 있음 안 되는데." 디콘이 말했다. "그런 생각만 허구 있다가는 누구라두 몸이 나빠질 거여요."

새끼 여우가 디콘 옆 풀밭에 눕더니, 토닥여달라는 듯 가끔 고개를 들어 디콘을 바라보았다. 그러자 디콘이 몸을 굽혀 여우의 목덜미를 부드럽게 쓰다듬으며 잠시 말없이 생각에 잠겼다. 마침내 디콘이 고개를 들고 정원을 둘러보았다.

"우리가 여기 첨 들어왔을 때." 디콘이 입을 열었다. "보이는 거는 온통 회색이었어요. 지금 주위를 둘러보셔요. 달라진 모습이 보이지 않으셔요?"

메리가 주위를 둘러보다 숨을 헉 들이쉬었다.

"세상에!" 메리가 소리쳤다. "저기 회색 담장이 변하고 있어. 녹색 안개가 그 위로 기어가는 것 같아. 투명한 녹색 베일 같아."

"맞아요." 디콘이 말했다. "그리구 앞으루 녹색이 더 진해지면, 회색은 완전 사라질 거여요. 제가 지금 무슨 생각했는지 아시겠어요?"

"아주 좋은 것이라는 건 알아." 메리가 열렬하게 말했다. "콜린에 관한 걸 거야."

"도련님이 이곳엘 나오게 되면, 등에 혹이 자라나 안 자라나 신경 안 쓸 거란 생각이 들었어요. 대신 장미 덤불에 싹이 트는 모습을 지켜보실 거구, 더 건강해지시겠죠." 디콘이 설명했다. "도련님이 휠체어를 타구 여기 나와서 나무 아래 누워보구 마음을 돌릴 방법이 없을까요?"

"나도 그 생각을 해봤어. 콜린에게 이야기를 할 때마다 그 생각을 했어." 메리가 말했다. "콜린이 비밀을 지킬 수 있을지는 모르겠어. 게다가 다른 사람 눈에 띄지 않고 콜린을 이곳으로 데려올 수 있을지도 모르겠고. 내 생각에는, 네가 휠체어를 밀 수 있을 것 같아. 의사 선생님이 콜린은 신선한 공기를 많이 마셔야 한다고 하셨어. 콜린이 우리에게 밖으로 데리고 나가달라고 하면, 아무도 콜린을 말리지 않을 거야. 그 애는 다른 사람들 시선 때문에 나가지 않으려고 하는 거야. 하지만 하인들은 콜린이 우리와 함께 나가겠다고 하면 좋아할 거야. 콜린이 근처에 있지 말라고 지시를 해두면, 정원사들에게 이곳을 들키지도 않을 테고."

디콘은 대장의 등을 긁어주며 열심히 생각했다.

"장담허는데, 여기 나오면 도련님 몸에 좋을 거여요." 디콘이 말했다. "우리는 도련님이 태어나지 않은 편이 낫다구 생각허면 안 돼요. 우리는 이 정원이 자라는 모습을 지켜본 두 아이일 뿐이에요. 도련님은 이곳을 지켜볼 또 다른 아이구요. 남자아이 둘하구 여자아이 하나가 봄날의 정원을 지켜보게 될 거라구요. 그게 의사 선생님 약보다두 훨씬 더 좋으리라구 장담해요."

"콜린은 그 방에서 너무 오래 누워 있었고, 늘 등에 대해서 걱정을 했어. 그 때문에 괴상한 아이가 되고 말았어." 메리가 말했다. "책에서 본 이야기들은 잔뜩 알고 있지만, 다른건 아무것도 몰라. 콜린은 너무 아파서, 꽃과 나무는 눈에 들어오지 않았대. 그리고 집 밖으로 나오기를 싫어하고 정원과 정원사들도 싫어해. 하지만 이 정원 이야기는 듣고 싶어해. 왜냐하면 이 정원은 비밀이거든. 콜린에게 이야기를 많이 해줄 수가 없었지만, 콜린은 이 정원을 보고 싶다고 했어."

"우리, 언젠가 도련님을 꼭 여기로 데리구 나와요." 디콘이 말했다. "난 도련님 휠체어를 잘 밀 수 있어요. 우리가 여기 앉아 있는 동안, 그 울새가 제 짝하구 얼마나 열심히 일하는지 보셨어요? 저 나뭇가지에 앉아 가지구 부리에 물구 있는 잔가지를 어디 두면 젤 좋을지 고민하는 모습을 한번 보셔요."

디콘이 나지막한 휘파람을 불어 새를 부르자, 울새가 고개를 돌려 디콘을 의아한 눈빛으로 바라보았다. 잔가지는 여전히 부리에 물고 있었다. 디콘은 벤 웨더스태프 영감이 하듯이 새에게 말을 걸었다. 다른 점이 있다면, 친구처럼 다정하게 조언을 하는 말투였다.

"그걸 어디 둬두." 디콘이 말했다. "괜찮어. 너는 알에 있

252

을 때부터 둥지 트는 법을 알았잖어. 어서 서둘러, 친구야. 더 허비헐 시간이 없어."

"오, 네가 울새에게 이야기하는 걸 들으니 정말 좋아!" 메리가 기쁨을 주체하지 못해 깔깔 웃으며 말했다. "벤 웨더스태프 영감님은 울새를 야단치고 놀리기도 해. 그러면 울새는 주위를 폴짝폴짝 뛰면서 말을 다 알아듣는 것처럼 바라봐. 그러고 보면 울새는 그런 걸 좋아해. 벤 웨더스태프 영감님은 울새가 어찌나 으스대는지, 관심을 받지 못하면 제 몸에 돌이라도 던질 거래."

디콘도 웃음을 터트리며 계속 말했다.

"우리가 널 귀찮게 안 한다는 거 너두 잘 알지." 디콘이 울새에게 말했다. "우리두 자연에 사는 동물하구 비슷해. 우리두 둥지를 만들구 있거든. 우리 둥지를 절대 남한테 말하면 안 돼."

울새는 부리에 뭘 물고 있어서 대답을 하지는 않았지만, 메리는 울새가 잔가지를 물고 제 둥지가 있는 한구석으로 날아갈 때 보여준 이슬처럼 초롱초롱한 새까만 두 눈의 눈빛이, 아이들의 비밀을 절대 발설하지 않겠다는 뜻이라는 사실을 알아차렸다.

"안 올 거야!"

그날 아침 두 아이는 할 일이 너무 많았다. 그래서 메리는 방으로 돌아가는 시간에 늦었고 다시 정원으로 가려고 잔뜩 서두르는 바람에, 마지막 순간에서야 간신히 콜린을 기억해 냈다.

"콜린에게 내가 못 간다고 전해줘." 메리가 마사에게 말했다. "정원 일 때문에 아주 바빠."

마사는 겁을 집어먹은 표정이었다.

"이구! 메리 아가씨." 마사가 말했다. "그 말을 전하면 도련님은 기분이 꽉 상하실 거여요."

하지만 메리는 다른 사람들처럼 콜린을 무서워하지 않았다. 게다가 메리는 자신을 희생하는 성격도 아니었다.

"집에 머물 순 없어." 메리가 대답했다. "디콘이 나를 기다린단 말이야." 그러더니 얼른 달려나갔다.

그날 오후는 아침보다 더 사랑스럽고 분주했다. 정원의 잡초는 거의 다 뽑아냈고, 장미와 나무들은 대부분 가지를 다듬었거나 주위 흙을 골라내 두었다. 디콘은 제 삽을 가져왔고, 메리에게 원예 도구를 사용하는 법을 가르쳐주었다. 그래서 그쯤해서는 아름다운 야생 정원이 '정원사가 가꾸는 정원'이 될 리는 없겠지만 봄이 끝나기 전에 꽃과 나무가 자유롭게 자라는 정원이 되리라는 사실이 분명해졌다.

"우리 머리 위루 사과나무 꽃하구 벚나무 꽃이 만발할 거여요." 디콘이 열심히 일을 하면서 말했다. "저기 담장 곁에 선 복숭아나무하구 자두나무하구 꽃이 활짝 필 테구요. 그리구 풀밭은 야생화 양탄자가 되겠죠."

새끼 여우와 까마귀는 평소처럼 행복하고 분주했고, 울새 부부는 작은 번개들처럼 앞으로 뒤로 날아다녔다. 가끔 까마귀가 새까만 날개를 펄럭거려 주변 뜰의 나무 꼭대기들 위로 솟구치기도 했다. 까마귀는 돌아올 때마다 디콘 근처에 내려앉아 몇 번 까악까악 울었다. 그 모습이 꼭 자신의 모험에 대해 들려주는 것 같았다. 그러면 디콘은 울새에게 하듯이 까마귀에게 대답해주었다. 한번은 디콘이 너무 바빠서 바로 대답을 해주지 않자, 검댕이는 디콘의 어깨에 포르르 내려앉아 커다란 부리로 디콘의 귀를 살며시 잡아당겼다. 메리가 잠시 쉬고 싶어하자, 디콘은 메리와 함께 나무 아래에 앉았다. 디콘이 주머니에서 피리를 꺼내 부드러우면서도 낯선, 짤막한 가락을 부르기 시작하자 다람쥐 두 마리가 담장에 나타나더니 디콘을 보며 연주를 들었다.

"아가씨는 전보다두 훨씬 더 건강해졌어요." 디콘이 땅을 파고 있는 메리를 보며 말했다. "확실히 예전하구 달라 보여요."

메리는 몸을 열심히 움직인 데다 기분까지 좋아서, 볼이 붉게 상기되었다.

"나는 매일 살이 찌고 있어." 메리가 기쁨을 주체하지 못하며 대답했다. "메들록 부인이 더 큰 원피스를 사줘야 해. 마사는 내 머리카락이 굵어지고 있다고 했어. 전처럼 가늘고 머리에 착 달라붙지도 않아."

태양이 서서히 서쪽 하늘로 넘어가면서 짙은 황금색 광선을 나무 아래로 비스듬하게 던질 즈음, 아이들은 각자 집으로 돌아갔다.

"내일 날씨는 청명할 거여요." 디콘이 말했다. "동틀 무렵에 와서 일하구 있을게요."

"나도 그렇게." 메리가 말했다.

메리는 달릴 수 있는 한 최대한 빨리 달려 집으로 돌아갔다. 어서 콜린에게 디콘의 새끼 여우와 까마귀에 대해서 말해주고, 봄이 어떤 변화를 일으켰는지도 알려주고 싶었다. 메리는 콜린이 그 이야기를 듣고 싶어할 거라고 믿었다. 그래서 방문을 열었을 때, 울상을 하고 서 있는 마사가 보이자 기분이 팍 상하고 말았다.

"무슨 일이야?" 메리가 물었다. "내가 못 간다고 전했더니 콜린이 뭐라고 했어?"

"어휴!" 마사가 말했다. "아가씨가 가셨으면 좋았을 거여요. 도련님이 또 짜증을 엄청 부리셨다구요. 도련님을 달래느라구 오후 내내 얼마나 고생을 했는지 몰라요. 도련님은 시종일관 시계만 보셨다니깐요."

메리는 입술을 꼭 다물었다. 메리는 콜린만큼이나 다른 사람들을 배려하는 데 익숙하지 않았다. 게다가 왜 성질 고약한 남자아이가 메리가 제일 좋아하는 일에 간섭을 하려고 드는지 이해가 되지 않았다. 메리는 몸이 계속 아파 신경질적이 된 사람들을 가엾게 여겨야 한다는 걸 몰랐다. 그렇게 성질을 다스리지 못해서 다른 사람까지 아프게 하고 불안하게 해서는 안 된다는 사실을 모르는 사람들을 불쌍하게 여길 줄도 몰랐다. 인도에서, 메리는 머리가 아프면 다른 사람들도 두통이나 그와 비슷한 나쁜 일을 겪는 꼴을 보려고 별짓을 다했다. 그때는 자기 행동이 당연하게 느껴졌다. 그런데 지금은 콜린이 틀린 것 같았다.

메리가 콜린의 방에 들어가니, 콜린은 늘 앉던 소파에 있지 않았다. 콜린은 침대에 누워서, 메리가 들어갔는데 쳐다보지도 않았다. 시작부터 좋지 않았다. 메리가 뻣뻣한 태도로 콜린에게 다가갔다.

"왜 안 일어났니?" 메리가 말했다.

"아침에는 네가 올 줄 알고 일어났어." 콜린은 사촌을 바라보지도 않은 채 대답했다. "오후에 다시 침대로 옮겨달라고 했어. 등도 아프고, 머리도 아프고, 피곤해졌어. 너는 왜 안 왔니?"

"디콘이랑 정원에서 일을 했어." 메리가 말했다.

콜린이 인상을 쓰고 오만하게 메리를 바라보았다.

"여기 와서 내 말 상대가 되어주지 않고 나가서 그 녀석과 함께 있겠다면, 그 녀석을 여기 못 오게 할 거야." 콜린이 말했다.

메리는 분노가 치솟았다. 메리는 난리 법석을 떨지 않아도 불같이 화를 낼 수 있었다. 점점 뚱하고 고집스러운 표정을 지으며 무슨 일이 일어나건 신경 쓰지 않으면 되었다.

"디콘을 못 오게 하면, 나는 이 방에 두 번 다시 오지 않을 거야." 메리가 쏘아붙였다.

"내가 원하면 와야 해." 콜린이 말했다.

"나는 안 올 거야!" 메리가 말했다.

"오게 만들 거야." 콜린이 말했다. "하인들이 너를 질질 끌고 올 거야."

"그러라고 하시죠, 라자 마마!" 메리가 폭발하며 말했다. "사람들이 나를 이곳까지 질질 끌고 올 수는 있지만, 여기에 데려다놓아도 말을 하게 만들 수는 없어. 나는 입을 꽉 다물고 앉아서, 네게 한마디도 하지 않을 거야. 너를 쳐다보지도 않을 거야. 방바닥만 노려볼 거니까!"

서로를 매섭게 노려보는 모습을 보니, 두 아이는 잘 어울리는 맞수였다. 두 아이가 부랑아들이었다면, 단박에 서로에게 달려들어 한바탕 주먹다짐을 했을 것이다. 하지만 그렇지는 않았으니 그 다음가는 싸움을 했다.

"너는 이기적이야!" 콜린이 소리쳤다.

"그러는 너는?" 메리가 말했다. "이기적인 사람들은 늘 그렇게 말하지. 자기 말을 들어주지 않는 사람을 보면, 누구든 이기적이라고 해. 너는 나보다 더 이기적이야. 나는 너만큼 이기적인 남자애는 본 적이 없어!"

"나는 이기적이지 않아!" 콜린이 소리쳤다. "이기적인 사람은 내가 아니라 그 잘난 디콘이야! 그 자식은 내가 하루 종일 혼자인 걸 알면서도, 너를 땅에서 놀게 붙잡아 뒀어. 그 자식은 이기적이야, 확실히 말해주지!"

메리의 눈에서 불길이 타올랐다.

"디콘은 이 세상 그 어떤 남자애들보다 착해!" 메리가 말했다. "디콘은, 디콘은 천사 같은 애야!" 이런 말이 바보처럼 들릴 수도 있었지만 메리는 개의치 않았다.

"착한 천사라고!" 콜린이 고약하게 코웃음을 쳤다. "그 녀석은 황무지에 사는 별 볼일 없는 촌놈이야."

"별 볼일 없는 라자보다는 나아!" 메리가 쏘아붙였다. "천 배는 더 좋은 사람이야!"

두 아이 중에 메리가 더 튼튼했기 때문에, 말싸움에서 메리가 점점 유리해졌다. 사실 콜린은 태어나서 제 또래와 싸운 적이 한 번도 없었다. 그리고 콜린도 메리도 전혀 짐작하지 못했지만, 크게 봤을 때 이런 싸움은 콜린에게 좋았다. 콜린은 베개에 기댄 머리를 돌리고, 눈을 꼭 감았다. 커다란 눈물방울이 새어 나와, 볼을 따라 흘러내렸다. 콜린은 다른 어느 누구도 아닌, 자신이 애처롭고 불쌍하게 느껴졌다.

"나는 너처럼 이기적이지 않아. 왜냐하면 나는 항상 아프고, 조만간 등에 혹이 생겨날 게 분명하니까." 콜린이 말했다. "게다가 나는 곧 죽을 거야."

"넌 죽지 않아!" 메리가 냉담하게 반박했다.

콜린이 버럭 화를 내며 눈을 번쩍 떴다. 콜린은 그런 말을 난생처음 들었다. 사람이 두 가지 감정을 동시에 느낄 수 있는지 모르겠지만, 콜린은 불같이 화가 나면서 동시에 살짝 기뻤다.

"죽지 않는다고?" 콜린이 소리쳤다. "나는 곧 죽을 거야! 내가 그렇게 될 걸 너도 알잖아. 모두가 다 그렇게 말해."

"나는 그 말을 믿지 않아!" 메리가 쌀쌀맞게 말했다. "너는 사람들이 쩔쩔매게 만들려고, 그런 말을 하는 거잖아. 네가 은근히 자랑스럽게 생각하는 거 알아. 나는 그 말 안 믿어! 네가 착한 아이라면, 그 말이 사실일 수도 있겠지. 하지만 너는 너무 못됐어!"

콜린은 등이 불편한데도, 분노에 휩싸여 침대에서 벌떡 일어나 앉았다.

"이 방에서 당장 나가!" 콜린은 소리를 지르고 베개를 집어 메리에게 던졌다. 하지만 힘이 없어서 베개는 멀리까지 날아가지도 못했고, 메리의 발치에 툭 떨어졌다. 하지만 메리의 얼굴은 호두까기 인형에 꼬집히기라도 한 듯 하얗게 질려 있었다.

"갈 거야." 메리가 말했다. "그리고 다시는 오지 않을 거야!"

메리는 문으로 걸어갔다. 문에 도착하자, 몸을 홱 돌려 다시 말했다.

"원래는 재미있는 이야기를 잔뜩 들려줄 작정이었어." 메리가 말했다. "디콘이 여우와 까마귀를 데리고 와서, 그 애들에 대해서 다 이야기하려고 했어. 하지만 이제 네게는 한 마디도 하지 않을 거야!"

메리는 당당하게 방을 나서서 문을 닫았다. 그런데 그곳에 간호사가 서 있어서 깜짝 놀랐다. 간호사는 마치 엿듣기라도 한 것처럼 거기 있었는데, 더욱 놀랍게도 웃고 있었다. 간호사는 덩치가 크고 잘생긴, 젊은 여자로, 절대 훈련받은 간호사가 되어서는 안 되는 사람이었다. 아픈 사람을 견디지 못했기 때문이었다. 그 간호사는 언제나 그럴듯한 구실을 만들어 자기 자리를 잠시 대신 맡아줄 사람을 찾아내거나, 마사에게 콜린을 떠넘기곤 했다. 메리는 간호사가 좀처럼 좋아지지 않았다. 그래서 가만히 서서 손수건으로 입을 가리고 낄낄거리는 간호사를 빤히 바라보았다.

"왜 그렇게 웃어요?" 메리가 간호사에게 물었다.

"아가씨와 도련님 때문에요." 간호사가 말했다. "성질 고약한, 병약한 도련님에게는 도련님만큼 고약한 사람이 맞서는 게 제일 좋은 약이거든요." 그렇게 말하고 간호사는 다시 손수건으로 얼굴을 가리고 웃었다. "도련님에게 함께 싸울 성격 괄괄한 여자 형제가 있었다면, 지금보다는 나았을 거예요."

"콜린은 곧 죽나요?"

"몰라요. 관심도 없고요." 간호사가 말했다. "도련님이 아픈 건 히스테리와 짜증이 반이에요."

"히스테리가 뭐예요?" 메리가 물었다.

"나중에 도련님이 짜증을 내게 만들어보면 아시게 될 거예요. 어쨌거나 아가씨 덕분에 도련님에게 히스테리를 부릴 핑계가 생겨서 기뻐요."

메리는 정원에서 돌아왔을 때와 완전히 반대의 기분으로 제 방으로 돌아갔다. 마음이 상하고 실망스러웠지만, 콜린은 전혀 불쌍하지 않았다. 메리는 사촌에게 멋진 이야기를 잔뜩 들려줄 기대에 차 있었다. 게다가 중요한 비밀을 믿고 털어놓을 수 있을지, 마음을 정할 작정이었다. 메리는 믿는 쪽으로 마음이 기울기 시작한 참이었는데, 이제 마음을 완전히 바꿨다. 메리는 절대 말하지 않을 테고, 콜린은 그 방에서 나오지 않고 신선한 공기는 구경도 못 하다가, 그렇게 죽고 싶다면 죽으면 될 것이다! 그 편이 콜린에게 더 어울렸다! 메리는 어찌나 화가 나고 분이 좀처럼 가라앉지 않는지, 한동안 디콘과 온 세상을 뒤덮을 듯 기어오르는 녹색 베일과 황무지에서 불어오는 산들바람을 까맣게 잊을 뻔했다.

마사가 메리를 기다리고 있었다. 마사의 얼굴에 자리 잡은 근심 걱정은 순간 호기심과 흥미로 바뀌었다. 탁자 위에 나무 상자가 놓여 있었는데, 뚜껑은 열려 있고 상자 안은 깔끔한 꾸러미 여러 개로 가득 차 있었다.

"크레이븐 씨가 아가씨한테 보내신 거여요." 마사가 말했다. "그 안에 든 거는 그림책들 같아요."

메리는 고모부의 방으로 불려간 날, 고모부에게 받은 질문이 떠올랐다. "달리 원하는 게 있니? 장난감이나 책, 인형이 갖고 싶니?" 메리는 고모부가 인형을 보냈는지, 정말 그랬다면 그 인형으로 무엇을 해야 할지 생각하며 꾸러미를 열었다. 그런데 고모부의 선물은 인형이 아니었다. 꾸러미에는 콜린이 갖고 있는 것과 똑같은 아름다운 책들이 있었다. 그중 두 권은 정원에 관한 책으로, 그림이 가득 들어 있었다. 놀잇감이 두세 개 있었고, 금장으로 머릿글자를 새긴 아름답고 작은 필통과 금 펜촉이 달린 펜, 잉크 스탠드도 있었다.

모든 것이 너무 근사해서, 기쁨이 마음속에서 분노를 몰아내기 시작했다. 메리는 고모부가 기억해주리라 기대하지 않았다. 그랬기에 차갑게 식은 작은 심장이 점점 따뜻해졌다.

"인쇄체로 쓰는 게 아니면 더 잘 쓸 수 있어." 메리가 말했다. "이 펜으로 제일 먼저 고모부에게 감사 편지를 쓸 거야."

콜린과 계속 친구였다면, 얼른 달려가 받은 선물을 보여줬을 것이다. 그리고 함께 그림을 구경하고, 정원을 가꾸는 법에 대한 책들을 좀 읽고, 놀잇감도 가지고 놀았을 것이다. 그러면 콜린은 너무 즐거워서, 다시는 곧 죽을 거라는 생각을 하거나 손을 등뼈에 대고 혹이 나는지 확인해보지 않을 것이다. 그런 생각을 하자, 메리는 문득 불편한 두려움이 솟았다. 콜린은 항상 몹시 겁에 질린 표정을 짓고 있었기 때문이다. 콜린은 언젠가 작은 혹 하나라도 만져지면, 등이 굽은 채 자라기 시작하리라는 사실을 잘 안다고 말했다. 메들록 부인이 간호사에게 속삭이는 이야기를 들은 후로 콜린은 그런 생각을 하게 되었고, 남몰래 그 생각을 곱씹는 동안 어느새 그것이 마음속에 단단히 뿌리를 내렸다. 메들록 부인은 콜린의 아버지도 등이 어릴 때 그런 식으로 점점 굽기 시작했다고 말했다. 콜린은 사람들이 '짜증'이라고 부르는 상태가 대부분 마음속에 숨겨놓은 히스테릭한 두려움에서 무럭무럭 자랐다는 이야기를, 메리를 제외하면 아무에게도 하지 않았다. 메리는 그 이야기를 들었을 때 콜린을 가엾게 생각했다.

"콜린은 속이 상하거나 몸이 피곤할 때마다 언제나 그 생각을 하게 되었어." 메리가 중얼거렸다. "그리고 오늘은 속이 많이 상했을 거야. 아마, 아마도 오후 내내 그 생각을 했겠지."

메리는 가만히 서서 양탄자를 내려다보며 생각에 잠겼다.

"다시는 가지 않겠다고 말했지만⋯⋯" 메리는 눈썹을 가운데로 모으며 망설였다. "하지만 어쩌면, 어쩌면 만나러 갈 수도 있어. 콜린이 나를 보고 싶다고 하면, 아침에 말이야. 어쩌면 다시 베개를 던질지 모르겠지만, 그래도 가볼래."

짜증이 폭발하다

그날 메리는 아침에 매우 일찍 일어난 데다 정원에서 열심히 일을 했기에, 피곤하고 잠이 쏟아졌다. 그래서 마사가 가져온 저녁을 먹고는 얼른 잠자리에 들었다. 그리고 머리가 베개에 닿자마자, 메리는 중얼거리듯 말했다.

"내일은 아침을 먹기 전에 나가서 디콘과 함께 일을 해야지. 그러고 나서는 아마 콜린을 보러 갈 거야."

메리가 무시무시한 소리에 깜짝 놀라 침대에서 홀쩍 뛰어나왔을 때는 한밤중 같았다. 뭐였지? 뭐였어? 다음 순간 메리는 그 소리가 뭔지 알 것 같았다. 문들이 열리고 닫히고, 복도를 뛰어가는 발소리가 들렸다. 그리고 누군가 울면서 동시에 빽빽 쇳소리를 지르는 것도 들렸다. 무시무시하게 절규하듯 소리를 지르면서 울부짖고 있었다.

"콜린이야." 메리가 말했다. "짜증이 폭발해서 간호사가

266

말한 히스테리를 부리나 봐. 정말 끔찍한 소리야."

흐느끼면서 비명을 지르는 소리를 듣고 있자, 주변 사람들이 그 소리를 들으며 벌벌 떠니 차라리 모든 것을 맘대로 하게 해주는 이유를 알 듯했다. 메리는 양손으로 귀를 틀어막았지만, 여전히 속이 울렁거리고 몸이 떨렸다.

"어떻게 해야 할지 모르겠어. 뭘 해야 할지 모르겠다고." 메리는 계속 이 말만 했다. "저 소리를 도저히 못 견디겠어."

메리는 혹시 콜린을 찾아가면 콜린이 난동을 그칠지 모른다고 생각해봤다. 그러나 사촌의 방에서 어떻게 쫓겨났는지 떠올리자, 콜린이 메리를 보면 상태가 더 악화될지 모른다는 생각도 들었다. 귀를 더 세게 틀어막아 봤지만 그 끔찍한 소리를 몰아내기에는 역부족이었다. 메리는 그 소리가 너무 싫고 무서워서, 갑자기 화가 나기 시작했다. 자신도 그렇게 무시무시하게 화를 내서, 콜린 때문에 겁을 먹은 만큼 콜린에게 겁을 주고 싶었다. 자신이 그러는 건 괜찮았지만 남이 성질을 부리는 데에는 익숙하지 않았다. 메리는 귀에서 손을 떼고는 침대에서 튀어오르듯 일어나 바닥에 발을 쿵 굴렀다.

"콜린은 멈춰야 해! 누군가는 콜린을 멈추게 해야 한다고! 아무나 콜린을 때리기라도 해야 해!" 메리가 소리쳤다.

바로 그때였다. 복도를 달려오는 발소리가 들리더니, 문이 홱 열리고 간호사가 들어왔다. 아까와 달리 간호사는 조금도 웃고 있지 않았다. 심지어 얼굴에 핏기가 싹 사라진 것 같았다.

"도련님이 히스테리 발작을 일으키고 계세요." 간호사가 몹시 다급하게 말했다. "이러면 도련님 몸에 안 좋을 거예요. 도련님을 막을 수 있는 사람이 아무도 없어요. 아가씨가 가서 어떻게 좀 해보세요, 착한 아이니까요. 그리고 도련님은 아가씨를 좋아하세요."

"아까는 걔가 나를 방에서 쫓아냈잖아요." 메리는 감정을 이기지 못하고 발을 구르며 말했다.

발을 쾅쾅 구르는 모습에 간호사는 살짝 기쁘기까지 했다. 솔직히 오는 동안 메리가 이불을 뒤집어쓰고 엉엉 울고 있을까 봐 걱정했기 때문이다.

"좋아요." 간호사가 말했다. "바로 지금 같은 기분이면 딱 좋아요. 가서 도련님을 혼내주세요. 머릿속을 다른 걸로 채우게 해주세요. 아가씨, 어서 서둘러서 가보세요."

나중이 되어서야, 메리는 이 상황이 무서웠지만 우습기도 했다는 사실을 깨달았다. 다 큰 어른들이 오죽 겁에 질렸으면, 콜린만큼 성격이 고약할 거라는 짐작으로 어린 여자아이에게 도움을 청하러 왔을까. 정말 우스운 일 아닌가.

메리는 날 듯이 복도를 뛰어갔다. 비명 지르는 소리에

가까워질수록 메리의 심통도 사나워져 갔다. 그래서 콜린의 방에 도착했을 즈음, 메리는 화가 머리끝까지 솟았다. 메리는 방문을 손으로 힘껏 밀어 열고는, 기둥이 네 개 달린 침대로 후다닥 달려갔다.

"너 그만해!" 메리가 고함을 쳤다. "그만하라고! 네가 정말 싫어! 모두가 너를 싫어해! 이 집에서 다들 도망쳐서, 네가 비명이나 지르다 죽었으면 좋겠어! 좀 있으면 너는 비명을 지르다 '죽을걸'. 꼭 그렇게 되기를 바라!"

마음씨가 곱고 동정심이 많은 아이라면, 그런 말을 퍼붓기는 고사하고 머릿속에 떠올리지조차 못 할 것이다. 하지만 한 번도 다른 사람에게 제지를 당하거나 반대를 받아본 적 없는, 이 히스테리 상태의 소년에게는 그런 악담이 주는 충격이 생각할 수 있는 최고의 효과를 냈다.

콜린은 베개에 얼굴을 파묻은 채 양손으로 베개를 마구 치다가, 불같이 화가 난 아이의 목소리에 말 그대로 뛰어오르듯 홱 고개를 돌렸다. 퉁퉁 부은 채 벌겋게 달아올랐으면서도 창백한 콜린의 얼굴은 끔직해 보였다. 또 숨을 헐떡이면서 목이 막히는지 컥컥거렸다. 그런데도 매정한 메리는 눈곱만큼도 동정심을 느끼지 않았다.

"또 한 번만 더 소리를 질러봐." 메리가 말했다. "나도 지를 거니까. 그리고 나는 너보다 훨씬 크게 소리 지를 수 있어.

내가 비명을 지르면 너는 기절초풍할걸. 벌벌 떨 거라고!"

사실 콜린은 메리에게 너무 놀라 벌써 비명을 멈췄다. 하도 비명을 질러댄 통에 콜린은 목이 꽉 막힐 정도였다. 눈물이 줄줄 흘렀고, 온몸은 벌벌 떨렸다.

"멈출 수가 없어!" 콜린이 헐떡이며 흐느꼈다. "할 수 없어. 할 수 없단 말이야!"

"할 수 있어!" 메리가 소리쳤다. "네가 아픈 이유의 반은 히스테리와 짜증이야. 바로 히스테리, 히스테리, 히스테리 때문이라고!" 메리는 이렇게 말을 할 때마다 힘주어 발을 쿵쿵 굴렀다.

"혹이 만져져. 느낄 수 있어." 콜린이 꺽꺽거리며 말했다. "이렇게 될 줄 알았어. 나는 등에 혹이 나서 죽을 거야." 그러더니 다시 몸을 뒤틀며, 얼굴을 돌리고 흐느껴 울기 시작했다. 하지만 비명을 지르지는 않았다.

"무슨 혹을 만졌다는 거야!" 메리가 단호하게 반박했다. "정말 혹이 만져진다면 그건 히스테리 혹이야. 히스테리가 만든 혹. 네 끔찍한 등에는 아무 문제도 없어. 히스테리 말고는! 엎드려서 내게 등을 보여줘!"

메리는 '히스테리'라는 단어가 좋아졌다. 그리고 그런 감정이 콜린에게도 조금씩 영향을 미치는 것 같았다. 콜린도 메리처럼 그 단어를 전에는 한 번도 듣지 못했다.

"간호사." 메리가 소리쳤다. "지금 당장 여기 들어와서 콜린의 등을 보여줘!"

그때 간호사와 메들록 부인, 마사는 입을 반쯤 벌린 채 문가에 옹기종기 모여 서서, 메리를 지켜보고 있었다. 세 사람은 깜짝 놀라서 숨을 헉하고 들이쉰 게 몇 번인지 몰랐다. 간호사가 반쯤 겁에 질린 표정으로 앞으로 걸어 나왔다. 콜린이 숨도 제대로 쉬지 못하고 흐느끼며 몸을 들썩였다.

"아마 도련님은, 도련님은 등을 보게 하지 않으실 거예요." 간호사가 작은 목소리로 주저하듯 말했다.

그런데 콜린이 그 말을 듣더니, 흐느끼는 사이사이에 헐떡거리며 말했다.

"메리에게 보, 보여줘! 그러면 쟤, 쟤도 볼 수 있을 테니까!"

마침내 옷을 벗기니, 보고 있기에도 민망한 여윈 등이 드러났다. 갈비뼈가 남김없이 드러나 수를 헤아릴 수 있었고, 등뼈 마디 하나하나가 다 드러났다. 하지만 메리 아가씨는 몸을 숙여서 그런 것들을 세는 대신, 작은 얼굴에 근엄하고 무자비한 표정을 지은 채 꼼꼼하게 살펴보았다. 그 표정이 어찌나 고약하고 고지식해 보이는지, 간호사는 웃음이 나와 입술이 씰룩거리는 것을 들키지 않으려고 고개를 옆으로 돌려야 했다. 딱 1분 정도 정적이 찾아왔다. 메리가 런던에서 온 대단한 의사라도 되는 것처럼 등뼈를 위에서 아래로 다시 아래에서 위로 꼼꼼하게 훑어보는 동안, 콜린조차 숨을 죽였기 때문이다.

"혹 같은 건 하나도 없어!" 마침내 메리가 말했다. "핀 머리만한 혹도 없어. 있는 거라곤 등뼈 마디뿐이야. 네가 만진 건 바로 이 마디야. 왜냐하면 너는 너무 말랐으니까. 나도 등뼈가 만져졌어. 너처럼 툭 튀어나와 있었는데, 어느새 살이 찌기 시작했어. 지금도 등뼈 마디가 아예 만져지지 않을 정도로 살이 찌지는 않았지만. 핀 머리만큼 작은 혹도 여기에는 없어! 다시 한번 더 혹 이야기를 하면 비웃어줄 거야!"

무자비하게 쏟아낸 유치한 말들이 콜린에게 어떤 영향을 미쳤는지 아는 사람은 콜린밖에 없었다. 콜린에게 자신의 비밀스러운 공포를 털어놓을 사람이 있었다면 어땠을까. 그러니까 용기를 내어 질문을 할 수 있었다면 말이다. 콜린을 잘 알지도 못하고 지긋지긋하게만 생각하는 사람들이 만들어낸 공포로 진하게 물든 공기를 호흡하며 꼭 닫힌 거대한 저택에 누운 채 지내는 대신, 또래 친구들이 있었다면 어땠을까. 그랬다면 콜린은 그 공포와 통증을 대부분 자신이 만들어냈다는 사실을 벌써 알아차렸을 것이다. 하지만 콜린은 몇 시간이고, 며칠이고, 몇 달이고, 몇 년을 드러누워, 자신의 운명과 통증, 지겨움에만 골몰했다. 그런데 이제 동정심이라고는 없고 화가 머리끝까지 난 여자아이가 콜린이 생각하는 것만큼 아프지 않다고 고집스러울 정도로 말해주자, 콜린은 메리가 진실을 들려주고 있는 듯한 기분이 정말로 들었다.

"저는 몰랐어요." 간호사가 용기 내어 말문을 열었다. "도련님이 등에 혹이 났다고 생각하시는 줄은요. 도련님의 등은 앉아 있으려고 하지 않아서 약한 거예요. 알았다면 등에 혹이 없다고 말해드렸을 텐데."

골린이 딸꾹질을 하며 고개를 살짝 돌려 간호사를 보았다.

"정, 정말이야?" 콜린이 가련한 표정으로 물었다.

"네, 도련님."

"거 봐!" 메리가 말하며 같이 딸꾹질을 했다.

콜린은 다시 얼굴을 돌렸지만, 잠시 가만히 누워 몇 번이고 길게 숨을 쉬었다. 그러자 폭풍같이 몰아쳤던 흐느낌이 서서히 잦아들었다. 물론 굵은 눈물 줄기가 얼굴을 타고 흘러내려 베개를 적시기는 했다. 그러나 그 눈물은 신기하게도 커다란 안도감이 찾아왔다는 뜻이었다. 마침내 콜린이 다시 간호사를 바라보았다. 그런데 정말 이상하게도 간호사에게 말을 하는 태도가 전혀 라자 같지 않았다.

"내가 어른이 될 때까지 살 수 있을까?" 콜린이 말했다.

간호사는 영리하지도, 마음씨가 곱지도 않았지만, 적어

도 런던에서 온 의사 선생의 진단을 반복할 수는 있었다.

"하라는 대로 하고 성질을 잘 다스리세요. 그리고 밖에서 신선한 공기를 많이 마시고요. 그러면 그렇게 되실 거예요."

생떼 부리던 콜린의 마음은 가라앉았다. 아이는 원래도 몸이 약한 데다, 우느라 기운이 하나도 없었다. 덕분에 마음이 부드러워진 듯했다. 콜린은 메리를 향해 손을 살짝 내밀었다. 그리고 이렇게 말하게 되어 천만다행인데, 메리의 분노도 잦아들어 마음이 풀어져 있었기에 손을 반쯤 내밀어 콜린의 손을 잡았다. 이로써 두 사람은 화해를 한 셈이었다.

"나도, 나도 너와 함께 밖으로 나가볼래, 메리." 콜린이 말했다. "나도 신선한 공기를 싫어하지 않을 거야. 만약 우리가⋯⋯" 콜린은 '만약 우리가 비밀 정원을 찾아낸다면'이라고 말하면 안 된다는 사실을 제때 기억하고 입을 다물었다. 그리고 이렇게 말을 맺었다. "디콘이 와서 내 휠체어를 밀어 준다면, 너와 함께 밖으로 나가고 싶어. 나도 디콘과 여우와 까마귀를 꼭 만나고 싶어."

간호사는 엉망으로 구겨진 침대를 정리하고, 베개와 쿠션들을 흔들어서 바르게 폈다. 그런 후에는 콜린에게 쇠고기 수프 한 컵을 마시게 했고 메리에게도 한 컵 주었다. 메리도 한바탕 홍분을 했기 때문에, 그 수프가 몹시 반가웠다. 메들록 부인과 마사는 가벼운 마음으로 돌아갔다. 모든 것이 깔끔하고 차분해지고 제자리를 잡자, 간호사도 얼른 그 방에서 나가고 싶다는 기색이 역력했다. 간호사는 잠을 빼앗기면 몹시 기분이 상하는, 건강한 젊은 여자였다. 그래서 대놓고 입을 쩍 벌리고 하품을 하며 메리를 보았다. 메리는 어느새 커다란 발 받침대를 네 기둥 침대에 가까이 밀어놓고 콜린의 손을 잡고 있었다.

"아가씨도 돌아가서 주무세요." 간호사가 말했다. "도련님은 곧 곯아떨어지실 거예요. 너무 흥분하지 않으셨다면요. 그러고 나면 저도 옆방에서 눈을 붙일 거예요."

"아야에게 배운 그 노래를 불러줄까?" 메리가 콜린에게 속삭였다.

콜린이 메리의 손을 살며시 잡아당겼다. 그리고 부탁하듯 피곤한 눈으로 메리를 바라보았다.

"좋고말고!" 콜린이 대답했다. "정말 듣기 좋은 노래더라. 그 노래를 들으면 금방 잠이 들 거야."

"콜린은 내가 재울게요." 메리가 하품을 하는 간호사에게 말했다. "가고 싶으면 가요."

"저." 간호사는 사양해야 할 듯한 마음에 이렇게 대답했다. "혹시 도련님이 30분 안에 잠들지 않으시면 저를 부르세요."

"알았어요." 메리가 대답했다.

간호사는 금방 방에서 나갔다. 간호사가 나가자마자 콜린이 메리의 손을 다시 잡아당겼다.

"하마터면 말할 뻔했어." 콜린이 말했다. "하지만 제때에 멈췄지. 나는 더 이야기하지 않고 잘 거야. 그런데 네가 재미있는 이야기가 잔뜩 있다고 했잖아. 혹시 그 비밀 정원에 들어가는 방법에 대해서 뭐라도 알아냈어?"

메리는 피곤해 보이는, 가련한 작은 얼굴과 퉁퉁 부은 눈을 보자 마음이 약해졌다.

"응." 메리가 대답했다. "그런 것 같아. 네가 지금 자면 내일 말해줄게."

콜린의 손이 살짝 떨렸다.

"아, 메리!" 콜린이 말했다. "메리! 그곳에 갈 수만 있다면, 나는 분명 어른이 될 때까지 살 수 있을 거야! 아야의 노래를 불러주는 대신, 처음 여기 왔을 때처럼 네가 상상하는 정원 풍경을 들려줄래? 그러면 잠이 들 것 같아."

"좋아." 메리가 대답했다. "눈을 감아."

콜린이 눈을 감고 가만히 누워 있자, 메리는 그 손을 잡고 아주 나지막한 목소리로 천천히 이야기를 시작했다.

"내 생각에 그 정원은 아주 오랫동안 방치되어 있었어. 덕분에 꽃과 나무들이 자유롭게 자라 아름답게 뒤엉켜버렸을 거야. 장미 덤불이 뻗어가고, 뻗어가고, 뻗어가서, 나뭇가지들과 담장에서 축축 늘어지고, 땅 위로도 뻗어갔겠지. 마치 기묘한 회색 안개처럼 말이야. 죽은 장미들도 있겠지만, 아직도 수많은 장미가 살아 있어. 그래서 여름이 오면, 그곳에는 장미로 된 커튼과 분수가 생길 거야. 땅에서는 나팔수선화며 아네모네, 백합, 붓꽃이 어두운 흙 속을 헤치며 열심히 자라고 있을 거야. 이제 봄이 시작되었으니까 어쩌면, 어쩌면……"

나직하게 이어지는 부드러운 메리의 말소리에 콜린의 몸에서 움직임이 점점 사라졌다. 메리는 그 모습을 보면서 말을 이었다.

"어쩌면 그 꽃들이 풀들 사이에서 솟아오를 거야……. 보라색 크로커스와 황금색 크로커스들이 무리지어 피어 있을 테고, 벌써 말이지. 아마 잎들이 돋아나서 말린 몸을 펼치고……, 회색이 점점 변해서 얇은 녹색 천처럼 뻗어가고 있을 거야. 사방으로 뻗어가 모든 것을 뒤덮겠지. 그리고 새들이 그 모습을 보려고 올 거야……. 그곳은 어느 곳보다 안전하고 고요하니까. 그리고 어쩌면, 어쩌면, 어쩌면……" 매우 조용하고 천천히. "울새가 짝을 찾아, 둥지를 만들고 있을지 몰라."

마침내 콜린이 잠들었다.

∽

"낭비헐 시간이 없어요"

당연하게도, 메리는 다음 날 아침 일찍 일어나지 못했다. 피
곤한 탓에 늦잠을 자고 말았다. 마사는 아침을 가져와서는,
콜린이 꽤 안정이 되었지만 너무 격렬하게 울어서 기진맥진
해졌고 열이 나며 앓아누웠다고 말해주었다. 메리는 마사의
이야기를 들으며 천천히 아침을 먹었다.

"도련님이, 아가씨만 괜찮다면 어서 만나러 와주면 좋겠
다구 하시더만요." 마사가 말했다. "도련님이 아가씨를 마음
에 들어하시다니 정말 신기허지요. 아가씨가 지난밤에 도련
님한테 한방 확실허게 먹였죠, 그렇죠? 어느 누구두 감히 그
러지 못했어요. 에휴! 가여운 도련님! 무슨 약으로두 못 고칠
정도루 버르장머리가 없었어요. 어머니가 말씀하시기를 아
이들에게 일어나는 제일 나쁜 일이 두 개 있는데, 하나는 아
이가 제 맘대로 할 수 있는 일이 하나도 없는 것이고 다른 하

나는 모든 걸 제멋대로 하는 거래요. 어느 쪽이 더 나쁜지는 어머니두 모르시겠대요. 아가씨두 정말 한 성깔 하셨어요. 아까 도련님 방에 들어갔더니만 제게 이러시더라구요. '메리 양에게 혹시 와서 나와 이야기하고 싶은지 물어봐줘, 부탁이야.' '부탁이야'라고 하셨다구 생각을 해보셔요! 가실 거여요, 아가씨?"

"얼른 나가서 디콘부터 만날 거야." 메리가 말했다. "아니야. 먼저 콜린부터 만나서 이야기를 해야겠어. 해줄 이야기가 떠올랐어." 메리에게 갑작스러운 영감이 떠올랐다.

콜린의 방에 들어온 메리는 모자를 쓰고 있었다. 그 모습을 보고 콜린은 순간 실망한 듯했다. 콜린은 침대에 있었고, 얼굴은 보기 안쓰러울 정도로 창백하고 눈가가 거뭇거뭇했다.

"와줘서 기뻐." 콜린이 말했다. "너무 피곤해서 머리가 아프고, 몸도 여기저기 다 아파. 너는 나갈 거야?"

메리가 와서 콜린의 침대로 몸을 숙였다.

"오래 걸리지는 않을 거야." 메리가 대답했다. "디콘에게 갈 거지만 돌아올게. 콜린, 이건, 이건 비밀 정원에 관한 일이야."

그 말에 콜린의 얼굴이 환하게 밝아지면서 살짝 홍조가 돌아오기까지 했다.

"어! 정말?" 콜린이 소리쳤다. "밤새 그곳에 관한 꿈을 꿨어. 회색이 녹색으로 변해간다는 네 이야기를 들었잖아. 그래서인지, 꿈속에서 흔들리는 작은 녹색 잎사귀들로 가득한 곳에 서 있었어. 거기에는 새가 앉아 있는 둥지가 사방에 있었는데, 새들이 너무 사랑스럽고 조용해 보였어. 네가 올 때까지, 누워서 계속 그 꿈에 대해 생각할 거야."

5분 후 메리는 디콘과 함께 둘의 정원에서 만났다. 여우와 까마귀는 이번에도 와 있었고, 디콘은 이번에는 길들인 다람쥐 두 마리도 데려왔다.

"오늘 아침에는 조랑말을 타구 왔어요." 디콘이 말했다. "와! 그 조랑말은 정말 작구 좋은 친구여요. 이름이 깡충이여요! 주머니엔 이 친구들을 넣어왔죠. 이 친구 이름은 밤이구 저 친구는 껍질이여요."

디콘이 '밤'이라고 하자, 다람쥐 한 마리가 오른쪽 어깨로 훌쩍 뛰어올랐다. 그리고 '껍질'이라고 하자, 다른 다람쥐가 왼쪽 어깨로 훌쩍 뛰어올랐다.

두 아이가 풀밭에 앉으니, 대장이 아이들 발치에 몸을 말았고, 검댕이가 나무에 앉아 근엄한 태도로 귀를 기울이고, 밤과 껍질은 아이들 근처에서 여기저기 코를 킁킁거렸다. 그렇게 있다 보니, 메리는 유쾌한 곳을 두고 가야 한다는 생각만으로도 힘들었다. 하지만 그사이 일어난 일을 이야기해주면서 디콘의 재미있는 얼굴에 비친 표정을 보자, 메리는 마음을 바꾸었다. 메리는 자신보다 디콘이 더 콜린을 가엾게 여긴다는 걸 잘 알 수 있었다. 디콘은 고개를 들어 하늘을 보고, 주위를 둘러보았다.

"새들이 휘파람 불듯이 지저귀는 소리 한번 들어보셔요. 온 세상이 저 소리루 가득허네요." 디콘이 말했다. "사방에 화살처럼 돌아치는 새들을 보구, 서룰 부르는 소리에다 귀를 기울여보셔요. 봄이 오면 온 세상이 서룰 부르는 거 같아요. 말려 있던 새 잎사귀들이 펼쳐지니깐 아가씨가 볼 수 있죠. 그리고 사방에서 좋은 향기가 진동허지요!" 디콘은 끝이 귀엽게 하늘로 들린 코로 킁킁거리며 말을 이었다. "근데 불쌍허게도 도련님은 꼭 닫은 방에 누워가지구 이런 풍경을 제대루 못 보니깐, 떠올리면 비명밖에 안 나오는 생각들에 골몰허는 거여요. 에휴! 안타까워라! 우리가 도련님을 꼭 거기서 데리구 나와야겠구먼요. 데리구 나와선 이 세상을 보구, 듣구, 신선헌 공길 킁킁 맡게 해야 하구요. 햇빛두 흠뻑 받으라구 하구요. 낭비헐 시간이 없어요."

디콘이 어찌나 이야기에 열중했는지, 지독한 요크셔 말투가 툭툭 튀어나왔다. 다른 때 같았으면, 메리가 잘 알아들을 수 있도록 말투를 조심하려고 했을 테지만 말이다. 하지만 메리는 디콘의 심한 요크셔 말투를 몹시 좋아했다. 그런 말투를 배우려고 해보기까지 했다. 그래서 지금은 메리도 서툴지만, 요크셔 말투로 말할 수 있었다.

"암, 그래야 허지." 메리가 말했다(이 말은 '그래, 그렇게 해야지'라는 뜻이었다). "그러면 우리가 젤 첨 헐 일을 말하여줄게." 메리가 계속 요크셔 억양으로 말하자, 디콘이 활짝 웃었다. 꼬마 아가씨가 혀를 비틀어가며 요크셔 말투로 말하려는 모습을 보니, 꽤나 재미있었기 때문이다. "콜린은 널 몹시 좋아허게 되었구먼. 널 만나구 싶어허지. 검댕이허구 대장두 보고 싶어허구. 내가 인제 집엘 돌아가 콜린한테 이렇게 말헐라구. 낼 아침에 널 오라구 허지 않구 동물 친구들두 데리구 오라구 허지 않으면, 내가 혼쭐을 내주겠다구. 그러구 나중에 여기 잎사귀들이 더 많이 돋아나구 꽃봉오리들이 하나둘 자라면 콜린을 데리구 나오자. 너가 콜린 휠체얼 밀면 우리 함께 콜린을 여기루 데리구 와서 몽창 다 보여주자."

말을 다 마치자, 메리는 자신이 제법 자랑스러웠다. 요크셔 억양으로 이렇게 오래 말한 게 처음이었는데, 말투를 아주 잘 기억했기 때문이다.

"꼭 콜린 도련님한테두 그렇게 요크셔 말투루 말하여야겠구먼요." 디콘이 깔깔 웃었다. "그러면 도련님이 배꼽을 잡으실 거여요. 아픈 사람한테 웃는 거만큼 좋은 게 없거든요. 어머니는 매일 아침 30분만 웃으면, 당장 장티푸스에 걸릴 사람두 나을 수 있을 거라구 하셔요."

"바로 오늘부터 콜린에게 요크셔 말투로 말해볼 거야."
메리도 깔깔거리며 말했다.

비밀 정원에는 매일 밤낮으로 마법사들이 마법 지팡이
를 휘둘러 땅과 나뭇가지에서 사랑스러움을 이끌어내며 돌
아다니는 것만 같은 시절이 찾아왔다. 그런 풍경을 뒤로하고
돌아가려니, 발길이 떨어지지 않았다. 특히 밤이 메리의 원
피스를 타고 올라오고 껍질이 두 아이가 앉아 있는 사과나무
의 줄기를 타고 돌아다니며 그곳을 떠나지 않고 호기심 많은
눈빛으로 메리를 바라볼 때는, 그냥 머물고 싶었다. 하지만
메리는 집으로 돌아갔다. 잠시 후 메리가 콜린의 침대에 바
짝 붙어 앉자, 콜린은 디콘처럼 잘하지는 못하지만 코를 킁
킁거리기 시작했다.

"네게서 꽃향기가, 신선한 식물들 같은 냄새가 나." 콜린
이 즐거운 듯 소리쳤다. "이 냄새는 뭐야? 서늘하고 따뜻하고
달콤한 향이 동시에 느껴져."

"이건 황무지서 불어오는 바람이라니깐." 메리가 말했
다. "디콘하구 대장하구 검댕이하구 밤하구 껍질하구 같이
나무 아래 풀밭에 앉았으면 말이지, 거기서 바람이 불어온다
구. 지금 밖에는 봄이야. 그리구 햇살에서두 아주 근사한 향
기가 난다니깐."

메리는 최대한 요크셔 말투를 쓰며 그렇게 대답했다. 그런데 요크셔 말투는 다른 사람이 말하는 걸 듣기 전에는 얼마나 독특한지 알아차리기 어렵다. 콜린이 깔깔 웃기 시작했다.

"너 뭐 하는 거야?" 콜린이 말했다. "네가 그렇게 말하는 건 지금 처음 들었어. 정말 웃겨."

"지금 요크셔 말투루 말하구 있잖어." 메리가 의기양양하게 대답했다. "디콘이나 마사처럼 잘하는 거는 아니지만. 그래두 보다시피 어느 정도 흉내 낼 수 있다니깐. 설마 요크셔 말툴 들어두 잘 모르는 거야? 넌 요크셔에서 나구 자란 아이잖어! 맙소사! 그래서야 너, 고개나 들구 다닐 수 있겠냐!"

그러더니 메리도 웃기 시작했다. 급기야 두 아이는 웃음이 너무 나서 도저히 멈출 수 없을 때까지 웃었다. 어찌나 웃었는지 방 안에 웃음소리가 울렸고, 메들록 부인이 문을 열고 복도로 나와 어리둥절한 표정으로 그 소리에 귀를 기울이기에 이르렀다.

"시상에나!" 메들록 부인은 주위에 듣는 사람이 아무도 없는 틈을 타 지독한 요크셔 말투로 말했다. 부인은 정말 깜짝 놀랐다. "누가 저런 웃음소릴 들을 줄 알았겠냐구! 어느 누가 생각이라두 해봤겠냔 말이지!"

두 아이는 할 이야기가 산더미 같았다. 콜린은 디콘과 대장과 검댕이와 밤과 껍질과 이름이 깡충이라는 조랑말 이야기를 아무리 들어도 질리지 않는 것 같았다. 메리는 깡충이를 보려고 디콘과 함께 숲으로 뛰어갔다가 왔다. 깡충이는 작고 털이 복슬복슬한 황무지 조랑말이었다. 눈 위로 숱 많은 갈기가 늘어지고, 얼굴은 예쁘장하고, 비비기를 좋아하는 코는 벨벳처럼 보드라웠다. 깡충이는 황무지의 풀을 먹고 살아서 약간 말랐지만, 작은 다리의 근육이 강철 용수철로 만들어지기라도 한 듯 원기 왕성하고 튼튼했다. 깡충이는 디콘을 보자 고개를 들고 부드러운 소리로 히힝 울었다. 그러더니 디콘을 향해 달려와 제 머리를 소년의 어깨에 내려놓았다. 디콘이 조랑말 귀에 무슨 말을 속삭이자, 깡충이는 대답을 하듯 이상한 히힝 소리를 내고 콧방귀를 푸푸 내뿜었다. 디콘은 깡충이의 작은 앞발굽을 메리에게 내밀게 하고, 벨벳 같은 코를 입맞춤하듯 메리의 볼에 가져다 대게 했다.

"깡충이는 디콘의 말을 정말 다 알아들어?" 콜린이 물었다.

"그렇다고 생각해." 메리가 대답했다. "디콘은 확실히 친구가 되면 무슨 말이건 이해할 수 있대. 그런데 먼저 확실히 친구가 되어야 해."

콜린은 잠시 말없이 누워 있었다. 이상한 회색 눈이 벽을 쏘아보는 듯 보였다. 메리는 사촌이 생각 중이라는 사실을 알았다.

"나도 동물과 친구가 되면 좋을 텐데." 마침내 콜린이 말문을 열었다. "하지만 안 돼. 난 어떤 것과도 친구가 된 적 없어. 게다가 사람들을 견딜 수 없어."

"나도 못 견디겠어?" 메리가 물었다.

"넌 괜찮아." 콜린이 대답했다. "정말 신기한 일인데, 난 심지어 네가 좋아."

"벤 웨더스태프 영감님이 자기랑 내가 닮았대." 메리가 말했다. "영감님은 우리가 똑같이 성질이 고약하다고 했어. 내 생각에 너도 나와 닮은 것 같아. 우리 세 사람은 똑 닮았어. 너와 나와 벤 영감님. 영감님은 우리는 둘 다 별로 볼 게 없는 얼굴인 데다 심술궂어 보인다고 했어. 하지만 울새와 디콘을 모르던 때와 달리 요즘엔 심통이 나지 않아."

"너도 사람들을 싫어했어?"

"응." 메리가 솔직하게 대답했다. "내가 울새와 디콘을 만나기 전에 너를 만났다면, 너도 싫어했을 거야."

콜린이 여윈 손을 내밀어 메리의 손을 만졌다.

"메리." 콜린이 말했다. "디콘을 보내버리겠다는 둥 그런 말을 하지 말걸 그랬어. 네가 디콘이 천사 같다고 하는 바람에 네가 미웠어. 그리고 너를 비웃었지. 그런데 말이지. 디콘은 정말 천사인 것 같아."

"음, 이런 말하기 좀 우습지만 말이지." 메리가 솔직하게 인정했다. "디콘은 코가 위로 들려 있고, 입이 큼직하고, 옷은 여기저기 덕지덕지 기웠고, 요크셔 말투가 얼마나 심한지 몰라. 그런데 천사가 요크셔에 내려와 황무지에 산다면, 그러니까 요크셔 천사가 있다면, 그 천사는 디콘처럼 초록 식물을 다 이해하고, 그것들을 어떻게 키우는지 알고, 야생동물에게 어떻게 말을 해야 하는지 알 거야. 그리고 야생동물들은 그 천사가 자신들의 친구라는 걸 확실히 알 거야."

"디콘이 나를 봐도 상관없어." 콜린이 말했다. "디콘을 만나고 싶어."

"네가 그렇게 말해서 기뻐." 메리가 대답했다. "왜냐하면, 왜냐하면……"

지금이야말로 콜린에게 말해야 할 때라는 생각이 불쑥 들었다. 콜린은 뭔가 새로운 소식을 들으리라 예감했다.

"왜냐하면 뭐?" 콜린이 초조하게 재촉했다.

메리는 너무 흥분이 되어 의자에서 벌떡 일어나 콜린에게 다가가 콜린의 양손을 덥석 쥐었다.

"너를 믿어도 돼? 나는 디콘을 믿어. 왜냐하면 새들이 디콘을 믿으니까. 너를 믿어도 돼? 확실히, 확실히 말이야!" 메리가 간청하다시피 말했다.

메리의 표정이 어찌나 엄숙한지 콜린은 그 기세에 속삭이다시피 대답을 했다.

"그래! 그래!"

"디콘이 내일 아침에 너를 찾아올 거야. 그리고 동물 친구들도 데리고 올 거야."

"오! 세상에!" 콜린이 기쁨에 겨워 탄성을 질렀다.

"그런데 그게 다가 아니야." 메리가 말을 계속했다. 어찌나 진지한지 얼굴에 핏기조차 사라진 것 같았다. "그다음 이야기는 더 근사해. 그 정원으로 들어가는 문이 있어. 내가 문을 찾았어. 담장에 늘어진 담쟁이덩굴 아래에 있어."

콜린이 건강하고 튼튼한 소년이었다면, 당장 이렇게 소리쳤을 것이다. "만세! 만세! 만세!" 하지만 콜린은 병약하고 조금 예민했다. 그래서 큰 눈을 더 크게 뜨고 숨을 헉 들이쉬었다.

"와! 메리!" 콜린은 반쯤 흐느끼듯 말했다. "내가 그곳을 볼 수 있어? 내가 거기 들어갈 수 있는 거야? 내가 '살아서' 거기에 들어갈 수 있어?" 그러더니 메리의 손을 꼭 잡고 메리를 끌어당겼다.

"물론 그곳을 볼 수 있고말고!" 메리가 정색을 하며 쏘아붙였다. "물론 너는 살아서 거기 들어갈 거야! 바보 같은 소리 좀 그만해!"

메리는 조금도 예민하지 않고 정상적이고 아이다웠기 때문에, 콜린을 진정시켰다. 콜린도 자신의 행동에 웃음을 터트렸다. 몇 분 후 메리는 의자에 다시 앉아 상상 속 비밀 정원이 아니라 실제 풍경을 콜린에게 들려주기 시작했다. 콜린은 아픈 것도, 피곤한 것도 다 잊고, 홀린 듯 그 이야기에 귀를 기울였다.

"네가 상상하던 모습 그대로잖아." 마침내 콜린이 말했다. "마치 네가 그곳을 보고 온 것처럼 들려. 처음에 이야기를 했을 때도 내가 이렇게 말한 거 기억하지?"

메리는 2분 정도 망설인 후 대담하게 사실을 털어놓았다.

"나는 그곳을 본 거였어. 그곳에 들어갔다 오고 나서였지." 메리가 말했다. "몇 주 전에 열쇠를 찾아서 그곳에 들어갔어. 하지만 네게 차마 말을 못 했어. 너를 믿어도 될지 확신할 수 없었거든. 확실히 말이야."

⤮

"드디어 왔어!"

당연하게도, 콜린의 짜증이 폭발한 다음 날 아침 크레이븐 선생이 왕진을 왔다. 그런 일이 일어날 때마다 저택에서는 선생을 불렀다. 도착해보면, 뚱해서는 어찌나 히스테리를 부리는지 말 한마디에도 울음을 와락 터트리기 일쑤인 남자애가 얼굴이 허옇게 질려서는 벌벌 떨며 침대에 누워 있곤 했다. 사실 의사 선생은 이렇게 까다로운 왕진이 지겹고 지긋지긋했다. 이번에는 아예 오후가 되어서야 미슬스웨이트에 왔다.

"아이는 좀 어떻습니까?" 의사 선생은 저택에 도착하자 메들록 부인에게 좀 짜증스럽게 물었다. "그렇게 자꾸 발작을 일으키면, 언젠가는 혈관이 터질 겁니다. 그 아이는 히스테리를 부리고 막무가내로 굴다가 반쯤 미친 것 같아요."

"음, 선생님." 메들록 부인이 대답했다. "도련님을 직접 보시면 믿기지 않으실 거예요. 도련님만큼이나 고약했던, 그 못생기고 표정이 심술궂은 아이가 도련님의 혼을 쏙 빼놓았어요. 어떻게 그렇게 했는지 도무지 모르겠어요. 그 여자애가 어디 볼품이 있기를 하나, 말을 많이 하기를 하나. 그런데 우리 중 아무도 못한 일을 그 애가 했지 뭐예요. 지난밤에 새끼 고양이처럼 도련님에게 달려들더니, 발을 쾅쾅 구르면서 도련님에게 그만 울라고 소리를 꽥꽥 지르지 않겠어요. 그 애가 어쩌나 도련님을 놀라게 했는지, 도련님이 그만 울음을 뚝 그치셨어요. 게다가 오늘 오후에는……, 아니에요. 직접 가서 보셔야 해요. 도저히 못 믿으실 거예요."

크레이븐 선생이 방으로 들어갔을 때 맞닥뜨린 장면은 실로 놀라웠다. 메들록 부인이 문을 열자 까르르 웃으며 재잘거리는 소리가 들렸다. 콜린이 가운을 입고 소파에 있었는데, 등을 꽤 곧게 펴고 앉아 정원 가꾸기 책 한 권을 보며 못생긴 여자아이와 이야기를 하고 있었다. 사실 그 순간만큼은 기쁨으로 얼굴이 붉게 상기되어 있어서 못생겨 보이지 않았다.

"기다랗고 가는 줄기에 꽃이 달린 것 말이야. 우리는 이 꽃도 잔뜩 심을 거야." 콜린이 선언하듯 말했다. "이 꽃은 델피니움이라고 해."

"디콘은 이건 커다랗고 멋지게 자라는 참제비고깔이라고 했어." 메리 아가씨가 소리쳤다. "거기 가면 이미 무리지어서 잔뜩 자라고 있어."

바로 그때 두 아이는 크레이븐 선생을 보고 말을 딱 멈췄다. 메리는 그대로 굳어버렸고, 콜린은 짜증스러운 것 같았다.

"지난밤에 네가 아팠다는 말을 들어서 마음이 편치 않구나, 애야." 크레이븐 선생이 약간 신경질적으로 말했다. 선생은 꽤나 신경질적인 사람이었다.

"지금은 좋아졌어요. 훨씬 좋아요." 콜린이 라자처럼 대답했다. "날씨만 좋으면, 하루나 이틀 후에 휠체어에 앉아 밖으로 나갈 거예요. 신선한 공기를 마시고 싶어요."

크레이븐 씨는 콜린 옆에 앉아서 맥을 짚더니, 신기한 듯 아이를 바라보았다.

"날이 아주 청명해야 해." 선생이 말했다. "그리고 절대 몸에 무리가 되지 않도록 신경을 써야 하고."

"신선한 공기를 마시는 게 몸에 무리일 리 없어요." 어린 라자가 대답했다.

다른 누구도 아닌 이 어린 신사가 분노로 고함을 지르면서 신선한 공기를 맡으면 감기에 걸려 죽을 거라고 악을 쓴 적이 여러 번 있었기 때문에, 콜린이 방금 한 말에 의사 선생은 깜짝 놀라지 않을 수 없었다.

"신선한 공기를 싫어하는 줄 알았는데." 의사 선생이 말했다.

"혼자라면 저도 싫어요." 라자가 대답했다. "하지만 내 사촌이 함께 나갈 거예요."

"물론, 간호사도 나가야겠지?" 크레이븐 선생이 제안했다.

"아뇨, 간호사와 가지 않을 거예요." 그 말투가 어찌나 위풍당당하던지 메리는 인도의 어린 왕자가 다이아몬드와 에메랄드와 진주로 온몸을 치장하고 앉아, 커다란 루비 반지를 낀 까무잡잡한 작은 손을 흔들어 하인들에게 실랑을 하고 명령을 받으라던 모습을 떠올리지 않을 수 없었다.

"내 사촌은 나를 어떻게 보살펴야 하는지 다 알아요. 사촌이 옆에 있으면 항상 몸 상태가 더 좋아요. 지난밤에도 이 애가 제 기분을 더 좋게 해줬어요. 내가 아는 몹시 건강한 남자애가 내 휠체어를 밀 거예요."

크레이븐 선생은 불현듯 불안해졌다. 걸핏하면 히스테리를 부리는 이 지긋지긋한 아이의 건강이 좋아지기라도 하면, 크레이븐 선생이 미슬스웨이트의 재산을 상속받을 가능성이 몽땅 사라진다. 하지만 선생은 나약한 의사이기는 해도 부도덕한 사람은 아니었다. 그래서 콜린이 실제로 위험한 상황에 처하도록 내버려 둘 생각은 없었다.

"그 아이는 튼튼하고 힘이 세야 한단다." 의사 선생이 말했다. "그 아이에 대해서 나도 알고 있어야겠구나. 그 애가 누구니? 이름이 뭐지?”

"디콘이에요." 메리가 불쑥 끼어들어 대답했다. 황무지를 아는 사람이라면 당연히 디콘도 알 거라는 생각이 막연히 들었던 것이다. 그리고 그 짐작은 옳았다. 메리는 순간 어두웠던 크레이븐 선생의 얼굴에 안도하는 미소가 편안히 번지는 모습을 놓치지 않았다.

"오, 디콘." 크레이븐 선생이 말했다. "디콘이라면 안전할 거야. 그 아이는 황무지 조랑말만큼 튼튼하니까, 디콘 말이야."

"그리구 믿음직허지요." 메리가 말했다. "디콘은 요크셔에서 젤루 믿음직헌 남자애여요." 메리는 콜린과 요크셔 말투로 이야기를 하고 있었기 때문에, 자기도 모르게 계속 요크셔 말을 썼다.

"그 말투도 디콘이 가르쳐줬니?" 크레이븐 선생이 껄껄 웃으며 물었다.

"프랑스 말 배우는 거처럼 배우구 있어요." 메리가 조금 쌀쌀맞게 대답했다. "인도에서 쓰는 원주민 말 같애요. 아주 영리한 사람들은 그 말들을 배우려구 하니깐요. 난 요크셔 말투가 맘에 들구 콜린두 그래요."

"그래, 그래." 의사 선생이 말했다. "요크셔 말투를 재미있어한다고 무슨 해를 입겠니. 지난밤에 진정제를 먹었니,

콜린?"

"아뇨." 콜린이 대답했다. "처음에는 먹을 생각이 들지 않았고, 나중엔 메리가 나를 진정시키고 재워줬어요. 메리가 정원으로 살며시 찾아온 봄에 대한 이야기를 나지막한 목소리로 들려줬거든요."

"그렇다니 마음이 놓이는구나." 의사 선생은 아까보다 더 놀라며, 늘 앉는 의자에 앉아 조용히 양탄자를 내려다보고 있는 메리 아가씨를 곁눈으로 힐끔 보고 말했다. "네 상태를 보니 확실히 좋아졌구나. 하지만 기억해야……."

"기억하고 싶지 않아요." 또다시 나타난 콜린 안의 라자가 말을 잘랐다. "혼자 누워서 곧 몸 여기저기가 아프기 시작할 거라는 사실을 기억해야 하는 거요. 너무 싫어서 비명을 지르게 만드는 것들을 자꾸 곱씹어야 한다는 것도요. 아프다는 사실을 기억하게 하는 대신, 그걸 잊게 만드는 의사 선생님이 이 세상 어딘가에 있다면, 그분을 이곳에 데려오고 싶어요." 그러더니 콜린은 정말로 왕가의 문장을 새긴 루비 반지들을 주렁주렁 끼고 있을 것만 같은 가냘픈 손을 내저었다. "사촌 덕분에 제 상태가 나아진 건, 제가 아프다는 사실을 잊게 해줬기 때문이에요."

'짜증 부리기'가 끝난 다음 크레이븐 선생이 이번만큼 짧게 머무른 것은 처음이었다. 평소라면 당연히 오랫동안 저택에 머무르며 온갖 처치를 했을 것이다. 그런데 이날 오후에는 아무 약도 주지 않았고, 새로운 지시 사항도 남기지 않았다. 그리고 혹시 모를 불쾌한 상황들과도 맞닥뜨리지 않았다. 아래층으로 내려오는 내내 선생은 생각에 골몰한 모습이었다. 잠시 후 도서실에서 메들록 부인과 이야기를 나누었는데, 부인이 보기에 의사 선생은 몹시 당황하고 놀란 듯했다.

"음, 선생님." 부인이 슬쩍 말해보았다. "이제 제 말을 믿으시겠죠?"

"확실히, 예상하지 못한 상황이 벌어지고 있군요." 의사 선생이 말했다. "이전보다 상태가 호전되었다는 사실을 부정할 수가 없어요."

"수전 소워비가 말한 대로예요. 저는 확신한답니다." 메들록 부인이 말했다. "어제 스웨이트에 가는 길에 수전네 집에 들러서 잠시 이야기를 했거든요. 그때 수전이 이러더라고요. '음, 사라 앤, 메리 아가씨가 착하지는 않을지 몰라. 예쁜 아이가 아닐 수두 있구. 허지만 아직 아이야. 아이들한테는 아이들이 필요해.' 우리는 학교를 같이 다닌 사이랍니다, 수전 소워비와 저 말이에요."

"그 부인은 제가 아는 가장 최고의 간병인이죠." 크레이븐 선생님이 말했다. "어느 집에 갔는데 그 부인이 와 있으면, 저는 제 환자를 살릴 수 있겠다고 확신을 한답니다."

메들록 부인이 미소를 지었다. 부인은 수전 소워비를 정말 좋아했다.

"수전에게는 수전만의 방식이 있어요, 아무렴요." 메들록 부인이 꽤 솜씨 좋게 이야기를 이어나갔다. "어제 수전이 한 이야기를 오전 내내 생각해보았답니다. 수전이 이런 이야기를 해줬거든요. '예전에 우리 아이들이 한바탕 싸우구 난담에 내가 이렇게 일장 연설을 해준 적이 있다니깐. 아이들한테 말했지. 이 엄마가 학교를 다닐 때, 지리 선생님이 이 세상이 오렌지처럼 생겼다구 말씀해주지 않으셨겠냐. 이 엄마는 열 살두 되기 전에, 오렌지 전체를 가질 사람은 아무도 없다구 깨달았어. 자신한테 주어진 몫 이상을 가질 수 있는 사람은 아무두 없어. 근데 가끔은 나눠 가질 오렌지 조각들이 충분하지 않다구 보일 때두 있어. 허지만 너희들은, 너희들 누구두 오렌지 하나가 온전히 자기 거라구 생각하면 안 돼. 그렇게 생각하는 건 실수야. 그리구 호되게 당하구 나서야 실수를 깨닫게 될 거야.' 수전은 또 이렇게 말했어요. '아이들이 아이들한테 배우는 교훈은 이거야. 오렌지 한 갤 껍질까지 다 움켜쥐구 있어봐야 의미가 없단 거야. 그렇게 허면 씨조차 얻을 수 없어. 어차피 씨는 너무 써서 먹지두 못 허겠지.'"

"그 부인은 슬기로운 사람이군요." 크레이븐 선생님이 코트를 입으며 말했다.

"음, 수전에게는 이야기를 풀어가는 자신만의 방식이 있어요." 기분이 한결 유쾌해진 메들록 부인이 이렇게 말을 끝냈다. "가끔 제가 수전에게 이렇게 말해요. '에휴! 수전, 네가 다른 사람이구, 요크셔 말투가 그렇게 심하지 않다면, 내가 널 똑똑한 사람이라구 말하였을 상황이 몇 번이나 있었을 거야.'"

그날 밤, 콜린은 한 번도 잠에서 깨지 않고 푹 잤다. 아침에 눈을 떴을 때는, 편히 누운 채로 자신도 모르게 미소를 지었다. 신기하게도 몸이 너무나 편했기 때문에, 절로 미소가 지어진 것이다. 게다가 눈을 떠 아침을 맞이하니, 참으로 행복했다. 그래서 콜린은 몸을 이리저리 움직이고 팔과 다리를 느긋하게 펴 기지개를 켰다. 온몸을 꽉 붙잡고 있던 단단한 끈들이 스르르 풀어져서, 몸을 놓아준 것만 같았다. 크레이븐 선생이라면 신경의 긴장이 느긋하게 풀어져 편히 쉬었기 때문이라고 말할 테지만, 콜린은 그런 건 잘 몰랐다. 누워서 벽만 보며 이대로 깨어나지 않았으면 좋겠다고 생각하는 대신, 콜린의 마음속은 어제 메리와 함께 세운 계획들과 정원 그림들, 디콘과 동물 친구들로 가득 차 있었다. 생각할 거리가 있다는 것은 참 좋은 일이었다. 콜린이 깨어나고 10분 정도 지났을까. 복도를 달려오는 발소리가 들리더니, 메리가 문가에 나타났다. 다음 순간 메리는 방으로 들어와 아침 향기가 가득한 신선한 공기를 몰고 침대로 달려왔다.

"너 나갔다 왔구나! 나갔다 왔어! 향긋한 나뭇잎 냄새가 나!" 콜린이 소리쳤다.

메리는 풀어 내린 머리를 휘날리며 방 안을 마구 뛰어다녔다. 콜린은 미처 알아보지 못했지만, 메리는 신선한 공기를 마시고 볼이 분홍빛으로 물들어 화사했다.

"정말 아름다워!" 어찌나 빨리 뛰어다녔는지, 숨을 헐떡이며 메리가 말했다. "그렇게 아름다운 풍경은 한 번도 못 봤을 거야! 드디어 왔어! 다른 날 아침에 왔다고 생각했는데, 이제 막 왔더라고. 지금 여기 와 있어! 왔다고, 봄이! 디콘이 그렇게 말했어!"

"봄이 왔다고?" 콜린이 소리쳤다. 콜린은 봄에 대해 아무것도 몰랐지만, 심장이 마구 고동치는 것 같았다. 콜린은 어느새 침대에서 일어나 앉아 있었다.

"창문을 열어!" 콜린이 환희에 찬 홍분과 상상해온 광경에 대한 기대감으로, 웃음을 터트리며 말했다. "어쩌면 황금 트럼펫 소리가 들릴지 몰라!"

콜린이 그렇게 웃는 동안 메리는 잽싸게 창으로 다가가, 더 잽싸게 창문을 활짝 열었다. 그러자 신선한 공기와 온갖 냄새와 새들의 노랫소리가 쏟아져 들어왔다.

"이게 신선한 공기야." 메리가 말했다. "드러누워서 길게 숨을 들이마셔 봐. 디콘은 황무지에 누워서 그렇게 해. 디콘이 그러는데, 신선한 공기가 핏줄을 타고 온몸을 흘러서 몸이 건강해지는 것 같대. 그래서 죽지 않고 오래오래 살 수 있을 것 같다나. 숨을 쉬어봐. 또 쉬어."

메리는 디콘의 말을 반복했을 뿐이지만, 자신도 모르게 콜린의 환상에 불을 당겼다.

"죽지 않고 오래오래라고! 신선한 공기를 마시면, 디콘은 그렇게 느껴진대?" 콜린이 말했다. 그리고 메리가 하라는 대로 숨을 몇 번이고 길게 들이마시자, 어느새 새롭고 즐거운 일이 자신에게 일어나는 것 같은 기분이 들었다.

메리가 다시 콜린 옆으로 왔다.

"별별 것들이 땅에서 셀 수 없이 솟아나고 있어." 메리가 다급하게 말을 이었다. "그리고 활짝 피어난 꽃들하고 봉오리 맺힌 꽃들이 사방에 생겼어. 회색이었던 곳이 거의 녹색 베일에 덮였고, 새들은 짝짓기에 너무 늦지나 않을지 걱정스러워하며 둥지 주위를 다급하게 날아다녀. 어떤 새들은 비밀 정원에서 좋은 자리를 두고 싸우기까지 해. 장미 덤불들은 그렇게 쑥쑥 잘 자랄 수가 없어. 산책로와 숲에는 앵초꽃이 만발했고, 우리가 뿌린 씨들도 잘 자라고 있어. 디콘이 여우와 까마귀와 다람쥐들에다가 갓 태어난 양도 데리고 왔어."

거기까지 말한 메리는 숨을 쉬려고 말을 멈췄다. 디콘은 사흘 전 황무지를 다니다가 가시금작화 덤불 사이에 죽어 있는 어미 옆에서 새끼 양을 발견했다. 어미를 잃은 새끼 양을 처음 본 것도 아니기에, 디콘은 어떻게 해야 할지 잘 알았다. 디콘은 새끼 양을 재킷에 폭 싸서 집으로 데려갔다. 불가에 양을 누이고 따뜻한 우유를 먹였다. 새끼 양은 사랑스러운, 얼빠진 얼굴에, 몸에 비해 조금 긴 다리를 가진 귀여운 녀석이었다. 디콘은 주머니에 다람쥐 한 마리와 우유병을 넣고 양을 품에 안은 채 황무지를 지나왔다. 메리는 나무 아래에 앉아 따뜻한 네 다리를 옹송그린 새끼 양을 무릎에 올리니 기묘한 기쁨이 가슴 가득 벅차올라 말도 나오지 않았다. 양이라니! 아기처럼 무릎에 누운 살아 있는 양이라니!

메리는 크나큰 기쁨에 벅차서 무슨 일이 있었는지 콜린에게 들려주고, 콜린은 깊이 숨을 들이마시며 그 이야기에 귀를 기울이는데, 간호사가 들어왔다. 간호사는 활짝 연 창문을 보고 살짝 놀랐다. 콜린이 창문을 열어두면 사람들이 감기에 걸린다고 굳게 믿는 바람에 수많은 따뜻한 날에도 숨막힐 듯한 방을 지키곤 했기 때문이다.

"쌀쌀하지 않으세요, 콜린 도련님?" 간호사가 물었다.

"응." 이렇게 대답했다. "신선한 공기를 깊이 들이마시는 중이야. 그러면 몸이 튼튼해지거든. 일어나서 아침을 먹으러 소파로 갈 거야. 내 사촌이 나와 함께 아침을 먹을 거야."

간호사는 애써 웃음을 참으며, 두 아이의 아침을 준비하라는 말을 전하려고 방에서 나갔다. 간호사에게는 환자의 방보다 하인들의 구역이 훨씬 더 즐거웠다. 지금은 모두가 위층에서 간호사가 가져올 새로운 소식을 기다리고 있었다. 그곳에서는 인기 없는 어린 은둔자에 대해 농담을 즐겨 했다. 가령 요리사는 "임자를 만났으니 도련님에게도 잘된 일"이라고 했다. 하인들은 지금까지 콜린이 성질을 부릴 때마다 마음고생이 심했다. 가족이 있는 집사는 "호되게 때려주는 편"이 환자에게는 더 나을 거라는 말을 몇 번이나 했다.

콜린은 메리의 아침까지 탁자에 차려지고 자신도 소파에 앉자, 간호사에게 그 어느 때보다 라자 같은 태도로 말했다.

"남자아이 한 명과 여우 한 마리, 까마귀 한 마리, 다람쥐 두 마리, 갓 태어난 새끼 양 한 마리가 오늘 아침 나를 보러 올 거야. 도착하자마자 위층으로 데려오도록." 콜린이 말했다. "그 동물들을 하인 출입구로 들여보내 거기서 놀게 하면서 잡아두지 마. 난 여기서 그 동물들을 보고 싶으니까."

간호사는 놀라서 숨이 턱 막혔지만, 헛기침으로 그 순간을 모면하려고 했다.

"네, 도련님." 간호사가 대답했다.

"어떻게 하면 되는지 알려줄게." 콜린이 손을 흔들며 말했다. "마사에게 동물들을 이곳으로 데려오라고 해. 남자아이는 마사의 동생이야. 이름은 디콘이고, 동물을 다루지."

"동물들이 물지 않으면 좋겠네요, 콜린 도련님." 간호사가 말했다.

"그 애는 동물을 부리는 사람이라고 했잖아." 콜린이 근엄하게 말했다. "그런 사람의 동물은 절대 물지 않아."

"인도에는 뱀을 부리는 사람들이 있어요." 메리가 말했다. "그 사람들은 뱀 머리를 자기 입에 집어넣을 수 있어요."

"맙소사!" 간호사가 소스라치게 놀랐다.

아이들은 열린 창으로 쏟아져 들어오는 아침 공기를 맞으며 식사를 했다. 콜린은 음식을 매우 맛있게 먹었고, 메리는 진지한 표정으로 관심 있게 그 모습을 지켜보았다.

"너도 나처럼 곧 포동포동 살이 찌기 시작할 거야." 메리가 말했다. "인도에서 살 때는 아침을 먹고 싶은 적이 한 번도 없었어. 그런데 이제는 매일 먹고 싶어."

"오늘 아침에는 나도 배가 고팠어." 콜린이 말했다. "아마 신선한 공기 덕분인가 봐. 디콘이 언제쯤 올 것 같아?"

디콘은 얼마 지나지 않아 도착했다. 10분쯤 후 메리가 한 손을 들었다.

"들어봐!" 메리가 말했다. "까악 소리 들었어?"

콜린이 귀를 기울이자, 집 안에서 들을 수 있는 소리치고 세상에서 가장 기묘한 소리가 들렸다. 목이 쉰 듯한 "까악 까악" 소리였다.

"들려." 콜린이 대답했다.

"저건 검댕이야." 메리가 말했다. "다시 들어봐. 매애 소리가 들리지 않아? 작은 소리지만?"

"오, 맞아!" 콜린이 붉게 달아오른 얼굴로 대답했다.

"저건 새끼 양이야." 메리가 말했다. "디콘이 지금 오고 있어."

디콘이 황무지에서 신는 장화는 두껍고 투박했다. 그래서 길게 이어진 복도를 아무리 조용하게 걸으려고 해도 쿵쿵 소리가 났다. 메리와 콜린에게 디콘이 행진하듯 쿵쿵 걸어오는 소리가 들리더니, 마침내 디콘이 양탄자 벽걸이 문을 지나 콜린의 방이 있는 통로의 폭신폭신한 양탄자 위를 걸어왔다.

"도련님." 마사가 문을 열며 소개했다. "도련님, 괜찮으시다면 여기 디콘하구 디콘의 동물 친구들이 왔습니다."

디콘이 그 어느 때보다 다정한 미소를 활짝 지으며 들어왔다. 새끼 양이 품에 안겨 있고, 자그마한 붉은 여우가 그 옆에서 경쾌하게 따라왔다. 밤은 디콘의 왼쪽 어깨에, 검댕이는 오른쪽 어깨에 앉았고, 껍질의 머리와 앞발 두 개가 코트 주머니에서 빼꼼 나와 있었다.

콜린은 천천히 몸을 일으켜 앉아, 디콘과 동물들을 보고 또 봤다. 메리를 처음 봤을 때처럼, 뚫어져라 바라보았다. 하지만 이번은 경이로움과 기쁨이 깃든 눈빛이었다. 솔직히 콜린은 지금까지 디콘에 대해 귀가 따갑게 들었지만 정작 어떤 모습일지 짐작조차 하지 못했다. 여우와 까마귀와 다람쥐들과 새끼 양이 어찌나 디콘에게 바짝 붙어 있고 친근한지 그 동물들이 디콘의 일부나 다름없다는 말이 무슨 뜻인지 그동안 도무지 이해할 수 없었다. 콜린은 지금까지 단 한 번도 남자아이와 이야기를 해보지 않은 데다 솟구치는 기쁨과 호기심에 압도되어 말을 할 생각조차 나지 않았다.

하지만 디콘은 전혀 부끄럽거나 어색해하지 않았다. 이런 상황에 디콘은 당황하지도 않았다. 디콘이 검댕이를 처음 만났을 때도 까마귀는 사람의 언어를 몰라 빤히 바라보기만 할 뿐 말을 걸지 않기 때문이다. 동물들은 상대에 대해서 잘 알 때까지는 늘 그렇다. 디콘이 소파로 다가와 양을 살며시 콜린의 무릎에 내려놓았다. 그러자 양은 포근한 벨벳 가운으로 몸을 돌려 가운의 주름들 사이로 파고들며 털이 곱실거리는 머리로 다급하게 콜린의 옆구리를 들이받았다. 이런 상황에서는 어떤 아이라도 입을 열 수밖에 없으리라.

"이게 뭐야?" 콜린이 말했다. "뭘 하고 싶은 거야?"

"제 엄마를 찾는 거여요." 디콘이 점점 더 환하게 웃으며 말했다. "새끼 양이 우유를 먹는 모습을 도련님이 보구 싶어하실 것 같아서, 배가 좀 고픈 채루다가 데려왔어요."

디콘은 소파 옆에 무릎을 꿇고 앉더니, 주머니에서 우유 병을 꺼냈다.

"이리 와라, 애기야." 디콘은 다정한 갈색 손으로 털이 북슬북슬하고 하얗고 작은 머리를 돌리며 말했다. "여기 너 가 찾는 게 있어. 너가 원하는 거는 그 실크 벨벳 옷이 아니라 여기에 있어. 자." 그리고 우유병의 고무 꼭지를 자꾸 비비대 는 입에 밀어 넣었다. 새끼 양은 맹렬하게 우유병을 빨기 시 작했다.

그러자 무슨 말을 해야 할지 고민하고 자시고 할 필요 가 없었다. 새끼 양이 잠에 곯아떨어질 즈음 질문이 마구 쏟 아졌다. 물론 디콘은 질문에 하나하나 대답해주었다. 디콘은 사흘 전 아침 해가 솟을 무렵에 양을 발견한 이야기를 두 아 이에게 들려주었다. 디콘은 황무지에 서서 종달새의 노래를 듣고 있었다. 디콘은 종달새가 맴을 돌며 점점 하늘 높이 날 아가더니, 저 푸른 하늘에 작은 점이 될 때까지 지켜보았다.

"노랫소리가 아니면, 그 새가 어디루 가버렸는가 못 찾 을 뻔했어요. 저 새가 순식간에 세상 밖으루 날아가 버린 거 같은데 어째 소리가 들릴까 신기해하구 있었죠. 바로 그때였 어요. 저 멀리 가시금작화 덤불 사이에서 뭔 소리가 난 것 같 더라구요. 매애매애 하는데, 금방이라두 끊어질라구 했죠. 들자마자 새끼 양이 배고파서 우는 소리란 걸 알겠더라구요. 어미를 잃은 게 아니면, 새끼가 배가 고플 리 없단 것두 알구 있었어요. 그래서 당장 양을 찾아 나섰어요. 에휴! 한참을 찾아다녔지 뭐여요. 가시금작화 덤불 안으루 들어갔다가 나왔다가 빙빙 돌아다녔어요. 자꾸만 엉뚱한 방향으루 가는 거 같더라구요. 그러다가 마침내 황무지 꼭대기 바위 옆에서 하얀 덩어리 같은 걸 보았어요. 얼른 올라가 보니깐 춥구 목말러서 반쯤 죽은 이 양이 있었어요."

디콘이 이야기보따리를 털어놓는 동안, 검댕이는 열린 창문으로 점잖게 날아갔다가 다시 들어오며 바깥 풍경에 대해 까악까악 이야기를 했다. 한편 밤과 껍질은 창밖의 커다란 나무들로 가서 줄기를 오르내리고 가지들을 탐험했다. 대장은 디콘 옆에 몸을 말고 누웠고, 디콘은 편하다며 벽난로 앞 깔개에 앉아 있었다.

아이들은 정원 가꾸기 책들에 실린 그림들을 함께 보았다. 디콘은 책에 나오는 꽃들을 그 지역에서 뭐라고 부르는지 알았다. 그리고 그 가운데 어떤 꽃들이 비밀 정원에 있는지도 다 알았다.

"그런 이름은 몰렀어요." 디콘은 아래에 '아퀼레지아'라고 적혀 있는 꽃을 가리키며 말했다. "우린 매발톱꽃이라구 불러요. 그리구 저기 있는 꽃은 금어초라구 허는데, 두 꽃 모두 야생으루다가 산울타리에서 자라죠. 허지만 이 꽃들은 정원에서 키운 거라 더 크구 더 예쁘네요. 우리 화원에두 매발톱꽃이 크게 무릴 지어서 몇 군데 자라요. 꽃이 피면 파랑 하양 나비들이 팔랑거리는 화단처럼 보인다구요."

"그 꽃들을 보러 갈 거야." 콜린이 외쳤다. "나는 꼭 그 꽃들을 보러 갈 거야!"

"그렇구면, 꼭 그렇게 하여야 해." 메리가 몹시 진지하게 말했다. "꽃을 볼라면, 낭비헐 시간이 없어."

"나는 죽지 않고 영원히 오래오래 살 거야!"

하지만 세 아이는 일주일이 넘게 기다릴 수밖에 없었다. 처음에는 바람이 몹시 거센 날이 며칠이나 이어졌고, 다음엔 콜린이 감기에 걸릴 조짐이 보였다. 이어서 찾아온 이 두 가지는 예전이라면 분명 콜린이 불같이 화를 낼 만한 일이었지만, 이제 아이들은 앞으로 할 일에 대해 은밀하게 매우 꼼꼼한 계획을 세웠다. 그리고 거의 매일, 디콘이 단 몇 분이라도 콜린을 찾아와, 황무지와 산책로와 산울타리와 시냇가에서 무슨 일이 일어나고 있는지 이야기해주었다. 디콘은 새들 둥지와 들쥐와 들쥐 굴은 말할 것도 없고, 수달과 오소리와 물쥐의 집에 대해 들려주었다. 동물의 사랑을 받는 디콘이 소소한 부분까지 자세하게 들려주는 이야기들은, 분주한 땅속에서 동물들이 얼마나 정성을 들여 일을 하는지 깨닫게 해주었고 흥분으로 온몸을 떨게 만들기에 충분했다.

"동물들두 우리하구 똑같아요." 디콘이 말했다. "동물들은 집을 해마다 지어야 한단 점만 다르죠. 그래서 바쁘다 보니깐 늘 종종걸음으루 돌아다녀요."

하지만 세 아이가 가장 빠져든 부분은 콜린을 몰래 비밀 정원으로 데려갈 계획을 짜는 시간이었다. 관목 담장 모퉁이를 돌아서 담쟁이덩굴이 무성한 담장 바깥 산책로로 접어들고 나서는 두 아이와 휠체어의 모습이 절대 남의 눈에 띄지 않아야 했다. 하루하루 지날수록, 그 정원을 둘러싼 미스터리야말로 그곳의 가장 큰 매력이라는 콜린의 느낌은 강한 확신으로 변해갔다. 그 무엇도 이 매력을 절대 망칠 수 없었다. 그 누구도 세 아이에게 비밀이 있다는 사실을 의심조차 하면 안 되었다. 사람들은 콜린이 메리와 디콘을 좋아하고 이 아이들이 자신을 쳐다보는 건 괜찮다고 생각하기에, 함께 집 밖으로 나가는 것이라고만 생각해야 했다. 아이들은 비밀 정원까지 어떤 길로 갈지, 오랫동안 무척 즐겁게 이야기를 나누었다. 아이들은 이 길을 따라서 갔다가 저 길을 따라서 갔다가 다른 길을 가로지른 후, 분수 화단들 사이를 돌아다니기로 했다. 수석 정원사 로치 씨가 잘 배치해놓은 '옮겨 심은 묘목들'을 구경하는 체하면서 말이다. 그렇게 돌아다니는 게 너무 자연스러워서 아무도 그 산책에 비밀이 숨어 있으리라 생각하지 않을 터였다. 아이들이 관목 담장을 따라 난 산책로로 접어들면, 긴 담장까지는 모습이 보일 리 없었다. 그 계획은 위대한 장군들이 전쟁 중에 짠 진군 계획만큼 진지하게, 공을 들여 생각해낸 묘안이었다.

콜린의 거처에서 새롭고 신기한 일들이 벌어지고 있다는 소문은 하인들의 공간에서 마구간, 정원사들 사이로 퍼져나갔다. 하지만 이렇게 소문이 분분해도, 로치 씨는 어느 날 할 이야기가 있으니 콜린 도련님의 방으로 오라는 전갈을 받자 깜짝 놀랐다. 그도 그럴 것이, 밖에서 일하는 사람들은 콜린의 거처에 아무도 들어간 적이 없기 때문이었다.

"이런, 이런." 로치 씨는 서둘러 겉옷을 갈아입으며 혼잣말을 했다. "이게 다 무슨 일이지? 다른 사람들에게 모습을 보이지 않던 대단하신 분이 눈길도 준 적 없는 나를 부르다니."

로치 씨도 궁금증이 솟아나지 않는 건 아니었다. 정원사는 콜린의 모습을 얼핏이라도 본 적이 없었다. 대신 콜린의 묘한 외모와 태도며 미치광이 같은 성격에 대해서, 열 배는 과장된 이야기들만 들었을 뿐이다. 그중에서도 콜린이 조만간 죽을지도 모른다는 이야기와 굽은 등과 쓸모없는 팔다리에 대해 온갖 상상과 억측을 더한 이야기를 가장 많이 들었다. 모두 콜린을 한 번도 못 본 사람들이 들려준 이야기들이었다.

"이 저택에 뭔가 변화가 일어나고 있어요, 로치 씨." 메들록 부인이 로치 씨를 안내하며 저택 안쪽 계단을 올라 수수께끼에 싸인 거처가 있는 복도로 가는 길에 말했다.

"더 나은 쪽으로 변화하기를 기대해봅시다, 메들록 부인." 로치 씨가 대답했다.

"더 나빠지려 해야 더 나빠질 수도 없었죠." 부인이 말을 이었다. "정말 이상한 이야기지만, 이곳에서 일하는 사람들이 훨씬 수월하게 일을 할 수 있게 되었어요. 혹시 로치 씨 근처에 야생동물들이 있다거나, 마사 소워비의 동생 디콘이 저나 로치 씨보다 더 제 집처럼 편하게 지낸다고 놀라지 마세요."

메리가 늘 속으로 믿은 것처럼, 디콘 주변에서는 정말 마법 같은 일이 벌어졌다. 로치 씨는 디콘의 이름을 듣자 인자하게 미소를 지었다.

"그 애는 버킹엄 궁전에 있건 탄광 바닥에 있건, 제 집처럼 편하게 지낼 거예요." 정원사가 말했다. "게다가 그 아이는 염치없게 굴지도 않아요. 정말 좋은 아이죠, 그 아이는."

이렇게 미리 마음의 준비를 해둔 것이 천만다행이었다. 그렇지 않았다면 몹시 놀랐을 테니 말이다. 콜린의 방문이 열리자, 조각해서 장식한 의자의 높은 등받이에 제 집마냥 편안하게 앉아 있는 커다란 까마귀가 큰 소리로 '까악까악' 울어서 손님이 도착했다고 알렸다. 메들록 부인이 미리 경고 했음에도, 로치 씨는 뒤로 나자빠져 망신을 당하는 일만은 간신히 피했다.

어린 라자는 침대에도, 늘 앉아 있던 소파에도 보이지 않았다. 콜린은 안락의자에 앉아 있었고, 새끼 양 한 마리가, 먹이를 먹는 양이 으레 그렇듯이 꼬리를 흔들며 그 옆에 서 있었다. 한편, 디콘은 무릎을 꿇고서 우유병으로 양에게 우유를 먹였다. 다람쥐 한 마리가 앞으로 굽힌 디콘의 등 위에서 조심스럽게 밤을 갉아먹었다. 인도에서 온 여자아이는 커다란 발 받침대에 앉아서, 그 광경을 지켜보고 있었다.

"로치 씨가 오셨습니다, 콜린 도련님." 메들록 부인이 말했다.

어린 라자가 고개를 돌리고 자기 신하를 살펴보았다. 적어도 수석 정원사는 그때 자신이 신하가 된 느낌이었다.

"오, 당신이 로치군요, 그렇죠?" 콜린이 말했다. "매우 중요한 지시 몇 가지를 내리려고 이렇게 불렀어요."

"알겠습니다, 도련님." 로치는 얼른 대답했지만, 속으로는 영내의 떡갈나무를 전부 베어버리라거나 과실수들을 수생식물원으로 옮기라는 지시를 받지나 않을까 걱정스러웠다.

"오늘 오후에 휠체어를 타고 밖으로 나갈 예정이에요." 콜린이 말했다. "신선한 공기가 내게 잘 맞으면 매일 나가려고 해요. 내가 나가면, 정원 담장을 따라 난 '긴 산책로' 근처에 정원사들이 얼씬도 하지 말아야 해요. 아무도 거기 있으면 안 돼요. 두 시쯤에 나갈 테니까, 작업 장소로 다시 돌아와도 좋다는 전갈을 보낼 때까지 모두 그곳에서 멀리 떨어져 있어야 해요."

"잘 알겠습니다, 도련님." 로치 씨는 떡갈나무도 목숨을 부지하고 과실수들도 안전하다는 사실에 마음을 놓으며 대답했다.

"메리." 콜린이 메리를 돌아보며 물었다. "이야기가 끝나서 사람들을 보내고 싶을 때, 인도에서는 뭐라고 말한다고 했지?"

"이렇게 말하면 돼. '그만 물러가도록 하시오.'" 메리가 대답했다.

라자가 손을 흔들었다.

"그만 물러가도록 하시오, 로치." 콜린이 말했다. "그리고 내 지시를 명심해요. 아주 중요한 일이니까."

"까악까악." 까마귀가 쉰 목소리지만 예의 바르게 한소리했다.

"잘 알겠습니다, 도련님. 감사합니다." 로치 씨가 말했다. 그러자 메들록 부인이 정원사를 데리고 방에서 나갔다.

성품이 매우 좋은 로치 씨는 복도로 나오자 환하게 미소를 짓더니, 어느새 껄껄 웃었다.

"맙소사!" 로치 씨가 말했다. "도련님이 국왕 폐하라도 되는 것처럼 구네요, 그렇지 않나요? 저 도련님은 왕실 가족을 몽땅 합쳐서 한 사람으로 만든 것 같네요. 여왕의 부군이며 전부 다 말이에요."

"그건 말이죠!" 메들록 부인이 반박하듯 말했다. "도련님이 걸음마 뗄 무렵부터 우리 모두를 마구 대하도록 내버려둬서 그래요. 덕분에 도련님이 태어날 때부터 아랫사람들은 그런 대접을 받는다고 생각하게 된 거죠."

"저 태도도 고쳐지겠죠, 살 수 있다면요." 로치 씨가 말했다.

"음, 한 가지만은 확실해요." 메들록 부인이 말했다. "도련님이 돌아가시지 않고 인도에서 온 아가씨가 계속 이 저택에서 산다면, 그 아가씨가 똑 부러지게 가르쳐줄 거예요. 수전 소워비의 말마따나 오렌지 하나가 몽땅 도련님 것이 아니라는 사실을 말이죠. 그러면 도련님도 자기 몫이 어느 정도인지 깨닫게 되겠죠."

한편 방에서는 콜린이 쿠션에 몸을 기대며 말했다.

"이제 전부 안전해. 그리고 난 오늘 오후면 그곳을 볼 거야. 오늘 오후엔 그 정원에 들어갈 거라고!"

디콘은 동물들을 데리고 비밀 정원으로 돌아갔고, 메리는 콜린과 함께 남았다. 메리가 보기에 콜린은 피곤한 것 같지 않았는데도 점심 식사가 오기 전까지 몹시 조용했다. 심지어 점심을 먹는 동안에도 통 말이 없었다. 메리는 그 이유가 궁금해 물어보았다.

"눈이 엄청 커졌어, 콜린." 메리가 말했다. "너는 생각에 잠기면 눈이 접시만큼 커져. 무슨 생각을 하는 거야?"

"그게 어떤 모습일지 자꾸 생각하게 돼." 콜린이 대답했다.

"그 정원?" 메리가 물었다.

"봄." 콜린이 말했다. "생각해보니, 나는 봄 풍경을 한 번도 본 적이 없어. 밖으로 거의 나가지 않았잖아. 드물게 나가더라도, 주위를 둘러보지 않았어. 그런 생각조차 하지 않았지."

"나도 인도에서 봄을 본 적이 없어. 그곳에는 아예 봄이 없거든." 메리가 말했다.

태어난 후 줄곧 병색이 완연한 채 방에만 틀어박혀 있던 콜린은 메리보다 훨씬 상상력이 풍부했다. 적어도 콜린은 아름다운 책과 그림을 보면서 수많은 시간을 보내지 않았던가.

"네가 뛰어 들어와서 '봄이 왔다고! 봄이 왔어!' 하고 외친 아침, 네 모습을 보며 이상한 기분이 들었어. 그 소리는 마치 봄이 대단한 행진과 우렁차게 울리는 웅장한 음악과 함께 온다고 하는 것 같았어. 내 책 중에 그런 그림이 있어. 아름다운 사람들과 아이들이 활짝 핀 꽃으로 만든 화환과 나뭇가지들로 치장을 하고, 모두 모여서 춤을 추고 웃으며 피리를 불어. 그래서 내가 그런 말을 한 거야. '어쩌면 황금 트럼펫 소리가 들릴지 몰라' 하고. 그리고 네게 창문을 열어달라고 한 거야."

"이렇게 신기할 수가!" 메리가 말했다. "봄이 오는 건 정말 그런 느낌이거든. 모든 꽃과 이파리와 초록 식물들과 새들과 야생동물들이 동시에 춤을 추며 지나가면, 그 광경이 얼마나 대단할까. 나는 모두 춤을 추고 노래를 하고 피리를 불거라고 확신해. 그러면 우렁찬 음악 소리가 울려 퍼지겠지."

두 아이는 까르르 웃음을 터트렸다. 그 생각이 우스워서가 아니라 너무나 마음에 들었기 때문이다.

잠시 후 간호사가 콜린에게 외출 준비를 시켜주었다. 간호사는 옷을 입혀주는 동안 콜린이 통나무처럼 뻣뻣하게 누워만 있지 않고 일어나 앉아서 스스로 입으려고 애를 쓴다는 사실을 알아차렸다. 게다가 준비를 하는 내내 메리와 이야기를 나누며 웃음을 터트리기까지 했다.

"오늘은 도련님에게 행복한 하루네요, 선생님." 간호사가 의사 선생에게 말했다. 크레이븐 선생이 마침 콜린을 진찰하러 들른 것이다. "기분이 좋으니, 덕분에 몸이 더 좋아지고 있어요."

"오늘 오후에, 콜린이 돌아온 후에 다시 들러야겠어요."
의사 선생이 말했다. "외출이 콜린의 몸에 어떤 영향을 미치
는지 살펴봐야겠어요. 이왕이면." 목소리를 낮춰서 덧붙였
다. "당신과 함께 나가면 좋겠지만."

"혹시라도 같이 가자고 하면, 여기에 있으니 당장 관두
겠습니다." 간호사가 느닷없이 단호하게 말했다.

"꼭 그렇게 해달라는 말은 아니고." 의사 선생이 살짝 당
황한 듯 말했다. "시험 삼아 내보내 봅시다. 디콘이라면 난 신
생아도 믿고 맡길 수 있으니까."

저택에서 가장 힘이 센 남자 하인이 콜린을 아래층으로
옮겼고, 저택 밖에서 기다리는 디콘 옆에 둔 휠체어에 앉혔
다. 하인이 휠체어에 무릎 담요와 쿠션을 놓아주자, 라자는
하인과 간호사에게 손을 내저었다.

"이제 그만 물러나도록 하시오." 콜린이 말하자, 두 사람
은 그 자리에서 냉큼 사라졌다. 그들은 집으로 확실히 들어
가자마자 깔깔거리고 실컷 웃을 것이다.

디콘이 휠체어를 천천히 안정감 있게 밀기 시작했다. 메
리 아가씨는 그 옆에서 걸었고, 콜린은 뒤로 몸을 기대고 얼
굴을 들어 하늘을 바라보았다. 둥근 천장 같은 하늘이 높이
솟아 있었다. 수정처럼 맑은 푸른 하늘 아래로, 눈같이 새하
얀 구름이 날개를 활짝 펼치고 날아가는 하얀 새처럼 둥둥

떠다녔다. 황무지에서 불어오는 바람이 부드럽고 큰 숨결처럼 지나갔는데, 신기하게도 자연의 깨끗하고 달콤한 향기가 깃들어 있었다. 콜린은 그 공기를 잔뜩 들이마셔 연약한 가슴을 계속 부풀렸다. 아이의 커다란 두 눈은 사방 소리를 듣는 것처럼 보였다. 귀 대신 모두 들으려는 것 같았다.

"노래하고, 윙윙거리고, 서로를 부르는 소리가 너무 많이 들려." 콜린이 말했다. "바람이 불어올 때마다 진해지는 이 향기는 뭐야?"

"탁 트인 황무지에 핀 가시금작화여요." 디콘이 대답했다. "이야! 오늘 벌들이 거기서 꿀을 잔뜩 따겠네."

아이들이 가는 길에는 사람이라곤 그림자도 보이지 않았다. 사실 정원사나 정원사의 조수는 전부 마법처럼 그곳에서 사라지고 없었다. 그런데도 아이들은 자신들만의 즐거움을 만끽하려고 관목 숲 안으로 들어갔다가 나와서 분수 화단을 따라 돌며, 꼼꼼하게 세운 계획대로 걸었다. 마침내 모퉁이를 돌아 담쟁이덩굴 담장을 따라 이어진 '긴 산책로'로 접어들자, 아이들은 곧 맞닥뜨릴, 전율하게 만들 흥분감에 휩싸인 채 자신들도 설명할 수 없는 묘한 이유로 속삭이듯 이야기하기 시작했다.

"바로 여기야." 메리가 숨을 죽이며 말했다. "바로 이 길을 이쪽저쪽으로 오가면서 문이 어디에 있을지 궁금해하고 또 궁금해했어."

"그래?" 콜린이 소리쳤다. 두 눈이 열렬한 호기심으로 반짝거리며 담쟁이덩굴을 뒤지듯 살피기 시작했다. "하지만 아무것도 안 보여." 콜린이 속삭였다. "문이 없어."

"나도 그렇게 생각했어." 메리가 말했다.

그 순간 그곳에는 숨을 죽인 아름다운 침묵과 휠체어가 굴러가는 소리뿐이었다.

"저곳이 벤 웨더스태프 영감님이 일하는 정원이야." 메리가 말했다.

"정말?" 콜린이 되물었다.

몇 미터를 더 가자 메리가 다시 속삭였다.

"이곳에서 울새가 담장 위로 포르르 날아갔어." 메리가 말했다.

"그랬어?" 콜린이 소리쳤다. "오! 울새가 다시 와주면 얼마나 좋을까."

"그리고 저곳." 메리가 차분하게 기쁨을 드러내며, 커다란 라일락나무 아래를 가리켰다. "저곳에서 울새가 작은 흙더미에 내려앉더니, 열쇠가 있는 곳을 보여줬어."

그러자 콜린이 똑바로 앉았다.

"어디? 어디? 어디?" 콜린이 소리쳤다. 콜린은 『빨간 모자』에서 빨간 모자가 늑대에게 왜 눈이 그렇게 크냐고 물었을 때의 늑대처럼 눈을 커다랗게 뜨고 있었다. 디콘이 발걸음을 멈춰 휠체어를 세웠다.

"그리고 여기." 메리가 화단으로 올라서서 담쟁이덩굴로 다가가며 말했다. "울새가 담장 꼭대기에서 나를 향해 재잘거릴 때, 내가 울새에게 말을 걸려고 다가갔던 곳이 바로 여기야. 그리고 바람에 담쟁이덩굴이 휙 들린 곳이 바로 여기야." 그러더니 메리가 담장에 걸린 녹색 커튼을 손에 쥐었다.

"오! 그래, 그래!" 콜린이 숨을 헉하고 들이쉬었다.

"그리고 여기에 손잡이가 있어. 여기에 문이 있고. 디콘, 콜린을 밀어 넣어. 얼른 밀어 넣어!"

그러자 디콘이 흔들림 없이, 든든하고 절묘하게 휠체어를 문 안으로 밀었다.

콜린은 기쁨으로 숨을 헐떡이면서도, 쿠션을 댄 등받이 쪽으로 몸을 기댔다. 그리고 양손으로 눈을 가린 채 아무것도 보지 않았다. 모두 담장 안으로 들어오고, 마법처럼 휠체어가 멈춰 서고, 문이 꼭 닫히고 나서야, 콜린은 양손을 내리고 디콘과 메리가 한 것처럼 주위를 둘러보고, 둘러보고, 또 둘러보았다. 부드러운 작은 이파리들로 만들어진, 꽤 짙은 녹색 베일이 담장과 땅과 나무들과 그네처럼 늘어진 잔가지들과 덩굴손들 위를 기어가듯 뒤덮고 있었다. 나무 아래 풀밭과 벽감 안의 회색 화병들은 물론, 여기저기 사방에 황금색과 보라색, 흰색이 물보라 튀듯 흩뿌려져 있었다. 콜린의 머리 위 나무들은 분홍색과 흰색으로 뒤덮여 있었다. 사방에서 날개가 퍼덕거리는 소리와 희미하고 달콤한 피리 소리들과 윙윙거리는 소리가 들렸고 사방에 향기가 진동했다. 애정을 담아 얼굴을 어루만지는 손길처럼, 콜린의 얼굴로 떨어지는 햇살은 따사로웠다. 메리와 디콘은 경이로운 기분에 사로잡혀 콜린을 바라보았다. 콜린은 평소와 너무 다르고 낯설어 보였다. 그도 그럴 것이, 온몸이 분홍색으로 물든 것 같았기 때문이다. 평소 상앗빛이었던 얼굴과 목덜미, 양손까지 전부다 말이다.

"나는 건강해질 거야! 건강해질 거라고!" 콜린이 소리쳤다. "메리! 디콘! 나는 건강해질 거야! 그리고 영원히 오래오래 살 거야!"

벤 웨더스태프

이 세상에 살다 보면 신기한 일들을 경험하게 되는데, 때때로 죽지 않고 영원히 오래오래 살 것 같은 확신이 드는 것도 그런 일 가운데 하나다. 마음이 경건해지는 포근한 새벽에, 잠자리에서 일어나 밖으로 나가 홀로 서서 고개를 뒤로 한껏 젖히고 높은 곳을 바라보라. 그렇게 서서 점점 색이 변해 붉어지고 짐작도 할 수 없는 기막힌 일들이 벌어지는 희끗한 하늘을 쳐다보면, 어느새 동쪽을 향해 절로 탄성을 터뜨리게 되고 천 년, 천 년, 또 천 년 동안 매일 아침 한결같이 떠오르는 태양의 변함없는 웅장함에 심장이 멎을 듯해진다. 바로 그때 사람은 영원히 살리라고 느낀다. 그때 잠시 동안이지만 그런 예감에 휩싸인다. 그리고 노을 지는 숲속에 홀로 서서, 신비로운 짙은 황금색 정적이 나뭇가지들 사이와 아래로 비스듬히 비치는 모습을 보며 아무리 애를 써도 사람이 들을 수 없는 이야기를 반복해서 천천히 들려주는 것 같다고 생각할 때, 그 사실을 안다. 몇백만 몇천만의 별들이 기다리며 지켜보는, 짙푸른 한밤의 거대한 고요함에도 확신하게 될 때가 있다. 때때로 저 멀리서 들려오는 음악 소리에 그런 확신을 한다. 때때로 누군가의 눈에 비친 모습도 그런 확신을 준다.

　사방으로 높다란 담장이 에워싼, 숨겨진 정원에 들어가서 봄을 처음으로 보고 듣고 느꼈을 때, 콜린도 바로 그런 기분이었다. 그날 오후 온 세상은 한 소년에게 눈부시게 아름답고 다정하고 완벽하게 보이려고 최선을 다하는 것 같았다. 어쩌면 봄은 하늘 같은 순수하고 선한 마음으로 찾아와 자신이 불러낼 수 있는 모든 것을 그 정원에 몰아넣었을지도 모른다. 디콘은 일을 하다가 몇 번이나 손을 멈추고 서서, 점점 커져가는 경이로움으로 눈을 빛내며 살며시 머리를 가로저었다.

　"이야! 정말 근사허구만." 디콘이 말했다. "난 열두 살이구 곧 열세 살이 돼요. 그 13년 동안 수많은 오후를 보았어요. 허지만 지금 이곳 오후만큼 근사헌 오후는 첨 보아요."

　"그렇구먼, 이곳은 근사헌 곳이야." 메리는 말하고, 환희를 억누르지 못해 한숨을 폭 쉬었다. "장담허는데, 지금껏 세상에서 이 정원만큼 근사한 덴 없었어."

　"니들 생각엔." 콜린이 꿈을 꾸듯 조심스럽게 물었다.

"혹여 여기 이곳은 모두 날 위해서 부러 만든 거 같지 않아?"

"세상에!" 메리가 감탄을 했다. "요크셔 말을 꽤 허잖아. 넌 일류급이야, 정말루."

그리고 즐거움이 흘러넘쳤다.

세 아이는 휠체어를 자두나무 아래로 밀고 갔다. 자두나무에는 눈에 덮인 것처럼 흰 꽃이 만발했고, 벌들이 윙윙 노래를 하고 있었다. 자두나무는 요정 왕의 머리 위로 펼쳐진 휘장 같았다. 근처에는 역시 꽃이 만발한 벚나무들도 있었고, 막 분홍색과 흰색 꽃송이가 올라온 사과나무들도 있었다. 여기저기에 꽃망울을 활짝 터트린 나무가 보였다. 덮개처럼 꽃들이 만발한 나뭇가지 사이로 푸른 하늘이 아름다운 눈처럼 땅을 내려다보았다.

메리와 디콘이 여기저기 돌아다니며 정원을 가꾸고, 콜린은 그 모습을 지켜보았다. 두 아이는 콜린에게 이제 막 입을 벌리는 꽃송이들, 아직 입을 꼭 다문 꽃송이들, 이파리에 막 푸른 기미가 돌기 시작한 잔가지 조각들, 풀밭에 떨어진 딱따구리 깃털, 일찌감치 부화하고 남은 텅 빈 새 알껍데기 등을 살펴보라고 가져다주었다. 디콘은 천천히 휠체어를 밀며 정원을 돌아다니다가, 툭하면 멈춰서 땅에서 솟아났거나 나무를 따라 이어진 자연의 놀라운 모습을 콜린이 볼 수 있게 해주었다. 마치 마법 나라 왕과 여왕의 초대를 받고 와서 왕국에 있는 온갖 신비로운 풍요로움을 실컷 구경하는 것 같았다.

"우리가 그 울새를 볼 수 있을까?" 콜린이 말했다.

"쫌 지나면 자꾸 볼 수 있어요." 디콘이 대답했다. "알에서 새끼들이 부화허면 울새는 바빠서 정신이 하나두 없을 테니깐요. 울새가 제 몸뚱이만 한 벌레들을 물구 위루 앞으루 날아다니는 모습을 보게 될 거여요. 울새가 둥지루 가면 어찌나 소란스러운지, 녀석이 어느 큰 입에 젤 먼저 먹일 넣어 줘야 할라나 마음을 못 정하구 허둥댈 정도라니깐요. 사방에서 입을 벌리구 쩩쩩거리는 새끼 새들이 얼마나 소란스러운지 몰라요. 울새가 새끼들이 쩍 벌린 부릴 그득그득 채워주려구 먹일 찾으려구 다니는 모습을 어머니가 보시구는, 울새에 비하면 어머닌 할 일이 하나두 없는 거나 다름없다구 생각하셨대요. 다른 사람들은 못 보았다지마는, 어머니는 그 작은 친구들 몸에서 땀 같은 게 뚝 떨어지는 거를 보셨다구 그러셔요."

아이들은 이 이야기에 배꼽이 빠져라 깔깔거리며 웃다가, 웃는 소리가 밖으로 새어나가면 안 된다는 사실을 떠올리고 손으로 입을 틀어막았다. 며칠 전 콜린은 비밀 정원에서는 속삭이거나 작은 목소리로 말해야 하는 규칙을 지켜야 한다는 당부를 들었다. 콜린은 그 규칙에서 느껴지는 신비로움이 좋았기에, 지키기 위해 최선을 다했다. 하지만 한창 신이 나 흥분하다 보니 속삭이는 소리 정도로 웃기가 몹시 어려웠다.

그날 오후는 모든 순간이 새로운 것으로 가득 채워졌고, 매시간 햇살이 점점 더 황금색으로 변했다. 디콘은 휠체어를 장막 같은 무성한 나뭇가지 아래로 다시 밀고 들어갔다. 그러고는 풀밭에 앉더니, 제 피리를 꺼냈다. 바로 그때 지금까지 미처 알아볼 여유가 없던 것이 콜린 눈에 들어왔다.

"저기 무척 늙은 나무가 있어, 그렇지?" 콜린이 말했다.

디콘이 풀밭 맞은편에 있는 나무를 바라보았고, 메리도 그곳으로 눈을 돌렸다. 순간 정적이 내려앉았다.

"네." 디콘이 대답했다. 그렇게 말하는 디콘의 목소리는 매우 상냥하게 들렸다.

메리가 그 나무를 보며 생각에 잠겼다.

"가지들이 여전히 회색이고, 어디에도 잎사귀가 보이지 않아." 콜린이 말했다. "거의 죽은 것 같아, 그렇지?"

"그래 보이는구만요." 디콘이 말했다. "허지만 저 나무 온몸을 뒤덮은 장미들이 잎사귀와 꽃을 활짝 피우면, 죽은 부분들이 거의 다 가려질 거여요. 그러면 죽은 나무처럼 안 보일 테죠. 세상에서 젤 아름다운 나무가 될 거여요."

메리는 여전히 그 나무에 시선을 둔 채 생각에 골몰했다.

"커다란 나뭇가지가 뚝 부러진 것 같아." 콜린이 말했다. "어쩌다 저렇게 되었나 궁금해."

"아주 옛적에 부러졌어요." 디콘이 대답했다. "이야!" 느닷없이 안도하며 콜린에게 손을 내려놓았다. "저 울새를 보셔요! 울새가 저 있어요! 제 짝을 위해 먹일 찾구 있나 봐요."

콜린은 하마터면 놓칠 뻔했지만, 가까스로 울새를 보았다. 부리에 뭔가를 문, 가슴이 빨간 새가 쏜살같이 지나갔다. 울새는 풀밭 위를 화살처럼 날아, 나무가 무성하게 자란 모퉁이로 쑥 들어가 이내 모습을 감추었다. 콜린은 다시 쿠션에 등을 기대며 킥킥 웃었다.

"울새가 여자 친구에게 차를 가져다주나 봐. 지금 다섯 시일지도 몰라. 나도 차를 마시고 싶어졌거든."

이렇게 두 아이는 한시름 놓았다.

"마법이 울새를 이곳으로 보내준 거야." 나중에 메리가 디콘에게 살짝 이야기했다. "나는 마법이었다는 걸 알아." 메리와 디콘은 콜린이 혹시 10년 전에 가지가 부러진 그 나무에 대해 물어볼까 봐 걱정이 되었다. 그래서 이 문제에 대해 이야기를 나누었고, 디콘은 가만히 서서 곤란한 듯 머리를 벅벅 문질렀다.

"그 나무하구 다른 나무하구 아무 차이두 없는 거처럼 보이게 굴어야 해요." 디콘이 말했다. "그 나무가 어째 부러졌는가 절대루 말할 수 없잖아요, 가여운 도련님. 혹시라두 그 나무 이야길 꺼내면 우리는, 우리는 즐거운 척해야 해요."

"그렇구만, 그래야겠구만." 메리가 대답했다.

하지만 메리는 그 나무를 봤을 때 자신이 영 즐거워 보인 것 같지 않았다고 생각했다. 그리고 그 짧은 순간, 디콘이 말한 다른 이야기에 진실이 있을지 모른다는 생각도 했다. 디콘은 곤혹스러워하며 빨간 머리를 연신 문질렀지만, 어느새 푸른 눈동자에 선하고 편안한 기색이 돌아오기 시작했다.

"크레이븐 부인은 매우 젊구 사랑스럽구 그런 분이셨어요." 디콘은 우물쭈물 이야기를 했다. "어머니는 크레이븐 부인이 미슬스웨이틀 맴돌면서, 줄곧 콜린 도련님을 보살폈을 거라구 생각하셔요. 세상을 떠나는 어머니들이 모두 그러는 거처럼 말이여요. 아가씨도 아시다시피, 어머니들은 돌아올 수밖에 없어요. 그 부인은 지금껏 그 정원에 계셨을 거예요. 그래서 우릴 여기루다가 불러 정원을 가꾸게 하구, 도련님을 모시구 오라구 하신 거여요."

메리는 디콘의 그 이야기가 마법을 의미한다고 생각했다. 메리는 마법의 힘을 굳게 믿었다. 마음속으로는 디콘이 주위 모든 것에 마법을 일으켰다고 믿었다. 물론 선한 마법이었다. 그래서 사람들이 디콘을 그렇게 좋아하고, 야생동물들도 디콘이 친구라는 사실을 안다고 여겼다. 메리는 콜린이 위험천만한 질문을 한 순간에 디콘의 재능이 울새를 불러오지 못했다면 어땠을지 궁금했다. 디콘이 오후 내내 마법을 부려서 콜린을 전혀 다른 사람처럼 보이게 만든 것 같았다. 콜린이 비명을 지르고 베개를 치고 물어뜯는, 미치광이 짐승처럼 굴 수 있다니, 말도 안 되는 소리 같았다. 심지어 콜린의 창백한 상앗빛 피부조차 전과 달라 보였다. 정원으로 처음 들어왔을 때 얼굴과 목과 양손에서 희미하게 빛나던 홍조는 결코 사라지지 않았다. 콜린은 이제 상아나 밀랍이 아니라, 살로 만들어진 것처럼 보였다.

세 아이는 울새가 두세 번 제 짝에게 먹이를 물어다 주는 모습을 지켜보았다. 그 모습을 보니 오후 티타임이 떠올라 콜린은 차를 꼭 마시고 싶어졌다.

"가서, 하인에게 바구니에 먹을 것을 넣어 진달래 길로 가져오라고 해." 콜린이 말했다. "그러면 너랑 디콘이 여기로 가져오면 되잖아."

근사한 계획이었다. 무엇보다 쉽게 가져올 수 있었다. 그래서 하얀 식탁보를 풀밭 위에 펼치고 뜨거운 차와 버터 바른 토스트, 크럼펫 빵을 늘어놓자 배고픈 아이들은 즐겁게 음식을 먹어치웠다. 먹이를 찾으러 나온 새들 몇 마리가 무슨 일이 일어나는지 알아보려고 잠시 들렀다가, 매우 적극적으로 빵 부스러기들을 조사했다. 밤과 껍질은 케이크 조각을 가지고 나무 위로 쪼르르 올라갔고, 검댕이는 버터가 녹아든 크럼펫 빵을 반 조각이나 물고 구석으로 가져갔다. 그러더니 콕콕 쪼고 이리저리 살펴보고 뒤집어도 보며 목쉰 소리로 의견을 말하고는, 마침내 기분 좋게 한입에 꿀꺽 삼켰다.

그날 오후 아늑한 시간이 서서히 흘러갔다. 태양은 기다란 황금 창 같은 햇살을 던졌고, 벌들은 집으로 돌아갔고, 주위를 휙휙 날아다니는 새들도 드물어졌다. 디콘과 메리는 풀밭에 앉아 있었다. 간식 바구니는 언제든지 저택으로 가져갈 수 있도록 잘 정리되었다. 콜린은 이마를 가린 풍성한 앞머리를 뒤로 넘긴 채, 쿠션에 기대 누워 있었다. 콜린의 얼굴빛은 자연스러워 보였다.

"오늘 오후가 끝나지 않으면 좋겠어." 콜린이 말했다. "하지만 내일 다시 올 거야. 모레도, 글피도, 그다음 날도."

"신선한 공기를 배가 터지게 마실 거지, 그렇지?" 메리가 말했다.

"공기 말고 다른 건 안 마실 거야." 콜린이 대답했다. "봄을 봤으니까, 여름도 볼 거야. 이곳에서 자라는 것들을 몽땅 다 볼 거야. 이곳에서 나도 자랄 거야."

"그래 되실 거여요." 디콘이 말했다. "오래전 사람들이 한 거처럼 우리두 여기서 산책을 하구 땅두 일구어봐요."

콜린의 얼굴이 붉게 달아올랐다.

"산책을 한다고!" 콜린이 말했다. "땅을 일궈? 내가?"

콜린을 힐끔 바라보는 디콘의 눈빛이 미묘하게 조심스러웠다. 디콘도 메리도 콜린에게 다리가 어떤지 물어보지 않았다.

"마땅히 그러셔야죠." 디콘이 확고하게 말했다. "도련님두, 도련님두 다른 사람들처럼 다리가 있잖아요."

메리는 콜린의 대답을 들을 때까지는 조금 겁을 먹었다.

"사실 내 다리는 멀쩡해." 콜린이 말했다. "하지만 너무 가늘고 약해. 다리가 덜덜 떨려서 서 있기가 두려워."

메리와 디콘은 안도의 한숨을 내쉬었다.

"겁내지 않으면 도련님두 설 수 있어요." 다시 밝아진 디콘이 말했다. "그러면 두려움이 사라질 테니깐요."

"그럴 수 있을까?" 콜린이 물었다. 그리고 뭔가를 고민하는 듯 가만히 누워 있었다.

아이들은 한동안 정말 조용히 앉아 있었다. 해가 서서히 저물기 시작했다. 모든 것이 고요한 시간이었다. 아이들은 정말 분주하고 흥미진진한 오후를 보냈다. 콜린은 아주 편안하게 쉬는 듯 보였다. 동물들조차 돌아다니기를 멈추고 옹기종기 모여 아이들 근처에서 쉬었다. 검댕이는 낮은 가지에 앉아서 한쪽 다리를 들어 올린 채, 졸린 듯 눈동자 위로 회색 눈꺼풀을 내렸다. 메리는 까마귀가 순식간에 코를 골지도 모르겠다고 생각했다.

그토록 사방이 고요했기에, 콜린이 반쯤 머리를 들고 느 닷없이 공포에 속살거리듯 소리치자 모두 기겁을 할 정도로 놀랐다.

"저 사람 누구야?"

디콘과 메리가 벌떡 일어섰다.

"남자?" 두 아이는 낮은 목소리로 재빨리 되물었다.

콜린이 높은 담장을 가리켰다.

"저기 봐!" 콜린이 흥분해 속삭였다. "어서 보라고!"

메리와 디콘이 고개를 홱 돌려 그곳을 보았다. 사다리 꼭대기에서 담 너머로 세 아이를 보고 있는 벤 웨더스태프의 성난 얼굴이 불쑥 솟아 있었다! 노인은 메리를 향해 주먹을 휘둘렀다.

"내가 홀아비가 아니구 너가 내 딸이면." 노인이 소리쳤 다. "아주 호되게 매질을 할 거구만!"

벤은 마치 담장에서 훌쩍 뛰어내려 메리를 혼내주기라 도 하려는 듯이 위협적으로 사다리를 한 단 더 올라섰다. 하 지만 메리가 다가가자 노인은 그러지 않는 편이 낫겠다고 생 각했는지, 사다리 꼭대기 단에 서서 메리를 향해 주먹만 흔 들었다.

"난 너가 영 마뜩치 않았어!" 노인이 설교를 하기 시작했다. "첨 봤을 때부터 맘에 들지 않았다구. 얼굴은 누렇게 떠서는 비쩍 마른 애가 불쑥 나타나가지구 꼬치꼬치 캐묻구 여기저기 들쑤시구 다니구. 누가 절 반겨준다구 말이야. 어쩌다가 나하구 친해졌는지 모르겠구먼. 그 울새만 아니었어두. 빌어먹을 자식."

"벤 웨더스태프 영감님." 그제야 정신을 차린 메리가 소리쳤다. 메리는 아래쪽에 서서 숨을 깊게 들이쉬더니 올려다보며 소리쳤다. "벤 영감님, 내게 길을 알려준 건 그 울새였어요!"

그러자 벤 영감은 당장이라도 메리가 있는 곳으로 담장을 타고 내려올 기세였다. 그만큼 노인은 화가 머리끝까지 났다.

"머리에 피두 안 마른 못된 녀석아!" 노인이 메리에게 고래고래 소리를 질렀다. "지 잘못을 울새한테 뒤집어씌워? 그 녀석은 그런 짓을 할 정도루 뻔뻔허지 않어! 그 녀석이 길을 알려줬다구! 그 녀석이! 에이! 이 못된 녀석아." 메리는 노인의 입에서 무슨 말이 나올지 알 것 같았다. 노인의 호기심이 화를 이겼기 때문이다. "대체 어째 여기루 들어갔냐?"

"길을 알려준 건 울새였다니까요." 메리가 고집스럽게 말했다. "울새는 자기가 무슨 짓을 하는지 몰랐어요. 하지만 결국 그렇게 되었어요. 그리고 영감님이 주먹을 자꾸 휘두르면 이야기할 수가 없어요."

벤 영감은 그 말을 듣자마자 주먹을 가만히 두나 싶더니, 입을 떡 벌렸다. 메리 뒤편에서 풀밭을 가로질러 다가오는 형체가 눈에 들어왔기 때문이다.

급류처럼 쏟아져 나오는 영감의 호통에, 콜린은 너무 놀라서 그저 똑바로 앉아 홀린 듯 멍하니 듣고만 있었다. 그러나 그사이 콜린은 냉정을 되찾았고, 디콘에게 거만하게 손짓을 했다.

"저기까지 날 밀고 가!" 콜린이 명령했다. "담장 가까이 밀고 가서, 저 사람 바로 앞에 세워!"

벤 웨더스태프 영감이 보고 입을 떡 벌린 것은 바로 이것 때문이었다. 사치스러운 무릎 담요와 쿠션을 깐 휠체어가 다가오는 모습은 흡사 국왕이 탄 마차가 다가오는 듯 보였다. 그 휠체어에는 새까만 속눈썹이 난 커다란 눈에 여윈 하얀 손을 오만하게 뻗은 어린 라자가 어명이라도 내리려는 듯 뒤로 기댄 채 앉아 있었다. 휠체어는 벤 웨더스태프의 바로 코앞에 멈췄다. 그러니 벤의 입이 떡 벌어진 것도 놀랄 일이 아니었다.

"내가 누구인지 알아?" 라자가 물었다.

벤 웨더스태프의 표정은 정말 볼 만했다. 핏발이 선 늙은 두 눈이 유령을 보기라도 한 듯 바로 앞 사람에게 고정되었다. 벤은 보고 또 보더니, 침을 꿀꺽 삼키고는 아무 말도 하지 않았다.

"내가 누구인지 아냐니까?" 콜린이 한층 더 오만한 태도로 물었다. "대답해!"

벤 웨더스태프는 마디가 불거진 손을 들어, 눈을 지나 이마로 가져갔다. 그러더니 떨리는 묘한 목소리로 대답했다.

"누구냐구요?" 벤이 말했다. "알죠. 알다마다요. 그 얼굴에서 도련님네 어머님의 두 눈이 나를 똑바루 바라보구 있으니깐요. 세상에, 어떻게 여기 오셨습니까. 도련님은 가엾게두 몸이 온전치 않을 건데."

콜린은 자기 등에 문제가 있었다는 사실도 잊어버렸다. 얼굴이 벌겋게 달아오르더니 콜린이 똑바로 앉았다.

"내 몸은 멀쩡해!" 콜린이 격노해서 소리쳤다. "멀쩡하다고."

"콜린 몸엔 문제 없어요." 메리도 불같이 화를 내며 담장으로 고함을 지르듯 말했다. "콜린 등에는 핀만큼 작은 혹도 없어요! 내가 봤는데, 등에는 아무것도 없었어요. 단 하나도 말이에요!"

벤 웨더스태프는 다시 손으로 이마를 문지르더니, 아무리 봐도 부족하다는 듯 다시 빤히 바라보았다. 벤 영감의 손이 떨리고, 입이 떨리고, 목소리가 떨렸다. 벤은 배운 것이 없고 요령도 없는 늙은이라, 그저 들은 이야기를 기억할 뿐이었다.

"도련님은, 도련님 등이 굽지 않았다구요?" 노인이 쉰 목소리로 되물었다.

"그래!" 콜린이 소리쳤다.

"도련님은, 도련님 다리가 굽지 않았다구요?" 벤의 목소리는 더 쉬었고 더 떨렸다.

너무 심한 질문이었다. 평소에 콜린이 짜증을 터뜨리며 쏟아내던 기운이 완전히 새로운 방식으로 콜린을 뚫고 나왔다. 지금껏 콜린은 다리가 굽었다는 말은 들은 적이 없었다. 자기들끼리 소곤거릴 때조차 말이다. 그런데 벤 웨더스태프 영감이 하는 말을 듣고 사람들이 콜린의 몸 상태에 대해 어떤 억측을 하고 있는지 알게 되자, 라자는 끓어오르는 분노를 참을 수 없었다. 자존심에 상처를 입고 화가 머리끝까지 나서, 머릿속에서 이 순간을 제외한 모든 것이 사라졌다. 그리고 그 분노와 상처 입은 자존심은 한 번도 경험하지 못한 힘으로 콜린을 가득 채웠다. 불가사의하다고 할 만한 기운이었다.

"이리 와!" 콜린이 디콘에게 소리쳤다. 그리고 다리를 덮고 있는 담요를 찢어버릴 기세로 걷어내기 시작했다. "이리 와! 이리 오라고! 어서!"

디콘이 얼른 옆으로 갔다. 그 순간 숨을 죽인 메리의 얼굴에서 핏기가 사라졌다.

"콜린은 할 수 있어! 콜린은 할 수 있어! 콜린은 할 수 있어! 할 수 있다고!" 메리는 소리를 죽인 채 최대한 빨리 말했다.

분노에 찬 손놀림으로 순식간에 무릎 담요들이 땅바닥으로 떨어졌다. 디콘이 콜린의 팔을 부축했고, 가느다란 두 다리가 드러나며 얇은 두 발이 풀밭을 디뎠다. 콜린은 똑바로 섰다. 똑바로 말이다. 화살처럼 곧았고, 놀랍게도 키가 커 보였다. 콜린은 고개를 뒤로 젖히고 기묘한 두 눈을 번득였다.

"나를 봐!" 콜린이 벤 웨더스태프에게 소리쳤다. "자, 나를 보라고! 당신! 나를 봐!"

"도련님이 저처럼 똑바루 섰어요!" 디콘이 소리쳤다. "요크셔에 사는 다른 남자애들처럼 똑바루 섰다구요!"

메리는 이어진 벤 웨더스태프의 행동이 말도 못 하게 이상하다고 생각했다. 벤은 목이 멘 듯 침을 꿀꺽 삼키더니 늙은 손으로 손뼉을 쳤고, 주름진 두 뺨 위로는 굵은 눈물이 주르르 흘렀다.

"세상에!" 벤이 감정이 복받치듯 말했다. "사람들이 거짓말을 한 거였구먼! 도련님은 윗가지처럼 말랐구 유령처럼 창백허지만 혹은 단 한 개두 없구려. 도련님은 어른이 되실 거요. 신이 복 내리시길!"

디콘이 콜린의 팔을 단단하게 잡긴 했지만, 콜린은 비틀거리지 않았다. 더 꼿꼿하고 바르게 서서 벤 웨더스태프의 얼굴을 똑바로 바라보았다.

"내가 영감의 주인이야." 콜린이 말했다. "아버지가 집을 비우실 때는. 그러니 내게 복종해야 해. 이곳은 내 정원이야. 정원에 대해서 함부로 입을 놀리지 마! 이제 영감은 사다리를 내려가서 긴 산책로로 가. 그곳에서 메리 양이 영감을 기다리고 있다가 이곳으로 데리고 올 거야. 영감에게 할 이야기가 있어. 영감이 끼어드는 건 싫지만, 이제 영감도 우리 비밀을 알게 되었군. 서둘러!"

벤 웨더스태프의 주름진 늙은 얼굴은 여전히 까닭 모르게 쏟아진 눈물로 촉촉이 젖어 있었다. 노인은 머리를 뒤로 젖힌 채 두 발로 꼿꼿하게 선, 깡마른 콜린에게서 눈을 떼지 못하는 듯했다.

"아이구! 도련님." 벤 영감이 속삭이다시피 말했다. "아이구! 우리 도련님!" 그러더니 그제야 정신이 들었는지 갑자기 정원사가 하듯 모자를 살짝 만졌다. "네, 주인어른! 네, 주인어른!" 그리고 시킨 대로 사다리에서 내려가 시야에서 사라졌다.

해가 질 때

노인의 머리가 보이지 않게 되자, 콜린은 메리를 돌아보았다.

"가서 영감을 데려와." 콜린이 말했다. 메리는 풀밭 위를 날듯이 가로질러, 담쟁이덩굴 아래 문으로 갔다.

디콘은 날카로운 눈빛으로 콜린을 지켜보고 있었다. 콜린은 두 볼이 울긋불긋 물들었는데 그 모습이 몹시 놀라웠지만, 쓰러질 기미 같은 것은 없었다.

"나는 서 있을 수 있어." 콜린은 이렇게 말했다. 그리고 여전히 머리를 꼿꼿이 든 채, 꽤 당당한 투로 말했다.

"겁내지 않으면 할 수 있다구 했잖아요." 디콘이 대답했다. "그리구 도련님은 이젠 겁을 내지 않으셔요."

"그래, 이제는 겁이 안 나." 콜린이 말했다.

그때 문득 콜린은 메리가 했던 말을 떠올렸다.

"네가 마법을 일으키는 거니?" 콜린이 물었다.

디콘의 반달 같은 입술 위로 유쾌한 미소가 번졌다.

"마법은 도련님이 일으키구 계시잖아요." 디콘이 말했다. "그건 이 땅에서 애들을 피어나게 만든 거하구 같은 마법이여요." 그러더니 투박한 구둣발로 풀밭에 무리지어 핀 크로커스를 살짝 건드렸다.

콜린은 꽃들을 내려다보았다.

"그렇구만." 콜린이 천천히 말했다. "이것보담두 더 큰 마법은 있을 수 없지. 있을 리 없어."

콜린은 그 어느 때보다 허리를 곧게 폈다.

"저 나무까지 걸어갈 거야." 콜린이 자기에게서 얼마간 떨어진 곳에 서 있는 나무를 가리키며 말했다. "웨더스태프가 이곳에 오면, 계속 서 있을 거야. 쉬고 싶으면, 나무에 기대면 돼. 앉고 싶으면, 앉을 거야. 하지만 그 전에는 절대 앉지 않을 거야. 휠체어에서 무릎 담요를 가져다줘."

콜린이 그 나무를 향해 걷기 시작했다. 디콘이 팔을 잡아준 덕이기도 했지만 콜린은 놀랍도록 안정적으로 걸었다. 나무줄기에 기대어 섰을 때는 나무에 기댔다는 사실이 별로 티가 나지도 않았다. 게다가 여전히 꼿꼿하게 서 있었기 때문에 키도 커 보였다.

벤 웨더스태프 영감은 담장에 난 문으로 들어오자마자, 그곳에 서 있는 콜린을 보았다. 메리가 속으로 무슨 말을 중얼거리는 소리가 들렸다.

"지금 뭐라구 중얼대냐?" 노인이 짜증스럽게 내뱉었다. 호리호리하게 말랐지만 똑바로 서 있는 소년의 모습과 의기양양해하는 얼굴에서 지금은 조금도 방해받고 싶지 않았기 때문이다.

하지만 메리는 노인에게 말한 게 아니었다. 메리는 이렇게 말했을 뿐이다.

"너는 할 수 있어! 할 수 있어! 할 수 있다고 내가 말했잖아! 할 수 있어! 너는 할 수 있어! 할 수 있다고!"

메리가 주문을 걸듯 이렇게 중얼거린 것은, 콜린이 지금처럼 두 발로 똑바로 서 있도록 마법을 일으키고 싶었기 때문이다. 벤 웨더스태프가 보는 앞에서 콜린이 포기하는 것만큼은 견딜 수 없었다. 콜린은 포기하지 않았다. 메리는 콜린이 비쩍 말랐지만 몹시 아름다워 보인다는 생각에 감격스러웠다. 콜린은 우스꽝스러워 보일 만큼 오만한 태도로 벤 웨더스태프를 똑바로 바라보았다.

"나를 봐!" 콜린이 명령했다. "머리부터 발끝까지 보라고! 내 등이 굽었나? 내 다리가 구부러졌어?"

벤 웨더스태프 영감은 복받치는 감정을 좀처럼 주체할 수 없었다. 그러나 얼른 감정을 조금이나마 추스르고 거의 평소와 같은 태도로 대답했다.

"아니구만요." 벤이 말했다. "전혀 그렇지 않으시오. 대체 지금까지 무얼 허신 거요? 왜 모습을 감추시고 사람들이 도련님 몸이 성치 않구 반쯤 미쳤다구 생각하게 내버려 두셨소?"

"반쯤 미쳤다고?" 콜린이 화가 나 소리쳤다. "누가 그렇게 생각해?"

"수많은 멍청이들이 그런다오." 벤 영감이 대답했다. "이 세상에는 헛소리만 요란한 멍청이들 천지라오. 그놈들은 입만 열면 거짓말이라니깐. 그동안 뭐 때문에 틀어박혀 계셨소?"

"모두 내가 죽을 거라고 생각했지." 콜린이 퉁명스럽게 말했다. "나는 안 죽어!"

콜린이 어찌나 자신만만하게 그 말을 했던지, 벤 영감은 콜린을 위에서 아래로, 아래서 위로 몇 번이고 훑어보았다.

"도련님이 죽는다구요!" 노인이 흥분을 주체하지 못하고 말했다. "절대 그러실 것 같지 않소! 도련님한텐 굳센 의지가 가득허니깐. 도련님이 얼른 다리를 내려놓는 모습을 보자마자 도련님 몸에 아무 문제두 없다는 걸 알아차렸다오. 담요 위에 잠시 앉으시구려, 어린 주인님. 그리구 나한테 명령을 내려주시오."

벤 영감의 태도에는 기민한 이해력과 은근한 상냥함이 기묘하게 뒤섞여 있었다. 메리는 '긴 산책로'를 걸어 문까지

오는 동안, 그간의 사정을 쏟아내듯 최대한 빨리 들려주었다. 아이가 들려준 이야기에서 특히 명심해야 할 부분은, 콜린이 좋아지고 있다는 사실이었다. 콜린은 건강해지고 있었다. 정원이 그것을 도와주고 있었다. 아무도 콜린에게 혹이나 죽음을 떠오르게 해서는 안 되었다.

라자가 나무 아래에 펼친 무릎 담요에 앉았다.

"웨더스태프, 당신은 정원에서 무슨 일을 하지?" 콜린이 물었다.

"지시받은 일이라면 뭐든 한다오." 벤 영감이 대답했다. "호의에 힘입어 계속 일을 했다오. 그분이 날 좋아해주셔서."

"그분?" 콜린이 물었다.

"도련님의 어머님 말이오." 벤 웨더스태프가 말했다.

"내 어머니?" 벤이 말했다. 콜린은 말없이 주위를 둘러보았다. "이곳이 어머니의 정원이었던 거야, 그렇지?"

"그럼요, 그렇구말구요!" 그러더니 벤 웨더스태프도 주위를 돌아보았다. "마님은 이곳을 젤 좋아하셨다오."

"이제 이곳은 내 정원이야. 나는 이곳이 좋아. 매일 이곳에 올 거야." 콜린이 선언하듯 말했다. "하지만 비밀로 해야 해. 내 명령은 이거야. 아무도 우리가 이곳에 온다는 사실을 알아서는 안 돼. 디콘과 내 사촌이 이곳을 가꿔서 되살아나게 했어. 가끔 영감을 불러서 두 사람을 도와주라고 할 거야.

하지만 아무도 보지 않을 때 와야 해."

벤 웨더스태프가 얼굴이 쪼글쪼글해지도록 선선하게 웃었다.

"실은 아무두 안 볼 때 이곳엘 왔었다오." 벤 영감이 말했다.

"뭐라고!" 콜린이 소리쳤다. "언제?"

"마지막으루다가 여기에 온 건." 벤 영감은 턱을 문지르며 주위를 바라보았다. "한 2년 전이었다오."

"하지만 10년 동안 아무도 여기에 들어온 적이 없었어!" 콜린이 외쳤다. "문이 없었어!"

"나를 눈여겨보는 사람이 없으니깐." 벤 영감이 아무런 감정도 없이 대답했다. "그리고 난 문으로 들어오지 않았다오. 담장을 넘어서 왔지. 지난 2년 동안은 류머티즘 때문에 올 수가 없었다오."

"영감님이 오셔가지구 가지를 치셨군요!" 디콘이 소리쳤다. "어떻게 가지가 다듬어져 있는가 영문을 몰랐다니깐요."

"그분은 여길 정말루 사랑하셨소. 정말이구말구!" 벤 웨더스태프 영감이 천천히 말했다. "그리고 정말 아름다운 분이셨다오. 언젠가 제게 이렇게 말씀하셨다오. '벤.' 이러시더니 웃으시는 거예요. '혹시라도 내가 아프거나 죽으면 당신이 내 장미들을 돌봐야만 해요.' 마님이 돌아가시구 아무두 여길 들어가서는 안 된다는 명령이 떨어졌소. 허지만 나는 왔지." 벤 영감은 불퉁하니 고집을 숨기지 않으며 말을 이었다. "담장을 넘어서 왔다오. 류머티즘으루다가 오지 못하게 될 때까지. 1년에 한 번, 이곳에서 정원을 조금 손봤다오. 마님이 먼저 그렇게 지시하셨으니깐."

"영감님이 정원을 안 가꿨으면, 이곳이 지금처럼 근사하지 않을 거여요." 디콘이 말했다.

"정원을 돌봐줬다니 기뻐, 웨더스태프." 콜린이 말했다. "영감이라면 비밀을 어떻게 지킬지 알 거야."

"그럼요, 알다마다요, 주인어른." 벤 영감이 대답했다. "류머티즘으루 고생하는 사람은 문으루 들어오면 훨씬 수월하다오."

그 나무 근처 풀밭에 메리가 놓아둔 모종삽이 있었다. 콜린은 손을 뻗어 삽을 집어 들었다. 얼굴에 묘한 표정이 번지나 싶더니, 삽으로 땅을 긁기 시작했다. 콜린의 가냘픈 손은 그 일이 버거울 정도로 약했지만, 모두가 지켜보는 앞에서 모종삽 끝을 땅에 박고 흙을 파 엎었다. 특히 메리는 숨도 쉬지 못한 채 지켜보았다.

"너는 할 수 있어! 할 수 있어!" 메리는 이렇게 중얼거렸다. "내가 장담해, 너는 할 수 있어!"

디콘은 동그란 두 눈을 강렬한 호기심으로 빛냈지만, 한 마디도 하지 않았다. 벤 웨더스태프도 흥미진진한 표정으로 지켜보았다.

콜린은 포기하지 않았다. 모종삽으로 흙을 가득 파서 뒤엎은 후, 의기양양해져서는 능숙한 요크셔 말투로 디콘에게 말했다.

"네가 그랬잖어. 다른 사람들처럼 나두 여길 산책허게 만들겠다구. 그리구 이곳 땅을 일구게 허겠다구 했지. 난 너가 날 기쁘게 해주려구 한 말이라구만 생각했어. 오늘은 내가 여길 산책한 첫날인데, 벌써 땅을 일구구 있어."

벤 웨더스태프는 콜린의 말을 듣더니, 다시 입을 떡 벌렸다. 그러더니 빙그레 웃기 시작했다.

"어이구!" 벤 영감이 말했다. "말씀을 들으니 도련님 머리두 멀쩡하신 모양이오. 역시 도련님은 요크셔 사람이구만. 그리고 이렇게 땅을 파구 계시구. 혹시 이곳에 뭔가 심어보시겠소? 장미 묘목을 구해올 수 있다오."

"가서 가져와!" 콜린이 신이 나서 땅을 파며 말했다. "어서! 빨리!"

정말 일은 신속하게 진행되었다. 벤 영감은 류머티즘도 잊고 후다닥 달려갔다. 디콘이 자기 삽을 들고, 핏기 없이 가냘픈 손을 지닌 새 일꾼보다 더 깊고 넓은 구멍을 팠다. 메리는 얼른 달려나가, 물뿌리개를 가지고 돌아왔다. 디콘이 구멍을 더 깊이 파자, 콜린은 부드러운 흙을 계속해서 파 엎었다. 조금이라고 해도 낯설고 새로운 운동을 한 덕에, 콜린은 얼굴이 붉게 상기된 채 고개를 들어 하늘을 보았다.

"해가 다, 전부 다 넘어가기 전에 꽃을 심고 싶어." 콜린이 말했다.

메리는 태양이 일부러 몇 분 정도 더 머물렀을지도 모른다고 생각했다. 벤 웨더스태프 영감이 화분에 담긴 장미를 온실에서 가져왔다. 절뚝거리면서도 최대한 서둘러 풀밭을 가로질러 왔다. 벤 영감도 슬슬 신이 나기 시작했다. 구멍 옆에 꿇어앉아, 화분에서 묘목을 뽑아냈다.

"여기 있소, 도련님." 벤 영감은 장미 묘목을 콜린에게 주며 말했다. "임금님이 새 궁전으루 가면 나무를 심듯이, 도련님두 이 땅에 장미를 직접 심어보시구려."

벤 영감이 흙을 단단하게 다지는 동안 콜린이 장미를 구멍에 넣고 꽉 잡고 있자, 콜린의 희고 가냘픈 두 손은 살짝 떨렸고 상기된 두 볼은 더욱 붉어졌다. 구멍을 흙으로 채우고 꾹꾹 눌러 단단하게 다졌다. 메리는 양손으로 땅을 짚고 몸을 굽힌 채 고개를 쑥 내밀었다. 검댕이가 푸드득 날아오더니, 무슨 일이 벌어지는지 보려고 다가왔다. 밤과 껍질이 벚나무에서 그 모습을 보며 수다를 떨었다.

"다 심었어!" 마침내 콜린이 말했다. "그리고 태양은 이

제 막 지평선으로 미끄러져 갔어. 일어나게 좀 도와줘, 디콘. 해가 지는 동안 서 있고 싶어. 그것도 마법의 일부니까."

디콘이 콜린을 부축해 일으켰다. 그러자 마법인지 혹은 다른 것인지 알 수 없지만, 뭔가가 콜린에게 힘을 주었다. 그리하여 태양이 지평선으로 넘어가고 그들 모두에게 기묘하고도 아름다웠던 오후가 끝나가는 동안, 콜린은 활짝 웃으며 두 발로 단단하게 땅을 딛고 서 있었다.

마법

아이들이 돌아와 보니, 크레이븐 선생이 집에서 한참 동안 기다리고 있었다. 사실 의사 선생은 사람을 보내서 정원 산책로를 살펴보게 하는 편이 현명하지 않을지, 슬슬 걱정하던 중이었다. 콜린이 제 방으로 돌아오자 불쌍한 의사 선생은 아이를 꽤 심각하게 살펴보았다.

"그렇게 오래 나가 있으면 안 된다." 의사 선생이 말했다. "너무 무리하지 않아야 해."

"나는 조금도 피곤하지 않아요." 콜린이 말했다. "산책이 나를 건강하게 만들어줬어요. 오늘 오후에 나간 것처럼 내일은 아침에도 나갈 거예요."

"그건 허락할 수 없구나." 크레이븐 선생님이 대답했다. "현명한 생각이 아닌 것 같아."

"나를 막으려는 생각이 현명하지 않은 거죠." 콜린이 꽤 진지하게 대답했다. "난 갈 거예요."

심지어 메리조차 콜린에게서 가장 이상한 점이 뭔지 알아차렸다. 콜린은 주위 사람들에게 명령을 할 때면 자신이 얼마나 무례한 어린 폭군이 되는지 전혀 몰랐다. 콜린은 평생 무인도에서 산 것이나 다름이 없었다. 콜린은 그 섬의 왕이었기 때문에, 자신의 태도를 비교해볼 사람도 없이 뭐든 제멋대로 하게 되었다. 사실 메리도 사촌과 많이 비슷했다. 그러나 미슬스웨이트에서 살게 된 후로, 메리는 자기 태도가 평범하지도 않고 사람들의 사랑을 받는 종류가 아니라는 사실을, 서서히 깨닫게 되었다. 이 사실을 알게 되자, 자연스럽게 메리는 콜린과 의사소통하는 데 몹시 관심을 가졌다. 그래서 크레이븐 선생이 가고 난 후 몇 분 동안 메리는 가만히 앉아서 호기심 어린 표정으로 사촌을 지켜보았다. 메리는 왜 그러고 있는지 콜린이 물어봐주기를 원했고, 물론 물어보았다.

"왜 나를 그렇게 보는 거야?" 콜린이 물었다.

"크레이븐 선생님이 많이 안됐다는 생각을 하는 중이었어."

"나도 그래." 콜린이 차분하지만, 자못 흡족한 기색을 숨기지 않으며 대답했다. "내가 죽을 리가 없으니, 선생님은 미슬스웨이트를 물려받을 수 없잖아."

"물론 그것 때문이기도 해." 메리가 대답했다. "하지만

나는 꼬박 10년 동안 언제나 무례하게 행동하는 남자아이를 친절하게 대해줘야만 했다니, 정말 끔찍했을 거라는 생각을 하고 있었어. 나라면 절대 그렇게 못 할 거야."

"내가 무례해?" 콜린이 차분하게 물었다.

"네가 선생님의 아들이고 선생님이 아이를 때리는 그런 사람이었다면." 메리가 말했다. "선생님은 분명 너를 때려줬을 거야."

"하지만 선생님은 절대 그러지 못해." 콜린이 말했다.

"그래, 그러지 못해." 못된 메리가 아무런 편견 없이 그 일을 생각하며 대답했다. "네가 싫어하면, 아무도 감히 하려고 하지 않았어. 네가 아파서 곧 죽을 거라고 생각했으니까. 너는 몹시 가여운 아이였어."

"하지만." 콜린이 고집스럽게 대꾸했다. "나는 불쌍한 아이가 되지 않을 거야. 내가 그런 아이라고 사람들이 생각하게 내버려 두지 않을 거야. 오늘 오후에 나는 내 발로 섰어."

"네가 그렇게 괴팍하게 된 건, 매사에 제멋대로 하기 때문이야." 메리가 생각을 소리 내어 말하며 대화를 계속했다.

콜린이 인상을 쓰며, 고개를 돌렸다.

"내가 괴팍해?" 콜린이 따지듯 물었다.

"그래." 메리가 대답했다. "많이 괴팍해. 그렇게 짜증을 낼 필요는 없어." 그러더니 메리는 공정하게 이렇게 덧붙였다. "나도 너처럼 괴팍하거든. 그리고 벤 영감님도 그래. 하지만 나는 사람들을 좋아하기 시작하고 정원을 찾아낸 후로, 전처럼 괴팍하게 굴지 않아."

"나는 괴팍하게 굴고 싶지 않아." 콜린이 말했다. "나는 그렇게 굴지 않을 거야." 그러더니 결심을 하며 다시 인상을 썼다.

콜린은 자부심이 강한 아이였다. 콜린은 한동안 누워서 생각에 잠겼다. 잠시 후 메리가 보니, 사촌은 아름다운 미소를 지었고, 서서히 얼굴 전체가 변하기 시작했다.

"이제 괴팍하게 굴지 않을 거야." 콜린이 말했다. "매일 정원에 나가게 되면 말이야. 그곳에는 마법이 있어. 좋은 마법이야. 메리, 너도 알다시피. 나는 그곳에 마법이 있다고 확신해."

"나도 그래." 메리가 말했다.

"진짜 마법이 아니라고 해도." 콜린이 말했다. "우리는 진짜 마법인 척하면 돼. 뭔가가 그곳에 있어. 뭔가가!"

"그게 마법이야." 메리가 말했다. "하지만 검은 마법이 아니야. 눈처럼 새하얀 마법이지."

두 아이는 항상 그것을 마법이라고 불렀다. 그리고 이어진 몇 달 동안, 정말 마법이 일어난 것 같았다. 아름다운 시간이었고, 찬란한 시간이었고, 멋진 시간이었다. 오! 그 정원에서 얼마나 근사한 일들이 많이 일어났는지! 정원을 가져본 적 없다면 절대 이해할 수 없겠지만, 정원을 가져본 적이 있는 사람이라면, 그곳에서 벌어진 일들을 다 기록하면 책 한 권은 거뜬히 채울 수 있다는 사실을 알 것이다. 처음에는 초록 식물들이 풀밭에서, 화단에서, 심지어 벽의 갈라진 틈에서, 흙을 뚫고 결코 멈추지 않고 솟아 나올 것만 같았다. 그러더니 초록 식물들이 꽃봉오리를 보여주기 시작했고, 봉오리가 벌어지며 온갖 색조의 푸른색과 온갖 색조의 보라색과 온갖 색조와 붉은색이 나타나기 시작했다. 꽃이 가장 만발한 행복한 시절에는 꽃송이가 모든 구멍과 모퉁이와 땅바닥에서 자랐다. 벤 웨더스태프는 그 광경을 보고는 담벼락 벽돌 사이의 모르타르를 긁어내고 예쁜 덩굴들이 자라도록 흙을 채웠다. 풀밭에는 붓꽃과 흰 백합들이 무리를 지어 자랐고, 녹색으로 물든 벽감들은 푸른색과 흰색 꽃으로 만들어진 창 같은 키 큰 참제비고깔이나 참매발톱꽃, 초롱꽃으로 이루어진 아름다운 꽃의 군대에 완전히 점령되었다.

"그분은 저 꽃들을 젤 좋아하셨다오……. 그분은 그러셨지." 벤 웨더스태프가 말했다. "마님은 저 꽃들이 푸른 하늘을 향해 솟아 있을 땐 좋아한다구 입버릇처럼 말씀하셨소. 마님은 땅을 낮춰 보는 분이 아니셨다오……. 마님은 아니었소. 그분은 흙하구 땅을 몹시 사랑하셨소. 허지만 푸른 하늘은 언제 봐두 기쁨에 차 있는 거처럼 보인다구두 하셨소."

메리와 디콘이 뿌린 씨앗들은 요정들이 돌봐주기라도 하듯 잘 자랐다. 오래전부터 그 정원에서 살았던 꽃들은 못 보던 꽃들이 그곳에 어떻게 들어왔는지 궁금해하는 것 같았지만, 광택이 감도는 온갖 색깔 양귀비들은 그 꽃들과도 명랑하게 어울리며 미풍에 춤추듯 하늘거렸다. 그리고 장미가 있었다. 그 장미들! 풀밭에서 곧장 자라더니 해시계를 휘감고, 나무줄기를 감고 올라가 가지에서 늘어져 내리고, 담장을 타고 올라가 폭포수처럼 떨어지는 기다란 꽃가지를 담장 위로 뻗어내는 장미들. 그 장미들은 매일 매시간 생기를 얻었다. 생생한 잎사귀들과 꽃봉오리들. 봉오리들은 처음에는 작았지만 점점 부풀어 오르더니, 마법이 일어났다. 꽃봉오리가 터지고 꽃잎들이 펼쳐져 섬세한 향기를 담은 잔이 되었고, 그 향기가 꽃잔에서 흘러넘쳐 정원 공기를 가득 채웠다.

콜린은 이 모든 과정을 다 보았고, 그곳에서 벌어지는 변화를 빠짐없이 지켜보았다. 매일 아침, 콜린은 휠체어를 타고 나왔고, 비가 오지 않으면 매일 매시간 정원에 머물렀다. 하늘이 잿빛으로 물든 흐린 날들조차 콜린의 즐거움을 막지 못했다. 콜린은 '꽃과 나무가 자라는 모습을 지켜보면서' 풀밭에 드러누워 있다고 말했다. 누구든 충분히 오래 관찰을 하면 꽃봉오리가 펴지는 순간을 지켜볼 수 있다고, 콜린이 선언하듯 말했다. 그뿐만 아니라, 우리는 알 수 없지만 분명히 중요해 보이는 다양한 볼일을 보느라고 주위를 분주하게 돌아다니는, 이상한 곤충들과도 친구가 될 수 있다고도 했다. 그 곤충들은 때로는 작은 밀짚 조각이나 깃털, 음식 등을 운반했고 때로는 시골의 자연을 탐험하려고, 꼭대기에서 주위를 바라볼 수 있는 나무라도 되듯 풀잎을 타고 올라가기도 했다. 굴이 끝나는 곳에 흙무더기를 만들어놓고는 요정의 손 같은, 기다란 손톱이 달린 앞발로 다시 굴을 파기 시작하는 두더지에게 콜린은 오전 내내 푹 빠져 있기도 했다. 개미가 사는 법, 딱정벌레가, 벌이, 개구리가, 새들이 사는 법, 식물이 사는 방식이 콜린에게 새로 탐험할 세상을 선사해주었다. 디콘이 이 모든 동식물에 더해, 여우, 수달, 페렛, 다람쥐, 송어와 물쥐와 오소리가 사는 법까지 알려주자, 이야기를 나누고 생각을 파고들 거리는 끝이 나지 않았다.

그런데 이것은 마법의 반도 되지 않았다. 콜린이 정말 제 발로 섰다는 사실은, 콜린에게 엄청난 생각할 거리를 안겨주었다. 메리가 콜린을 향해 걸었던 주문을 알려주자, 콜린은 잔뜩 흥분해서 무척 마음에 들어했다. 콜린은 틈만 나면 그 이야기를 꺼냈다.

"물론 이 세상에는 마법이 아주 많을 거야." 어느 날 콜린이 의젓하게 말했다. "하지만 사람들은 그 마법이 뭔지, 어떻게 일어나는지, 전혀 몰라. 어쩌면 좋은 일들이 정말 일어날 때까지 계속 좋은 일들이 일어날 거라고 말하기만 하면 마법이 시작될지도 몰라. 그래서 한 가지 실험을 해볼까 해."

다음 날 아침 콜린은 친구들과 비밀 정원에 도착하자 당장 벤 웨더스태프를 불러오라고 했다. 벤 영감은 최대한 빨리 왔다. 와보니 라자가 나무 아래에서 제 발로 서서 의기양양하게 서 있었을 뿐만 아니라, 매우 아름다운 미소를 짓고 있었다.

"좋은 아침이에요, 벤 웨더스태프." 콜린이 말했다. "영감님과 디콘과 메리 양이 나란히 서서 내 말을 귀담아 들어주면 좋겠어요. 여러분에게 아주 중요한 이야기를 할 테니까요."

"예이, 예이, 선장님!" 벤 웨더스태프는 이마를 만지작거리며 대답했다. (벤 웨더스태프가 오랫동안 숨겨온 마법은 어린 시절 바다로 도망쳐 뱃사람이 된 적이 있다는 사실이었다. 그래서 선원처럼 대답할 수 있었다.)

"과학 실험을 하나 해보려고 해요." 라자가 설명했다. "내가 자라면, 나는 위대한 과학적 발견을 하게 될 거예요. 그래서 지금 할 실험으로 연구를 시작할 거예요."

"예이, 예이, 선장님!" 벤 웨더스태프는 위대한 과학적 발견에 대해 난생처음 들었지만, 재빨리 대답했다.

메리도 그런 이야기를 들은 건 그때가 처음이었다. 하지만 그 무렵에 메리는 이미 콜린이 성격이 유별나기는 해도, 다양한 주제에 대해 책을 읽었으며 상당히 설득력이 뛰어난 아이라는 사실을 슬슬 깨닫기 시작했다. 콜린이 고개를 들고 그 기묘한 눈으로 지긋이 바라보면, 설령 콜린이 열한 살을 앞 둔 열 살 아이라고 해도 어느새 콜린의 말을 믿게 될 것이었 다. 어른처럼 연설을 한다는 사실에 콜린 자신부터 매력을 느 꼈기 때문에, 이 순간 콜린의 설득력은 유감없이 발휘되었다.

"내가 하려는 위대한 과학적 발견은." 콜린이 말을 이었 다. "마법에 관한 것이에요. 마법은 위대한 것이고, 오래된 책 에 나오는 몇몇 사람을 제외하면 아는 사람이 거의 드물어 요. 메리는 마법에 대해 조금 아는데, 인도에서 태어났기 때 문이에요. 인도에는 고행 수도자들이 있거든요. 디콘도 마법 을 조금 알 거예요. 하지만 디콘은 자신이 안다는 걸 모르죠. 디콘은 동물들과 사람들을 사로잡아요. 디콘이 동물을 부리 는 사람이 아니었다면, 절대 나를 만나러 오게 하지 않았을 거예요. 게다가 디콘은 남자아이를 부리기도 하죠. 왜냐하면 남자아이는 동물이니까요. 나는 모든 것에 마법이 있다고 확 신해요. 다만 우리가 그 마법을 이해하고, 전기나 말이나 증 기처럼 쓸모 있게 사용하는 방법을 모를 뿐이에요."

이런 이야기가 어찌나 흥미진진한지 벤 웨더스태프는 몹시 흥이 나 가만히 서 있을 수가 없었다.

"예이, 선장님, 예이." 벤 영감은 이렇게 말하며 다시 똑바로 서려고 했다.

"메리가 이 정원을 찾아냈을 때만 해도 이곳은 죽은 듯 보였어요." 콜린이 웅변가처럼 말을 이었다. "그러다가 뭔가가 땅을 뚫고 올라오더니, 아무것도 없는 곳에서 뭔가를 만들어내기 시작했어요. 어제는 그곳에 없었던 생명체들이 다음 날 나타났어요. 나는 이런 광경을 난생처음 봤어요. 그래서 그 과정에 몹시 호기심을 느꼈죠. 과학적인 사람들은 항상 호기심이 충만해요. 그래서 나도 과학적인 사람이 되기로 했어요. 나는 계속 스스로에게 질문을 했어요. '이게 뭘까? 대체 이게 뭐지?' 이건 대단한 것이 분명해요. 절대 아무것도 아닐 리 없어요. 그것을 뭐라고 부르는지는 몰라요. 그래서 마법이라고 부르기로 했죠. 나는 한 번도 태양이 떠오르는 모습을 못 봤어요. 하지만 메리와 디콘은 봤죠. 두 사람에게 해가 떠오르는 광경을 전해 들은 후, 나는 그것도 마법이라고 확신하게 되었어요. 어떤 대단한 것이 태양을 밀어올리고 잡아당기는 거예요. 내가 정원에 오게 된 후로, 가끔 고개를 들어 나무들 사이로 하늘을 보면 까닭 없이 행복한 기분에 휩싸일 때가 있어요. 꼭 뭔가가 내 가슴을 밀어내고 잡아당겨서 호흡이 빨라지도록 만드는 것 같죠. 마법은 항상 밀어올리고 끌어당겨서 아무것도 없는 곳에서 뭔가를 만들어내요. 모든 것이 마법으로 만들어져요. 잎사귀도, 나무도, 꽃도, 새도, 오소리도, 여우도, 다람쥐도, 사람도 말이죠. 그러니까 마법은 우리 주위에 있어요. 이 정원에도, 온갖 곳에 다 있어요. 이 정원에 깃든 마법은 내가 두 다리로 서고 어른이 될 때까지 살 수 있다고 확신하게 만들어줬어요. 나는 마법을 찾아내서 내 안에 넣고, 그 마법이 나를 밀어내고 끌어당겨서 더 건강하게 만드는 과학 실험을 해볼 작정이에요. 어떻게 하는지는 모르지만, 마법을 자꾸 생각하고 부르면 분명히 찾아올 거예요. 아마 그것이 마법을 손에 넣는 가장 기본적인 첫 번째 방법일 거예요. 내가 처음으로 일어서려고 했을 때, 메리는 최대한 빠르게 중얼거렸어요. '너는 할 수 있어! 너는 할 수 있어!' 나는 결국 해냈어요. 물론 나도 노력을 해야 했죠. 하지만 메리의 마법이 나를 도와줬어요. 그리고 디콘의 마법도요. 매일 아침과 저녁은 물론이고, 낮에도 나는 최대한 자주, 잊지 않고 주문을 외우려고 해요. '마법은 내 안에 있어! 마법이 나를 건강하게 만들어줄 거야! 나는 디콘처럼 건강해질 거야. 디콘처럼 힘이 세질 거야!' 그러니 여러분도 모두 이렇게 해주어야 해요. 이것이 내 실험이에요. 나를 도와주겠어요, 벤 웨더스태프?"

"예이, 예이, 선장님!" 벤 웨더스태프가 말했다. "예이, 예이!"

360

"군인이 훈련을 받는 것처럼 매일 규칙적으로 이 주문을 외운다면, 우리는 무슨 일이 일어나는지 보게 될 테고, 그러면 실험이 성공했는지도 알 수 있을 거예요. 여러분이 어떤 것을 익힐 때, 그 내용을 몇 번씩 말로 해보고 자꾸 생각하다 보면 어느새 머릿속에 영원히 새겨질 거예요. 나는 마법도 똑같으리라 생각해요. 여러분이 계속 와서 도와달라고 마법을 부르면, 그 마법은 여러분의 일부가 되어 머무르면서 마법을 일으킬 거예요."

"예전에 인도에 살 때, 어떤 장교가 어머니에게 같은 말을 몇천 번이나 하는 고행 수도자들이 있다고 말하는 걸 들은 적이 있어." 메리가 말했다.

"나두 젬 페틀워스의 마누라가 같은 말을 몇천 번이나 하는 걸 들었다오. 그 마누라는 젬을 보구 빌어먹을 주정뱅이라구 했지." 벤 웨더스태프가 심드렁하게 말했다. "아니나 다를까 결국 그 말대루 됐다오. 젬이 '푸른 사자' 술집엘 가서 곤드레만드레 취했다니깐."

콜린은 양 눈썹을 가운데로 모으고 잠시 생각에 잠겼다. 그러더니 얼굴이 환해졌다.

"음." 콜린이 말했다. "알다시피 어떤 힘이 그 일을 일으킨 거예요. 그 여자가 잘못된 마법을 쓰는 바람에 남편이 주정뱅이가 된 거예요. 그 여자가 올바른 마법을 써서 좋은 말을 했다면, 그 사람은 곤드레만드레 취하지 않았을 거예요. 어쩌면요. 어쩌면 남편은 아내에게 새 보닛을 사줬을지도 모르죠."

벤 웨더스태프가 빙긋이 웃었고, 늙고 작은 눈에 감탄하는 빛이 어렸다.

"도련님은 다리만 똑바른 게 아니구 영리하시기두 하구려." 벤 노인이 말했다. "다음에 베스 페틀워스를 보면, 마법이 무슨 일을 해줄 수 있는지 슬쩍 귀띔을 해줘야겠소. 과학 실험이 잘 들어먹으면 베스두 좋아할 거요. 젬두 마찬가지구."

디콘은 가만히 서서 콜린의 연설에 귀를 기울였는데, 디콘의 동그란 눈이 호기심 어린 즐거움으로 반짝거리기 시작했다. 디콘의 양 어깨에는 밤과 껍질이 올라와 있었고, 품에는 귀가 기다란 하얀 토끼가 안겨 있었다. 디콘이 살며시 쓰다듬어주자, 어느새 토끼는 기분이 좋아졌는지 귀를 뒤로 젖혔다.

"이 실험이 성공할 것 같아?" 디콘이 무슨 생각을 하는지 궁금해하며 콜린이 물었다. 종종 디콘이 행복에 겨워 환하게 미소를 지으며 콜린이나 '동물 친구들'을 바라보는 모습을 보고 있으면, 콜린은 제 친구가 무슨 생각을 하는지 궁금했다.

디콘은 지금도 미소를 짓고 있었다. 그리고 그 미소는

평소보다 더 크고 환했다.

"그럼요." 디콘이 대답했다. "난 그렇다구 생각해요. 햇빛 받으면 씨앗이 싹을 틔우는 거하구 똑같을 거여요. 마법은 분명히 일어날 거여요. 우리, 마법을 시작해볼까요?"

콜린은 그 말에 몹시 기뻤고, 메리도 즐거웠다. 고행 수도자들에 대해 들은 기억과 그림책에서 본 열성 신자들에 영감을 받은 콜린은 가지가 덮개처럼 무성한 나무 아래 모두 책상다리를 하고 앉아보자고 했다.

"사원 같은 곳에서는, 이런 식으로 앉을 거야." 콜린이 말했다. "어차피 피곤하기도 해서, 앉고 싶어."

"아이쿠!" 디콘이 말했다. "피곤허단 말부터 해버리면 안 돼요. 그 말이 마법을 망칠지 모르잖아요."

콜린이 고개를 돌려 디콘을, 그 티 한 점 없이 맑은 동그란 눈을 들여다보았다.

"그 말이 맞아." 콜린이 천천히 말했다. "나는 마법만 생각해야 해."

모두 둥글게 둘러앉으니, 그 무엇보다 위풍당당하고 신비로운 분위기가 풍겼다. 벤 웨더스태프는 어쩐지 기도회에 끌려온 것 같았다. 평소에 자신이 '노인네들 기도회'라고 부르는 모임에만 가면 성가셔서 짜증이 났지만, 이 모임은 라자의 부름으로 왔으니 조금도 화가 나지 않았고, 오히려 도움을 요청받았다는 사실에 우쭐하기까지 했다. 메리 아가씨는 경건함을 느낄 정도로 이 분위기에 사로잡혔다. 디콘은 여전히 품에 토끼를 안고 있었는데, 동물을 부르는 신호를 아무도 못 듣게 동물들에게 보내기라도 한 것 같았다. 디콘이 다른 사람들처럼 책상다리를 하고 앉자마자, 까마귀와 여우, 다람쥐들, 양 한 마리가 느릿느릿 곁으로 다가오더니 자신들도 끼고 싶은 듯 빈자리에 앉아 원의 일부를 이루었기 때문이다.

"'동물 친구들'이 왔어요." 콜린이 엄숙하게 말했다. "녀석들도 우리를 돕고 싶은 거예요."

메리는 콜린이 정말 아름다워 보인다고 생각했다. 콜린은 성직자라도 된 듯 고개를 높이 들었고, 콜린의 기묘한 두 눈은 몹시 근사하게 빛났다. 무성한 나뭇가지를 뚫고 쏟아진 햇살이 콜린을 비추었다.

"자, 이제 시작할 거예요." 콜린이 말했다. "데르비시 수도승(이슬람교 금욕파 수도승-옮긴이)처럼 몸을 앞뒤로 흔들어야 할까, 메리?"

"앞뒤루 몸을 흔들 수 없소." 벤 웨더스태프가 말했다. "류머티즘이 있으니깐."

"마법이 그 류머티즘도 다 없애주리라." 콜린이 대사제 같은 말투로 말했다. "하지만 그때까지는 몸을 흔들지 말기로 해요. 대신 성가를 읊기로 해요."

"난 성가를 못 부른다오." 벤 웨더스태프가 살짝 성마르게 대답했다. "성가를 읊으려구 하면 성가대에서 나가라구 하더구만."

아무도 웃지 않았다. 아이들은 그 정도로 진지했다. 콜린의 얼굴에는 그림자 한 줄기조차 드리워지지 않았다. 콜린은 오로지 마법 생각뿐이었다.

"그러면 내가 할게요." 콜린이 말했다. 그리고 성가를 읊기 시작했는데, 그 모습은 신기한 남자아이의 정령처럼 보였다. "태양이 빛나요. 태양이 빛나고 있어요. 그것이 마법이죠. 꽃이 자라고 있어요. 뿌리가 꿈틀거려요. 그것이 마법이죠. 살아 있는 것이 마법이에요. 튼튼한 것이 마법이에요. 마법은 내 안에 있어요. 마법은 내 안에 있어요. 내 안에 있어요. 내 안에 있어요. 마법은 우리 모두의 안에 있어요. 마법은 벤 웨더스태프의 등에도 있어요. 마법이여! 마법이여! 어서 와서 도와줘요!"

콜린은 성가를 수도 없이 암송했다. 천 번까지는 아니더라도 상당한 횟수였다. 메리는 뭐에 홀린 듯 들었다. 기묘하면서 동시에 아름답게 느껴져, 콜린이 이 기도를 계속했으면 좋겠다고 생각했다. 벤 웨더스태프는 기분 좋은 꿈을 꾸는 것처럼, 마음이 푸근하게 진정이 되는 것 같았다. 만발한 꽃들 사이로 벌들이 윙윙거리는 소리가 읊조리는 소리와 어우러지면서 몽롱해져 스르르 잠으로 빠져들었다. 디콘은 한 팔로 잠이 든 토끼를 안고 다른 손은 양의 등에 내려놓은 채, 책상다리로 앉아 있었다. 검댕이는 다람쥐 한 마리를 몰아내고 디콘의 어깨 위에 웅크리듯 앉았고, 눈 위로 회색 눈꺼풀이 쑥 내려왔다. 마침내 콜린이 성가를 끝냈다.

"이제 정원을 한 바퀴 돌 거예요." 콜린이 말했다.

벤 웨더스태프는 머리가 앞으로 툭 떨어지나 싶더니 화들짝 놀라며 고개를 들었다.

"영감님은 졸았군요." 콜린이 말했다.

"어이쿠, 그럴 리 있겠소." 벤이 꿍얼거렸다. "설교가 정말 좋더구만. 그렇지만 난 헌금 걷기 전에 가봐야 하오."

벤 영감은 아직도 잠에서 헤어나오지 못한 모양이었다.

"영감님, 이곳은 교회가 아니에요." 콜린이 말했다.

"그럼요, 아니구말구." 벤 영감이 몸을 똑바로 세우며 말했다. "내가 교회에 있다구 누가 그러던가요? 성가를 빠짐없이 다 들었다오. 도련님이 제 등에 마법이 있다구 하셨잖소. 의사 선생은 그걸 류머티즘이라구 하더만."

라자가 손을 흔들었다.

"그건 잘못된 마법이에요." 콜린이 말했다. "영감은 좋아질 거예요. 이제 그만 일터로 돌아가요. 하지만 내일 다시 와야 해요."

"나두 도련님이 정원을 빙 돌며 산책허는 모습을 보고 싶구만." 벤이 툴툴거렸다.

꽁한 마음으로 투덜거린 것은 아니었지만, 그래도 투덜 거린 것은 분명했다. 사실 벤은 고집스러운 노인인 데다가 마법을 아직 완전히 신뢰하지 않았기 때문에, 혹시 자신을 정원에서 내보내면 사다리를 타고 올라가 담장 너머로 지켜 보고 있다가, 도련님이 제 발에 걸려 넘어지기라도 하면 절 룩거리는 한이 있어도 냉큼 정원으로 돌아올 작정이었다.

라자는 벤이 남아 있는 데 반대하지 않았다. 그래서 행 진 대열이 만들어졌다. 그들의 산책은 행진이라고 해도 손색 이 없었다. 대열 선두에 콜린이 섰다. 그리고 양옆에 디콘과 메리가 섰다. 벤 웨더스태프가 그 뒤를 따랐고, '동물 친구들' 도 그들 뒤를 줄지어 따랐다. 새끼 양과 새끼 여우가 디콘에 게 바짝 붙어 걸었고, 흰 토끼는 깡충깡충 뛰어오거나 잠시 멈춰서 입을 오물거렸다. 검댕이는 자신을 책임자라고 여기 는 듯한 근엄한 분위기로 따라왔다.

그 행렬은 느릿느릿 앞으로 나아갔지만, 위엄이 있었다. 몇 미터를 갈 때마다 발을 멈추고 잠시 쉬었다. 콜린은 디콘 의 팔에 기댔다. 벤 웨더스태프는 남몰래 콜린을 주의 깊게 지켜보았다. 때때로 콜린은 디콘에게서 몸을 떼고, 손을 잡은 채 스스로 몇 걸음을 걸었다. 콜린은 시종일관 머리를 들고 있었는데, 그 모습이 매우 당당해 보였다.

"마법은 내 안에 있어요!" 콜린은 계속 되뇌었다. "마법은 나를 튼튼하게 만들어요! 마법을 느낄 수 있어요! 나는 마법을 느낄 수 있어요!"

뭔가가 콜린을 격려하고 희망을 불어넣고 있다는 것은 불을 보듯 명확했다. 콜린은 벽감 의자에 앉았다. 한두 번은 풀밭에 앉았고, 오솔길에서 여러 차례 멈춰 서서 디콘에게 기댔지만, 정원을 다 돌 때까지 절대 포기하려 들지 않았다. 행진을 시작했던 그 무성한 나무로 되돌아왔을 즈음에는 콜린의 두 볼은 붉게 물들었고 승리감으로 의기양양해 보였다.

"해냈어! 마법이 일어났어!" 콜린이 소리쳤다. "이것이 내 첫 번째 과학적 발견이야."

"크레이븐 선생님이 뭐라고 하실까?" 메리가 기뻐 소리쳤다.

"아무 말도 안 하실 거야." 콜린이 대답했다. "왜냐하면 선생님은 이 일을 듣지 못할 테니까. 이건 우리 모두의 가장 큰 비밀이 될 거야. 내가 튼튼해져서 다른 남자아이들처럼 걷고 달릴 수 있을 때까지, 이 일에 대해서 누구도 알면 안 돼. 나는 매일 휠체어로 이곳에 와서 돌아갈 때도 휠체어로 갈 거야. 사람들이 수군덕대고 질문을 하도록 두지 않을 거야. 실험이 완전히 성공할 때까지는 아버지에게도 알리지 않을 거야. 언젠가 아버지가 미슬스웨이트로 돌아오셨을 때, 아버지의 서재에 걸어 들어가서 이렇게 말할 거야. '제가 왔어요. 저는 다른 남자아이들과 똑같아요. 저는 무척 건강하고, 어른이 될 때까지 살 거예요. 이건 다 과학적 실험의 결과예요.'"

"고모부는 꿈을 꾸고 계신다고 생각할 거야." 메리가 소리쳤다. "자기 눈을 믿지 못하시겠지."

콜린은 의기양양해져 볼을 붉혔다. 콜린은 자신이 곧 건강해질 것이라고 스스로 믿게 만들었다. 몰랐겠지만, 그 믿음만으로도 싸움에서 반 이상은 이긴 셈이었다. 아버지가 다른 아버지들의 아들들처럼 똑바로 서 있고 튼튼한 아들을 보고 어떤 반응을 보일지 상상할 때면, 콜린의 의지는 그 어느 때보다 활활 타올랐다. 지난날 병약한 몸으로 유폐된 것이나 다름없이 지낼 때, 가장 음울하고 비참했던 일은 아버지조차 똑바로 보기를 두려워하는, 병약하고 등이 굽은 자신에 대한 증오심이었다.

"아버지는 눈을 믿으셔야 할 거야." 콜린이 말했다. "마법이 일어나면, 과학적 발견을 하기 전에 먼저 운동 선수가될 거야."

"한 일주일쯤 있다가 도련님을 권투장에 모시구 가야겠

소." 벤 웨더스태프가 말했다. "언젠가는 도련님이 벨트를 차지하구 전 영국의 프로 권투 챔피언이 되겠구려."

콜린이 험한 눈빛으로 벤을 쏘아보았다.

"웨더스태프." 콜린이 말했다. "그건 우리 약속을 무시하는 거잖아요. 영감님도 비밀을 알고 있으니 함부로 말하고 다니면 안 돼요. 아무리 마법이 잘 통한다고 해도, 나는 프로 권투 선수는 되지 않을 거예요. 과학적 발견을 하는 사람이 될 테니까."

"아하, 죄송허구만요. 죄송해요, 도련님." 벤이 경례를 하듯 이마를 만지며 대답했다. "이게 농담헐 만한 일이 아니라는 걸 알았어야 했는데." 하지만 벤의 두 눈은 반짝반짝 빛이 났다. 속으로 벤은 몹시 즐거웠다. 핀잔을 들어도 전혀 마음을 쓰지 않았다. 핀잔을 준다는 것은 도련님이 힘과 기개를 키워가고 있다는 뜻이기 때문이었다.

"실컷 웃게 내버려 두세요"

비밀 정원이 디콘이 가꾸는 유일한 정원은 아니었다. 황무지에 있는 디콘의 집 주위에는 울퉁불퉁한 돌들을 야트막하게 쌓은 담장으로 둘러싼 작은 텃밭이 있었다. 이른 아침과 땅거미가 지는 저녁 시간, 그리고 콜린과 메리가 디콘을 볼 수 없는 날이면, 하루 종일 어머니를 위해 그곳에서 감자와 양배추, 순무, 당근, 각종 허브를 심고 키웠다. 디콘은 자신의 '동물 친구들'을 동무 삼아 텃밭에서 놀라운 일들을 해냈는데, 아무리 일을 해도 지겹지 않은 모양이었다. 밭을 갈거나 잡초를 뽑을 때면, 디콘은 휘파람을 불거나 요크셔 황무지 노래를 흥얼거리거나, 검댕이나 대장이나 일손을 거들도록 가르친 형제자매들에게 이야기를 했다.

"디콘의 텃밭이 없다면, 우린 절대루 지금처럼 편허게 살지 못했을 거야." 소워비 부인이 말했다. "디콘은 못 키우는 게 없어. 쟤가 키운 감자하구 양배추는 다른 사람들이 키운 것보다두 두 배나 커. 그리구 어느 누가 키운 것보다두 더 맛나지."

소워비 부인은 잠시 여유가 생기면 밖으로 나가 디콘과 이야기하기를 좋아했다. 해가 천천히 져서, 저녁 먹은 후에도 일을 할 수 있었다. 그리고 그때가 소워비 부인에게는 한갓진 시간이었다. 부인은 야트막한, 거친 돌담에 앉아서 주위를 바라보며, 그날 하루 동안 일어난 일에 대해 들었다. 부인은 이 시간을 사랑했다. 이 텃밭에서는 채소만 키우지는 않았다. 디콘은 1페니짜리 꽃씨 묶음을 가끔씩 사서, 구즈베리 덤불과 심지어 양배추들 사이에도 향긋한 꽃이 피는 씨앗을 뿌렸다. 그리고 텃밭 둘레에는 목서초와 패랭이꽃과 팬지를 키웠고, 해마다 아껴둔 씨앗들이나 뿌리가 봄에 꽃을 피우고 퍼져나가 군락을 이루는 꽃들도 키웠다. 돌담에 틈만 보이면 디콘이 황무지의 여우장갑꽃을 심어서, 돌담의 돌은 얼핏얼핏 보일 정도였다. 덕분에 이 돌담은 요크셔에서 가장 아름다운 풍물이 되었다.

"어머니, 누구라두 식물을 무럭무럭 잘 자라게 할라면요." 디콘은 늘 입버릇처럼 말했다. "확실히 키우는 식물하구 친구가 되면 된다니깐요. 식물은 '동물'하구 똑같애요. 목이 마르면 물을 주구, 배가 고파하면 양분을 주면 되구요. 식물두 우리 사람들하구 똑같이 살구 싶어해요. 그러니까 개들이 죽으면 저는 제가 나쁜 사람이어서 무정하게 대했나 부다 하는 기분이 들거든요."

소워비 부인이 미슬스웨이트에서 일어난 일에 대해 들은 때도 바로 이렇게 땅거미가 지는 시간이었다. 처음에는 '콜린 도련님'이 메리 아가씨와 밖으로 나가는 것을 좋아하게 되었으며, 그런 산책이 도련님 건강에 도움이 된다는 이야기밖에 듣지 못했다. 그러나 얼마 지나지 않아, 두 아이는 디콘네 어머니에게는 '비밀을 알려줘도 좋다'고 동의했다. 어째서인지 아이들은 디콘네 어머니가 '확실히 안전한' 사람이라고 생각했다.

그래서 여전히 아름다운 어느 저녁에, 디콘은 모든 이야기를 다 털어놓았다. 땅에 묻혀 있던 열쇠와 울새, 모두 죽어버린 것 같은 잿빛 안개와 메리 아가씨가 절대 남에게 털어놓지 않기로 했던 비밀들을 긴장감 넘치는 세세한 부분까지 모두 들려주었다. 어느 날 디콘이 찾아간 일이며 비밀을 듣게 된 경위, 콜린 도련님을 믿지 못하다가 마침내 숨겨진 정원으로 도련님을 데리고 갔던 드라마 같던 일, 담장 위로 불쑥 올라온 벤 웨더스태프 영감의 성난 얼굴 사건과 콜린 도련님이 갑자기 분노를 터트린 덕분에 힘을 낸 이야기까지 더해지자, 소워비 부인의 선한 얼굴은 이야기를 듣는 동안 안색이 몇 번이나 바뀌었다.

"아이구머니나!" 부인이 말했다. "그 어린 아가씨가 미슬스웨이트에 온 건 행운이었구만. 덕분에 아가씨두 잘되었구 도련님두 잘되었으니깐. 제 발루다가 서다니! 우린 도련님을 몸에 곧은 뼈라군 없는, 반쯤 미쳐버린 가련한 아이라구만 생각했지 뭐냐."

소워비 부인은 수없이 질문을 했다. 그러는 동안 부인의 푸른 눈은 깊은 생각에 잠긴 듯했다.

"저택에선 도련님 달라진 모습을 어떻게 생각허냐? 몸이 좋아지니깐 기분두 좋구 불평두 하지 않을 건데." 어머니가 물었다.

"저택 사람들은 어떻게 생각해야 하는가 갈핀 못 잡구 있다니깐요." 디콘이 대답했다. "매일 원기를 회복하면서 인상두 달라졌어요. 얼굴에 살이 포동포동 쪄서, 전처럼 날카로워 보이지두 않아요. 핏기 없이 허옇던 안색두 좋아졌구요. 하지만 도련님은 예전에처럼 계속 불평을 한다구요." 아주 재미있다는 미소를 지으며 디콘은 말을 이었다.

"에그머니나, 대체 왜?" 소워비 부인이 물었다.

디콘이 빙그레 웃었다.

"뭔 일이 일어났는가 사람들이 추측 못 하게 할려구 부러 그러는 거여요. 도련님이 설 수 있다구 의사 선생님이 아시게 되면 곧장 크레이븐 씨한테 편지를 써서 알릴 테니깐요. 도련님은 이 비밀을 잘 감춰두구 제 입으루다가 말하구 싶어하셔요. 도련님은 매일 자기 다리에 마법을 걸 거여요. 언젠가 크레이븐 씨가 돌아오시면, 도련님이 방엘 걸어 들어가서 다른 남자아이들처럼 똑바루 선 모습을 보여줄라구요. 그러니까 도련님하구 메리 아가씨는 다른 사람들이 낌샐 못 채게 가끔씩 끙끙거리구 짜증을 내는 게 가장 좋은 방법이라구 생각해요."

소워비 부인은 디콘이 마지막 문장을 끝내기 훨씬 전부터 마음이 놓이며 웃음이 터져나와, 나직하게 웃었다.

"어이쿠!" 부인이 말했다. "장담허는데, 그 두 애는 그 일이 재미있어서 죽을 지경일 거구만. 그 두 애는 연극 놀일 원 없이 하겠어. 애들이 연극 놀이만큼 좋아하는 것두 또 없지. 그 애들이 뭘 하구 있는가 좀 더 들려줘, 디콘."

디콘은 풀을 뽑는 손을 멈추고 쪼그리고 앉아, 어머니에게 이야기를 들려주었다. 디콘의 두 눈이 재미로 반짝거렸다.

"콜린 도련님은 밖으루 나갈 때마다 휠체어를 타요." 디콘이 설명했다. "그리구 조심스럽게 옮기지 않는다구 시종인 존한테 역정을 내구요. 도련님은 최대한 힘이 하나두 없는 시늉을 해요. 집에서 우리가 보이지 않게 될 때까지 절대루 고갤 들지 않구요. 사람들이 휠체어에 앉혀줄 때마다 끙끙 않는 소리를 내구 짜증을 잔뜩 부려요. 도련님이 끙끙거리구 불평을 하면, 아가씨가 이렇게 말하죠. '불쌍한 콜린! 그렇게 아프니? 그렇게 몸이 약하니, 가여운 콜린?' 이러면서 도련님하구 메리 아가씨는 재미있어서 죽으려구 해요. 문제는요, 가끔 두 사람이 터지는 웃음을 잘 못 참는다는 거여요. 우리가 정원까지 안전하게 들어가면, 두 사람은 폐에 숨이 하나두 없어서 웃음이 안 나올 때까지 깔깔거리구 웃어요. 혹시 정원사들이 근처에 있다가 그 소릴 들을까 봐 콜린 도련님 쿠션에 두 사람이 얼굴을 처박구 있어야 할 정도라니깐요."

"그 애들이 웃으면 웃을수록 몸은 더 좋아질 테지!" 소위비 부인이 여전히 웃으며 말했다. "1년 중 언제라두 건강하구 착한 애들의 웃음이 약보다두 더 효과가 좋은 법이니깐. 두 애는 분명히 살이 통통하게 찔 거야."

"두 사람 다 요즘 통통해지구 있어요." 디콘이 말했다. "두 사람이 배가 어찌나 고픈지, 음식을 더 달라구 말하지 않구 배불리 먹을 수 있는 방법을 몰라 고민 중이여요. 도련님은 음식을 자꾸 더 가져오라구 그러면 아무도 도련님이 환자라구 안 생각할 거라구 해요. 메리 아가씨는 자기 몫을 도련님한테 양보하겠다구 했지만, 도련님은 아가씨가 배 고프면 살이 빠질 거라구 하셨어요. 두 사람이 똑같이 살이 올라야 한다구요."

소위비 부인은 생각지도 못한 아이들의 고충에 배꼽이 빠져라 실컷 웃었다. 푸른색 망토를 걸친 몸이 앞으로 뒤로 마구 흔들릴 정도였다. 그 모습에 디콘도 함께 웃었다.

"얘야, 이렇게 허자." 마침내 말을 할 수 있게 되자 소위비 부인은 이렇게 말했다. "그 애들을 도울 방법이 있구만. 아침에 그 애들을 만나러 갈 때, 신선하구 맛나는 우유 한 통을 가져가. 그리구 내가 껍질 바삭헌 코티지 로프(크기가 다른 둥근 빵 두 개를 포개놓은 모양의 빵 – 옮긴이)나 건포도 넣은 번을 만들어 줄게. 너희가 좋아하는 대루다가. 신선한 우유하구 갓 구운 빵만큼 좋은 게 어딨겠냐. 그 정도면 애들이 정원에 있는 동안 허길 달랠 수 있을 거야. 집에 가가지구서는 식사로 나온 맛있는 음식을 다 먹으면 될 테구."

"와! 어머니!" 디콘이 존경 어린 태도로 말했다. "어머닌 정말 대단한 분이여요! 항상 문제를 풀어낼 길을 아셔요. 어젠 두 사람이 꽤 소란을 피웠어요. 아무리 생각해두 음식을 더 가져오라구 하지 않구 해결할 방법이 떠오르지 않았으니깐요. 두 사람은 배 속이 텅 빈 것 같다구 그랬어요."

"그 두 애는 지금 한창 자랄 나이니깐. 게다가 건강을 되찾는 중이기두 하구. 그런 시기에 애들은 늑대 새끼들하구 다르지 않어. 애들이 먹은 음식은 다 피가 되구 살이 될 거구만." 소위비 부인이 말했다. 그러더니 반달이 된 입술로 디콘처럼 웃었다. "그래두 다행이야. 두 애가 신나게 잘 지내구 있으니깐."

푸근하고 훌륭한 어머니 소워비 부인의 예상은 그대로 적중했다. 특히 아이들의 '연극 놀이'가 두 아이의 기쁨이라는 생각은 그보다 더 정확할 수 없었다. 콜린과 메리는 그 연극 놀이야말로 가장 긴장감 넘치고 즐거운 놀이라는 사실을 깨달았다. 그런데 이 아이들에게 의심을 받지 않도록 조심해야 한다는 생각을 자신도 모르게 불어넣은 사람들은, 어리둥절해하는 간호사와 크레이븐 선생이었다.

"요즘 식욕이 몹시 좋아지셨네요, 콜린 도련님." 어느 날 간호사가 이렇게 말했다. "전에는 통 아무것도 안 드셨잖아요. 게다가 입에 안 맞는 음식들은 또 얼마나 많았어요."

"지금은 그런 음식은 하나도 없어." 콜린이 대답했다. 바로 그때 자신을 바라보는 호기심 어린 간호사의 표정을 보고, 콜린은 문득 아직은 너무 건강하게 보여서는 안 되겠다고 생각했다. "적어도 입맛에 안 맞는 음식이 그렇게 많지는 않다는 말이야. 이게 다 신선한 공기 덕분이지."

"아마 그럴 거예요." 간호사는 이렇게 대꾸하면서도 여전히 미심쩍은 표정을 거두지 않았다. "어쨌든 크레이븐 선생님과 이 문제를 이야기해봐야겠어요."

"간호사가 너를 보는 표정을 봤니!" 간호사가 방에서 나가자 메리가 말했다. "뭔가 알아내야 할 게 있다고 생각하는 것 같아."

"간호사가 알아내게 내버려 두지 않을 거야." 콜린이 말했다. "아직은 누구도 알게 할 수 없어."

아침에 왕진을 온 크레이븐 선생도 어리둥절한 모양이었다. 선생은 콜린이 몹시 짜증을 낼 정도로 질문을 잔뜩 했다.

"요즘 정원에서 시간을 많이 보내는구나." 선생이 말했다. "이디로 기니?"

콜린은 무관심한 태도로 당당하게 대답했다. 요즘 콜린은 이런 태도를 제일 좋아했다.

"제가 어디로 가는지 아무에게도 알리지 않을 거예요." 콜린이 대답했다. "어디든 제가 가고 싶은 곳으로 갈 거예요. 제 근처에는 얼씬도 하지 말라고 모두에게 말해뒀어요. 저를 힐끔거리고 빤히 쳐다보게 하지 않을 거예요. 아시겠어요!"

"하루 종일 밖에 나가 있는 모양이더구나. 하지만 그런 것이 네게 해롭다고 생각하지는 않아. 그렇게 생각하지 않고 말고. 간호사는 네가 전보다 식욕이 훨씬 더 왕성하다고 하더구나."

"아마도요." 콜린은 문득 어떤 생각이 떠올라 이렇게 대답했다. "어쩌면 부자연스러운 식욕일 거예요."

"그렇게 생각하지 않아. 음식이 네게 잘 맞는 것 같으니까 말이다." 크레이븐 선생이 말했다. "요즘 빠르게 살이 오르고 안색도 훨씬 좋아졌어."

"어쩌면, 어쩌면 저는 지금 몸이 붓고 열이 나는 걸 거예요." 콜린이 기운 빠지게 우울한 척하며 대답했다. "곧 죽을 사람들은 종종 평소와 다르게 굴잖아요."

크레이븐 선생이 고개를 가로저었다. 의사 선생은 콜린의 손목을 잡고, 소매를 밀어올려 팔을 살펴보았다.

"너는 열이 나지 않아." 의사 선생이 생각에 잠겨 말했다. "그리고 최근에 오른 살은 건강한 살이야. 계속 이런 상태를 유지할 수 있다면, 애야, 우리가 죽는다는 이야기는 할 필요가 없겠어. 이렇게 눈에 띄게 몸이 호전되었다는 이야기를 들으면, 네 아버지도 기뻐할 거야."

"아버지에게 말하면 안 돼요!" 콜린이 버럭 화를 냈다. "내가 다시 나빠지면, 아버지는 실망만 하실 거예요. 그리고 나는 당장 오늘 밤에라도 몸 상태가 나빠질 수 있어요. 열이 펄펄 끓을지도 몰라요. 슬슬 열이 나는 것 같아요. 아버지에게 편지를 못 쓰게 할 거예요. 못 하게 할 거예요. 못 쓰게 할 거라고요! 선생님 때문에 화가 났어요. 화가 나면 제 몸에 해로운 거 아시죠. 벌써 뜨거운 것 같아요. 사람들이 나를 빤히 보는 게 싫은 것만큼, 내 이야기를 편지에 적고 사람들 입에 오르내리게 하는 게 싫어요!"

"쉬쉬! 애야." 크레이븐 선생이 콜린을 진정시켰다. "네 허락 없이는 아무것도 쓰지 않으마. 너무 예민한 것 같구나. 지금까지 좋아진 걸 다 망쳐서는 안 돼."

선생은 크레이븐 씨에게 편지를 쓰겠다는 말은 더는 하지 않았다. 의사 선생은 간호사를 보고는, 콜린 앞에서 편지를 쓸지도 모른다는 이야기는 입도 벙긋하지 말라고 몰래 말해 두었다.

"아이의 상태가 눈에 띄게 좋아졌어요." 의사 선생이 말했다. "좋아지는 속도가 정상이 아니에요. 물론 예전 같으면 억지로 시킬 수도 없었던 일들을 저가 좋아서 하는 덕이기는 하죠. 여하튼 저 아이는 너무 쉽게 흥분하니까, 애가 짜증을 부릴 말은 절대 입에 담지 말아요."

한편 메리와 콜린은 몹시 놀라서, 걱정스럽게 의논을 했다. 바로 이날 두 아이의 '연극 놀이' 계획이 시작되었다.

"한바탕 짜증을 터트려야 할까 봐." 콜린이 분하다는 듯 말했다. "나도 그러고 싶지는 않아. 요란하게 성질을 부려야 할 정도로 비참하지 않으니까. 어쩌면 그런 짜증을 아예 낼 수 없을지도 몰라. 이제 내 목을 콱 막히게 하는 덩어리도 생기지 않아. 끔찍한 생각 대신 좋은 생각만 하는걸. 하지만 사람들이 아버지에게 편지를 쓰겠다고 한다면 뭐라도 해야 해."

콜린은 좀 적게 먹기로 마음을 먹었다. 하지만 안타깝게도, 매일 아침 눈을 뜨면 왕성한 식욕이 찾아오는 데다가 소파 옆에 놓인 탁자에 집에서 만든 빵과 신선한 버터, 눈처럼 새하얀 달걀들, 라즈베리 잼, 클로티드 크림을 아침으로 차려둔 것을 보면, 이 기발한 계획을 도저히 실행에 옮길 수 없었다. 메리는 항상 콜린과 함께 아침을 먹었다. 두 아이는 아침 테이블에 앉을 때면, 애처로운 눈빛으로 서로를 바라보곤 했다. 특히 뜨거운 은제 뚜껑 아래에서 지글지글 구워지는 얇게 저민 햄이 군침을 부르는 냄새를 풍기고 있을 때면 더욱 그랬다.

"메리, 오늘 아침에는 전부 다 먹어야겠어." 콜린은 언제나 이런 이야기로 말을 끝맺었다. "그러면 점심은 조금 남기고, 저녁은 왕창 남길 수 있을 거야."

하지만 두 아이는 남길 음식이 없다는 사실을 깨달았고, 바닥까지 싹싹 긁어먹고 주방으로 보낸 접시들을 본 하인들은 또 이러쿵저러쿵 입방아를 찧어댔다.

"소원이 있어." 콜린은 이런 말도 했다. "햄을 조금 더 두껍게 썰어주면 좋겠어. 게다가 한 사람당 머핀 하나로는 부족해."

"곧 죽을 사람이라면, 그걸로 충분하겠지." 이 말을 처음 들었을 때 메리는 이렇게 대꾸했다. "하지만 계속 살 사람에게는 충분하지 않아. 황무지에서 날아온 향긋하고 신선한 히스꽃 향기, 가시금작화 향기가 열린 창문으로 쏟아져 들어오면, 가끔은 그 머핀을 세 개는 먹을 수 있을 것 같아."

　그날 아침 두 시간 동안 비밀 정원에서 즐거운 시간을 보낸 후, 디콘은 커다란 장미 덤불 뒤로 들어갔다가 양철통 두 개를 가지고 나오더니 뚜껑을 열어 보여주었다. 통 하나에는 크림이 떠 있는 진하고 신선한 우유가 가득 들었고 다른 통에는 집에서 만든 건포도 빵들이 깔끔한 푸른색과 흰색 냅킨에 길 싸여 있었다. 어찌나 꼼꼼하게 잘 쌌는지, 빵이 아직도 뜨거워서 아이들은 생각지도 못한 기쁨에 한껏 들떴다. 소워비 부인이 이런 일을 생각하시다니, 얼마나 근사한지! 소워비 부인은 정말 상냥하고 영리하신 분이리라! 빵이 어쩌면 이렇게 맛있는지! 신선한 우유는 또 얼마나 맛있는지!

　"디콘에게 마법이 있듯이, 부인에게도 마법이 있어." 콜린이 말했다. "마법은 부인이 이런저런 일들을 할 수 있는 방법을 떠올리게 이끌어줘. 좋은 일 말이야. 부인은 마법을 부리는 사람이야. 우리가 정말 고마워했다고 전해줘, 디콘. 지극히 감사드린다고."

　콜린은 어른스러운 표현을 곧잘 썼다. 이렇게 어른스럽게 말하는 게 좋았다. 이런 표현을 좋아하다 보니 어느새 이런 표현들을 잘 구사하게 되었다.

　"어머님에게 가서, 부인은 누구보다 너그러우시고 우리

의 고마움은 한량이 없다고 전해줘."

그러더니 잔뜩 점잔을 뺀 것도 다 잊고 털썩 주저앉아, 빵을 우걱우걱 씹어 먹고 통에 있는 우유를 꿀꺽꿀꺽 마셨다. 색다른 운동을 하고 황무지에서 불어온 바람을 들이마시고도, 식사를 하려면 두 시간이나 더 남은 배고픈 어린아이라면 누구나 그러듯이 말이다.

이날부터 시작해 비슷한 종류의 유쾌한 사건들이 연거푸 일어났다. 그러다가 메리와 콜린은 소워비 부인이 열네 명이 먹을 음식을 만들기 때문에, 매일 두 사람의 식욕을 더 만족시키기 쉽지 않으리라는 사실을 깨달았다. 그래서 아이들은 소워비 부인에게 자신들의 용돈을 얼마간 보내 먹을 것을 사달라고 부탁했다.

한편 디콘은 모두의 사기를 올려줄 만한 발견을 했다. 야생동물들에게 피리를 불어주는 디콘을 메리가 처음 만났던, 정원 밖 숲에서 작고 깊은 구멍을 찾아낸 것이다. 그 구멍에 돌멩이들을 쌓아, 감자와 달걀을 구워 먹을 작은 화덕을 만들 수 있었다. 아이들에게 달걀은 전에는 미처 몰랐던 사치스러운 간식이었고, 신선한 버터를 올리고 소금을 뿌린 뜨거운 감자는 숲속의 왕에게 너무나도 잘 어울렸다. 더할 나위 없이 맛있다는 사실은 말할 것도 없었다. 감자와 달걀은 직접 사면 되니, 열네 식구의 입으로 들어갈 음식을 빼앗아

먹는다는 죄책감을 느낄 필요 없이 이제 원하는 만큼 먹을 수 있었다.

매일 그림처럼 아름다운 아침이면, 꽃이 만발하던 시기는 금방 끝나고 녹색 이파리들이 겹겹이 돋아 지붕이 되어주는 자두나무 아래서, 신비주의자들이 둥글게 앉아 마법을 일으켰다. 마법 의식을 한 후 콜린은 항상 걷기 연습을 했고, 때때로 새로 발견한 힘을 하루 종일 연습했다. 콜린은 날마다 더 튼튼해졌고, 점점 더 안정적으로 걷고 더 많은 곳을 돌아다닐 수 있었다. 날마다 마법에 대한 콜린의 믿음은 커져만 갔다. 당연했다. 콜린은 실험에 실험을 이어나가면서, 스스로 힘을 얻는다고 느꼈다. 그리고 콜린에게 무엇보다 가장 좋은 것을 알려준 사람은 디콘이었다.

"어제." 비밀 정원에 하루 오지 않은 다음 날 아침, 디콘이 말했다. "어머니 심부름으루다가 스웨이트엘 갔다가, 푸른 소 여관집 근처에서 밥 하워스 아저씰 만났어요. 그 아저씨는 황무지에서 젤루 힘이 센 사내여요. 레슬링 챔피언이구, 누구보다두 더 높이 뛸 수 있구, 누구보다두 해머를 멀리 던질 수 있어요. 아저씬 몇 해 동안 운동을 배우려구 스코틀랜드에서 지낸 적두 있어요. 밥 아저씨는 날 어린 시절부터 잘 아셔요. 게다가 상냥한 분이기도 하구요. 그래서 아저씨한테 몇 가질 물어봤어요. 어떤 신사가 아저씰 운동 선수라구 부르는 걸 들으니깐 도련님 생각이 나더라구요. 그래서 물어봤죠. '밥 아저씨, 아저씨는 어떻게 근육을 그래 울룩불룩 키우셨어요? 그렇게 힘이 세질라구 따루 운동을 더 하셔요?' 그랬더니 아저씨가 이렇게 대답하더라구요. '음, 물론이지. 운동을 따루 한단다, 얘야. 예전에 스웨이트에 공연하러 온 힘 센 장사가 나한테 팔다리하구 몸 근육을 전부 단련하는 방법을 보여주었어.' 그래서 제가 또 물어봤어요. '몸이 약한 애두 그 방법으루 단련하면 튼튼해질까요?' 그랬더니 아저씨가 웃으면서 물어보더라구요. '그 몸이 약한 애가 바루 너냐?' 그래서 제가 말했죠. '아뇨. 오랫동안 병을 앓구 건강을 되찾는 중인 어린 신사를 알아요. 그래서 그분한테 알려 줄 만한 방법을 몇 개 알구 싶어요.' 전 이름을 안 밝혔구 아저씨두 물어보지 않았어요. 아까두 말하였다시피 아저씨는 상냥하시거든요. 아저씨는 벌떡 일어나가지구 좋은 운동법을 보여주셨구, 전 그 동작을 외울 때까지 따라 했어요."

콜린이 흥분해서 그 이야기를 들었다.

"보여줄 수 있어?" 콜린이 소리쳤다. "응?"

"그럼요, 당연허죠." 디콘이 대답하며 일어섰다. "근데 아저씨 말씀이 처음엔 동작들을 살살해야 허구 피곤허지 않도록 조심해야 한다구 하대요. 사이사이에 쉬어야 하구 심호흡을 하셔요. 그리구 너무 무리하게 하지 마셔요."

"조심할게." 콜린이 말했다. "보여줘! 보여달라고! 디콘, 너는 이 세상 최고의 마법 소년이야."

디콘이 풀밭에 서더니, 간단하지만 효과는 아주 좋은 근육 운동 몇 가지를 천천히 해 보였다. 콜린은 눈을 크게 뜨고 그 동작들을 지켜보았다. 그중 몇 가지는 앉은 채로도 따라 할 수 있었다. 콜린은 어느새 단단하게 땅을 딛을 수 있게 된 다리로 우뚝 서서, 조심스럽게 동작 몇 가지를 해보았다. 메리도 따라 하기 시작했다. 디콘의 체조를 지켜보던 검댕이는 영 신경이 쓰이는지, 앉아 있던 가지에서 내려와 유난스럽게 주위를 폴짝거리며 뛰어다녔다. 자신은 그 동작들을 할 수 없었기 때문이다.

그때부터 체조는 마법 의식처럼 하루의 필수 일과가 되었다. 콜린과 메리는 매번 더 많은 동작을 따라 할 수 있게 되었다. 그 결과 식욕이 더욱 왕성해졌다. 디콘이 매일 아침 정원에 와서 덤불 뒤에 놓아두는 음식 바구니가 없었다면, 두 아이는 견디지 못했을 것이다. 하지만 구멍에 만든 작은 화덕과 소워비 부인의 넉넉한 마음씨 덕분에, 메들록 부인과 간호사와 크레이븐 선생은 또다시 의문에 빠지게 되었다. 구운 달걀과 구운 감자와 크림이 풍부한 신선한 우유와 귀리 비스킷과 동그랗게 구운 빵과 히스 꿀과 클로티드 크림으로 배가 터지게 먹는다면, 아침을 아쉬워하지 않고 저녁을 그냥 물려도 될 것이다.

　"아이들이 음식을 거의 입에 대지 않아요." 간호사가 말했다. "어떻게든 달래서 영양분을 섭취하게 만들지 않으면, 아이들은 굶어 죽을 거예요. 그런데 요즘 아이들 좀 보세요."

　"그러게 말이에요!" 메들록 부인이 분개해 소리쳤다. "에휴! 나는 그 아이들 때문에 힘들어서 죽을 것 같아요. 그 아이들은 어린 악마 한 쌍이에요. 어느 날은 재킷이 터질 정도로 먹더니, 다음 날은 요리사가 어떻게든 구슬려서 먹이려고 만든 최고의 음식을 보고 콧방귀를 뀌지 뭐예요. 어제는 브레드 소스를 곁들인, 그 맛있는 어린 새 요리를 한 입도 안 먹고 포크도 대지 않았어요. 그리고 불쌍한 요리사가 두 아이를 위해 '고안한' 푸딩도 있었죠. 그것도 돌려보냈어요. 요리사는 울음을 터트리기 일보 직전이었어요. 요리사는 아이들이 굶어 죽으면 자신이 욕을 먹을까 봐 걱정이 이만저만 아니에요."

　크레이븐 선생이 와서 콜린의 몸 상태를 한참 동안 꼼꼼하게 살펴보았다. 간호사가 선생에게 보여주려고 일부러 남겨놓은, 거의 손도 대지 않은 음식을 보여주며 사정을 이야기하자 의사 선생은 극도로 염려스러운 표정이 되었다. 그런데 콜린의 소파 옆에 앉아 아이를 살펴보는 동안 훨씬 더 걱정스러운 표정이 되었다. 의사 선생은 용무가 있어 런던에

다녀오느라, 2주 동안 콜린을 보지 못했다. 콜린과 메리는 일단 건강해지기 시작하자 그 속도도 점점 빨라졌다. 창백한 안색은 어느새 사라지고, 따스한 장밋빛 혈색이 그 자리를 차지했다. 콜린의 아름다운 두 눈은 맑게 빛났고, 눈 아래와 볼, 관자놀이의 푹 들어간 부분은 살이 포동포동 올라 있었다. 예전에는 칙칙하고 무겁게 이마를 가렸던 머리카락이 어느새 건강하게 자라는 듯했고, 생기로 부드럽고 따스하게 보이기 시작했다. 입술도 통통해졌고, 정상적인 혈색을 띠었다. 사실, 장애를 안고 살 것이라 했던 예전 그 아이와 똑 닮기는 했지만, 이젠 전혀 환자로 보이지 않았다. 크레이븐 선생은 손으로 턱을 감싼 채 콜린에 대해 곰곰이 생각해보았다.

"네가 음식을 전혀 먹지 않는다는 이야기를 들었는데, 걱정이구나." 의사 선생이 말했다. "그러면 안 돼. 그동안 붙은 살이 다 빠져버릴 거야. 그동안 놀라울 정도로 살이 올랐잖니. 얼마 전만 해도 밥도 잘 먹었고."

"그건 부자연스러운 식욕이라고 말씀드렸잖아요." 콜린이 대답했다.

그때 메리가 근처 등받이 없는 의자에 앉아 있다가 기묘한 소리를 냈다. 그 소리를 얼른 가리려고 너무 급하게 입을 막다가, 목이 막히는 것 같은 꺽꺽 소리를 냈다.

"왜 그러니?" 크레이븐 선생이 메리를 돌아보며 물었다.

메리가 쌀쌀맞고 깍듯한 태도로 대답했다.

"재채기와 기침의 중간 정도 되는 거예요." 메리가 나무라는 투로 점잖게 대답했다. "그게 목에 걸렸어요."

"하지만." 나중에 메리가 콜린에게 말했다. "그때는 어쩔 수 없었어. 네가 아까 먹은 큼지막한 감자며, 네가 그 감자에 잼과 클로티드 크림을 바르고 먹음직스럽고 두툼한 껍질을 씹을 때 입이 어떻게 죽 벌어졌는지 갑자기 생각이 떠오르는 바람에, 툭 튀어나왔단 말이야."

"아이들이 몰래 음식을 구할 방법이 있나요?" 크레이븐 선생이 메들록 부인에게 물었다.

"그 아이들이 땅에서 캐거나 나무에서 따지 않는 한, 절대 없어요." 메들록 부인이 대답했다. "아이들은 하루 종일 정원에 나가 놀고, 자기들 외에 다른 사람들은 만나지 않아요. 그 아이에게 보내준 음식 말고 다른 것이 먹고 싶다면, 달라고 하기만 하면 된다고요."

"음." 크레이븐 선생이 말했다. "음식을 먹지 않아도 아무 문제가 없다면, 우리가 나설 필요는 없죠. 콜린은 완전히 딴사람이 되었더군요."

"그건 그 여자아이도 마찬가지랍니다." 메들록 부인이 말했다. "살이 붙은 데다, 못생기고 뚱한 인상이 사라지니 예뻐지기 시작했어요. 머리카락이 풍성해지고, 건강해 보여요.

안색도 밝아졌고요. 전에는 그렇게 침울하고 버르장머리가 없더니, 요즘은 콜린 도련님과 함께 미치광이 한 쌍이라도 된 듯 늘 깔깔 웃어요. 어쩌면 웃는 덕분에 살이 찌는지도 모르겠어요."

"아마도 그럴 겁니다." 크레이븐 선생이 말했다. "실컷 웃게 내버려 두세요."

가리개

비밀 정원에는 꽃이 활짝 피고 또 피었다. 매일 아침 새로운 기적들이 선물처럼 일어났다. 울새의 둥지에서는 마침내 알들이 태어났다. 울새의 짝이 알 위에 앉아, 깃털이 폭신폭신한 작은 가슴과 섬세한 두 날개로 따뜻하게 품기 시작했다. 처음에 울새의 짝은 몹시 불안해했고, 당연히 울새는 신경이 곤두선 채 주위를 지켜보았다. 그 무렵에는 디콘조차 잎이 빽빽하게 자란 그 구석 근처에 얼씬하지 않았다. 대신 신비로운 주문이 조용하게 효력을 발휘해서, 그곳에 오는 이들은 모두 다 울새 부부와 한마음이며, 그 부부에게 일어나고 있는 일이 얼마나 경이로운지, 그 알들이 얼마나 대단하고 다정하고 두렵고 가슴이 미어질 정도로 아름다우며 엄숙한지, 그것을 이해하지 못하는 이는 없다는 메시지가 정원의 자그마한 울새 부부의 영혼에게 전달될 때까지 기다렸다. 울새 알이 하나라도 도둑을 맞거나 깨지기라도 했다가는 온 세상이 소용돌이처럼 빙빙 돌다 우주로 튀어나가 결국 종말을 맞을 거라는 사실을 마음속 깊은 곳에서 이해하지 못하는 사람이 비밀 정원에 한 명이라도 있다면, 이 사실을 마음으로 알지 못하고 잘못 행동하는 사람이 단 한 명이라도 있다면, 그 황금빛 봄철의 공기에조차 행복은 찾아올 수 없었으리라. 아이들은 이 사실을 마음으로 알았고, 울새 부부는 아이들이 안다는 사실을 알았다.

처음에 울새는 매서운 눈빛으로 불안하게 메리와 콜린을 지켜보았다. 어떤 신비로운 이유로, 울새는 디콘은 경계할 필요가 없다는 사실을 잘 알았다. 이슬처럼 영롱한 검은 눈동자로 디콘을 처음 본 순간, 울새는 디콘이 낯선 사람이 아니라 부리나 깃털만 없을 뿐 울새와 다름없는 존재라고 알아차렸다. 디콘은 울새의 말(이 말은 다른 말과 절대 혼동할 수 없는 독특한 언어다)을 할 수 있었다. 울새에게 울새의 말을 하는 것은 프랑스 사람에게 프랑스 말을 하는 것과 같다. 디콘은 언제나 울새에게 울새의 말로 말을 걸었다. 그러므로 디콘이 사람들과 말할 때 쓰는 괴상하게 횡설수설하는 말투는 신경 쓸 필요가 전혀 없었다. 울새는 다른 사람들이 새의 언어를 이해할 정도로 영리하지 못하기 때문에, 디콘이 이런 횡설수설 언어를 쓴다고 생각했다. 디콘의 몸동작도 울새와 같았다. 디콘은 위험이나 위협을 느낄 만큼 급작스럽게 움직여서 새들을 놀라게 하지 않았다. 어떤 울새라도 디콘을 이해할 수 있었다. 그래서 디콘이 곁에 있어도 전혀 신경이 쓰이지 않았다.

하지만 처음에는 나머지 두 아이에 대해서 경계를 늦추지 말아야 할 것 같았다. 무엇보다 그 남자아이는 제 다리로 걸어서 비밀 정원에 오지 않았다. 그 아이는 야생동물 가죽을 여러 장 몸에 덮고 바퀴가 달린 탈것에 앉은 채, 밀어주는 사람의 도움으로 왔다. 그것부터가 의심스러웠다. 그러더니 제 발로 서고 움직이기 시작했지만, 그 모습이 영 어색하고 익숙하지 않았다. 나머지 두 아이가 그 아이를 도와주어야만 하는 듯했다. 울새는 남몰래 덤불에 숨어서 머리를 번갈아 이쪽저쪽으로 갸웃거리며, 불안하게 그 모습을 지켜보곤 했다. 울새는 몸을 천천히 움직이는 것은 덮치기 위한 준비 동작일 거라고 생각했다. 고양이들처럼 말이다. 고양이는 먹잇감을 덮치려고 할 때면 아주 천천히 땅에 엎드려 간다. 울새는 며칠 동안, 제 짝과 함께 이 일에 대해 수도 없이 이야기를 했다. 하지만 이 이야기는 더 하지 않기로 했다. 제 짝이 너무 무서워하는 바람에, 알들에게 해가 될지도 모른다는 걱정이 들었기 때문이다.

그 소년이 혼자서 걷고 심지어 훨씬 더 빠르게 움직이게 되자, 울새는 그제야 한시름 푹 놓을 수 있었다. 하지만 오랫동안(적어도 울새에게는 그 시간이 아주 길게 느껴졌다) 그 소년은 불안감을 계속 자아냈다. 소년은 다른 사람들처럼 움직이지 않았다. 소년은 걷기를 무척 좋아하는 것 같았다. 하지만 걷다가도 한동안 앉거나 누워 있다가, 어색하게 비틀거리며 일어나 다시 걸었다.

어느 날 울새는 부모 새에게 나는 법을 배우기 시작했을 때, 자신이 그 소년과 같은 행동을 많이 했다는 사실을 떠올렸다. 몇 미터를 짧게 날고 나면, 항상 쉬어야 했다. 그래서 이 소년도 나는 법이나 사람이니 걷는 법을 배우는 중이라는 생각이 불쑥 떠올랐다. 울새는 이 생각을 짝에게 말했다. 알에서 깨어난 새끼들이 날 준비가 되면 아마 비슷하게 행동할 것이라고 짝에게 말하자, 울새의 짝은 비로소 마음이 편해졌고, 심지어 그 소년에게 몹시 관심을 가지게 되어 둥지 테두리 너머로 소년을 지켜보면서 크나큰 즐거움을 만끽하기에 이르렀다. 물론 울새의 짝은 자기 새끼들이 훨씬 더 영리하고 더 빨리 배울 것이라고 자신했지만 말이다. 그 무렵 울새의 짝이 새끼들에 비하면 인간은 늘 동작이 굼뜨고 느리다고 무심하게 말했다. 게다가 대부분의 인간들은 나는 법을 절대 배우지 못할 것이라고도 말했다. 공중이나 나무 꼭대기에서 인간과 마주친 적이 없지 않느냐면서 말이다.

얼마 후 그 소년은 다른 아이들처럼 움직이게 되었다. 그러자 세 아이는 때때로 괴상한 짓을 하기 시작했다. 세 아이는 나무 아래에 서서, 걷거나 뛰거나 앉을 때는 절대 하지 않던 방식으로 팔과 다리와 머리를 움직였다. 셋은 매일 하루에 몇 번씩 이 동작들을 처음부터 끝까지 반복했는데, 울새는 그들이 무엇을 하는지 혹은 무엇을 하려는지 제 짝에게 끝내 설명할 길이 없었다. 다만 자기네 아기들은 결코 그런 식으로 날개를 퍼덕거리지 않으리라는 말밖에 할 수 없었다. 울새의 말을 유창하게 하는 소년이 나머지 아이들과 함께 그 동작을 하는 것을 보면, 새들은 그 행동이 위험하지 않다는 사실을 꽤 자신할 수 있었다. 물론 울새와 울새의 짝은 레슬링 챔피언인 밥 하워스는 물론이고 근육을 혹처럼 울룩불룩하게 만들어주는 밥 하워스 체조에 대해서도 들어본 적이 없었다. 울새들은 사람과 같지 않다. 그들의 근육은 태어난 순간부터 이미 단련되고, 자연스러운 방식으로 계속 발달한다. 언제나 먹을 것을 찾아 여기저기 날아다녀야 한다면, 근육은 절대 위축('위축'이란 사용할 일이 없어서 줄어든다는 말이다)되지 않을 것이다.

그 소년이 다른 아이들처럼 여기저기 걷고, 달리고, 땅을 갈고, 잡초를 뽑게 되자, 구석 둥지에는 커다란 평화와 만족감이 깃들었다. 알들이 다칠까 벌벌 떨던 일도 과거가 되었다. 알들이 자물쇠를 채운 은행 금고에 있는 것처럼 안전하다는 사실을 알고 나니, 그곳에서 벌어지는 수많은 신기한 일들을 지켜볼 수 있다는 사실은 알을 품는 일을 가장 흥미진진한 일거리로 만들어주었다. 비 오는 날이면 어미 울새는 조금 지겹기도 했다. 그도 그럴 것이, 아이들이 정원에 오지 않았기 때문이다.

하지만 메리와 콜린은 비가 오는 날에도 지루한 시간을 보낸다고 할 수 없었다. 비가 줄기차게 내리는 어느 날 아침, 콜린은 슬슬 좀이 쑤시기 시작했다. 일어서거나 걸으면 건강하다는 사실을 들킬지 몰라서, 소파에만 있어야 했기 때문이다. 바로 그때 메리가 좋은 생각을 해냈다.

"난 이제 진짜 남자아이야." 콜린이 말했다. "내 다리와 팔과 몸은 마법으로 가득해서, 가만히 있을 수가 없어. 내 몸은 계속 뭔가를 하고 싶어해. 메리, 이거 알아? 꽤 이른 아침에 눈을 떴는데, 밖에서 새들이 지저귀고 모든 것이 기쁨에 겨워 소리를 치는 거야. 심지어 우리가 실제로는 소리 내는 걸 들을 수 없는 나무와 물건들까지 말이야. 그러면 나도 침대에서 훌쩍 뛰어내려서, 마구 소리를 질러야만 할 것 같아. 내가 정말 그렇게 하면 무슨 일이 벌어질까!"

메리가 배꼽을 잡으며 웃었다.

"간호사가 달려오고, 메들록 부인이 달려올 거야. 그리고 두 사람은 네가 미쳤다며, 의사 선생님을 부르러 사람을 보내겠지." 메리가 대답했다.

콜린도 깔깔거리며 웃었다. 간호사와 메들록 부인이 어떤 표정을 지을지 빤히 보였다. 갑자기 소리를 지르니 까무러칠 만큼 질겁을 했다가, 똑바로 선 콜린을 보며 얼마나 놀랄지.

"아버지가 어서 집으로 돌아오시면 좋겠어." 콜린이 말했다. "아버지에게 직접 말하고 싶어. 요즘은 늘 그 생각을 해. 어쨌든 이런 연극을 언제까지고 할 수는 없잖아. 가만히 누워서 아픈 척을 할 수 없어. 겉모습도 많이 바뀌었고. 오늘 비가 안 오면 좋을 텐데."

바로 그때 메리 아가씨에게 기발한 생각이 떠올랐다.

"콜린." 메리는 수상쩍은 분위기를 풍기며 운을 뗐다. "이 저택에 방이 몇 개나 되는지 알아?"

"한 천 개는 될걸." 콜린이 대답했다.

"아무도 들어가지 않는 방이 백 개는 될 거야." 메리가 말했다. "어느 비 오는 날, 저택을 돌아다니며 꽤 많은 방을 살펴봤어. 메들록 부인에게 하마터면 들킬 뻔했지만, 다행히 아무에게도 들키지 않았어. 돌아오는 길에는 길을 잃어서 헤매기도 했고. 그러다가 네 방이 있는 복도의 끄트머리에서 멈춰 섰지. 그때 네 울음소리를 두 번째로 들었어."

콜린이 소파에서 일어나 앉았다.

"아무도 들어가지 않는 방이 백 개라." 콜린이 말했다. "그거 완전히 비밀 정원이잖아. 우리가 가서 방들을 살펴보자. 내가 탄 휠체어를 네가 밀면 돼. 아무도 우리가 어디로 갔는지 모를 거야."

"내 말이 그 말이야." 메리가 말했다. "아무도 우리를 따라오지 못할걸. 그곳에는 네가 달릴 수 있는 길쭉한 방들도 있어. 체조도 할 수 있고. 작은 인도풍 방도 있었는데, 상아 코끼리들이 가득한 장식장이 있었어. 온갖 방이 다 있더라."

"종을 울려." 콜린이 말했다.

간호사가 들어오자 콜린은 명령을 내렸다.

"휠체어를 갖다주세요." 콜린이 말했다. "메리 양과 나는 이 저택에서 사용하는 사람이 없는 구역을 구경하러 갈 거예요. 존이 초상화 방까지 밀도록 해줘요. 거기엔 계단이 있으니까. 나중에 다시 부를 때까지 우리 둘만 남겨두고 가라고 해요."

그날 아침 이후 비 오는 날들이 더는 지겹지 않게 되었다. 하인이 휠체어를 초상화 방까지 밀어준 후 지시를 받은 대로 두 아이만 남기고 떠나자, 콜린과 메리는 반색을 하며 서로를 마주 보았다. 존이 아래층 하인들 공간으로 확실히 돌아갔는지 메리가 확인하자마자, 콜린이 휠체어에서 내렸다.

"나는 이 방 이쪽 끝에서 저쪽 끝까지 달릴 거야." 콜린이 말했다. "그런 다음에 제자리 뛰기를 할 거야. 다 하고 나면 우리 밥 하워스 체조를 하자."

그래서 두 아이는 계획한 운동을 하고, 다른 놀이도 잔뜩 했다. 둘은 벽에 걸린 초상화들을 구경하고, 녹색 양단 드레스를 입고 손가락에 앵무새를 앉힌 평범한 여자아이의 그림을 찾아내기도 했다.

"여기 초상화에 그려진 사람들 말이야." 콜린이 말했다. "분명히 내 친척들일 거야. 이 사람들도 오래전에 여기 살았거든. 저 앵무새를 든 여자아이는 분명히 내 대대대고모들 중 한 분이실 거야. 저 아이는 너를 꽤 닮았어, 메리. 지금 얼굴이 아니라, 네가 여기 왔을 즈음의 모습 말이야. 지금 너는 훨씬 더 살이 붙고, 얼굴도 더 예뻐졌어."

"너도 그래." 메리가 말했다. 그리고 두 아이는 깔깔 웃었다.

두 아이는 인도풍 방을 찾아가, 상아 코끼리들을 가지고 재미있게 놀았다. 아이들은 장밋빛 양단 쿠션과 그곳에 쥐가 만든 구멍을 찾았지만, 새끼 쥐들은 다 자라서 그곳을 떠나고 구멍은 텅 비어 있었다. 두 아이는 메리가 처음에 이 저택을 순례했을 때보다 더 많은 방을 둘러보고 더 많은 발견을 했다. 그들은 새로운 복도와 모퉁이와 계단을 잔뜩 찾아냈다. 또 마음에 드는 오래된 그림들과 사용처가 짐작도 되지 않는 기묘한 옛날 물건들도 새로 찾아냈다. 가슴이 두근거리는 신나는 아침이었다. 다른 사람들과 함께 사는 집을 배회하는 기분과 그들에게서 몇 킬로미터나 떨어져 있는 듯한 기분을 동시에 느끼다니, 환상적인 경험이었다.

"이렇게 오니까 좋다." 콜린이 말했다. "내가 이렇게 크고 기묘하고 오래된 곳에서 사는 줄은 꿈에도 몰랐어. 나는 이곳이 좋아. 우리, 비 오는 날에는 이렇게 집 안을 돌아다니자. 언제라도 이상한 모퉁이와 물건들을 새로 찾아낼 수 있을 거야."

저택에서 온갖 것을 새로 발굴한 그날 아침, 콜린과 메리는 무엇보다 왕성한 식욕을 찾아냈다. 그래서 콜린의 방으로 돌아왔을 때는 점심을 손도 대지 않고 남기기란 도저히 불가능했다.

간호사가 쟁반을 가지고 아래층으로 내려가 부엌 수납장에 쾅 내려놓은 덕에, 요리사 루미스 부인은 바닥에 윤이 날 정도로 말끔하게 먹어치운 접시와 그릇들을 볼 수 있었다.

"이것 좀 봐요!" 요리사가 말했다. "이 저택은 수수께끼로 가득 찬 집이지만, 이 아이들이 이 집의 가장 큰 수수께끼예요."

"두 아이가 매일 그렇게 먹는다면 말이죠." 튼튼하고 젊은 하인 존이 말했다. "도련님 몸무게가 한 달 전에 비해서 두 배는 더 나간다고 해도 전혀 놀랍지 않을 거예요. 내 힘으론 감당 못 하게 될지 모르니 조만간 내 자리를 내놓아야겠어요."

그날 오후, 메리는 콜린의 방에 뭔가 새로운 일이 일어났다는 사실을 알아차렸다. 사실 전날 이미 알아차렸지만, 그때는 우연히 일어난 일일지도 모른다고 생각했기 때문에 아무 말도 하지 않았다. 메리는 오늘도 잠자코 있었지만, 의자에 앉아서 벽난로 위에 걸린 그림을 뚫어져라 바라보았다. 그 그림을 볼 수 있었던 것은 그림에 쳐둔 가리개가 걷혀 있기 때문이었다. 그것이 바로 메리가 알아차린 변화였다.

"내게서 무슨 말이 듣고 싶은지 알아." 메리가 그 그림을 한참 바라본 후에야 콜린이 말했다. "나는 네가 나에게서 듣고 싶어하는 말이 있으면, 금방 알 수 있어. 지금 넌 가리개를 건 이유가 궁금할 거야. 앞으로는 가리개를 늘 저렇게 해둘 거야."

"왜?" 메리가 물었다.

"어머니가 웃는 모습을 봐도 더는 화가 나지 않으니까. 이틀 전, 달이 환하게 빛나는 밤에 문득 잠에서 깼어. 마법이 방 안을 가득 채우고 눈에 보이는 모든 것을 너무나 근사하게 만들어준 것 같아서, 가만히 누워 있을 수가 없더라고. 침대에서 일어나 창밖을 바라봤어. 방 안은 꽤 밝았어. 그런데 달빛 한 줄기가 저 가리개를 비추는 거야. 그 모습을 보고, 나도 모르게 그림으로 다가가 끈을 잡아당겼어. 그림 속 어머니가 나를 똑바로 바라보셨어. 그런데 어머니가 내가 그곳에 서 있는 걸 보고 너무 기뻐서 웃으시는 것 같더라. 그 순간 어머니가 자꾸 보고 싶어졌어. 언제나 저렇게 환하게 웃으시는 모습을 보고 싶어. 내 생각에, 어머니는 아마 마법과도 같은 분이셨을 거야."

"너는 이제 고모와 똑 닮았어." 메리가 말했다. "가끔 네가 남자아이가 된 고모의 유령일지도 모른다는 생각이 들어."

메리의 그 말이 콜린의 마음 깊은 곳을 울렸다. 콜린은 그 말을 곰곰이 생각해보더니 천천히 대답했다.

"내가 어머니의 유령이라면…… 아버지는 나를 분명 좋아해주실 거야."

"고모부가 너를 좋아해주면 좋겠어?" 메리가 물었다.

"그런 마음이 드는 게 싫었어. 아버지는 나를 좋아하지 않으니까. 언젠가 아버지가 나를 좋아하게 되면, 아버지에게 마법에 대해 들려드릴 거야. 그 이야기를 들으면 아버지도 더 밝아질 거야."

"어머니여요!"

마법에 대한 세 아이의 믿음은 더욱 단단해졌다. 아침마다
주문을 외우고 나면, 콜린은 때로 마법 강의를 했다.

"나는 강의를 하는 게 좋아." 콜린이 설명했다. "내가 자
라서 위대한 과학적 발견을 하면, 그 내용에 대해서 강의를
해야만 해. 그러니까 이건 그때를 대비한 연습인 셈이야. 지
금은 너무 어리니까 짧은 강의밖에 못 해. 게다가 벤 영감님
은 교회에 있는 듯한 기분이 드는지 금방 곯아떨어져."

"강의가 젤루 좋은 점은." 벤 영감이 말했다. "누구나 일
어서서 자기가 좋아하는 대루 떠들어두 다른 사람은 아무두
말대꿀 할 수 없다는 거라오. 난 아무리 나일 먹어두 강의는
못 할 거요."

하지만 콜린이 나무 아래에 서서 강의를 하면, 벤 영감
도 콜린을 빨아들일 듯 지켜보며 내내 자리를 지켰다. 벤 영

감은 애정을 갖고 평가를 하는 눈빛으로 콜린을 살폈다. 벤 영감의 흥미를 돋운 것은 강의 내용이 아니었다. 매일 더 곧아지고 튼튼해지는 듯 보이는 두 다리와 꼿꼿하게 들고 있는 소년의 머리, 한때는 뾰족하고 홀쭉했지만 이제 토실토실 살이 찌고 둥글어진 턱과 두 볼, 노인의 추억 속에서 다른 사람의 눈을 빛내던, 명민한 빛이 깃든 두 눈이었다. 가끔 콜린은 벤이 열렬하게 눈을 빛내는 건 강의에 깊은 인상을 받았기 때문이라고 여기고, 벤이 무슨 생각을 하는지 궁금해했다. 그래서 한번은 벤이 또 강의에 푹 빠진 것처럼 보일 때 이렇게 물었다.

"벤 웨더스태프 영감님, 지금 무슨 생각해요?" 콜린이 물었다.

"난." 벤 영감이 대답했다. "장담하는데 도련님 무게가 이번 주에 1, 2킬로그램 더 늘었겠다구 생각하는 중이었다오. 도련님의 종아리하구 어깨를 잘 보니깐 그럴 것 같소. 저울에 몸무겔 재보면 좋을 텐데."

"그게 마법이에요. 그리고 소워비 부인의 빵과 우유와 맛있는 음식 덕분이죠." 콜린이 말했다. "과학적 실험이 성공했다는 걸 이제는 알겠죠."

그날 아침, 디콘은 너무 늦게 오는 바람에 강의를 놓쳤다. 정원에 도착한 디콘은 달려온 터라 얼굴이 발갛게 달아올랐고, 재미있게 생긴 얼굴이 그날따라 더욱 빛나는 듯했다. 비가 며칠 내린 뒤여서 잡초가 무성하게 자라 할 일이 많았기에, 아이들은 곧장 잡초 제거에 들어갔다. 따스한 비가 넉넉하게 내려 땅속 깊이까지 들어가면, 언제나 할 일이 많았다. 꽃들에게 좋은 수분은 잡초에게도 좋았다. 그래서 자그마한 풀잎과 뾰족한 싹이 땅을 뚫고 나오면, 뿌리를 단단히 내리기 전에 얼른 뽑아버려야 했다. 요즘 들어 콜린은 누구보다 잡초를 잘 뽑았고, 그 일을 하면서 강의까지 할 수 있었다.

"마법은 자기가 스스로 일으킬 때 제일 효과가 좋아." 오늘 아침 콜린은 이렇게 말했다. "누구나 자기 뼈와 근육에서 마법을 느낄 수 있어. 나는 뼈와 근육에 관한 책들을 읽을 생각이야. 마법에 대한 책도 쓸 거야. 지금 결심했어. 지금도 많은 것들을 알아가고 있어."

콜린은 이런 이야기를 하고, 잠시 후 모종삽을 내려놓고 일어섰다. 콜린은 한동안 아무 말도 하지 않았다. 나머지 두 아이는 콜린이 종종 그러듯이 강의에 대해 생각하겠거니 했다. 콜린이 모종삽을 내려놓고 벌떡 일어섰을 때, 메리와 디콘은 느닷없이 찾아온 강력한 생각에 이끌려 콜린이 벌떡 일어선 모양이라고 생각했다. 콜린은 키를 한껏 늘이며 우뚝 서더니, 기쁨에 겨워 양팔을 쭉 뻗었다. 화색이 도는 얼굴이 환하게 빛났고, 기묘한 눈은 환희로 더욱 커졌다. 문득 콜린은 뭔가를 완전하게 깨달았다.

"메리! 디콘!" 콜린이 소리쳤다. "나를 봐!"

아이들은 풀을 뽑는 손을 멈추고 콜린을 바라보았다.

"내가 휠체어로 이 정원에 처음 온 아침을 기억하지?" 콜린이 물었다.

디콘이 콜린을 뚫어져라 바라보았다. 동물을 부리는 디콘은 다른 사람들보다 더 많은 것을 볼 수 있었고, 자신이 본 것을 대부분 남에게 절대 말하지 않았다. 그런데 바로 그때 디콘은 동물에게서 볼 수 있는 뭔가를 콜린에게서 보았다.

"네, 기억하구말구요." 디콘이 대답했다.

메리도 사촌을 빤히 보았지만, 아무 말도 하지 않았다.

"바로 지금." 콜린이 말했다. "문득 그때가 기억났어. 모종삽으로 땅을 파는 내 손을 보았을 때 말이야. 나는 그 일이 현실인지 확인하기 위해서 내 두 발로 힘껏 일어서야만 했어. 그런데 그건 현실이야! 난 건강해! 건강하다고!"

"그래요, 도련님은 건강하셔요!" 디콘이 말했다.

"나는 건강해! 나는 건강해!" 콜린이 몇 번이고 말했다. 콜린의 얼굴은 온통 빨갛게 달아올랐다.

콜린은 전부터 어렴풋이 자신이 건강해졌다는 사실을 알았다. 콜린은 건강해지기를 바랐고, 그렇게 느꼈으며, 건강해지는 것에 대해 생각했다. 하지만 지금 이 순간 뭔가가 콜린에게 확 꽂히는 것 같았다. 일종의 황홀한 믿음과 깨달음이었다. 그렇게 일어난 감정이 너무나 강렬했기에 큰 소리로 말하지 않을 수 없었다.

"나는 죽지 않고 영원히 오래오래 살 거야!" 콜린이 큰소리로 외쳤다. "나는 천 개, 또 천 개나 되는 사실을 알아낼 거야. 나는 사람들과 동물들과 세상에서 자라는 모든 것에 대해 알아낼 거야. 디콘처럼. 그리고 마법 만들기를 멈추지 않을 거야. 나는 건강해! 건강해! 지금 내 기분은 뭔가를 외치고 싶어. 감사하는 마음과 기쁨이 가득한 뭔가를!"

벤 웨더스태프는 그때 장미 덤불 근처에서 일을 하다가 콜린을 바라보았다.

"그러면 도련님, 영광송을 부르시면 되겠소." 노인이 그 어느 때보다 심드렁하게 툴툴거리며 제안했다. 노인은 영광송에 대해 아무런 의견이 없었고, 더군다나 특별히 경외심을 품고 그런 제안을 한 것도 아니었다.

하지만 콜린은 무엇이든 탐구하고 싶은 마음이었으며, 영광송에 대해서 아무것도 몰랐다.

"그게 뭐예요?" 콜린이 물었다.

"아마두 디콘이 도련님한테 한 곡 불러줄 수 있을 거요." 벤 웨더스태프가 대답했다.

디콘이 모든 것을 아는, 동물을 부리는 사람의 미소를 지으며 대답했다.

"교회서 부르는 노래여요." 디콘이 말했다. "어머니는 종달새가 아침에 일어나가지구는 분명 영광송을 부를 거라구 하셨어요."

"부인이 그렇게 말했다면, 그건 좋은 노래가 분명해." 콜린이 대답했다. "나는 교회에 한 번도 나간 적이 없어. 언제나 몸이 많이 아팠으니까. 영광송을 불러봐, 디콘. 그 노래를 듣고 싶어."

디콘은 꼬인 데가 없고 꾸밈없는 소박한 아이였다. 디콘은 콜린의 감정을 콜린보다 더 잘 이해했다. 디콘에게 그런 것은 일종의 본능과 같아서, 자신이 이해를 했다는 사실조차 알지 못했다. 디콘은 모자를 벗고, 여전히 미소를 지으며 주위를 둘러보았다.

"모잘 벗어야 해요." 디콘이 콜린에게 말했다. "영감님두요. 자, 이제 다 일어나셔요, 잘 알겠지만."

콜린이 디콘을 열렬하게 바라보며 모자를 벗자, 태양이 환히 빛나며 콜린의 숱 많은 머리를 따뜻하게 데워주었다. 무릎을 꿇고 있던 벤 웨더스태프도 어기적거리며 일어나 모자를 벗는데, 어리둥절하고 반쯤 성가신 듯한 표정이었다. 마치 왜 이런 어처구니없는 짓을 해야 하는지 도무지 모르겠다고 말하는 것 같았다.

디콘이 나무와 장미 덤불 사이에 서서, 아름답고 강단 있는 소년의 목소리로 멋 부리지 않고 소박하게 영광송을 부르기 시작했다.

"모든 은총의 근원이신 주님을 찬미하라,

지상의 모든 피조물은 주님을 찬미하라,

저 위 천상의 천사는 주님을 찬미하라,

성부와 성자와 성령을 찬미하라. 아멘."

디콘의 노래가 끝나자 벤 웨더스태프는 고집스럽게 턱을 꼭 다문 채 말없이 가만히 서 있었다. 하지만 어딘지 혼란스러운 눈빛으로 콜린을 빤히 보았다. 콜린의 얼굴에는 뭔가를 깊이 생각하는 표정이 어려 있었다.

"정말 좋은 노래야." 콜린이 말했다. "마음에 들어. 마법에 감사한다고 소리치고 싶을 때의 내 진심을 그대로 보여주는 것 같아." 콜린이 우뚝 멈춰 서더니 혼란스러운 표정으로 생각을 계속했다. "어쩌면 그 두 가지는 같은 것일지도 몰라. 우리가 모든 것의 이름을 어떻게 정확하게 다 알 수 있겠어? 다시 불러줘, 디콘. 우리도 불러보자, 메리. 나도 불러보고 싶어. 이건 내 노래야. 어떻게 시작하지? '모든 은총의 근원이

신 주님을 찬미하라'였나?"

그래서 모두 그 영광송을 다시 불렀다. 메리와 콜린이 음정을 따라가며 목소리를 높였고, 디콘의 목소리는 점점 크고 아름다워졌다. 두 번째 소절에서 벤 웨더스태프는 걸걸한 목소리로 목청을 가다듬더니, 세 번째 소절에서는 막무가내로 보일 정도로 열렬하게 노래를 부르기 시작했다. 그리고 '아멘'으로 노래를 끝맺을 때, 콜린이 몸이 온전치 않은 아이가 아니라는 사실을 알게 되었을 때와 똑같은 일이 벤 노인에게서 일어나는 모습을 메리는 놓치지 않았다. 노인의 턱이 움찔거리고 눈을 껌벅거리며 콜린을 빤히 보더니, 주름투성이인 거친 두 볼이 눈물로 촉촉이 젖었다.

"전엔 영광송을 불러두 아무 느낌두 없었다오." 노인이 쉰 목소리로 말했다. "하지만 이번엔 마음을 바꿔야 헐 것 같소. 콜린 도련님, 이번 주에 무게가 2킬로그램은 더 늘 것이오. 2킬로그램 말이오!"

그때 콜린이 뭔가에 시선을 빼앗긴 채 정원 저쪽을 바라보았다. 콜린은 깜짝 놀란 것 같았다.

"지금 이쪽으로 오는 사람이 누구지?" 콜린이 재빨리 말했다. "저 사람은 누구야?"

담쟁이덩굴로 뒤덮인 담장에 난 문이 살며시 열리며, 어떤 여자가 들어왔다. 그 사람은 영광송의 마지막 소절을 부를 때 들어와, 노래를 들으며 그들을 가만히 지켜보았다. 뒤쪽으로 담쟁이덩굴이 무성하고, 나무들 사이로 쏟아져 들어온 햇살이 그 사람이 입은 기다란 푸른색 망토 위로 어른거리고, 신록 너머로 보이는 선하고 생기발랄한 얼굴에 미소가 번지자, 그 사람은 콜린의 책들 중 한 권에 그려진 부드러운 색조의 채색 그림처럼 보였다. 애정이 넘치는 아름다운 두 눈은 모든 것을, 아이들 모두를 담을 것 같았다. 심지어 벤 웨더스태프와 '동물 친구들'과 그곳에 활짝 피어 있는 모든 꽃들까지도. 그 사람이 올 줄 아무도 예상하지 못했지만 아무도 그 사람을 침입자로 여기지 않았다. 디콘의 눈동자가 등불처럼 환하게 빛났다.

"어머니여요. 저분이 바루 우리 어머니라구요!" 디콘은 이렇게 소리치고 풀밭 위를 달려갔다.

콜린도 부인을 향해 다가가기 시작했다. 메리도 콜린과 함께였다. 두 아이는 심장이 점점 더 빠르게 뛰는 것 같았다.

"이분은 내 어머니여요!" 디콘은 중간 즈음에서 모두 만나자, 다시 소개했다. "도련님하구 아가씨가 우리 어머닐 만나구 싶어하시는 걸 알고 있었어요. 그래서 문이 어디에 숨겨져 있는가 알려드렸죠."

콜린이 정중하게, 얼굴이 빨개질 정도로 쑥스러운 듯 손을 내밀었다. 하지만 눈은 부인의 얼굴을 집어삼킬 정도로 크게 뜨고 있었다.

"아팠을 때도 부인을 만나고 싶었어요." 콜린이 말했다. "부인과 디콘과 비밀 정원을요. 전에는 아무도 만나고 싶지 않고, 아무것도 보고 싶지 않았어요."

살짝 들어올린 얼굴을 본 순간 소워비 부인의 마음에 갑작스러운 변화가 일었다. 얼굴이 붉어지고 입꼬리가 떨리나 싶더니 눈 위로 안개가 퍼지는 듯했다.

"아이쿠! 애야!" 부인이 별안간 떨리는 목소리로 콜린을 불렀다. "아이쿠! 애야!" 자신도 이렇게 말할 줄 몰랐던 모양이었다. "콜린 도련님"이 아니라 불쑥 "아이쿠, 애야"라고 한 것이다. 부인은 디콘의 얼굴에서 마음을 깊이 울리는 것을 보았어도 같은 식으로 불렀을 것이다. 콜린은 그게 좋았다.

"내가 너무 건강해서 놀라셨나요?" 콜린이 물었다.

부인이 콜린의 어깨에 한 손을 올렸다. 미소가 그 눈가에서 안개를 밀어냈다.

"네, 그렇구말구요!" 부인이 말했다. "게다가 도련님이 어머님하구 진짜루 닮아가지구 심장이 철렁했구만요."

"부인." 콜린이 조금 어색하게 말했다. "제가 어머니를 닮으면, 아버지가 저를 좋아하시게 될까요?"

"그래, 물론이지, 아이쿠, 애야." 부인이 대답했다. 그리고 콜린의 어깨를 재빠르게 살며시 토닥여주었다. "그분은 집으루 돌아오셔야지. 집으루 꼭 오셔야 해."

"수전 소워비." 벤 웨더스태프가 다가오며 말했다. "도련님 다릴 좀 보시구려, 어떻소? 두 달 전만 해두 꼭 양말 신은 북 치는 채 같았다오. 사람들이 도련님 다리가 안짱다리에 굽었다구 쑥덕거리더만. 근데 저 다릴 보란 말이오!"

수전 소워비가 넉넉한 웃음을 웃었다.

"좀 지나면 튼튼하구 훌륭한 사내애 다리가 될 거구만요." 부인이 말했다. "아이한테 정원에서 실컷 놀구 일을 하구 배불리 먹구 영양 많구 맛난 우유를 실컷 마시게 해주셔요. 그러면 요크셔에서 첫째가는, 튼튼헌 다리가 될 거여요. 주님, 감사합니다."

수전이 메리 아가씨의 어깨에 양손을 올리고는, 어머니가 딸을 보듯 그 작은 얼굴을 바라보았다.

"그리구 아가씨두요!" 부인이 말했다. "우리 집 엘리자베스 엘런만큼 무럭무럭 튼튼하게 되셨소. 장담허는데, 아가씨두 아가씨 어머니를 닮으셨을 거여요. 마사가 어머님이 몹시 아름다운 분이었다구 메들록 부인한테 들었다더군요. 우리 어린 아가씨, 아가씨는 자라면 붉은 장미처럼 되실 거여요. 신께서 복 주시길."

수전은 마사가 '하루 휴가'를 받아 집으로 왔을 때 뚱한 표정을 짓고 있는 못생긴 여자아이에 대해 이야기를 하면서,

메들록 부인이 들었다는 말을 도저히 믿을 수 없다고 했다는 소리는 굳이 하지 않았다. "그렇게 못생긴 여자애 어머니가 미인이라니 말이 안 되잖아요." 마사는 고집스럽게 이렇게 덧붙였다.

메리는 점점 변해가는 자기 외모에 신경을 쓸 시간이 없었다. 그래도 외모가 '달라졌다'는 사실 정도는 알았다. 머리숱이 훨씬 더 풍성해지고, 몹시 빠르게 자라는 것 같다고 생각은 했다. 하지만 예전에 멤 사히브를 바라보며 느끼던 즐거움을 떠올리니, 언젠가는 엄마처럼 될지도 모른다는 말이 기뻤다.

수전 소워비는 아이들과 함께 정원을 둘러보기 시작했다. 아이들은 정원에 대한 이야기를 전부 들려주었고, 되살아난 덤불과 나무를 모두 보여주었다. 콜린이 수전 옆에 서고 메리가 반대쪽에 섰다. 두 아이는 고개를 들고 푸근한 인상의 장밋빛 얼굴을 하염없이 바라보며, 부인이 선물해준 즐거운 기분을 남몰래 신기해했다. 푸근하면서도 든든하게 지지해주는 느낌이었다. 디콘이 '동물 친구들'을 이해하듯이 소워비 부인은 아이들을 이해하는 것 같았다. 부인은 몸을 숙여 꽃들을 살펴보고, 아이들이라도 되듯 꽃들에 대해 이야기를 했다. 검댕이는 부인을 따라다니며 한두 번 부인에게 까악 울더니, 디콘의 어깨라도 되듯 부인의 어깨 위로 훌쩍 내

415

려앉았다. 아이들이 울새와 어린 울새들의 첫 번째 비행에 대해 들려주자, 부인은 나지막하게 어머니만이 지을 수 있는 그윽한 웃음을 보였다.

"난 새끼 새들이 나는 법을 배우는 건 사람 애들이 걷는 법을 배우는 것하구 같다구 생각허지요. 허지만 내 애들한테 다리 대신 날개가 달렸다구 생각허면 몹시두 걱정스러울 거구만요." 수전이 말했다.

황무지의 소박함과 선함이 배어 나오는 태도에서 수전 소워비가 너무나 훌륭한 여성이라고 느껴졌기 때문에, 아이들은 마침내 마법에 대한 이야기를 꺼냈다.

"부인은 마법을 믿으시나요?" 콜린은 인도의 수행자들에 대해 설명하고 나서 물었다. "믿으시면 좋겠어요."

"물론 믿구말구요." 부인이 대답했다. "난 그 힘을 마법 아닌 다른 이름으루다가 알지요. 허지만 이름이 뭐 그리 중요하겠소? 분명 프랑스에선 또 다른 이름으루 부르구, 독일에선 또 다른 이름으루다가 부를 건데. 씨앗을 무럭무럭 자라게 하구 태양을 빛나게 하는 것하구 똑같은 힘이 도련님을 건강한 소년으루 만들어줬구만요. 그 힘이 바루 '선한 의지'여요. 그건 우리가 정한 이름으루다가만 불러야 한다구 생각하는 어리석은 바보들하구 다르지요. 선한 의진 괜한 걱정을 하려구 발걸음을 멈추지 않소. 도련님한테 은총이 있기를.

그 의지는 끊임없이, 세상을 몇백만 개나 만들구 있다니깐요. 우리와 같은 세상을 말이지요. 그 커다랗구 선한 의지에 대한 믿음을 절대루 버리지 않구 이 세상에 그런 의지가 가득하다는 사실을 명심하시구려. 그리구 그건 부르구 싶은 대루 부르면 된다오. 내가 정원에 들어왔을 때 다들 그 의지한테 노랠 부르구 있더구만요."

"너무 기뻤어요." 콜린이 기묘하고도 아름다운 두 눈을 수전 소워비를 향해 크게 뜨며 말했다. "문득 내가 얼마나 달라졌는지 깨달았거든요. 내 팔과 다리가 얼마나 튼튼해졌는지 말이에요. 이제 얼마나 땅을 잘 파고, 잘 서 있을 수 있는지도요. 그러니까 풀쩍 뛰어올라서, 내 소리를 들을 수 있는 모두에게 무슨 말이든 크게 소리쳐 들려주고 싶었어요."

"영광송을 불렀을 때 분명 그 마법이 그걸 들었을 거구만요. 도련님이 부르는 노래라면 뭐든 다 귀를 기울일 거여요. 중요한 건 기쁨이니깐. 아이쿠! 애야, 애야. '기쁨의 창조주'를 뭔 이름으루다가 부르건 말이지." 이렇게 말한 다음 소워비 부인은 아이의 두 어깨를 다시 다정하고도 빠르게 토닥여주었다.

수전 소워비는 오늘 아침에도 평소처럼 잔치를 벌일 음식을 넣은 바구니를 챙겨주었다. 이윽고 허기가 찾아오자, 디콘이 음식을 두는 곳에서 바구니를 가지고 나왔다. 그러자 소워비 부인도 나무 아래에 아이들과 함께 앉아, 허겁지겁 음식을 먹는 모습을 지켜보며 그 식욕에 감탄해 환하게 웃었다. 부인은 무척이나 재미있는 사람이어서, 온갖 웃기는 이야기로 아이들의 배꼽을 잡게 만들었다. 부인은 심한 요크셔 말투로 말했고, 새로운 단어도 가르쳐주었다. 콜린이 여전히 몸이 불편한 척하느라 점점 힘들어지고 있다는 이야기를 아이들이 털어놓자, 소워비 부인은 도저히 웃음을 참을 수가 없었다.

"보시다시피 우리는 함께 있으면 내내 웃음을 참을 수가 없어요." 콜린이 설명했다. "그리고 웃음소리는 전혀 아픈 사람 같지 않아요. 소리를 틀어막으려고 하지만, 결국 웃음소리가 터져서 상황만 더 나빠지는 거예요."

"요즘 자꾸 떠오르는 생각이 있어요." 메리가 말했다. "갑자기 그 생각이 떠오르면 도저히 참을 수가 없어요. 콜린의 얼굴이 점점 보름달처럼 되고 있다는 생각이 자꾸 들어요. 지금은 아니에요. 하지만 매일 아주 조금씩 통통해지고 있잖아요. 그러니까 한번 생각해보세요. 어느 날 아침 콜린의 얼굴이 정말 보름달처럼 보이는 거예요. 그러면 우리는 어떻게 해야 하냐고요!"

"모두에게 은총이 있기를! 연극 놀이를 왜 했는지 잘 알겠구만요." 수전 소워비가 말했다. "허지만 그리 오래 하지 않아두 될 거구만요. 크레이븐 씨가 집으루 오실 테니간."

"아버지가 오실까요?" 콜린이 물었다. "왜요?"

수전 소워비가 푸근하게 웃었다.

"도련님이 아버지한테 사실을 알리기두 전에 아버지가 알아버리면, 마음이 찢어지는 것 같지 않겠소." 소워비 부인이 말했다. "밤이면 잠두 못 이루구 어떻게 아버지한테 알릴까 계획을 세웠을 테니간."

"다른 사람이 아버지에게 알리면 못 견딜 거예요." 콜린이 말했다. "나는 매일 다른 방법을 생각해요. 지금은 그저 아버지 방으로 달려 들어가고 싶어요."

"그 모습을 보면은 크레이븐 씬 깜짝 놀라시겠지." 수전 소워비가 말했다. "그때 그분 얼굴이 궁금하구만. 볼 만할 텐데! 크레이븐 씬 꼭 돌아오셔야 하겠구만. 꼭 말이야."

그들은 꼭 집으로 놀러 오라는 소워비 부인의 초대에 대해서도 이야기를 했다. 그들은 모든 계획을 세웠다. 마차를 타고 황무지를 가로질러 간 후, 히스 들판에서 점심을 먹기로 했다. 소워비 부인의 아이들 열둘을 모두 만나고, 디콘의 텃밭을 구경하고, 지치기 전에는 집으로 절대 돌아가지 않을 작정이었다.

마침내 메들록 부인을 만나러 저택에 가려고 수전이 일어났다. 마침 콜린을 휠체어에 태워 돌아가야 할 시간이기도 했다. 그런데 휠체어에 타려던 콜린이 수전 옆에 바짝 붙어 서더니 영문 모를 찬탄과 같은 감정을 담아 수전의 눈을 바라보았다. 그러더니 갑자기 부인의 푸른색 망토 주름을 꼭 잡고 재빨리 말했다.

"부인은 내가, 내가 바라던 모습 그대로예요." 콜린이 말했다. "부인이 디콘만 아니라 내 어머니이기도 하면 좋겠어요."

갑자기 수전 소워비는 몸을 숙이고는 따뜻한 두 팔로 콜린을 잡아당겨 푸른 망토 아래 품으로 꼭 안았다. 콜린이 디콘의 형제라도 되듯 말이다. 수전의 두 눈에 눈물이 어렸다.

"아이쿠! 얘야!" 부인이 말했다. "네 어머니는 바루 이 비밀 정원에 계신단다. 난 그렇게 믿는구만. 그분은 이 정원을 떠날 수 없었던 거야. 네 아버진 꼭 너한테루 돌아오셔. 꼭 말이야!"

비밀 정원에서

이 세상이 시작된 후로, 한 세기마다 놀라운 것들이 발견되었다. 지난 세기에는 이전 어느 때보다 더욱 근사한 것들이 발견되었다. 새로 시작된 이번 세기에는 더욱더 훌륭한 것들이 몇백 개나 더 빛을 보게 될 것이다. 사람들은 처음에는 기이한 일이 새로 일어날 수 있다는 사실을 믿으려 하지 않지만, 어느새 그런 일이 일어나기를 바라기 시작한다. 얼마 후 그 일이 정말로 일어난 모습을 보게 된다. 그렇게 놀라운 일이 현실에서 벌어지면, 온 세상은 왜 몇 세기 전에는 그 일이 일어나지 않았는지 의아해한다. 사람들이 지난 세기에 알아내기 시작한 새로운 것들 중 하나는, 생각은 단지 그 생각만으로도 전기 배터리처럼 강력해서, 햇빛처럼 좋을 수도 있고 독약처럼 해로울 수도 있다는 사실이었다. 슬픈 생각이나 나쁜 생각이 마음속으로 스며들도록 내버려 두면, 성홍열을 옮기는 균이 몸속에 들어오도록 내버려 둔 것처럼 위험하다. 그런 생각이 몸에 들어온 후로 계속 머무르게 내버려 두면, 사는 동안 그런 생각에서 절대 벗어나지 못할 수도 있다.

메리 아가씨는, 마음속에 자신이 싫어하는 것들에 대한 생각과 사람들을 헐뜯는 의견들과 그 무엇에도 기뻐하거나 관심을 갖지 않겠다는 결심이 가득 차 있을 때, 안색은 누렇고, 늘 어디가 아프고, 매사 지겨워하는 가여운 아이였다. 그러나 메리가 전혀 모르는 동안에도 주변 환경은 메리에게 매우 상냥했다. 환경은 메리를 좋은 방향으로 이끌기 시작했다. 메리의 마음이 서서히 울새, 아이들이 복작거리는 황무지의 시골집, 심술궂은 묘한 정원사 영감과 평범하고 자그마한 요크셔 하인, 봄과 나날이 되살아나는 비밀 정원, 황무지의 소년과 그 소년의 '동물 친구들'로 서서히 차오르기 시작하면서, 메리의 간과 소화력에 영향을 미쳤고, 피부를 누렇게 만들고 몸을 피곤하게 만들었던 불쾌한 생각들은 들어설 자리를 잃고 말았다.

콜린이 제 방에 틀어박힌 채, 두려움과 병과 자신을 바라보는 사람들에 대한 혐오감에 대해서만 생각하고 등에 생길 혹과 곧 찾아올 죽음을 곱씹는 동안, 콜린은 걸핏하면 히스테리를 부리고 반쯤 미치광이가 된 작은 건강 염려증 환자였을 뿐, 햇살과 봄에 대해서는 아무것도 모르고, 노력을 하면 건강을 되찾고 두 다리로 설 수 있다는 사실도 전혀 몰랐다. 아름다운 새 생각들이 오래된 흉측한 생각들을 몰아내기 시작하자, 콜린에게도 생기가 되돌아왔고, 피는 혈관에서 건강하게 뛰었고, 힘이 홍수처럼 콜린의 몸으로 쏟아져 들어왔다. 콜린의 과학적 실험은 꽤나 현실적이었고 단순했다. 그 실험에 괴상한 점이라고는 아무것도 없었다. 불쾌하거나 용기를 꺾는 생각이 마음속에 자리를 잡을 때 기분이 좋아지고 확실하게 용기를 주는 생각을 얼른 떠올리고, 그 생각으로 나쁜 생각을 몰아낼 수 있는 분별력이 있다면, 누구에게든 상상조차 못 한 놀라운 일들이 일어날 수 있으리라. 두 가지가 한곳에 함께 존재할 수는 없는 법이다.

애야, 네가 장미를 키우는 곳에서
엉겅퀴는 자랄 수 없단다.

비밀 정원이 생기를 되찾아가고 더불어 두 아이가 생기를 찾아가는 동안, 그곳에서 멀리 떨어진 노르웨이의 피요르드와 스위스의 계곡과 산처럼 아름다운 곳들을 방랑하는 남자가 있었다. 그 남자는 지난 10년 동안 마음이 어둡고 가슴 아픈 생각으로 꽉 차 있었다. 그는 용기가 없었다. 그는 어두운 생각 대신 다른 생각을 해보려는 시도조차 하지 않았다.

푸른 호숫가를 산책하며 어두운 생각을 했다. 사방에 짙푸른 용담이 양탄자처럼 깔려 있고 온통 꽃향기로 진동을 하는 산 등성이에 드러누워서도, 어두운 생각을 했다. 행복했던 순간 지독한 슬픔이 쏟아져 내리자 그는 암흑이 자신의 영혼을 차지하도록 내버려 두었고, 그 속을 비집고 들어오려는 작은 빛줄기조차 완강하게 거부했다. 그는 자신의 집을 기억에서 지우고, 의무를 저버렸다. 그가 여기저기를 여행하는 동안 그의 주위로 암흑이 어찌나 짙게 깔렸는지, 사람들은 그를 보기만 해도 울적한 기분이 들곤 했다. 암흑이 독약처럼 주변의 공기를 음울함으로 물들였기 때문이다. 그를 모르는 사람들은 그가 반쯤 미쳤거나 영혼에 죄를 숨기고 있을 것이라고 생각했다. 그는 침울한 표정에, 어깨가 구부정하고, 키가 컸다. 그가 호텔 숙박부에 기입하는 이름은 언제나 '영국, 요크셔, 미슬스웨이트 장원, 아치볼드 크레이븐'이었다.

크레이븐 씨는 서재에서 메리 아가씨를 만나고 그 아이에게 '땅을 조금' 가져도 된다고 말한 후 머나먼 곳으로 여행을 떠났다. 유럽에서 가장 아름다운 곳을 골라 다녔지만, 어느 곳에서도 며칠밖에 머무르지 못했다. 가장 조용하고 외진 곳들만 골랐다. 크레이븐 씨는 꼭대기가 구름 속으로 솟은 산 정상에 올라, 막 떠오른 태양이 산들을 환하게 밝혀 온 세상이 방금 태어난 것처럼 보일 때 주위 산들을 굽어보았다.

그 햇살도 결코 그의 마음을 밝히지 못하는 것 같았다. 그러나 10년 만에 처음으로 이상한 일이 일어났다는 사실을 깨닫는 순간 상황은 변했다. 그는 오스트리아 티롤 지방의 그림 같은 계곡에 있었다. 누구의 영혼이라도 그림자 속에서 건져줄 것만 같은 아름다운 풍광 속을 홀로 걸을 때였다. 한참을 걸었지만, 그곳 풍경은 그의 영혼을 구해주지 못했다. 그러다 마침내 피곤해진 그는 이끼가 양탄자처럼 깔린 시냇가에서 쉬려고 털썩 주저앉았다. 맑은 물이 흐르는 그 시내는 보드랍고 축축한 녹색 이끼 사이로 난 좁은 물길을 따라, 소리도 경쾌하게 졸졸졸 흘러갔다. 가끔 돌맹이들 위나 주위를 지나갈 때면 거품이 보글보글 올라와, 나지막하게 후후 웃는 소리를 냈다. 그는 물가로 새들이 다가와 머리를 푹 담그고 목을 축인 후 날개를 활짝 펼치고 날아가는 모습을 지켜보았다. 시냇물은 살아 있는 생물 같았고, 시냇물의 작은 목소리가 고요함을 더욱 깊게 만드는 듯했다. 골짜기는 정말, 정말 고요했다.

앉아서 흘러가는 맑은 물을 가만히 들여다보노라니, 아치볼드 크레이븐은 몸과 마음이 고요한 골짜기처럼 점점 차분해지는 듯했다. 이러다 잠에 곯아떨어지려나 싶었지만, 잠은 오지 않았다. 그는 앉아서 햇빛이 반짝이는 수면을 들여다보았다. 흐르는 물을 따라 그의 시선이 물가에 자라는 식물에 가닿았다. 아름다운 푸른 물망초 한 무리가 자라고 있었는데, 물가에 바짝 붙어 자라는 통에 잎사귀들이 물에 젖어 있었다. 그 물망초를 물끄러미 바라보던 크레이븐은 몇 해 전에도 그 꽃을 본 적이 있었다는 사실을 떠올렸다. 그는 물가의 물망초가 얼마나 사랑스러운지, 몇백 송이나 되는 자그마한 꽃망울들이 얼마나 경이로운지, 따뜻한 마음으로 떠올렸다. 그는 그 단순한 생각이 느리지만 착실하게 그의 마음을 채워나가고 있다는 사실을 깨닫지 못했다. 그 생각이 조금씩 자리를 넓혀나가면서 다른 것들을 살며시 몰아내고 있다는 사실을 미처 몰랐다. 마치 흐르지 않고 고여 있던 샘에서 맑고 달착지근한 샘물이 퐁퐁 솟아오르고 솟아올라, 어느새 시커먼 물이 샘 밖으로 흘러넘치는 것과 같았다. 하지만 당연하게도 그는 스스로 이 사실을 깨닫지 못했다. 그저 자신이 물가에 앉아 섬세한 푸른 꽃들을 물끄러미 바라보는 동안, 골짜기가 점점 고요해졌다고만 생각했다. 그는 자신이 얼마 동안 그곳에 앉아 있었는지, 자신에게 무슨 일이 일어나는지 몰랐다. 그러다 마침내 잠에서 깨어난 것처럼 천천히 일어나 숨을 천천히 깊이 들이쉬고, 의아함을 느끼며 이끼 양탄자에 섰다. 그의 마음속에 있던 뭔가가 조용하게 속박에서 풀려나 자유를 얻은 것 같았다.

"뭐지?" 그가 속삭이듯 말했다. 그는 손을 이마 위로 가져갔다. "지금 내가 살아 있다고 느껴져!"

이런 일이 그에게 어떻게 일어났는지 설명할 수 있을, 아직 발견되지 않은 것들의 경이로움에 대해서는 잘 알지 못한다. 아마 다른 사람들도 마찬가지일 것이다. 그도 아무것도 이해하지 못했다. 그러나 몇 달 후 다시 미슬스웨이트로 돌아갔을 때, 그가 골짜기에 갔던 그날 콜린이 비밀 정원에 들어서며 이렇게 소리쳤다는 사실을 아주 우연히 알고는 그는 그 골짜기에서 보낸 기묘한 시간을 떠올렸다.

"나는 죽지 않고 영원히, 오래, 오래, 오래 살 거야!"

묘한 고요함은 그날 저녁 내내 그의 곁에 머물렀다. 그는 모처럼 평온한 잠을 잤다. 하지만 그 고요함은 머지않아 그의 곁을 떠났다. 그것을 잡아둘 수 있다는 사실을 그는 몰랐다. 이튿날 밤 그는 어두운 생각을 향해 문을 활짝 열어젖혔고, 그것들은 마음속으로 우르르 몰려 들어왔다. 그는 그 골짜기를 떠나 다시 방랑 길에 올랐다. 하지만 그도 이상하게 여겼다시피, 자신도 모르게 몇 분이나 때로는 30분 정도 시커먼 짐을 다시 어깨에서 내려놓은 것처럼 느껴질 때가 있었다. 그럴 때면 그는 자신이 죽은 것이 아니라 살아 있음을 절절하게 느꼈다. 아주 천천히, 이유를 알 수는 없었지만 그는 그 정원과 함께 '되살아나고 있었다'.

황금빛 여름이 점점 무르익어 황금빛 가을이 되자, 그는 코모 호수로 발길을 돌렸다. 그곳에서 그는 꿈이 얼마나 아름다운지 알게 되었다. 그는 수정처럼 푸르고 맑은 호숫가에서 며칠을 보내거나, 신록이 싱그러운 언덕을 올라 지쳐 잠이 들 수 있을 때까지 터벅터벅 걸어 다녔다. 그 무렵 그는 전보다 잠을 더 잘 자게 되었다. 게다가 악몽이 찾아와 그를 공포로 몰아넣는 일도 그쳤다.

'어쩌면.' 그가 생각했다. '내 몸이 점점 건강해지는 모양이군.'

정말로 그의 몸은 점점 건강해졌다. 그런데 그의 생각이 변화하는 드물게 평화로운 시간 덕분에, 몸과 함께 영혼도 서서히 강인해져 갔다. 그는 미슬스웨이트를 떠올리기 시작했고, 집으로 돌아가야 하는 게 아닐지 고민했다. 이따금 아들을 흐릿하게 떠올렸다. 방에 들어가 네 기둥을 세운 조각 침대에 다시 다가가서, 끌로 간 것처럼 뾰족한 턱과 핏기라고는 없는 얼굴에, 속눈썹이 기이할 정도로 새까맣게 난, 눈을 꼭 감고 자는 아들을 바라보면 어떤 기분일지 자문했다. 그러고는 진저리를 쳤다.

어느 화창한 날, 그는 산책을 너무 멀리까지 나갔다가 둥근 달이 어느새 밤하늘 높이 걸리고 온 세상이 보라색 그림자에 잠겨 은빛으로 빛날 즈음에 돌아왔다. 호수에서부터 호숫가를 지나 숲속까지 이어진 고요한 풍광이 어찌나 근사한지, 그는 머무르고 있는 별장 안으로 들어가지 않았다. 그는 나무로 둘러싸인 물가의 작은 테라스로 내려가 자리에 앉았다. 그리고 천상의 향기가 감도는 밤공기를 가슴 깊숙이 들이마셨다. 그는 마음속으로 묘한 차분함이 스며드는 것을 느꼈다. 차분함이 마음 깊은 곳까지 스며들더니, 어느새 그는 잠이 들었다.

언제 잠이 들어 꿈을 꾸게 되었는지는 몰랐다. 꿈이 어찌나 생생한지, 그는 꿈을 꾸는지도 몰랐다. 한참 후에야, 그는 얼마나 자신이 깨어 있었고 정신이 말짱하다고 생각했는지 기억이 났다. 테라스에 앉아서 늦게 핀 장미 향기를 가슴 깊이 들이마시며 발치에서 물이 찰랑거리는 소리를 듣고 있다고 생각하는데, 어디선가 그를 부르는 목소리가 들렸다. 저 멀리서 온 그 목소리는 달콤하고, 청명하고, 행복하게 들렸다. 먼 곳의 소리 같은데도, 바로 곁에서 나는 것처럼 또렷하게 들렸다.

"아치! 아치! 아치!" 그의 이름을 부를수록 목소리는 더 달콤하고 청명해졌다. "아치! 아치!"

그는 자기가 놀라지도 않은 채 용수철처럼 벌떡 일어났다고 생각했다. 그 목소리는 진짜 사람의 목소리였고, 너무나 자연스러워 들어봐야 할 것 같았다.

"릴리아스? 릴리아스?" 그가 대답했다. "릴리아스! 당신 어디에 있어요?"

"정원에요." 황금 플루트에서 나온 듯한 소리가 되돌아왔다. "정원에 있어요!"

다음 순간 꿈이 끝났다. 하지만 그는 곧장 잠에서 깨지 않았다. 그는 그 사랑스러운 밤이 끝날 때까지 깊고 달게 잠들었다. 마침내 눈을 뜨자, 어느새 찬란한 아침이 찾아왔고 하인이 서서 그를 내려다보고 있었다. 그 하인은 이탈리아 사람이었고, 그 별장 하인들이 모두 그렇듯이, 외국인 주인이 무슨 이상한 행동을 하더라도 아무 질문 없이 받아들이는 데 익숙했다. 크레이븐 씨가 언제 별장을 나섰다가 돌아오는지 아무도 몰랐다. 그가 잠자리를 어디에서 마련할지, 정원 여기저기를 돌아다닐지, 밤새 호수를 떠다닐 보트에 누워 있을지 모를 일이었다. 그 하인은 편지 몇 통을 올려놓은 쟁반을 들고 크레이븐 씨가 편지를 가져갈 때까지 잠자코 기다렸다. 하인이 물러나자, 크레이븐 씨는 잠시 편지를 들고 앉아서 호수를 물끄러미 바라보았다. 그의 마음은 여전히 기묘할 정도로 차분했다. 오히려 그 이상이었다. 마치 일어난 줄 알았던 잔인한 일이 실은 일어나지 않은 듯한 홀가분한 기분이 느껴졌다. 뭔가가 변한 것 같은 느낌이기도 했다. 그는 너무나도 생생해 진짜 같았던 꿈을 떠올리는 중이었다.

"정원에 있어요!" 그가 의아해하며 중얼거렸다. "정원에 있다고! 하지만 문은 잠겼고 열쇠는 깊이 파묻혀 있을 텐데."

잠시 후 그가 편지를 힐끔 보니, 가장 위에 놓여 있는 편지는 영어로 쓰인 요크셔에서 온 편지였다. 평범한 여성의 필체였지만 아는 사람의 필체가 아니었다. 그는 발신인이 누군지 짐작도 못 한 채 편지를 개봉했다가, 바로 첫 몇 마디에 마음을 빼앗기고 말았다.

진애하는 크레이븐 씨께

저는 언젠가 황무지에서 주제넘게 크레이븐 씨에게 말을 걸었던 수전 소워비입니다. 그때는 메리 아가씨에 대해 이야기를 하고 싶었지요. 이번에도 다시 한번 주제넘은 짓을 하겠습니다. 제가 크레이븐 씨라면 당장 집으로 돌아갈 것입니다. 돌아오시면 분명 기쁜 일이 기다리고 있을 겁니다. 그리고, 이런 말을 하는 무례를 양해해주십시오. 저는 크레이븐 부인이 이곳에 계신다면 분명 돌아오라고 하셨으리라 생각합니다.

당신의 충실한 하인
수전 소워비

크레이븐 씨는 그 편지를 한 번 더 읽고 봉투에 집어넣었다. 그는 줄곧 그 꿈에 대해서 생각했다.

"미슬스웨이트로 돌아가야겠어." 그가 말했다. "그래, 당장 돌아가자."

그러더니 정원을 지나 별장으로 들어가 피처에게 영국으로 돌아갈 준비를 하라고 지시했다.

며칠 후 그는 다시 요크셔로 돌아왔다. 긴 시간 기차를 타고 오면서, 그는 자신도 모르게 아들 생각에 빠져 있었다. 지난 10년간 한 번도 그런 생각을 하지 않았던 그가 말이다. 그 세월 동안 그는 아들을 잊고 싶은 마음뿐이었다. 그런데 아들에 대해 생각하려 하지 않아도, 자꾸만 옛 기억이 마음속에서 떠올랐다. 그는 아이는 살고 어머니는 죽었기 때문에 미친 사람처럼 소리를 질러댔던 어두운 날들을 떠올렸다. 그는 아기를 보려 하지 않았다. 마침내 아기를 보러 갔을 때는, 아이가 어찌나 병약한지 모두 몇 주밖에 못 살 거라고 확신했다. 하지만 그 몇 주가 흘러도 아기는 살아남아 돌보던 사람들을 놀라게 했다. 그러고 나서 사람들은 아이가 몸이 휘어져 장애를 안고 살아갈 것이라고 생각했다.

나쁜 아버지가 되려는 마음은 아니었다. 하지만 자신이 아버지라는 실감도 하지 못했다. 그는 아들에게 의사들과 간호사들을 보냈고, 사치스럽게 살게 해주었다. 하지만 아들을 생각하는 것만으로도 몸서리를 치며 자신의 불행만 파고들었다. 1년간 집을 떠나 있다가 처음으로 미슬스웨이트로 돌아갔을 때, 비참해 보이는 어린 아들이 무심한 듯 힘없이 새까만 속눈썹이 난 커다란 잿빛 눈을 들어 그의 얼굴을 바라보았다. 그가 너무나 사랑했던, 행복했던 눈과 너무나 닮았으면서도 끔찍할 정도로 닮지 않았다는 사실에 차마 그 눈을 마주 보지 못하고, 죽음을 본 사람처럼 창백해진 얼굴을 홱 돌려버렸다. 그 후로 크레이븐 씨는 아이가 잠이 들었을 때가 아니면 거의 보러 가지 않았다. 아들에 대해서는 사납고, 히스테리를 부리고, 반쯤 미쳐버렸으며, 장애를 안고 살아갈 것이라는 사실밖에 몰랐다. 불같은 분노를 터트려 목숨이 위험해지지 않도록, 무슨 일이든 아들의 뜻대로 하도록 내버려두었다.

아들에 관한 기억이라면, 어느 하나 유쾌한 것이 없었다. 하지만 그가 탄 기차가 협곡을 통과하고 황금빛 들판을 지나는 동안, '되살아나고 있는' 남자는 새로운 방식으로 생각해보기 시작했고 한참 동안 깊은 생각에 잠겼다.

"지난 10년 동안 내가 잘못을 한 거겠지." 그가 중얼거렸다. "10년은 긴 시간이야. 뭔가를 시도해보기에 너무 늦었을지 몰라. 정말 너무 늦었을 거야. 대체 지금까지 나는 무슨 생각이었던 걸까!"

물론 이것은 잘못된 마법이었다. 무엇보다 '너무 늦었다'라는 말로 시작했으니 말이다. 콜린도 그에게 잘못된 마법이라고 말했을 것이다. 하지만 그는 검은 마법과 흰 마법은 고사하고, 마법에 대해서는 아무것도 몰랐다. 이제부터 배워야 했다. 그는 수전 소워비가 용기를 내어 그에게 편지를 쓴 이유가 오로지 모성애로, 콜린의 상태가 지금보다 훨씬 더 악화되었다는 사실을 깨달았기 때문인 건가 궁금했다. 콜린이 죽을 정도로 심하게 아프다고 말이다. 그를 사로잡고 있는 신기한 차분함이라는 주문에 걸려 있지 않았다면, 크레이븐 씨는 그 어느 때보다 비참하고 괴로웠을 것이다. 하지만 차분함은 일종의 용기와 희망까지 선사해주었다. 최악의 사태에 대해 상상하는 대신, 그는 자신도 모르게 더 나은 쪽을 믿으려 애를 썼다.

"그 부인은 혹시 내가 아이에게 도움이 되고, 아이를 바로잡을 수 있을 거라고 생각한 게 아닐까?" 그는 이렇게 생각했다. "미슬스웨이트에 가는 길에 소워비 부인을 만나봐야겠어."

하지만 황무지를 가로질러 가다가 작은 시골집 앞에서 마차를 세우자, 주위에서 함께 놀던 일곱에서 여덟 명 되는 아이들이 전부 고개를 까닥하며 다정하고 예의 바르게 인사를 하더니 어머니는 아기를 낳는 산모를 돌보려고 아침 일찍 황무지 건너편으로 갔다고 말해주었다. 아이들은 묻지도 않았는데, '우리 디콘'이 장원의 한 정원에서 일을 하는데, 일주일에 며칠씩 그곳에 간다고 알려주었다.

크레이븐 씨는 튼튼하고 작은 몸에 볼이 통통하고 발그레한 아이들을 살펴보았다. 아이들은 저마다 자신만의 미소를 짓고 있었다. 그 순간 그는 아이들이 건강하고 사랑스럽다는 사실을 깨달았다. 그는 환하게 웃는 아이들에게 마주 웃어주며, 주머니에서 금화 하나를 꺼내 가장 나이가 많은 '우리 엘리자베스 엘런'에게 주었다.

"여덟 개로 나누면 너희 각자에게 반 크라운씩 돌아갈 거야." 그가 말했다.

마침내 환한 미소를 지으며 까르르 하는 웃음소리와 함께 고개를 끄덕하고 예의 바르게 인사를 하면서, 서로 팔꿈치로 쿡쿡 찌르고 깡충깡충 뛰며 생각지도 못한 기쁨을 나누는 아이들을 뒤로하고, 마차는 그곳을 떠났다.

눈부신 풍경이 펼쳐진 황무지를 마차를 타고 가로지르니, 긴장이 스르르 풀어졌다. 다시는 느끼지 못할 줄 알았는데, 어째서 황무지를 지나니 집으로 돌아가는 기분이 드는 걸까? 땅과 하늘과 저 멀리 만발한 보라색 아름다움에 대한 기억과 600년 동안 그의 핏줄이 살던 고색창연한 대저택에 가까워질수록 가슴이 따뜻해지는 이 느낌 말이다. 어떻게 그는 지난번에 양단 휘장이 늘어진, 네 기둥을 세운 침대에 누운 채 꽉 닫힌 방에 갇힌 아들에 대한 생각을 떨치고 그곳을 떠날 수 있었을까? 지금 가면 아들이 조금이라도 호전된 모습을 볼 수 있을까? 아이와 마주하지 못하는 자신을 극복할 수 있을까? 그 꿈은 얼마나 생생했던가. "정원에 있어요. 정원에 있어요!"라고 그를 부르는 목소리는 또 얼마나 아름답고 청명했던가.

"열쇠를 찾아야겠어." 그가 말했다. "그 문을 열어볼 거야. 이유는 모르겠지만, 꼭 그래야만 할 것 같아."

그가 저택에 도착하자 평소처럼 주인을 맞이하러 나온 하인들은 그가 훨씬 밝아 보이고, 보통은 피처에게 시중을 받으며 지내던 저택 깊숙한 곳에 있는 방으로 가지 않는다는 사실을 깨달았다. 그는 먼저 서재로 가더니, 메들록 부인을 불렀다. 어쩐지 흥분한 표정에 호기심으로 눈을 빛내는 가정부가 얼굴이 붉게 상기된 채 들어왔다.

"콜린은 어떻게 지내오, 메들록?" 그가 물었다.

"그러니까, 주인어른." 메들록 부인이 대답했다. "도련님은, 도련님은 달라지셨다고 할까요."

"악화된 거요?" 그가 물었다.

메들록 부인은 안색이 말 그대로 벌게졌다.

"음, 그러니까요." 부인은 설명을 하려고 했다. "크레이븐 선생님도, 간호사도, 저도 정확히 도련님의 상태를 모릅니다."

"그건 왜지?"

"솔직히 말씀드리면 콜린 도련님은 상태가 호전된 걸 수도 있고 나빠진 걸 수도 있습니다. 도련님의 식욕은 도저히 이해할 수가 없는 수준이에요. 그리고 도련님의 태도는."

"그 애가 전보다 더, 그러니까 더 괴상해졌소?" 크레이븐 씨가 걱정스럽게 눈썹을 가운데로 모으며 물었다.

"바로 그겁니다, 주인님. 도련님은 매우 괴상하게 자라고 계세요. 과거 도련님의 상태와 비교했을 때 그렇다는 거죠. 도련님은 전혀 드시지 않으시더니, 갑자기 엄청난 양을 먹어치우기 시작하셨어요. 그러더니 다시 음식을 딱 끊으시고는 전과 마찬가지로 음식을 다 남기시더라고요. 주인님은 모르셨겠지만, 도련님은 집 밖으로는 절대 데리고 나가지 못하게 하셨어요. 휠체어로 밖으로 데리고 나가려 하면, 도련님은 사시나무 떨듯 벌벌 떠셨죠. 크레이븐 선생님도 책임질수 없다고 말씀하실 정도로, 위험해질지도 모르는 상태였어요. 단도직입적으로 말씀드리자면, 도련님이 어느 날 최악으로 히스테리를 부리시더니, 그때부터 갑자기 메리 양과 수전 소워비의 아들 디콘과 함께 밖으로 나가겠다고 고집을 부리시지 뭐예요. 디콘이 휠체어를 밀면 된다고 하셨어요. 도련님은 메리 양과 디콘을 몹시 좋아하게 되셨어요. 디콘이 길들인 야생동물들을 데리고 왔죠. 그 덕이라고 생각하실지 모르겠지만, 도련님은 아침부터 저녁까지 밖에서 지내세요."

"보기엔 어떻소?" 다음 질문이었다.

"도련님이 자연스럽게 드셨다면 살이 오른 걸 거예요. 그렇게 생각하시죠? 그런데 저희는 이게 살이 아니라 부기일까 봐 걱정이랍니다. 도련님은 메리 양과 단둘이 계실 때면 가끔 희한하게 웃으세요. 전에는 절대 웃지 않으셨잖아요. 괜찮으시다면, 당장 크레이븐 선생님이 주인님을 만나러 오실 겁니다. 평생 지금처럼 당황하신 적이 없었어요."

"콜린은 지금 어디에 있소?" 크레이븐 씨가 물었다.

"정원에요. 도련님은 항상 정원에서 지내세요. 그런데 사람들이 쳐다보는 게 싫으시다며, 근처에는 누구도 얼씬하지 못하게 하셨어요."

크레이븐 씨는 메들록 부인의 마지막 말이 거의 들리지 않았다.

"정원에 있다고!" 크레이븐 씨가 말했다. 메들록 부인을 내보낸 후, 그는 멍하니 서서 몇 번이나 이렇게 말했다. "정원에 있어!"

그는 정신을 차리려고 꽤나 애를 썼다. 그리고 다시 정신이 들었다고 생각되자, 몸을 돌려 방을 나섰다. 예전에 메리가 그런 것처럼, 그도 관목 담장에 난 문을 통과한 후 월계수 담장과 분수 옆 화단들 사이를 지났다. 이제 분수에서 물이 솟아나고 있었고, 눈부시게 아름다운 가을 화초를 심은 화단에 둘러싸여 있었다. 그는 풀밭을 가로지르고 담쟁이덩굴 담장 옆으로 난 '긴 산책로'로 접어들었다. 그는 발걸음을 바삐 놀리지 않고 천천히 걸었다. 걷는 동안 두 눈을 좁은 길에서 떼지 않았다. 그는 그토록 오래전에 자신이 저버렸던 곳으로 이끌려가는 기분이 들었다. 이유는 알 수 없었다. 문에 가까워질수록 그의 발걸음은 훨씬 더 느려졌다. 담장 위로 덩굴이 빽빽하게 늘어져 있어도, 그는 문이 어디에 있는지 알았다. 한편 땅에 묻은 열쇠는 어디에 파묻혔는지 정확하게는 몰랐다.

그래서 그는 발걸음을 멈추고 가만히 서서 주위를 둘러보았다. 그런데 발걸음을 멈추자마자, 그는 깜짝 놀라 귀를 기울였다. 그리고 자신이 꿈속으로 걸어 들어가는 중인지, 자신에게 묻기까지 했다.

담쟁이덩굴이 문 위로 두껍게 늘어져 있고, 열쇠는 관목 아래 묻혀 있었다. 그 외로웠을 10년 동안 그 문은 그 누구도 지나가지 않았다. 그런데 정원 안에서 소리가 났다. 그 소리는 나무들 아래를 뱅글뱅글 돌아가며 달리고 타닥거리는 발소리였다. 소리를 잔뜩 낮춘 기묘한 말소리도 있었다. 탄성과 숨죽인 환희에 찬 고함 소리 말이다. 어린아이들의 웃음 같은 소리도 있었다. 소리를 들키지 않으려고 애를 썼지만, 그다음 순간 흥분이 쌓이고 쌓여서 확 터져버리는 바람에 까르르 자지러지게 웃는 아이들의 소리였다. 대체 무슨 꿈을 꾸는 걸까? 지금 들은 소리의 정체는 뭘까? 이성을 잃어, 인간의 귀에는 들리지 않는 소리를 들었다고 생각하는 걸까? 멀리서 또렷하게 들리던 목소리가 이것이었을까?

마침내 다음 순간이 찾아왔다. 소리를 죽여야 한다는 사실을 잊어버린, 도저히 억제할 수 없는 순간 말이다. 발소리는 점점 빨라지기 시작했다. 마침 그들은 정원 문 근처에 있었다. 빠르고 건강한 어린아이의 숨소리와 도저히 참을 수 없이 터져 나오는 거침없는 웃음소리가 들리나 싶더니, 담장 문이 벌컥 열려 늘어져 있던 담쟁이덩굴이 홱 걷혔다. 그리고 한 소년이 전속력으로 문을 튀어나오더니, 밖에 서 있는 사람을 보지 못한 채 그의 품으로 뛰어 들어왔다.

크레이븐 씨는 때맞춰 양팔을 뻗었고, 앞을 보지 않고 냅다 튀어나온 바람에 그에게 부딪혀 넘어질 뻔한 아이를 붙잡아주었다. 그곳에 나타난 낯선 사람에 깜짝 놀란 아이를 잘 보려고 품에서 떼어낸 크레이븐 씨는 말 그대로 숨이 멎는 듯했다.

키가 크고 잘생긴 소년이었다. 아이는 생기로 환하게 빛났고, 힘껏 달려와서 얼굴이 근사하게 상기되어 있었다. 아이는 숱 많은 앞머리를 이마에서 넘기고, 기묘한 회색 눈을 들어 그를 보았다. 아이다운 웃음기로 가득하고 새까만 속눈썹이 술 장식처럼 난 눈이었다. 크레이븐 씨가 숨이 멎을 뻔한 것은 바로 그 눈 때문이었다.

"누구냐? 어떻게 된 일이지? 넌 누구냐!" 그가 말을 더듬었다.

이런 만남을 콜린은 기대하지 않았다. 이건 계획에 없었다. 이런 만남은 상상조차 못 했다. 그렇지만 달리기 경주에 이겨서 쏜살같이 튀어나오다가 아버지와 만나는 상황이 훨씬 좋았다. 콜린은 몸을 죽 펴서 키를 한껏 늘였다. 콜린과 함께 달리다가 뒤따라 문으로 달려 나온 메리는 콜린이 원래 모습보다 어떻게든 키가 더 커 보이려 한다고 생각했다. 몇 센티미터라도 말이다.

"아버지." 콜린이 말했다. "저 콜린이에요. 믿지 못하시겠죠? 실은 저도 믿기지 않아요. 저 콜린이에요."

방금 전의 메들록 부인처럼, 콜린도 아버지가 다급하게 내뱉는 말이 무슨 뜻인지 짐작도 되지 않았다.

"정원에 있었구나! 정원에 있었어!"

"네." 콜린이 얼른 대답했다. "이게 다 정원 덕분이에요.

메리와 디콘과 동물 친구들 덕분이기도 하고요. 그리고 마법 덕분이죠. 아무도 몰라요. 아버지가 오시면 말씀을 드리려고, 우리끼리 비밀로 했거든요. 저는 건강해요. 이제 달리기 경주에서 메리를 이길 수 있어요. 저는 운동 선수가 될 거예요."

콜린은 처음부터 끝까지 건강한 소년처럼 말을 했다. 얼굴은 붉게 달아올랐고, 잔뜩 흥분해서 이야기를 쏟아내느라 단어 하나하나가 떨렸다. 그 모습을 본 크레이븐 씨의 영혼은 믿을 수 없는 환희로 마구 요동을 쳤다.

콜린이 손을 내밀어 아버지의 팔에 올렸다.

"기쁘지 않으세요, 아버지?" 콜린이 말했다. "기쁘지 않으세요? 저는 죽지 않고 영원히 오래오래 살 거예요!"

크레이븐 씨는 양손을 아들의 어깨에 내려놓고 가만히 있었다. 그 순간엔 감히 말도 할 수 없을 것만 같았다.

"정원으로 안내해주겠니, 아들아." 마침내 그가 말했다. "그리고 어떻게 된 일인지 전부 말해주렴."

그래서 아이들은 그를 비밀 정원으로 안내했다.

정원은 가을의 황금색과 보라색과 남색과 불타오르는 선홍색으로, 야생의 장관을 이루었다. 사방에 늦게 핀 백합들이 무리를 짓고 있었다. 흰색이거나 흰색과 루비색이 뒤섞인 백합들이었다. 그는 이곳에 처음으로 백합을 심었을 때를 선명하게 기억했다. 늦은 이 계절에 백합이 아름다움을 뽐낼 수 있도록, 시기를 맞춰 심었다. 늦게 개화한 장미 덩굴이 나무를 타고 올라가고, 가지에 걸려 있고, 무리지어 피어 있었다. 나무를 서서히 노랗게 물들여가는 햇살 덕분에, 그곳에 있으면 황금으로 만든 사원에 들어온 기분이 들었다. 새로 온 손님은 아이들이 회색 일색인 정원에 처음 들어왔을 때 그랬듯이 말없이 서 있었다. 그는 주위를 둘러보고 또 둘러보았다.

"이곳은 죽었으리라 생각했는데." 그가 말했다.

"메리도 처음에는 그렇게 생각했어요." 콜린이 말했다. "하지만 살아났죠."

그러자 모두 자두나무 아래에 자리를 잡고 앉았다. 콜린만 빼고. 콜린은 이야기를 하는 내내 서 있고 싶어했다.

아이가 그동안의 이야기를 두서없이 쏟아내자 아치볼드 크레이븐은 이렇게 신기한 이야기는 난생처음 듣는다고 생각했다. 미스터리와 마법과 야생동물, 기묘한 한밤의 만남. 그리고 찾아온 봄. 벤 웨더스태프 영감의 말을 반박하려고, 어린 라자를 벌떡 일어서게 한 상처받은 자존심에서 비롯된 열정. 기묘한 동지 의식과 연극, 너무나 소중하게 지켜온 대단한 비밀. 크레이븐 씨는 눈에 눈물이 맺힐 때까지 껄껄 웃었고, 때때로 웃지 않을 때면 눈물이 흘러내렸다. 운동 선수이자 강연자이자 과학의 발견자는 잘 웃고, 사랑스럽고, 건강한 아이였다.

"자." 콜린은 이야기를 이런 말로 끝맺었다. "이제 더는 비밀이 필요 없어요. 사람들이 나를 보면 너무 놀라서 기겁을 할지도 몰라요. 하지만 난 다시는 휠체어에 앉지 않을 거예요. 저는 아버지와 함께 걸어서 돌아갈 거예요. 집으로요."

벤 웨더스태프는 맡은 일을 하느라 정원을 벗어날 때가 드물었지만, 이번에는 채소를 가져다준다는 핑계로 주방에 들어갔다. 그리고 메들록 부인에게서 하인들 구역에 들러 맥주를 한잔하고 가라는 초대를 받은 덕분에, 벤 영감은 자신의 희망대로 미슬스웨이트 장원에서 이번 세대에 일어난 가장 극적인 사건이 벌어진 순간, 현장에 머물 수 있었다.

뜰로 난 여러 창문 중 하나로 풀밭이 살짝 보였다. 벤 영감이 정원에서 온 것을 아는 메들록 부인은 영감이 크레이븐 씨의 모습을 보았는지, 혹시 우연이라도 그가 콜린 도련님과 만나는 모습을 지켜보지 않았는지 궁금해했다.

"두 분 중 누구라도 보셨어요, 웨더스태프?" 메들록 부인이 물었다.

벤 영감이 입에서 맥주잔을 떼더니, 손등으로 입술을 닦았다.

"그럼요, 보았소." 벤 영감이 짐짓 잘난 척을 하며 대답했다.

"두 분 다?" 메들록 부인 슬쩍 떠보았다.

"두 분 다." 벤 웨더스태프가 대답했다. "부인, 맥주 감사하구려. 한 잔 더 마실 수두 있겠소만."

"같이요?" 메들록 부인이 흥분한 나머지 맥주를 넘치도록 따르며 물었다.

"같이요, 부인." 그러더니 벤 영감은 새로 따라준 맥주를 단숨에 꿀꺽꿀꺽 반이나 들이켰다.

"콜린 도련님은 어디에 계시던가요? 도련님 모습은 어땠어요? 두 분이 서로에게 무슨 말을 하시던가요?"

"그것까진 못 들었소." 벤 영감이 말했다. "계단 사다리에 올라서서 담장 위루다가 지켜봤을 뿐이니깐. 허지만 부인에게 이 이야긴 해드릴 수 있다오. 저 밖에선 집안사람들이 절대루 모르는 일이 벌어지고 있었다오. 그리구 결국 알게 될 일은 곧 알게 될 거요."

그리고 2분도 채 지나지 않아, 벤 영감이 마지막 맥주를 꿀꺽 삼키고 창문을 향해 맥주잔을 엄숙하게 흔들었다. 그 창으로 관목 숲 너머까지 이어진 풀밭이 조금 보였다.

"저길 보시구려." 벤 영감이 말했다. "그렇게 궁금허시다면 말이오. 저 풀밭을 가로질러 누가 오는지 보시구려."

메들록 부인은 그곳으로 시선을 돌린 순간 양손을 번쩍

들어 올렸고, 짧은 비명까지 질렀다. 그러자 그 소리를 들은 하인들이 하인들 공간에서 전부 우르르 몰려와, 말 그대로 눈이 튀어나올 것처럼 부릅뜨고 창밖을 바라보았다.

풀밭을 가로질러 미슬스웨이트의 주인이 오고 있었다. 그는 하인들 대부분이 한 번도 본 적 없는 새로운 분위기로 바뀌어 있었다. 그리고 그의 옆에서 하늘을 향해 고개를 들고 웃음기로 눈을 반짝거린 채 요크셔의 여느 남자아이 못지 않게 튼튼하고 흔들림 없는 걸음걸이로 걸어오는 아이는 바로, 콜린 도련님이었다!

◆ 비밀의 화원 ◆

The Secret
Garden

- **이름**　프랜시스 일라이자 호지슨 버넷Frances Eliza Hodgson Burnett
- **출생일**　1849년 11월 24일
- **사망일**　1924년 10월 29일
- **국적**　영국, 1905년 미국 시민권 취득
- **거주지**　주로 영국과 미국

프랜시스 호지슨 버넷은 어떤 사람이었을까?

프랜시스는 강인하고, 재능과 개성이 넘치는 사람이었다. 그는 가난한 집에서 태어났지만 부유하고 유명한 작가가 되었다. 하지만 유명인의 삶이 항상 쉽지만은 않았다. 프랜시스가 살았던 시대에는 여자들은 거의 일을 하지 않았다. 그러니 프랜시스처럼 가장으로 가족을 부양하는 일은 더욱 드물었다. 이런 이유로 수많은 신문과 잡지가 그의 사생활에 대한 기사를 썼다.

프랜시스 호지슨 버넷은 어디에서 자랐을까?

프랜시스는 영국 맨체스터의 부유한 동네에서 태어났지만 이런 안락한 삶은 얼마 못 가 끝이 났다. 프랜시스가 태어난 지 고작 몇 년 만인 1854년에 아버지가 돌아가셨다. 가장을 잃고 난 후로 가

세는 서서히 기울어 가족은 더 가난한 동네로 이사를 가야 했다.

10대가 된 프랜시스는 어머니와 두 오빠, 두 여동생과 함께 미국 테네시주 녹스빌로 이민을 갔다. 그곳에 외삼촌이 살고 있었기에 프랜시스의 가족은 삼촌의 도움을 받아 새 삶을 시작할 수 있기를 바랐다. 하지만 외삼촌이 도움을 거절하자 가족은 절망에 빠졌다. 프랜시스는 자신의 글을 잡지에 팔아 돈을 벌기로 마음을 먹었다. 그때 얼마나 돈이 없었던지 프랜시스는 첫 번째 글을 잡지사에 보낼 때 필요한 종이와 우표를 사기 위해 야생 포도를 따서 팔아야 할 정도였다. 얼마 후 프랜시스는 한 달에 대여섯 편의 글을 팔게 되었고 이렇게 작가로서의 길에 발을 내딛었다.

프랜시스 호지슨 버넷은 글을 쓰는 것 외에 또 어떤 일을 했을까?

프랜시스는 정원을 가꾸고 식물을 키우는 일을 좋아했으며 다른 작가들과 즐겨 만나서 이야기를 나누었다. (인생에서 수많은 어려움을 겪다 보니) 그의 믿음이 평범한 성질의 것은 아니었지만(프랜시스는 현대에 와서 '뉴에이지'라고 불리는 사상과 신비주의 사상에 심취했다고 알려져 있다-옮긴이) 신앙심이 돈독했다.

프랜시스 호지슨 버넷은 어디에서 『비밀의 화원』에 대한 아이디어를 얻었을까?

프랜시스는 아마도 켄트주에 있는 자신의 정원에서 이 소설의 아이디어를 얻었을 것이다. 이 정원은 사방이 담으로 에워싸여 있었다. 그리고 콜린은 프랜시스가 겪은 비극에서 영감을 얻었을 것이다. 1890년에 당시 10대였던 프랜시스의 아들 라이오넬이 죽었다. 프랜시스는 죽은 아들을 생각하며 콜린이라는 인물을 만들었을 것이다. 콜린에게 일어난 일들은 프랜시스가 아들 라이오넬에게 일어나기를 간절히 바랐던 마법이 아닐까.

프랜시스 호지슨 버넷은 또 어떤 책을 썼을까?

프랜시스는 자신의 유년 시절을 다룬 회고록 『내가 이 세상에서 제일 잘 아는 것The One I Knew Best of All』(1893)과 희곡을 비롯하여 어른을 대상으로 한 대중소설을 여러 편 썼다. 그럼에도 그의 작품 중 가장 많이 알려진 것은 1886년 출간과 동시에 미국과 영국에서 베스트셀러가 된 『세드릭 이야기Little Lord Fauntleroy』와 『작은 공주 세라A Little Princess』(1905), 『비밀의 화원』(1911)이다.

인도

◆ **메리 레녹스**

인도에서 영국인 부모님에게서 태어난 메리는 부모에게 애정과 관심을 받지 못해 늘 아프고 성격이 고약한 아이로 자란다. 아홉 살에 콜레라로 부모님이 돌아가시자 영국 요크셔에 사는 고모부 집으로 보내진다.

◆ **레녹스 부부**

메리의 부모로 콜레라로 죽는다. 살아 있을 때 두 사람은 아무도 딸에게 관심이 없었다. 레녹스 부인은 인도인 하인들에게 '멤 사히브'라고 불린다.

◆ **사이디(메리의 아야)**

메리의 인도인 유모. 메리는 유모를 무자비하게 막대한다. 유모도 결국 콜레라로 목숨을 잃는다.

◆ **맥그루 대령과 바니**

메리의 부모님과 아야가 죽은 후, 홀로 남은 메리를 구해준 영국 장교들.

◆ **크로포드 가족**

메리가 영국으로 떠나기 전 며칠 동안 얹혀살았던 영국인 가족. 이 가족의 아들인 배질은 메리에게 '고집불통 메리 아가씨'라는 별명을 지어준다.

요크셔

◆ **아치볼드 크레이븐**

미슬스웨이트 장원의 주인이자 메리의 고모부인 은둔자. 아내가 죽은 후 10년 동안 그 슬픔에 잠겨 있다.

◆ **콜린 크레이븐**

크레이븐의 열 살 아들. 콜린의 어머니는 콜린을 낳을 때 돌아가셨다. 그 후로 콜린의 아버지는 콜린을 도저히 볼 수 없게 되었다. 메리가 미슬스웨이트 장원에 도착했을 때, 콜린은 버릇없고 침대에만 누워 있고 누구에게도 사랑을 받지 못하는 아이였으며 자신의 장애가점점 심해져서 어른이 되기도 전에 죽을 운명이라 굳게 믿고 있었다.

◆ **릴리아스 크레이븐**

돌아가신 콜린의 어머니.

◆ **크레이븐 선생**(의사 선생)

아치볼드 크레이븐의 사촌이며 콜린의 주치의.

◆ **마사 피비 소워비**

어리고 야무진 요크셔 출신의 하인으로, 메리와 친구가 되어 자신의가족을 소개한다.

◆ **벤 웨더스태프**

겉으로는 고약해 보이지만 누구보다 따스한 마음을 가진 늙은 정원사.

◆ **메들록 부인, 피처 씨, 로치 씨, 베티 버터워스 그리고 마틴**

미슬스웨이트 장원의 다른 고용인들.

◆ **디콘**

마사 소워비의 열두 살 동생. 디콘은 야생동물들을 몹시 사랑하며 동물들을 친구로 삼을 수 있다. 메리와 콜린이 비밀 정원을 되살릴 수 있도록 길잡이가 된다.

◆ **수전 소워비**

마사와 디콘의 어머니. 메리와 콜린을 자식처럼 아끼고 사랑해주는 용감하고, 상냥하고, 관대한 마음을 가진 여성.

◆ **필, 제인, 수전 앤, 엘리자베스 엘런까지 모두 열두 명의 소워비들**

마사와 디콘의 많고 많은 형제사매들.

◆ **젬 페틀워스, 베스 페틀워스 그리고 밥 하워스**

동네 주민들.

옮긴이 **이경아**

한국외국어대학교 러시아어과와 같은 대학 통역번역대학원 한노과를 졸업했다. 현재 전문 번역가로 활동하고 있다. 옮긴 책으로 『모두를 위한 페미니즘』, 『더 걸 비포』, 『셜록 홈스 전집』, 『이웃의 아이를 죽이고 싶었던 여자가 살았네』, 『버드 박스』, 『하이디』, 『와일딩 홀』, 『기다림의 기술』 등이 있다.

비밀의 화원_걸 클래식 컬렉션 II

펴낸날 초판 1쇄 2020년 5월 20일
　　　　초판 2쇄 2020년 6월 10일
지은이 프랜시스 호지슨 버넷
옮긴이 이경아
펴낸이 이주애, 홍영완
편집 양혜영, 장종철, 백은영, 김송은, 오경은
교정교열 김소원
마케팅 진승빈, 김소연
표지 디자인 오이뮤(OIMU)
본문 디자인 박아형, 김주연
펴낸곳 (주)윌북　출판등록 제2006-000017호　주소 10881 경기도 파주시 회동길 209
전자우편 willbook@naver.com　전화 031-955-3777　팩스 031-955-3778
블로그 blog.naver.com/willbooks　포스트 post.naver.com/willbooks
트위터 @onwillbooks　인스타그램 @willbook_pub

ISBN 979-11-5581-267-9 (02840)　(CIP제어번호: CIP2020013064)
　　　979-11-5581-268-6 (세트)

◆ 걸 클래식 컬렉션 I ◆

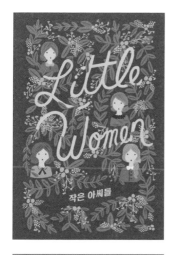

작은 아씨들

빨강 머리 앤

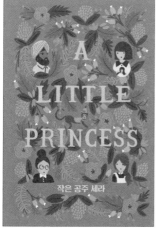

작은 공주 세라

하이디

• 대상: 12~13세부터

◆ 걸 클래식 컬렉션 Ⅱ ◆

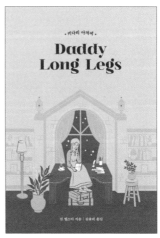

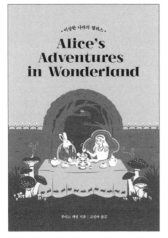

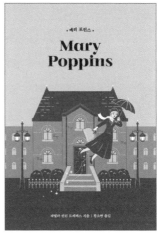

• 대상: 12~13세부터